BESESSEN

Die Blutbande-Reih

A.K. ROSE

ATLAS ROSE

Warning

Diese Reihe ist Teil der Cosa Nostra Welt, die mehrere miteinander verbundene Reihen umfasst. Die Stimmung ist düster, es gibt eine Reihe von romantischen Interessen für unsere weiblichen Hauptfiguren und wir raten den Lesern zur Diskretion.

Weitere Informationen zu den inhaltlichen Warnhinweisen findest du hier.

Bitte sei dir über deine eigenen Trigger und Grenzen bewusst. Dies ist eine Welt, die mit Mafia- und Gang-bezogenen Situationen zu tun hat. Die Charaktere sind keine Helden, sie sind ehrgeizig, skrupellos, hungrig und tun sich und anderen schlimme Dinge an.

Wenn du damit einverstanden bist, lies gerne weiter. Ich wünsche dir viel Spaß mit dieser düsteren, verbotenen Reihe. Ich kann es kaum erwarten, dir so viel mehr zu liefern …

Love Atlas, xx

Sie lief vor mir weg ... aber sie wird nicht weit kommen ...

Sie lief vor mir weg ... aber sie wird nicht weit kommen ...

EINS

Vivienne

Ich starrte den Vertrag an ... und die fettgedruckten Worte.

Vorläufiges Recht zum Besitz/Nutzung:

1. *Kein körperlicher Teil der Partei darf in den Gegenstand eindringen. Diese Handlungen umfassen, sind aber nicht beschränkt auf:*

1.1. *Das Einführen von Gliedmaßen in irgendeinen Teil des Subjektes, einschließlich des Penis/der Penisse, der Finger oder der Zunge des/der Beteiligten zum persönlichen Gebrauch und Vergnügen, bis der/die Beteiligte(n) das volle Eigentumsrecht an dem Subjekt durch den Orden erhalten hat/haben.*

Bis zu diesem Zeitpunkt bleibt das Subjekt Eigentum des Ordens und wird stichprobenartig untersucht, um die Einhaltung der Vereinbarung durch alle Beteiligten sicherzustellen.

Bei Nichteinhaltung wird der Vorvertrag zwischen London St. James und dem Orden aufgelöst und es werden sofortige Maßnahmen gegen die Partei(en) und die Entfernung des Subjekts eingeleitet. Dies liegt allein im Ermessen des Ordens und die Entfernung des Subjekts und die Beendigung dieses Vertrags können jederzeit vom Orden veranlasst werden.

Er konnte mich nicht berühren.

Die Worte überschlugen sich.

Das Subjekt ... ich. Mein Körper, meine Seele ... mein ganzes Wesen, reduziert auf das »Gefäß«, das sie geschaffen hatten. Ein Gefäß, das von jedem benutzt werden konnte, den sie für geeignet hielten, das sie erforschen, ficken oder auf die entwürdigendste und besitzergreifendste Weise benutzen konnten. Die Worte verschwammen vor meinen Augen – nur nicht bei London St. James, wie es aussah.

Das dumpfe Geräusch von Schritten wurde lauter und ließ meinen Blick zur Tür des Arbeitszimmers schweifen. Ich beeilte mich, schob den Vertrag unter das ledergebundene Notizbuch und trat einen Schritt zurück, als sich die Tür des Arbeitszimmers öffnete und London St. James hereinkam. Hitze leckte bei seinem Anblick zwischen meinen Schenkeln, Hitze und Angst, die mich fest im Griff hatte.

Ich hasste ihn.

Wie er mich kontrollierte.

Wie er mich *verzehrte*.

Wie verdammt perfekt er in seinen maßgeschneiderten Hosen und seinem weißen Hemd mit offenem Kragen aussah. Er bewegte sich, hörte sich an und fühlte sich an wie ein Mann. Aber London St. James war kein Mann, zumindest keiner mit einer Seele. Sein kalter, gefühlloser Blick traf mich sofort, bevor er seine Aufmerksamkeit auf den Schreibtisch lenkte und die Tür schloss.

»Du Mistkerl.«

Er sagte nichts, sondern rückte nur näher.

»Hast du mich verstanden?« Ich schnauzte ihn an und hasste es, dass er sich so verdammt gut beherrschen konnte, während ich ... das Gefühl hatte, innerlich auseinanderzufallen. *Ich sagte ...«*

»Ich habe dich schon beim ersten Mal gehört, Vivienne.«

Ich leckte mir über die Lippen und spürte noch immer den blauen Fleck, den sein Mund hinterlassen hatte. Aber der blaue Fleck war *nichts* im Vergleich zu dem Schrecken, den er mir eingejagt hatte ... dem Schrecken, den einzigen Menschen zu befreien, der mich aus dieser Hölle retten konnte.

Ryth ging mir nicht mehr aus dem Kopf, seit ich sie das erste Mal gesehen hatte, als sie in den Orden geschleppt, festgehalten und genau wie ich gebrandmarkt wurde, bis zu dem Moment, als wir beide versucht hatten zu fliehen.

Aber sie war geflohen, nicht wahr? Mit der Hilfe des Teufels und seiner Männer, die er *Söhne* nannte, und das vor meinen Augen. Und er hatte mir klargemacht, dass Ryths Überleben von meinem Gehorsam abhing ... und dem ihres Vaters Jack Castlemaine.

Er ließ Ryth und ihre Brüder fliehen, gab ihnen ein Auto, Geld und Waffen und ließ sie von seinen Männern bewachen, bis sie die Stadtgrenze erreicht hatten. Dann hatten sie Jack wer weiß wohin gebracht, um ihn einzusperren und zu bewachen, während er mich hierher zurückgeschleppt hatte. In dieses ... *dieses ... verdammte Haus.* Sein Haus.

Ich wollte es niederbrennen, sein Zuhause auf die brutalste Art und Weise zerstören, während er dastand und zusah. Ich wollte seine Welt zerstören. Ich konzentrierte mich auf seinen Mund, auf diese unversöhnlichen Lippen, und der Schmerz zwischen meinen Beinen pulsierte noch stärker. Hauptsache, er küsste mich, während ich es tat. Er trat näher und blieb dann an der Schreibtischkante stehen. Sein Blick war auf die weiße Ecke des

Vertrags gerichtet, die unter dem Notizbuch hervorlugte, das ich krampfhaft versucht hatte, zurückzuschieben.

Er schob die Ecke des Notizbuchs zurück und gab so mehr von dem Vertrag frei, bis seine Unterschrift zu sehen war. »Wie ich sehe, hast du etwas gefunden, mit dem du dich beschäftigen kannst.«

»Fick dich!«

Er begegnete meinem Blick und seine dunklen Augen funkelten.

»Fick dich bis in die Hölle.« Ich trat näher heran. »Du kannst mich nicht anfassen, nicht ficken ... du kannst gar nichts.«

Seine Lippen krümmten sich und ich zitterte.

»Bring mich zu Jack«, verlangte ich und reckte mein Kinn in die Luft. »Bring mich zu Jack, oder ...«

»Oder?«, wiederholte er, aber als er das Wort sagte, hielt ich inne und meine Gedanken rasten. »Oder *was?*«

»Oder ... oder ich mache dir das Leben zur Hölle.«

In seinen dunklen Augen regte sich etwas. Er bewegte sich schnell, verringerte den Abstand zwischen uns und packte mich sanft an der Kehle. »Und wie kommst du darauf, dass du das nicht schon getan hast?«

Mein Atem stockte.

Mein Puls raste.

Für eine Sekunde gab es ein Aufflackern von Qual, das sorgfältig hinter der Maske versteckt war, bevor es wieder verschwand und den herzlosen Blick des Monsters zurückließ. Sein Griff veränderte sich und sein Daumen strich langsam über die Vene in meinem Hals. Wollte er mich erwürgen oder beißen wie ein verdammter Vampir?

Ich konnte mein rasendes Herz nicht aufhalten und spürte, wie es sich durch seine Berührung zu beschleunigen begann. Er wusste es ... er spürte es. Seine Mundwinkel zuckten und plötzlich glühte ich, fieberhaft durch das Gefühl seiner Hand. *Oh Gott ... nein.*

Ein Klopfen an der Tür des Arbeitszimmers unterbrach den Moment. Als er seine Hand fallen ließ, griff ich nach der Ecke des Schreibtischs, um mich zu stützen. Ich atmete tief durch, als er sich umdrehte und wegging. *Reiß dich verdammt noch mal zusammen ... Das kann doch nicht sein ...*

Er öffnete die Tür und ich erhaschte einen Blick auf platinblondes Haar, bevor das leise Knurren seines Sohnes ertönte. »Er ist hier.«

Ein Nicken. »Führ ihn herein.«

Wen hereinführen? Ich versuchte, mich zu sammeln, versuchte, die brennende Wut wiederzufinden, die so verdammt flüchtig zu sein schien, wann immer der Wichser mich berührte. Schritte hallten wider und ich lauschte, als sie näher kamen und ein Mann, den ich noch nie zuvor gesehen hatte, hereinkam ... mit einer kleinen schwarzen Arzttasche.

London schloss die Tür hinter ihm und begegnete meinem Blick nicht einmal.

»Wer zum Teufel ist das?«, verlangte ich. »Was ist hier los?«

»Etwas, das ich hätte tun sollen, als ich dich hierher gebracht habe«, antwortete London ... *aber das war alles, was er zu sagen hatte.*

Verdammt.

Ich starrte den Fremden mit demselben unerschütterlichen Blick an und wusste sofort, dass er *einer von denen* war, die mich ein »Gefäß« nannten. Für sie war ich keine Person. Ich war nicht echt.

»Setz dich«, befahl London und deutete auf seinen Stuhl.

Aber ich rührte mich nicht, bis er sich umdrehte und mir in die Augen sah. Die Verschlüsse schnappten auf, bevor der Arzt etwas aus seiner Tasche holte.

»Vivienne …«, drängte London und seine Augen funkelten. »Wir können dich entweder betäuben, um das zu tun, oder du kannst kooperieren. Es liegt ganz bei dir.«

Mein Herz raste und das Geräusch klang in meinen Ohren laut. Ich kannte dieses Szenario, ich war schon einmal in dieser Situation gewesen. Ich senkte meinen Blick auf die sterilen Verbandsmaterialien, die der Fremde herausgezogen und auf Londons Schreibtisch gelegt hatte. »Wirst du mich markieren?« Ich begegnete dem Blick meines Entführers.

»Nein«, antwortete er und trat näher heran. »Der Orden hat dir einen Peilsender verpasst. Ich will ihn aus dir herausholen.«

Das schwere Dröhnen in meiner Brust wurde schneller. »Wirklich?«

Er nickte langsam, dann drehte er sich um und ließ sich in den Stuhl sinken wie ein Hund, der zu seinem grausamen Herrchen zurückkriecht.

Jetzt verstand ich, wer der Fremde war: ein echter Arzt.

»Diese Dinger sitzen normalerweise unter der Haut an der Unterseite des Arms.« Die Wangen des Arztes röteten sich, als er versuchte, meinen Blick nicht zu erwidern. Aber kein Arzt des Ordens, den ich kannte, schämte sich für etwas, das er tat.

Dies war also keiner von ihnen …

»Du musst deine Bluse ausziehen«, forderte er mich auf.

Ich hielt Londons Blick stand. »Ich habe es schon beim ersten Mal geschafft«, murmelte ich. Meine Finger wanderten zu meinen Knöpfen und öffneten sie, bevor ich das Kleidungsstück mit einem Ruck öffnete und es vor mir auf den Schreibtisch legte. Die Augen des unbeholfenen Arztes weiteten sich beim Anblick des karamellfarbenen Spitzen-BHs. Die Spitze ließ Lücken, durch die man einen Blick auf meine Brustwarze erhaschen konnte. Der Arzt schaute wieder verlegen weg.

»Wo zum Teufel hast du diesen Typen gefunden, London?«, fragte ich. »Was für ein Spiel spielst du hier?«

Das Monster vor mir sagte nichts, als der unbeholfene Idiot neben mir mein Handgelenk packte und meinen Arm anhob. Ich streckte mich und gab dem zögernden Arzt so viel Zugang, wie er wollte. Aber ich sah das Zucken in Londons stählernem Blick. Ihm gefiel meine Fragerei fast genauso wenig wie die Tatsache, dass der Kerl die Unterseite meines Arms mit seinen Fingern abtastete.

»Vielleicht ist er in dem anderen«, murmelte der Arzt.

Ich streckte meinen anderen Arm hoch, während London hinter dem Schreibtisch zusah. Die Finger des Arztes glitten über den Arm, drückten und tasteten.

»Hmm«, murmelte er und lenkte meine Aufmerksamkeit wieder auf sich, als er zum vierten Mal mit seiner Hand über meinen Arm fuhr. »Ich kann ihn nicht finden.«

Mein Magen verkrampfte sich. »Vielleicht habe ich gar keinen?«

»Unmöglich«, antwortete London, als er aufstand und näher kam. Seine eisige Entschlossenheit taute direkt vor meinen Augen auf. Tiefe Falten runzelten seine Stirn und die harten Lippen spannten sich. »Er muss da sein.«

Der junge Idiot schüttelte nur den Kopf, während er panisch meinen anderen Arm absuchte. Ich versuchte mich an die Momente zu erinnern, nachdem meine Roboterpflegeeltern mich zum Orden geschleppt und dort zurückgelassen hatten. Ich hatte getreten, gekämpft und geschrien, bis meine Stimme heiser gewesen war und selbst jetzt konnte ich noch das Brennen spüren.

Aber mein Kampf war nur von kurzer Dauer gewesen, denn sie hatten mir den Mund mit einem Lappen zugedeckt und mich betäubt.

Als ich wieder zu mir gekommen war, lag ich gefesselt auf einem Tisch, wobei mein Kopf von dem Zeug benebelt war, das sie mir gegeben hatten. Außerdem spürte ich das Brennen unterhalb meines Bauchnabels, wo sie mich tätowiert hatten. In den darauffolgenden Tagen und Wochen hatte ich überall Schmerzen gehabt. Es tat immer noch weh, aber dieser Schmerz war anders. Diesen Schmerz nutzte ich für meine Wut. Ich konnte mich nicht an einen Schnitt unter meinem Arm erinnern, aber das hieß nicht, dass es keinen gab.

»Er ist nicht hier.« Der Arzt schüttelte den Kopf.

»Doch.« London lehnte sich über den Schreibtisch und starrte mich an. »Finde ihn.«

Ich zuckte zusammen, als der Idiot mich mit seinem quetschenden Griff packte und Muskel gegen Knochen stieß. Ich verkrampfte meinen Kiefer und wandte den Blick ab, um ihm meinen Schmerz nicht zu zeigen.

»Vielleicht ist er irgendwo anders in ihrem Körper?«

Ich zuckte zusammen und erwiderte seinen Blick. »Was?«

Aber der Arzt sprach nicht mit mir. Es war, als wäre ich gar nicht im Raum. Er starrte nur von London auf meine Brüste.

»Kannst du um ihren BH herum arbeiten?«, knurrte London.

»Es wäre einfacher ...«

Londons Kiefer zuckte. »Zieh ihn aus, Vivienne.«

Ich wich zurück. Das war nicht sein Ernst ... *Fick dich ...*

Arschloch.

Ich hielt seinem Blick stand, ließ meine Arme sinken und griff mir an den Rücken. Das gefiel ihm nicht. Das gefiel ihm ganz und gar nicht. Das tröstete mich zumindest ein wenig, als ich meinen BH öffnete und ihn fallen ließ.

»Wenn sie aufstehen könnte ...«

Ich warf einen Blick auf das Arschloch neben mir. »Sie ist genau hier, verdammt«, zischte ich, stieß mich nach oben, drehte mich um und hob meine Arme, bis ich ihm meine Brüste ins Gesicht drückte. »Ist das besser? Hast du jetzt *alles, was du brauchst*, Doktor?«

Meine Wut galt eher London als diesem Idioten, der nur Befehle befolgte. Aber ich konnte nicht verhindern, dass sie sich entlud. Ich musterte den Arzt, der einen Blick auf meine Brüste warf und dann wegschaute. Londons eisiger Blick brannte noch heißer in meinem Gesicht, wie sein persönliches Brandzeichen. Der Bastard könnte mich genauso gut tätowieren und es hinter sich bringen.

Er mochte das nicht, er mochte es nicht, wenn mich ein anderer Mann anfasste, selbst wenn er darauf bestand.

Der Arzt wurde blass, als er meine Brust umfasste und sein Daumen streifte meine Brustwarze, bevor er an der Unterseite drückte. »Ist es das, was du brauchst?«, fragte ich erneut, wobei ich meinen Tonfall milderte, bis die Spannung im Raum abnahm.

Das war gut.

Ich wollte London so stürmisch, wie ich ihn nur kriegen konnte, als der junge, gut aussehende Arzt meine Brust berührte. »Du bist süß«, murmelte ich. »Wohnst du hier in der Nähe?«

»Vivienne ...«

Die Warnung war brutal. Ich drehte mich um und begegnete seinem Blick. »Ja?«

Londons Kiefer verkrampfte sich und die Muskeln spannten sich an, als der Arzt an der Unterseite meiner Brust entlang tastete und innehielt. Der Schmerz folgte, als er zustieß, scharf und stechend. »Autsch.«

»Tut mir leid«, murmelte der Typ und schaute zu London. »Ich glaube, ich habe ihn gefunden.«

»Dann hol ihn raus«, knurrte mein Entführer durch zusammengebissene Zähne.

Der junge Arzt sah fast aufgeregt aus. »Du musst dich hinlegen.«

»Gut.« Ich drehte mich um und setzte mich auf das Ende von Londons Schreibtisch, dann legte ich mich hin und streckte meine Hände hoch über meinen Kopf.

Es wurde heiß zwischen uns, als London mich auf seinen Papieren ausgebreitet anstarrte. Ich hob meinen Fuß, um Halt zu finden, und trat zu, sodass die Maus seines Macs quer durch den Raum gegen die Wand krachte. »Ups.«

Sein Auge zuckte und seine blutleeren Lippen pressten sich zusammen, als Kälte auf die Unterseite meiner Brust spritzte.

»Das wird gleich brennen«, warnte der Typ.

»Wann tut es das nicht?«, antwortete ich und hielt Londons Blick stand.

Ich schrie nicht auf, als die Nadel eindrang, und biss die Zähne zusammen, als der Stich durch meine Brust schoss. Doch das Monster über mir wandte den Blick nicht ab. Auch nicht, als der dumpfe Druck nachließ und ein winziges Geräusch auf dem Schreibtisch neben mir ertönte.

»Er ist draußen«, sagte der Arzt zufrieden.

»Gut.« London begegnete seinem Blick und nickte dann.

Euphorie erfüllte mich, weil der Orden keine Kontrolle mehr über mich hatte. Bis der Druck erneut kam, nur dass er diesmal schärfer und tiefer war. Ich warf einen Blick auf den Arzt, der den Kopf gesenkt hatte und sich auf das konzentrierte, was er gerade tat. Dann machte ich einen Fehler und blickte nach unten.

Er schob etwas anderes hinein ... etwas, das genauso aussah wie das, was er gerade aus mir herausgezogen hatte. »Was zum Teufel machst du da?«

Er antwortete nicht.

Ich richtete meinen Blick auf London. »Was zum Teufel macht er da, London?«

Die blutleeren Lippen kräuselten sich und das besitzergreifende Funkeln leuchtete wieder auf.

»*Du verdammtes Stück Scheiße*«, knurrte ich, als ein Ruck unter meine Brust ging.

Einmal.

Zweimal.

»Es ist vollbracht«, erklärte der Junge, als er seinen Blick stolz auf mich richtete. Bis er meinem wilden Blick begegnete.

»Geh weg von mir, verdammt!« Ich stieß seine Hand weg und huschte von Londons Schreibtisch, wobei ich rückwärts stolperte.

»Danke, Leon«, murmelte London und richtete seinen Blick auf mich. »Du kannst gehen.«

Der Junge nickte nur. »Okay, sicher.«

Schnell packte er das Skalpell und die Tupfer wieder in den Behälter und steckte sie in seine Tasche, bevor er zur Tür ging. Dann blieb er stehen und legte die Hand auf den Türgriff. »Meine Bezahlung.«

»Carven kümmert sich darum, wenn du gehst.«

Mit einem Nicken verließ der Typ das Arbeitszimmer und schlug die Tür mit einem Knall hinter sich zu.

Ich starrte London nur an.

Ich hasste ihn.

Ich *sehnte* mich nach ihm.

»Das war die ganze Zeit dein Plan, nicht wahr?«

Er erwiderte meinen Hass und wandte nicht einmal den Blick ab.

Ich machte keine Anstalten, mich zu bedecken, sondern stand nur da und atmete den scharfen Geruch des Alkohols ein, mit dem ich die Wunde gereinigt hatte, während meine Brust pochte und schmerzte. Er senkte seinen Blick auf eine. »Vivienne ...«

»Spar es dir«, knurrte ich. »Oder weißt du was? Wie wäre es, wenn du dir das stattdessen *in den Arsch schiebst, London? Direkt in deinen verdammten Arsch.«*

Ich schnappte mir meine Bluse und meinen BH vom Schreibtisch und marschierte zur Tür. Ich weigerte mich, den Tränen freien Lauf zu lassen, als ich die Tür aufriss und den Flur entlanglief.

Ich wusste, dass er mir folgen würde, denn er achtete darauf, dass sein Eigentum nichts Unüberlegtes tat, wie zum Beispiel sich von der verdammten Treppe zu stürzen. Das wäre nämlich sehr unangenehm für ihn. Der Flur war nur noch ein verschwommener Fleck, als ich auf das leise Dröhnen der Stimmen zusteuerte, bevor ein dumpfer Schlag und ein Klicken von der Eingangstür zu hören waren.

Carven drehte sich um und beobachtete mich, als ich das Foyer durchquerte. Sein Blick blieb auf meinen Brüsten haften, die bei meinen Bewegungen wackelten. »Schön«, murmelte er und leckte sich dann über die Lippen.

»Du kannst mich auch mal«, schnauzte ich, als ich an ihm vorbei und die Treppe hochging. »Ihr könnt mich alle mal.«

Etwas bewegte sich am oberen Ende der Treppe, als ich hinaufstieg. Der andere Zwilling sah zu, wie ich mich am Geländer festhielt und zwei Stufen auf einmal nahm, bis ich an ihm vorbei in mein Schlafzimmer ging. Er sagte nichts, als ich meine Zellentür aufstieß und mich umdrehte.

London stieg die letzte Treppe hinauf und ging auf mein Schlafzimmer zu, bevor er stehen blieb.

Tränen schimmerten in meinen Augen.

Aber es waren keine Tränen des Schmerzes oder der Traurigkeit.

Es waren Tränen der unkontrollierbaren Wut.

Ich ballte meine Fäuste und verweigerte ihm den Zutritt.

Der Schmerz des Verrats mischte sich mit dem dumpfen Schmerz in meiner Brust, der sich wie der kontrollierende Griff einer Hand anfühlte – *seiner Hand.*

Aber London St. James stand nur da und starrte mich an, dann senkte er seinen Blick auf meine Brust. »Ich komme später wieder, um deine Wunde zu verbinden.«

Ich kräuselte die Lippen, entblößte meine Zähne und knurrte. »Wenn du mich anfasst, kratze ich dir die Augen aus.«

Er nickte vorsichtig. »Du kannst es versuchen«, murmelte er. »Aber ich glaube, du wirst feststellen ...«

Ich wartete nicht, bis er zu Ende gesprochen hatte, sondern machte einen Schritt zurück, griff nach der Tür und schlug sie ihm vor der Nase zu.

ZWEI

London

BUMM!

Sie hat die Tür zugeschlagen.

Meine eigene verdammte Tür ...

In meinem eigenen verdammten Haus.

Direkt in mein Gesicht.

Der Nerv in meinem Auge zuckte. Ich ließ meinen Blick zum Zimmer meiner Söhne schweifen, dann fiel mir ein, dass sie gerade gegangen waren. Stimmt. Mein Gott, reiß dich zusammen. Geh einfach und lass sie verdammt noch mal schmoren. Ich ging auf die Treppe zu. Mein Kiefer verkrampfte sich und ich biss die Wut in mich hinein.

Trotzige. Scheiß. Göre.

Ich sollte wieder reingehen.

Ich sollte wieder reingehen und ...

Ich blieb drei Stufen weiter unten stehen und drehte mich um, um die Tür anzustarren. Zwinge sie zurück in das Bett und

15

unter dich, wo sie hingehört. Ihre Brüste wackelten in meinem Kopf, die festen, rosa Nippel spannten sich an, als sie wütend wurde. Ich wollte sie kneten. Aber das würde sie nur noch mehr verletzen. Ich würde den Schnitt unter der ihrer Brust öffnen, wo der junge Medizinstudent *meinen* Peilsender-Chip implantiert hatte. Trotzdem wollte ich sie ... *berühren.*

Schwere Atemzüge durchströmten mich. Mein Körper und mein Geist kämpften gegen den Drang an, mich um sie zu kümmern und sie gleichzeitig zu erdrosseln. Die Frau war eine gottverdammte Bedrohung. Eine Plage. *Warum war ich also so gottverdammt süchtig?*

Mein Schwanz zuckte bei der Erinnerung daran, wie sie auf meinem Schreibtisch gelegen hatte, die Arme über den Kopf gestreckt, die Herausforderung in ihren Augen. Meine Lippen wurden trocken. Ich leckte sie und starrte die glänzende, graue Farbe der Tür an, hinter der sich die Wut abspielte. Ich wusste, dass sie dort stand und mich hasste. Mein Puls beschleunigte sich bei dem Gedanken. Wartete sie darauf, dass ich ihr eine Lektion erteilte? Wartete sie darauf, dass ich sie nach unten brachte und ihr genau zeigte, wie weit ihre verdammten Mätzchen sie hier bringen würden?

Meine Eier verkrampften sich, dieser köstliche Schmerz breitete sich entlang meines Schafts aus und kribbelte an der Spitze. Ein Pulsieren und ich wusste, dass ein Tropfen meine verdammte Boxershorts befeuchtete. Gott, sie brachte mich dazu, mich wie ein verdammter Teenager aufzuführen. Sie weckte das Bedürfnis, alles an ihrem Körper auszulassen.

Ich hatte noch nie so viel Lust auf Sex gehabt.

Trotzdem zwang ich mich, mich umzudrehen und weiter die Treppe hinunterzugehen. Vivienne Evans war ein Teil dieses Spiels, nicht mehr und nicht weniger. Ich sorgte für Sicherheit, ein Dach über dem Kopf, Essen und Kleidung für sie. Ich stellte all diese Dinge zur Verfügung, damit sie gefügig blieb. Wenn ich das mit dem Schutz, den ich ihr bot, nicht erreichen konnte, musste ich es mit Angst tun.

Sie begann, das zu verstehen. Wenn nicht jetzt, dann würde sie es bald verstehen. Ich griff nach meinem Handy und tippte eine Nachricht an meinen Sicherheitsdienst:

Sorgt dafür, dass sie das Haus nicht verlässt, unter keinen Umständen.

Ich machte mich auf den Weg zur Garage. Verdammt, die letzten paar Tage waren ein verdammtes Chaos gewesen. Ein stechender Schmerz durchfuhr meine Brust und ließ mich den harten Muskelknoten in meinem Nacken massieren. Ich war zu alt für diesen Scheiß. Ich würde noch einen verdammten Herzinfarkt bekommen, wenn ich nicht aufpasste. Ich schnappte mir die Schlüssel an der Tür, drückte auf den Knopf des grauen Audi und stieg ein, während ich den Drang bekämpfte, die Kamera ihres Schlafzimmers auf meinem Handy aufzurufen und sie zu beobachten.

Wahrscheinlich stand sie immer noch da und starrte die Tür an. Oder weinte sie etwa?

Nein.

Eine Frau wie Vivienne erlaubte sich nicht, zusammenzubrechen. Sie schluckte ihre Wut herunter und entlud sie in dem Moment, in dem man nicht darauf vorbereitet war. Ich musste in ihrer Nähe vorsichtig sein. Die Frau war unberechenbar, sogar rachsüchtig. Meine Mundwinkel kräuselten sich. Ich spielte mit dem Feuer, wenn es um sie ging und Gott, ich roch überall Rauch. Ein Lufthauch würde genügen, um sie zu entflammen, aber das würde ich ihr nicht erlauben.

Nein, ich musste meine Kontrolle verstärken. Ich hatte ihr meinen eigenen verdammten Peilsender eingepflanzt.

Ich würde sie Tag und Nacht beobachten.

Ich würde dafür sorgen, dass sie wusste, dass sie mir *gehörte*.

Ich drückte auf den Knopf am Garagentor, legte den Gang ein und fuhr an den beiden Wachen vorbei, die ich auf dem Gelände patrouillieren ließ, aus der Garage. Sie waren zwar nicht meine Söhne, aber bis Colt und Carven zurückkamen, durften sie sich nicht zu weit entfernen. Ich wollte zum Lagerhaus und zurück sein, bevor sie zurückkamen. Ich konnte nicht riskieren, sie allein zu lassen, wenn sie dort waren. Nicht nach dem Treffen und der Begrüßung neulich Abend in meinem Arbeitszimmer.

Die beiden waren sogar in ihren besten Momenten brandgefährlich. Eine konfrontative Bemerkung von ihr und sie würden wahrscheinlich ausrasten. Mein Gott, war es so, wenn man mit einem Haus voller Teenager zusammenlebte? Immer streitsüchtig, undankbar und verdammt gereizt.

Mit Ryth und ihren verdammten Brüdern war es knapp gewesen. Wenn ich zugelassen hätte, dass sie entführt oder noch schlimmer: *getötet* worden wäre, wäre ich nie an den wahren Verantwortlichen herangekommen ... ich wäre nie an King herangekommen. Das war es, was mich antrieb, das Bedürfnis, ihn zu finden.

Ich fuhr auf die Straße hinaus und richtete meine Aufmerksamkeit auf das Handy neben mir. Ein unangenehmes Gefühl machte sich in mir breit ... *sie*. Sie wurde immer mehr zu einem Problem für mich. Sie raubte mir die Aufmerksamkeit und ließ mich auf eine Weise reagieren, die ich mir nicht leisten konnte.

Meine Hände verkrampften sich um das Lenkrad. Eigentlich wollte ich sie um ihren Hals legen. Wenigstens eine, während ich mit der anderen ihren Körper erkundete. Die Erinnerung an die letzte Nacht kam zurück: Wie sie auf dem Bett gelegen hatte, das Handtuch um sie gewickelt.

»Verdammt«, knurrte ich, während mein Puls pochte. Ich riss das Lenkrad herum und hielt am Straßenrand.

Ich hatte keine Zeit für so etwas. Ich hatte keine Zeit für sie.

Aber ich konnte mich nicht zurückhalten, als ich nach meinem Handy griff, meine Apps öffnete und die Übertragung der Kamera in ihrem Zimmer aufrief. Ich sah zu, wie sie mit einem Ausdruck purer Wut im Gesicht durch ihr Zimmer schritt. Sie war wieder angezogen, zumindest ihre Bluse und ihre vollen Brüste wippten, als sie sich bewegte, was mich zum Starren brachte. Augenblicklich war ich wie hypnotisiert und beobachtete sie. So wie ich sie immer beobachtete.

Zuerst hatte ich mir eingeredet, es ginge um ihre Sicherheit ...

Wochen später war ich immer noch hier ... und quälte mich. Sie hörte auf, auf und ab zu gehen und richtete ihren Blick auf die Kamera. Aber es war nicht die Attrappe, die ich in der Ecke ihres Zimmers installiert hatte. Es war die echte, die diskret am Kopfende ihres Bettes versteckt war. Ich wusste nicht, wie sie sie gefunden hatte. Das verdammte Ding war fast nicht zu sehen. Aber jetzt sah sie sie und kam näher, bis ihr Gesicht den Bildschirm meines Handys ausfüllte, mit ihren tiefbraunen Augen und ihren wilden Haaren, die ich am liebsten mit der Faust festhalten würde.

Ein konzentrierter Blick lag auf ihrem Gesicht, bevor die Kamera mit ihren Fingern verschwamm. Dann wackelte das Bild und zoomte direkt in ihre Augen, als sie das verdammte Ding herauszog. Ich stieß ein Knurren aus. Das Ding hatte mich über fünftausend Dollar gekostet ... die sie jetzt auf den Boden warf.

»Wage es ja nicht ...«, knurrte ich, als die Dunkelheit hereinbrach ...

Dann war da nichts mehr.

Ich starrte den toten Feed an.

»Verdammt!«, schrie ich, als ich die Übertragung wechselte und von einem anderen Gerät aus beobachtete, wie sie sich aufrichtete, entrüstet ihr Haar zurückwarf und sich abwandte.

»Du verdammte Plage«, knurrte ich, während ich mein Handy sinken ließ.

Aber ich konnte den Anblick nicht beenden, noch nicht. Ich konzentrierte mich auf den Verkehrsfluss vor mir und schaute dann noch einmal hin, denn ich hasste es, dass ich sie immer noch so sehr begehrte. Jetzt mehr denn je.

Ich legte den Gang ein und fuhr auf die Autobahnauffahrt, die mich quer durch die Stadt und an den zwielichtigen Clubs vorbei führen würde, in denen Killion und seine Freunde verkehrten. Die Nachricht vom Tod des Anwalts hatte in der Elite eine Schockwelle ausgelöst. Viele Bundesrichter und hochrangige Anwälte waren im Moment sehr nervös.

Natürlich hatten sie keine Ahnung, wer diese abscheuliche Tat begangen hatte.

Die Polizei ging davon aus, dass es ein ehemaliger Klient gewesen war und im Moment untersuchten sie die tausenden von kranken Arschlöchern, die er im Laufe der Jahre eingesperrt hatte, ohne auch nur einmal daran zu denken, dass er selbst das kranke Arschloch war, das die Tat begangen hatte. Es gab keine Kameraaufzeichnungen, die man hätte untersuchen können, keine Fingerabdrücke von Ryth oder ihren

Brüdern. Im Grunde gab es für die Polizei nichts, was sie tun konnten.

Dafür hatten die Söhne gesorgt, indem sie einen sehr diskreten Reinigungstrupp geschickt hatten, den ich großzügig bezahlt hatte.

Der Mord war brutal gewesen.

Und erwartet.

Ich beschleunigte den Audi und bahnte mir einen Weg durch den Verkehr, während meine Gedanken zu den letzten Momenten mit Ryth und ihren Brüdern zurückkehrten. Ein Druckmittel war wichtig, um an King heranzukommen, aber zwei? Zwei würden die Macht zu mir verlagern. Wenn ich Ryth nicht haben konnte, dann hatte ich ihren Vater.

Solange er mir gab, was ich wollte.

Denn ich würde ihm keine Wahl lassen.

Ich fuhr zu dem unauffälligen weißen Lagerhaus in einem ruhigen Gewerbegebiet und hielt vor dem Eingang. *Precision Storage* stand auf dem Schild vor der Tür. *No Vacancy,* stand darunter. Ich öffnete das Fenster, lehnte mich hinaus, tippte den Code ein und wartete darauf, dass sich das schwere Stahltor öffnete. Auf dem Schild stand ›No Vacancy‹, weil es nicht für Geschäfte gebaut war, jedenfalls nicht für normale.

Rollen von Stacheldraht liefen oben an der Umzäunung entlang. Überall auf dem Gelände waren Überwachungskameras angebracht, die jeden Zentimeter des Geländes beobachteten.

Ich fuhr durch das Tor, hielt auf dem leeren Parkplatz an und parkte. Das Stahltor rollte zu, als ich ausstieg. Ich überprüfte die Straßen und vergewisserte mich, dass niemand vorbeifuhr, dann drehte ich mich um und machte mich auf den Weg zum

Hauptgebäude, wobei ich einem meiner Männer zuwinkte, als er um die Ecke kam.

Bewaffnete Sicherheitskräfte.

Stacheldraht.

Hochmoderne Sicherheitsmaßnahmen.

Trotzdem war das nicht genug.

Ich hob die Hand und massierte die verspannten Muskeln in meinem Nacken. Es war nicht annähernd sicher genug, nicht, wenn es um die Art von Männern ging, gegen die ich vorgehen wollte. Haelstrom Hale war nicht nur rücksichtslos mächtig, sondern auch verdammt unberechenbar.

Ich drückte meinen Daumen gegen den Sensor, wartete darauf, dass sich die schwere Stahltür entriegelte, warf einen Blick auf das kleine Fenster aus kugelsicherem Glas, durch das sie spähten, schob die Tür auf und trat in das kühle, klimatisierte Foyer.

»Mr. St. James.« Der Wachmann erhob sich hinter dem Schreibtisch.

»Wie geht es ihm?«

»Ruhig«, antwortete der Söldner. »Ein bisschen zu ruhig.«

Er war überrascht, aber ich nicht. »Gut.«

Ich ging den Korridor entlang, vorbei an den anderen verschlossenen Türen, zu einem Raum weiter hinten im Gebäude. Ich drückte meinen Daumen gegen den Sensor und wartete auf das Klicken des Schlosses, bevor ich die Tür öffnete und eintrat.

Er wartete auf mich, genau wie ich es erwartet hatte. Ich musterte den offenen Raum. Er war groß, fast so groß wie eine Wohnung. Auf einer kleinen Küchenzeile standen eine

Mikrowelle und eine Wasserkanne. Ein Badezimmer grenzte an das offene Schlafzimmer. In diesem Raum gab es keine Wände und auch keine Privatsphäre. Aber ich war mir sicher, dass Jack Castlemaine nach seinem Aufenthalt im Gefängnis daran gewöhnt war.

Er saß unbeweglich an dem kleinen runden Tisch und hatte die Zeitung der letzten Woche vor sich aufgeschlagen. Er hatte nur begrenzten Zugang zur Außenwelt. Ein Mann wie Jack war, gelinde gesagt, einfallsreich ... das war der einzige Grund, warum er noch am Leben war.

Ich warf einen Blick auf den weißen Verband, der aus dem Kragen seines Hemdes hervorlugte. Er hatte eine Reihe von Verletzungen erlitten, die schlimmste war eine Schusswunde, aber nach der Schießerei in den verlassenen Lagerhäusern war es ein Glück, dass überhaupt noch jemand von uns lebte, vor allem er.

»Ich sehe, du nutzt deine Zeit.« Ich deutete auf die ausgebreiteten Schnipsel neben ihm.

Er antwortete nicht, sondern beschäftigte sich einfach mit der Aufgabe, die vor ihm lag.

Das gefiel mir nicht ...

»Ich hoffe, deine Unterkunft ist ...«

»Wo ist meine Tochter?«, fragte er, ohne sich die Mühe zu machen, den Kopf zu heben.

Ich blieb an der Tischkante stehen und blickte auf den Mann hinunter. »In Sicherheit.«

Erst dann begegnete er meinem Blick. »Das glaube ich dir nicht.«

Ich schnaubte und musterte den Mann, bevor ich in meine Tasche griff, mein Handy herauszog und die einprogrammierte

Nummer drückte. Er wandte den Blick nicht ab, auch nicht, als das Klingeln aus dem Lautsprecher ertönte, als ich das Handy auf den Tisch legte. Es dauerte lange, bis sie abnahm ... Sie schnaufte und keuchte, als sie bellte. »Ja ... *ja, ich bin hier.*«

»Es hat eine Weile gedauert«, murmelte ich. »Ich hoffe, wir haben euch nicht gestört?«

Die Wangen ihres Vaters wurden rot.

Ihm gefiel der Gedanke nicht, dass seine Tochter drei Männer fickte, schon gar nicht ihre Stiefbrüder. Oh, der Skandal. Aber Jack Castlemaine sollte wissen, dass das nicht das Schlimmste war, was einer Tochter passieren konnte.

»Nein«, keuchte Ryth und verschluckte sich an ihren Atemzügen.

Ich wollte etwas sagen, aber ihr Vater beugte sich vor und schnitt mir das Wort ab. »Bist du in Sicherheit?«

»Dad?« Überraschte Freude erfüllte ihre Stimme. »Ja, wir sind in Sicherheit.«

Er schloss seine Augen und atmete schwer. »Gut ... wo sind ...«

Ich streckte die Hand aus, drückte das Symbol und beendete den Anruf. Wut flammte auf, als er seine Augen öffnete und meinen begegnete. »Du Mistkerl.«

Ich lächelte nur, nahm mein Handy vom Tisch und steckte es zurück in meine Tasche. »Sag mir, wo er ist.«

Jack verstummte und seine Augen verengten sich. »Du weißt, dass das nicht funktionieren wird, oder?«

Ich lehnte mich vor und stützte meine Hand auf die Tischplatte. »'Niemals' ist kein Wort in meinem Wortschatz, Jack. Nicht, wenn es darum geht, dass ich bekomme, was ich will. Ich frage dich jetzt noch einmal: *Wo ist er?*«

Jack atmete ein. »Benjamin wird kommen. Er wird nach mir suchen. Was wirst du dann tun, London? Wirst du auf der einen Seite den Orden spielen und auf der anderen Seite gegen die Mafia kämpfen?«

Der verdammte Nerv neben meinem Auge meldete sich mit voller Wucht zurück, zuckte und pulsierte. »Wenn ich muss. Also, wo ist King?« Ich lehnte mich über ihn. »Sag mir, wie ich zu ihm komme.«

Aber der Bastard zuckte nicht zurück. »Du und ich wissen beide, dass das nicht passieren wird. Wenn er irgendeinen Kontakt zu dir wollte, hätte er sich schon gemeldet. Du wirst nicht in seine Nähe kommen.« Seine Stimme wurde leiser. »Egal, wie viele seiner Töchter du kontrollierst.«

Ich richtete mich langsam auf. »Das wird er, wenn er sie zurückhaben will.« Ich warf einen Blick auf die Zeitungsausschnitte, um zu sehen, was den Mann interessierte. Ich hatte ein Leben lang herausgefunden, wie Menschen ticken. Ein Blick auf Jack und ich wusste, dass er eine harte Nuss sein würde.

Aber ich hatte Zeit.

Und seine verdammte Tochter.

Ein langsames Nicken und ich ging zur Tür. Ich hatte die Klinke schon in der Hand, als er sprach.

»Sie wird dich hassen, das weißt du doch, oder?« Ich blieb stehen. »Es ist egal, was du tust oder warum du es tust ... sie wird dich trotzdem hassen.«

Dieser Nerv wollte einfach nicht aufhören. »Es spielt keine Rolle, was sie denkt.« Meine Gedanken kehrten zu Vivienne zurück. »Sie bedeutet mir nichts.«

»Das redest du dir nur ein«, spottete er.

Ich riss die Tür auf, vergewisserte mich, dass sie fest verschlossen war und ließ Jacks Worte im Raum hinter mir verhallen. Mein Puls beschleunigte sich, als ich mich auf den Weg zurück zur Eingangstür machte. Er lag falsch. So verdammt falsch.

Pulsieren.

Ich drückte meinen Finger gegen die Zuckung, dann stieß ich die Tür auf und ließ sie hinter mir zufallen.

Vivienne bedeutete mir nichts. Sie war nicht mehr als eine Schachfigur in meinem verdammten Spiel, und das würde ich beweisen.

DREI

Vivienne

»Aua.« Ich hörte auf, durch mein Schlafzimmer zu laufen und blickte nach unten, wobei ich vorsichtig an meiner Bluse zog, um den purpurnen Fleck zu sehen. »*Verdammter Mist.*«

Ich fasste mir vorsichtig an die Brust und zuckte zusammen. Der Schmerz war ein dumpfes Pochen. Aber das war nichts im Vergleich zu dem Brennen, das sein Verrat auslöste. Ich hätte es wissen müssen ... ich hätte nichts anderes von ihm erwarten dürfen. »Dumme ... *dumme* verdammte Idiotin.«

Ich fühlte mich wirklich dumm.

Er gab mir das Gefühl, dumm zu sein.

Als wäre ich verdammt schwach und leichtgläubig.

Und für eine Sekunde war ich das auch gewesen, nicht wahr?

Ich ließ mich von der Vorstellung hinreißen, London sei etwas anderes als ein grausames, kontrollsüchtiges Stück Scheiße. Ich warf einen Blick auf die zerbrochene Kamera, die in den Plüschteppich eingedrückt war. Besessener, verlogener Mistkerl. Ich ballte meine Fäuste. Es war nicht genug, die

27

Kamera zu zerstören. Es war nicht einmal annähernd genug. Ich wollte sein gottverdammtes Haus auseinandernehmen und sein Leben ruinieren, bis er die Entscheidung traf, mich freizulassen.

So wie er Ryth freigelassen hatte.

Vorsichtig drückte ich meine Hand auf die Wunde und betrachtete dann den Fleck. Brennende Wut kochte in mir hoch. Ich würde ihn dazu bringen, mich loswerden zu wollen. Ich konnte das. Ich hatte ein ganzes Leben lang die Erfahrung gemacht, eingesperrt, unterdrückt und unerwünscht zu sein. Ich zuckte zusammen. Das tat mehr weh als jeder verdammte Schnitt unter meiner Brust. Ich senkte meine Hand auf die Tätowierung auf meinem Bauch.

Nicht gewollt.

Nur *benutzt*.

Aber ich wollte nicht mehr benutzt werden. Ich wollte kein Rot tragen. Nicht mehr. Ich war fertig damit, mich von anderen kontrollieren zu lassen. Ich schritt zur Tür und riss sie auf. Angst durchfuhr mich, als ich auf den Flur hinaus trat.

Ich suchte das Foyer ab und fand Stille. Es war noch nicht zu spät, um zu fliehen. Ich würde Ryth und ihre Brüder finden. Oder ich wäre auf mich allein gestellt, wenn es so weit käme. Dann würde es keinen mehr geben, der mich nicht wollen konnte.

Von mir aus könnte London seinen Peilsender in mir behalten. Er konnte mich auch Tag und Nacht mit den Kameras beobachten, solange ich weit weg vom Orden war. Als ich auf die Treppe zuging, verwandelte sich die Angst wieder in Wut. Stille lag in der Luft, aber ich wusste, dass ich nicht allein war. Ich wusste, dass da draußen Männer waren, die mich beobachteten und darauf achteten, dass ich keine Dummheiten machte, wie zum Beispiel zu fliehen.

Ich machte mich auf den Weg in die Küche. Der Gedanke, dieses Ding aus mir herauszuschneiden und ihn zurückzulassen, stieg in mir auf, bis ich ihn verdrängte. Ich würde keinen Fuß vor das Haus setzen können, bevor die Wachen mich erwischten. Außerdem musste ich an Ryth denken.

Ihre Sicherheit und ihre Freiheit gingen auf Kosten der meinen und London stellte sicher, dass ich das wusste, auch wenn sie es nicht wusste. Wenn sie es gewusst hätte, wäre sie auf keinen Fall ohne mich geflohen. Das war mir klar.

Wir hatten eine Verbindung, die ich in dem Moment gespürt hatte, als ich an dem Abend im Orden ihr Zimmer betreten hatte. Ich *wusste*, wir würden Freundinnen werden. Ich wusste, dass wir Verbündete sein würden. Das brauchte ich jetzt mehr denn je.

Ich ging um die dunkle Steintheke herum, fuhr mit den Fingern über die Oberfläche und hinterließ einen Abdruck, dann ging ich zurück in sein Arbeitszimmer. Jetzt, wo ich allein war, wollte ich herausfinden, welche Geheimnisse London St. James noch hatte.

Die Tatsache, dass er mich seit Jahren beobachtet hatte, war verdammt gruselig, aber das Warum war es, das mich quälte. Warum ich? Was konnte ich ihm schon bieten? Ich war ein Niemand. Ich war nur eine Nervensäge, die von einem Mädchenheim zu Pflegeeltern geschoben worden war. Ich ging den Flur entlang zurück, blieb vor der Tür des Arbeitszimmers stehen und drückte die Klinke.

Aber sie war verschlossen und das kleine Sensorlicht leuchtete rot. »Klar.« Ich drehte mich um und musterte die Wände, dann hob ich meinen Blick, um nach den Kameras zu suchen, von denen ich wusste, dass sie überall in diesem Haus angebracht waren, genau wie bei diesem Bastard Killion.

Gott, diese Scheiße war verrückt.

Entführung.

Mord.

Menschenhandel.

So viel Handel.

Diese Männer waren nicht nur gefährlich – sie waren auch stinkreich. Ich versuchte nicht mehr, irgendetwas davon zu verstehen. Jetzt versuchte ich nur noch zu überleben. »Und einen verdammten Ausweg aus der Sache zu finden.«

Ich verließ das Arbeitszimmer, ging an der Küche vorbei, drehte mich um und betrat den schönsten Speisesaal, den ich je gesehen hatte. Ein riesiger Zweig hing über dem langen, eleganten Tisch. Er war mit den schönsten, kleinen weißen Lichtern bestückt, die ich je gesehen hatte. Sie funkelten sogar, ohne eingeschaltet zu sein. Die Plüschledersitze, die glänzende Glastischplatte und die prächtigen roten Blumen nahmen den Raum in Schwarz, Rot und Grau ein. Die Farben waren gedämpft und trüb hinter den dunklen, geschlossenen Jalousien.

Ich verließ den Raum und ging zurück in die Küche, wo ich an der einen Tür stehen blieb, die mich innehalten ließ. Das Schloss leuchtete rot. Ich brauchte nicht danach zu greifen, um zu wissen, dass der Weg nach unten in den Keller versperrt war. Trotzdem probierte ich die Klinke aus und kämpfte gegen das aufkeimende Verlangen an.

Bumm.

Das Schloss hielt. Ein Teil von mir war dankbar, der andere Teil, der gefährliche Teil, war es nicht. Ich wandte mich ab, kämpfte gegen dieses Gefühl an und machte mich auf den Weg zur Treppe, wobei ich einen Blick auf die Garagentür warf, bevor ich die Treppe hinaufstieg. Verschlossene Türen, Regeln und Kontrolle. Ich hatte das Gefühl, hier verrückt zu werden ... Ich würde hier verrückt werden, wenn ich nicht bald herauskam.

Am Treppenabsatz im zweiten Stock blieb ich stehen und richtete meinen Blick auf sein Schlafzimmer. Ich erwartete ein elektrisches Schloss an seiner Tür, genau wie das, das er an meiner hatte. Aber da war keins. Ich bewegte mich ohne nachzudenken und ging näher heran, während die Erregung in meinen Adern pulsierte.

Ich schluckte schwer, als ich über meine Schulter blickte. Ich hasste es, dass ich mich wie ein verdammtes Kind fühlte, dann drehte ich mich um, drehte den Griff seiner Schlafzimmertür und trat ein. Sein Geruch traf mich wie ein Lappen, der gegen mein Gesicht gepresst wurde. Ich erstarrte und atmete schwer, was es nur noch schlimmer zu machen schien.

Ich starrte in die Dunkelheit. Selbst mitten am Tag war der Raum stockdunkel. Mit elektronischen Verdunkelungsrollläden von der Welt abgeschottet, sagte das viel über den Mann aus. »Kalt und gefühllos.«

Meine Schritte waren lautlos, als ich mich auf sein Bett zubewegte. Doch an der Kante blieb ich stehen und starrte nach unten. Ich konnte mich nicht bewegen, konnte mich nicht dazu bringen, es zu berühren, konnte gar nichts tun. Der Blick auf den weichen grauen Samtbezug rief dieselbe Reaktion hervor wie die Lederbank in dem Zimmer im Keller.

Angst packte mich.

Eine Angst, wie ich sie noch nie zuvor gespürt hatte.

Mein Puls raste, mein Atem ging stoßweise.

Der Raum begann sich zu drehen. Ich drehte mich um und rannte zur Tür, wobei ich seinen berauschenden Geruch hinter mir ließ. Bumm! Ich knallte die Schlafzimmertür hinter mir zu. Meine Hand umklammerte zitternd den Griff und ich starrte die Treppe an, bevor ich mich zwang, mich zu bewegen. Meine Knie zitterten und ich musste mich am Geländer festhalten, um mich abzustützen. Mein Gott, ich war kurz davor, ohnmächtig zu werden.

Wie zum Teufel konnte ein verdammtes Schlafzimmer mich so beeinflussen?

Wie zum Teufel konnte er mich so beeinflussen?

Mein Verstand drehte sich.

Und meine Muschi pochte.

Ich musste das in den Griff bekommen.

Ich musste mich unter *Kontrolle* bringen.

Ich brauchte – ich biss die Zähne zusammen – meine Wut. Das war es, was ich brauchte, meine Wut. Das Pochen in meiner Brust drängte sich mir auf, sodass ich meine Hand hob und die Schwellung umfasste. Zischend ging ich hoch, bis ich wieder auf meinem Stockwerk ankam. Aber ich war noch nicht fertig mit meiner Rache. Ich war noch lange nicht fertig.

Eine Erinnerung meldete sich. Ein Geräusch vor meiner Schlafzimmertür, gefolgt vom Schlurfen von Schritten.

Die Söhne ...

Ich weiß, dass du da bist. Ich kann dich atmen hören. Meine eigene Stimme hallte zu mir zurück, gefolgt von der leisen, heiseren Antwort eines Mannes. *Kannst du das?*

Kannst du das?

Kannst du das?

»Ja, das kann ich, du Wichser«, knurrte ich und ging den Flur entlang, vorbei an meinem Zimmer, bis es in der Dämmerung versank. »Das konnte ich.«

Es gab drei Türen. Zwei gegenüber und eine am Ende. Ich entschied mich für die eine, drückte den Griff und schob sie auf. Die Tür schlug mit einem Knall gegen die Wand. Ich trat ein und musterte das karge Schlafzimmer. Das Kingsize-Bett war ungemacht, die Matratze brandneu. Das Zimmer war bewohnt. Die Tür des begehbaren Kleiderschranks stand offen und zeigte die schwachen Umrisse von Kleidung, die darin hing.

Ich ging hinüber, knipste das Licht an und starrte in den Raum. Eine schwarze Lederjacke, ein Motorradhelm. Teure Schuhe waren noch in der Schachtel und es sah so aus, als wären drei brandneue schwarze Smokings, die noch in Plastik eingewickelt waren, nach hinten geschoben worden.

Das Zimmer sah aus wie eines, das bewohnt sein sollte, aber das war es nicht. Die Dinge hier waren vergessen oder so verstaut, als wären sie nicht wichtig. Hier gab es nichts für mich. Ich ging hinaus, schloss die Tür hinter mir und wandte mich der Tür auf der rechten Seite zu.

Mit einer Drehung der Klinke betrat ich das Badezimmer. Porzellan glänzte, als ich das Licht einschaltete, und Glas funkelte. Zwei schwarze Plüschhandtücher hingen vom Handtuchhalter und eine Reihe teurer Herrenparfüm- und Hautpflegeflaschen standen zwischen zwei Waschbecken. Duschgel und Shampoo standen in der Duschkabine bereit, aber ich drehte mich um und verließ den Raum, wobei ich die Tür dieses Mal offen ließ, um in den letzten unerforschten Raum zu gehen.

Das musste eines ihrer Zimmer sein. Wo der andere wohnte, wusste ich nicht genau. Ich trat heran, drehte den Griff und stieß die Tür auf. Die Dunkelheit und der berauschende Geruch von Schmerz und Schweiß verschluckten mich augenblicklich und ließen mich erschaudern.

»Ah«, stöhnte ich, als ich tief einatmete und meinen Kopf senkte.

Mein Körper spannte sich an, wurde warm und ließ mich die beiden noch mehr hassen. Ich zwang mich ins Zimmer, griff nach dem Licht und schaltete es ein. Aber das Licht war nicht hell, der schwache Schein füllte den Raum gerade so weit, dass er auf die beiden Einzelbetten an den Wänden auf beiden Seiten fiel.

Aber es waren nicht nur die Betten, die mich zum Staunen brachten. »Was zum Teufel?« Ich bewegte mich auf das Bett zu, das sich an die Wand auf der anderen Seite des Raumes schmiegte. Die schwarze Bettdecke war fein säuberlich hochgezogen, das Kissen in der Mitte eingedrückt. Stahl glänzte und lag in der Mitte des Bettes.

Was zum Teufel war das?

Ich beugte mich hinunter und befühlte die dicken Riemen und Stahlfesseln. Sie sahen fast genauso aus wie die unten im Keller, mit denen London mir schon einmal gedroht hatte. Aber diese waren breiter und dicker und zusätzlich zu den Metallverschlüssen mit Klettverschluss genäht. In Gedanken stellte ich mir die Zwillinge hier vor. War es das grausame, blonde Arschloch? Oder der Ruhige ...

Meine Gedanken rasten, als ich mich umdrehte und den Rest des Raumes in Augenschein nahm. An der Wand stand ein Schreibtisch. Gold glänzte von einer sehr teuer aussehenden Spielkonsole. Ihr Anblick faszinierte mich. Ich warf einen Blick zurück auf die Betten an der Wand. Wenn es einen Weg gab, sie zu verärgern, dann war es, ihr Spielzeug zu zerstören.

Der Gedanke ließ Reißzähne wachsen und biss tief hinein.

Ehe ich mich versah, setzte ich mich in Bewegung, berührte den unberührten Schreibtisch und schob den breiten Schreibtischstuhl zur Seite. »Ich zeige euch, was passiert, wenn ihr mich einsperrt.«

Meine Stimme zitterte. Die Angst packte mich fest, als ich meine Hände um die glänzende PlayStation-Konsole schloss. Eine Sekunde lang dachte ich darüber nach, über die Fesseln auf dem erbärmlichen Einzelbett und die perfekte Konsole in meinen Händen. Aber ich verdrängte die Stimme und holte tief Luft. *Tu es einfach ... tu es einfach ...*

Ich zerrte mit aller Kraft an den Kabeln und riss sie los, als sich etwas an der Tür bewegte.

Schatten näherten sich der Tür.

Zwei von ihnen.

Mein Blick fiel auf die stechend blauen Augen, als der Blonde eintrat. Wut funkelte in seinem Blick, als er von meinem Gesicht zu der Konsole in meinen Händen sah, während ich sie über meinen Kopf hob. »Tu es nicht«, knurrte er.

Der hinter ihm bewegte sich nicht.

Er sagte kein *einziges* Wort.

Aber es war das Arschloch mit den blondierten Haaren, das ich anvisierte, derjenige, der gerne drohte ... mal sehen, wie er jetzt drohen würde. Ich warf das Gerät mit aller Kraft nach unten.

»*NEIN!*«, schrie das Arschloch, als er sich durch die Luft schleuderte, bis er mit mir zusammenstieß.

Ich wurde hochgehoben und nach hinten getrieben, als der Raum kippte.

»*Du verdammte Schlampe!*«, brüllte er.

Ich wurde nach hinten geschleudert und prallte auf die Matratze, bis die harten Metallfesseln sich in meinen Rücken bohrten. »FICK DICH!«, schrie ich und kämpfte.

»Du gottverdammte, egoistische Schlampe!«, schrie er, während er sich über mich stemmte. *»Hast du eine Ahnung, was du getan hast?«*

Alles, was ich sah, waren seine Augen. Alles, was ich spürte, waren seine Hände. Sein Körper ... sein Geruch war überwältigend. Ich hob meinen Kopf vom Bett und spuckte ihm das Wort ins Gesicht. *»Ja!«*

Er erstarrte, seine Augen weiteten sich und er warf einen panischen Blick über seine Schulter zu seinem Bruder, der immer noch in der Tür stand. »Es ist okay«, sagte er und senkte seine Stimme. »Colt, es ist alles in Ordnung.«

Ich verstand nicht, warum er so viel Angst um seinen Bruder hatte, aber das war mir in diesem Moment auch egal. Ich holte aus und schlug ihm mit der Hand ins Gesicht, bis er mein Handgelenk packte, wobei er sich schneller bewegte, als ich es je zuvor bei jemandem gesehen hatte.

Die Wut glitzerte in seinem Blick, als er sich wieder zu mir umdrehte.

»Du schlägst gerne zu«, knurrte er und sein Blick verengte sich. »Aber ich bin nicht London, Tochter.« Er schlug mein Handgelenk zurück und knallte es gegen die Schnalle auf dem Bett. »Du darfst mich nicht schlagen.«

»Lass mich los, verdammt noch mal!«, brüllte ich und kämpfte, so stark ich konnte.

Aber ich war erbärmlich schwach gegen seine grausamen Hände und seine wilde Art. Er knurrte, als er seinen Blick von mir abwandte und meine Hand über meinen Kopf hielt. Er bewegte sich und stand auf. Das Klirren von Stahl ertönte, bevor sich das Leder um mein Handgelenk schloss. Es ging alles so schnell. In der einen Minute zappelte ich noch, in der nächsten war ein Handgelenk über mir gefesselt und er bewegte sich zum anderen und schloss den Klettverschluss um mich.

»Stopp!« Ich trat aus und stieß meine Hüften vom Bett ab. *»Lass mich los!«*

Der blauäugige Bastard erhob sich langsam und starrte auf mich herab. Ich wusste sofort, wann die kalte, kontrollierte Wut in etwas anderes umschlug. Er blickte nach unten zu meinen Brüsten. Kalte Luft drang durch die Ritzen meiner Bluse. Ich holte tief Luft und blickte an mir herunter, um zu sehen, dass Knöpfe fehlten.

»Colt«, rief der Bastard seinen Bruder und atmete ein. »Wie geht's dir, Kumpel?«

Wie es ihm ging? Ich war diejenige, die auf einem verdammten Bett festgeschnallt war, während ein gottverdammter Mörder über mir war. Wenn dieses *Arschloch* dachte, ich wüsste nicht mehr, was er in der Lagerhalle getan hatte, dann hatte er *Wahnvorstellungen.* »Ich habe dich gesehen!«, knurrte ich und fletschte meine Zähne. »Ich habe gesehen, wie du all diese Männer getötet hast.«

Er erstarrte, seine Augenbrauen zogen sich zusammen. »Du hast mich gesehen, ja?«

Gott, er war so ruhig. So verdammt ruhig ...

Ein eiskaltes Schaudern durchfuhr mich, als der stumme Zwilling zur Tür hereinkam und die Teile seiner zerschmetterten Konsole unter seinen Stiefeln knirschten.

»Du weißt also, wozu ich fähig bin«, fügte sein Bruder über mir hinzu und zog meinen Blick auf sich. »Das ist gut. Ich muss mich nicht verstellen. Ich hasse es, mich zu verstellen.«

Er ließ sich auf den Rand des Bettes sinken und setzte sich neben mich. »Wir werden dir eine neue besorgen, Colt«, versicherte er und schaute auf mich herab. »Sobald ich ...«

Seine große Hand schloss sich um meine Brust und seine Finger glitten zwischen die Ritzen meiner Bluse.

»*Hör auf!*«, bellte ich. »Nimm deine *mörderischen* Hände von mir!«

»Mord ist nicht alles, was diese Hände getan haben«, knurrte er, dann riss er an meiner Bluse und vergrößerte den Spalt.

Seine Finger fanden meine Brustwarze und streichelten sie, als er sich erhob und sich über mich beugte. Er stützte sich mit einer Hand auf dem Bett ab und massierte mit der anderen sanft meine Brust. Ich zuckte zusammen, als ich augenblicklich einen Schmerz verspürte.

Ich erstarrte und spürte die Hitze seines Atems an meinem Ohr. »Kein Teil der Partei, Schrägstrich, Parteien, richtig?«, murmelte er. »So steht es im Vertrag. Aber wir sind keine Parteien, Kleine. Nein, wir sind überhaupt keine verdammten Parteien.«

Seine Hand verließ meine Brust und wanderte tiefer, bis sie unter den Bund meines Slips wanderte und sich ihren Weg bahnte.

»*CARVEN!*«

Londons Gebrüll ließ mich aufschrecken, als es das Schlafzimmer erfüllte.

»*Runter von ihr, sofort!*«

Der Bastard grinste nur, dann lehnte er sich näher heran und flüsterte: »Sieht so aus, als hätte Daddy dich wieder gerettet, Wildkatze. Aber es ist nur eine Frage der Zeit ... nur eine Frage der Zeit, dann wird es zu spät sein.«

Ich hielt den Atem an und wartete, während er sich langsam erhob.

Sein Mundwinkel zuckte ...

Bevor London in den Raum schritt, betrachtete er die zertrümmerten Überreste der Konsole und legte dann seine Hand auf die Schulter des stummen Zwillings. »Wir werden uns darum kümmern. Mach dir keine Sorgen.«

Dann richtete er seinen eisigen Blick in meine Richtung.

VIER

London

Ich durchquerte den Raum und wurde wütend, als ich sie so festgeschnallt sah, mit Carvens Hand auf ihrer Brust, die ihr Blut auf die Brustwarze schmierte. Ich kämpfte gegen den Drang an, ihn von ihr herunterzureißen. Aber ich war immer noch verdammt panisch und suchte in seinem blauen Blick nach einem Hinweis auf den Wahnsinn in seinem Inneren.

Die Muskeln seines Kiefers verkrampften sich. Dieser eisige Blick war eiskalt. Aber er reagierte nicht, nicht so, wie ich es erwartet hatte. Stattdessen wirkte er fast ... *gequält*, als er sich von ihr löste.

»Carven ...« Ich sprach vorsichtig und versuchte, einen Weg zu finden, die Situation zu entschärfen. »Du kannst jetzt von ihr weggehen.«

Metall klirrte an den Schnallen der Riemen, als Vivienne stöhnte und an den Fesseln um ihre Handgelenke zerrte. *Sei still, um Himmels willen!* Ich warf ihr einen bösen Blick zu.

Aber die trotzige Plage fletschte nur die Zähne, ihre Augen waren wild und ungezähmt wie die verdammte Wildkatze, als die man sie bezeichnet hatte. Sie wusste nicht, was sie gerade getan hatte, wie schlimm die Situation war. Plastikteile knirschten unter meinem Stiefel, als ich langsam nach vorne trat. Und sie hatte keine Ahnung, wie unberechenbar sie waren.

Die Söhne waren im besten Fall unberechenbar und im schlimmsten Fall geradezu erschreckend. Ich musste es wissen ... So hatte ich sie gefunden. Geprügelt, ausgehungert ... *mörderisch im Alter von zehn Jahren.*

Colt war derjenige, der nach vorne trat und seinen Bruder am Arm packte, um seine Aufmerksamkeit zu erregen, und der eisige Blick wanderte von mir zu ihm. In Carvens Blick kehrte das Leben zurück. Zuerst war es nur ein Schimmer, als wäre er vom Rand des Abgrunds zurück gelockt worden und davon, uns alle zu töten. Sein Bruder war der Einzige, der das tun konnte, nicht einmal ich hatte diesen Respekt, selbst nach all den Jahren.

»Schaff sie aus meinem Zimmer, London«, murmelte Carven und richtete seinen kalten Blick in meine Richtung. »Jetzt.«

Ich schritt vorwärts, biss meinen Kiefer zusammen und versuchte, die Wut in ihren Augen zu ignorieren, während ich nach den Riemen griff. *Fuck! Verdammt!* Ich riss die Fesseln los, eine nach der anderen. Ihre nackten Brüste wackelten, als ich ihren Arm packte und sie vom Bett hochzog. »Beweg dich.«

Ich ließ ihr keine Zeit, zu knurren oder zu zischen, sondern zerrte sie einfach durch das Zimmer der Söhne und zur Tür hinaus. Sie stolperte und knickte mit dem Knöchel um, als sie auf die Konsole trat, aber dann war sie draußen.

Ich verschwendete keine Zeit und warf einen Blick über meine Schulter, bevor ich sie durch die offene Tür ihres Schlafzimmers stieß. Ein Tritt und die Tür schloss sich mit einem Knall. Dann war ich augenblicklich auf ihr, bedrängte sie und drückte sie rückwärts auf das Bett, während ich brüllte. »Hast du überhaupt eine Ahnung, was du getan hast?«

Sie stolperte und fuchtelte mit den Armen, um sich abzufangen, bevor sie fiel. Grausamkeit verdunkelte diese herrlichen braunen Augen. »Was ich getan habe?« Sie ballte die Hände zu Fäusten und drängte sich an mich heran. »Ich bin diejenige, die hier eingesperrt ist wie ein verdammtes Tier. Ich bin diejenige, die verdammt noch mal verfolgt wird.«

Verfolgt ...

Sah sie denn nicht, was ich hier tat?

Sah sie nicht, dass ich versuchte ...

Sie wird dich hassen, das weißt du doch, oder?

Die Worte von Jack Castlemaine stiegen in meinem Kopf auf.

»*Warum!*« Sie warf ihre Hände in die Luft. »Warum bin ich hier ... was willst du eigentlich von mir? Du kannst mich doch nicht ficken, oder? So steht es im Vertrag. Obwohl ich keine Ahnung habe, warum sie das überhaupt interessieren sollte. Aber er steht da. Ich habe es schwarz auf weiß gelesen. Du kannst mich nicht benutzen, *warum bin ich dann noch hier, London? Warum. Bin. Ich. Hier?*«

Warum war sie hier?

Warum ...

Sie war ein Plan, an dem ich fünfzehn Jahre gearbeitet hatte. Ein Plan B, der auf die spektakulärste Art und Weise schiefging, und ich versuche immer noch, ihn wieder in die richtige Bahn zu lenken. Weil Vivienne Evans mich auf eine Art und Weise verfolgte, die ich nicht verstehen konnte, und ich hasste sie dafür.

Sie wird dich hassen ...

Diese Worte blieben mir im Gedächtnis haften, als ich an ihr herunter blickte und den leuchtend roten Fleck auf ihrer Bluse entdeckte. Der Anblick traf mich härter, als es ihre Hand je könnte. *Sie wird dich hassen ... Es ist egal, was du tust, sie wird dich trotzdem hassen.* Ich schluckte den Schmerz hinunter und schaute sie genauer an. »Willst du gehen?«

Sie zuckte zurück und erwartete einen Kampf. »Ja.« Ihre Stimme war weicher, als wäre sie jetzt ein wenig misstrauisch. »Ich will gehen. Lass mich gehen. Ich werde Ryth finden, du kannst auf uns beide aufpassen, wenn du musst, aber ich werde nicht hier bleiben ... mit dir.«

»Und wie kommst du darauf, dass sie dich will?« Ich hasste meinen gefühllosen Ton. »Sie ist bei ihren Brüdern und rennt um ihr Leben. Es wird schwer genug sein, nicht vom Orden aufgespürt zu werden. Mit dir wird das unmöglich sein. Du würdest sie umbringen, Vivienne. Du würdest sie alle in den Tod treiben.«

Mir gefiel es nicht, wie sie schluckte und den Blick abwandte, um ihren Schmerz vor mir zu verbergen ...

Ich war das Monster in ihren Augen. Derjenige, der sie wie eine Kriminelle wegsperrte. Dabei wollte ich doch nur ihr verdammtes Leben retten. Ich betrachtete den Fleck und die weiche Wölbung ihrer Brüste, als sie sich wieder zu mir umdrehte. »Beweg dich nicht.« Ich begegnete ihrem Blick. »Ich meine es ernst.«

Ich ging auf die Tür zu und riss sie auf. Im Schlafzimmer der Söhne war es still, die tödliche Wut war verflogen – vorerst. Bis sie das nächste Mal beschloss, etwas Dummes zu tun. Ich machte mich auf den Weg nach unten und steuerte mein Schlafzimmer an.

Himmel, wenn ich nur ein paar Minuten später dort gewesen wäre ...

Ich hätte ihr Blut gewaschen, nur viel mehr davon.

Carven hätte sie umgebracht. Daran gab es keinen Zweifel und es hätte nichts gegeben, was ich hätte tun können, um ihn aufzuhalten. Ich öffnete die Tür meines Schlafzimmers und ging ins Bad, als ich mich daran erinnerte, wie Carven zusammengezuckt war.

Der Sohn verhielt sich seltsam in ihrer Nähe, die Blicke, die Bemerkungen.

Vielleicht war es doch eine schlechte Entscheidung gewesen, sie hierher zu bringen.

Vielleicht hätte ich sie einsperren und auf einem anderen Gelände verstecken sollen, weit weg von Jack Castlemaine und jedem anderen Arschloch, das ihr Gedanken in den Kopf setzen wollte, vor allem über das Weglaufen. Er hatte das Kind, das nicht von ihm war, ganz schön aufgemischt. Das hätte Ryth fast *umgebracht.*

Aber es war noch nicht zu spät, sie zusammenzupacken und sie irgendwo anders hinzuschieben als vor meine verdammte Nase. Denn die Frau war mir wirklich unter die Haut gegangen.

Ich öffnete den Schrank, holte das Betadine, die Tupfer und die Mullbinden heraus und verließ das Badezimmer, unfähig, die Art und Weise, wie Carven reagiert hatte, abzuschütteln. Er hätte furchtbar sein müssen. Er hätte mit ihrem verdammten Blut bedeckt sein sollen. Dieses verdammte Spiel war das Einzige, was Colt beruhigte und die Albträume und den Schrecken vertrieb. Es war die Art und Weise, wie er mit dem, was er durchgemacht hatte, fertig wurde.

Aber wie Carven angesichts der zerstörten Konsole erstarrt war, machte mich nervös. Ich hatte ihn noch nie so zögern sehen, noch nie hatte er auch nur mit der Wimper gezuckt, wenn es um eine

Reaktion ging. Der Sohn war rücksichtslos, ein Pitbull, wenn es um seinen Bruder ging, und die Tatsache, dass Vivienne noch lebte oder sogar noch aufrecht stehen konnte, sprach Bände.

Ich verließ mein Zimmer und stieg die Treppe hinauf, wobei ich einen Blick auf die Schlafzimmertür der Söhne warf, die jetzt geschlossen war. Leises Gemurmel drang zu mir durch, aber ich konnte nicht hören, was Carven sagte.

Die Konsole war leicht zu ersetzen, aber die Tatsache, dass wir sechs Wochen lang mörderische Wutausbrüche gehabt hatten, nachdem die letzte Konsole abgestürzt war und nicht mehr funktioniert hatte, wollten wir das nicht noch einmal durchmachen ... niemals.

Ich öffnete ihre Schlafzimmertür und erwartete, dass sie sich fauchend und spuckend auf mich stürzen würde, sobald ich eintrat. Aber das tat sie nicht ... Sie war genau da, wo ich sie zurückgelassen hatte und starrte mich von der Seite ihres Bettes an. Eine Welle der Erregung stieg in mir auf. Vielleicht war sie ja doch erziehbar ... vielleicht würde Vivienne genau das tun, was ich ihr sagte.

»Zieh die Bluse aus«, befahl ich und warf einen Blick auf die Vorderseite des ruinierten Kleidungsstücks, bevor ich zu ihrem Badezimmer ging und mich damit beschäftigte, das Verbandszeug auszubreiten.

Etwas bewegte sich im Schlafzimmer, aber ich schaute nicht hin, sondern schrubbte mir die Hände und drückte dann Betadine in ein Wattestäbchen, bevor ich zu ihr zurückging. »Die Platzierung war leider unvermeidbar. Du musst also etwas Weiches tragen, das nicht an der Wunde reibt, zumindest bis sie verheilt ist.«

Sie sagte nichts, als ich näher kam und gegen den Drang ankämpfte, ihre Wut zu besiegen. Die Wände kamen näher, als ich ihre perfekten Brüste anstarrte. »Es wird einfacher sein, wenn du dich hinlegst.«

Sie bewegte sich eine Sekunde lang nicht, dann ließ sie sich langsam auf die Seite des Bettes sinken und legte sich auf den Rücken. Ich legte die sterile Packung auf den Nachttisch, nahm den Tupfer sowie einen frischen Tupfer in die Hand und beugte mich vor.

»Beweg dich so wenig wie möglich«, murmelte ich und mein Puls raste, während ich den Rest meiner Worte herunterschluckte. *Ich will dir nicht wehtun.*

Ihre Brust hob sich, als ich die perfekte Rundung fixierte und sanft über die beiden Stiche unter ihrer Brust strich. Sie zuckte zurück und ließ mich erstarren. »Tut es weh?«

Ich konnte nicht anders, als ihren Blick zu erwidern, als sie den Kopf schüttelte. »Nein.«

»Gut.« Ich nickte, wandte mich wieder der Aufgabe zu und säuberte ihre Wunde, dann tupfte ich sie vorsichtig trocken. Die Wunde war nicht offen, was ein verdammtes Wunder war. Ich berührte sie vorsichtig, als ich den Verband anlegte und darauf achtete, dass er nicht riss.

Dann ging ich zu ihrem begehbaren Kleiderschrank, griff in die Schubladen, die ich mit Dessous gefüllt hatte und zog einen weichen, lavendelfarbenen Spitzen-Bralette heraus, bevor ich mir ein Oberteil aus Kaschmir in der gleichen Farbe schnappte und zu ihr zurückkam. »Zieh dich an.« Ich hielt ihr die Klamotten hin. »Wir gehen jetzt.«

Sie richtete sich vom Bett auf und starrte die Kleidung in meiner Hand an. »Wohin willst du denn gehen?«

»An einen Ort, an den ich dich schon vor Tagen hätte bringen sollen. Ich warte unten auf dich.«

Ich schnappte mir die Plastiktüten und die gebrauchten Tupfer und machte mich auf den Weg nach unten. Erst als ich in der Küche war und den Müll wegräumte, konnte ich aufatmen. Ich hielt mich an der Theke fest, schloss die Augen und senkte den Kopf. »Was für ein verdammtes Durcheinander.«

Ich erlaubte mir eine Sekunde, bevor ich meine Augen öffnete und mich aufrichtete. Und siehe da, die Wildkatze schlich die Treppe hinunter. Ich verfolgte das Geräusch ihrer Schritte, drehte mich um und blieb mit finsterer Miene stehen. »Wo ist der Kaschmir, den ich dir gegeben habe?«

»Auf dem Bett, wo ich ihn hingelegt habe.«

Zucken ...

Der Nerv in meinem Augenwinkel zuckte. Ich biss die Zähne zusammen, begegnete ihrem herausfordernden Blick und schluckte meine Worte hinunter. »Gut.«

»Gut«, knurrte sie zurück.

Ich hob meine Hand, deutete den Weg zur Garage und schluckte meine Wut noch einmal herunter. Das Leben mit dieser Frau begann mir zu missfallen. Ich folgte ihr, schnappte mir die Schlüssel von der Tür und schloss das Auto auf. Sie stieg ein, bevor ich ihre verdammte Tür erreichen konnte, und schlug sie mit einem Knall zu, sodass ich wie ein verdammter Idiot dastand, bevor ich sah, wie sie ihren Kopf drehte und meinem Blick begegnete.

Sie wusste es ...

Sie wusste, was sie da tat.

Ich ballte meine Fäuste und kämpfte gegen den Drang an, sie aus dem verdammten Ding zu zerren und die Tür zuzuschlagen, bevor ich sie wieder öffnete, nur um meinen Standpunkt zu beweisen. Aber ich tat es nicht, sondern wandte mich ab und stieg hinter das Lenkrad, wobei ich ihr verdammtes Grinsen ignorierte, als ich den Knopf drückte und den Motor startete.

Ich fuhr aus der Garage und beschleunigte sofort, als ich auf dem Asphalt aufkam, sodass sie mit dem Rücken in den Sitz gepresst wurde und das Lächeln aus ihrem Gesicht verschwand.

Sie sagte nichts, als ich mich auf den Weg zur Autobahn machte, raus aus der Stadt, an einen Ort, den ich wohl nie wieder betreten würde. Die Stille auf der Fahrt war ohrenbetäubend. Mehr als einmal war ich gezwungen, mir die Worte zu verkneifen und stattdessen zu schweigen.

Sie rutschte auf dem Sitz hin und her und warf mir Seitenblicke zu, während ich die Gänge einlegte. Mehr als einmal erwischte ich sie dabei, wie sie meine um das Lenkrad geschlungenen Hände anstarrte, bevor sie den Blick abwandte und sich zwang, aus dem Fenster zu schauen. »Ist dir kalt?«, fragte ich und lenkte ihre Aufmerksamkeit auf mich, als ich die Temperatur einstellte und meine Hand gegen die Lüftungsöffnung neben ihrem Bein drückte.

Ich spreizte meine Finger und folgte dem kühlen Luftstrom zu ihrem Oberschenkel. Ich berührte sie vorsichtig, doch sie schluckte schwer und starrte auf die Berührung. »Nein.«

Aber ihr Tonfall war heiser. Diesmal war es an mir, zu grinsen. Es schien, als würde die kleine Wildkatze meine Hände mögen …

Und das war auch verdammt gut so.

Denn ich wollte sie überall anfassen.

»Wohin fahren wir?«

Ich warf ihr einen Blick zu. »Sie kann sprechen.«

»Witzig.«

»Warum, bist du nervös, weil du mit mir unterwegs bist?«

»Nein«, zischte sie ein bisschen zu schnell. »Ich wollte es nur wissen.«

Ich warf ihr einen kurzen Blick zu. »Nuschel deine Worte nicht, Vivienne.«

Ihre Mundwinkel kräuselten sich zu einem spöttischen Lächeln. »Wie lange willst du mich denn noch wie ein Kind behandeln?«

»Solange du dich wie eines benimmst«, antwortete ich, als ich ein Auto überholte und beschleunigte.

»*Ja, ja.*«

Verärgert drehte ich mich zu ihr um. »Was?«

Die Wut entlud sich in ihrem Blick und ihre Wangen wurden rot. »Nichts.«

»Das habe ich mir gedacht.«

Den Rest der einstündigen Fahrt blieb sie still und schmollte die ganze Zeit. Aber als das riesige Gebäude durch die dichten Bäume lugte, wurde meine Aufmerksamkeit von ihren verletzten Gefühlen abgelenkt. Mein Magen drehte sich und trieb diesen vertrauten Schmerz durch meine Brust. Mein Puls flatterte wie eine Krähe, die in meinem Bauch gefangen war und um ihre Freiheit kämpfte. *Privatbesitz, nicht betreten.* Das verblasste Schild stand immer noch an der Seite und war mit Einschusslöchern übersät, von denen einige frisch waren.

Waren die Söhne hier gewesen?

Wenn nicht sie, dann hatte es jemand getan, jemand, der genauso gequält worden war.

Ich verlangsamte den Wagen, bog in die enge Kurve der kurvenreichen Straße ein und fuhr langsam in die Einfahrt, vorbei an den Überresten der abgebrannten Wachhütte, die an der Vorderseite stand, und hielt dann vor dem aufgebrochenen Tor.

Sie starrte das weitläufige Gelände an und konzentrierte sich auf das dunkle Herrenhaus, das sich in der Ferne erhob.

»Ich bin gleich wieder da.« Ich drehte mich zu ihr um und wartete, bis sie meinen Blick erwiderte und langsam nickte.

Ich stieg aus, wobei ich die Fahrertür offen ließ, und ging auf das Tor zu. Die Scharniere quietschten und klemmten auf einer Seite, sodass ich nach vorne schreiten musste, um es anzuschieben. Aber das verdammte Ding rührte sich nicht. Ich warf einen Blick über meine Schulter und sah, wie sie das Gebäude mit großen Augen anstarrte, bevor sie ihren erschrockenen Blick auf mich richtete.

Ich hasste die Entfernung zwischen uns ... und noch mehr hasste ich es, dass wir hier waren.

Ich packte den rostigen Stahl und meine Sehnen spannten sich an, als ich mit aller Kraft gegen das verdammte Ding stieß, bis es nachgab und sich ganz öffnete. Dann stieß ich die andere Seite auf und wischte mir den Dreck von den Händen an der Hose ab. Bis wir fertig waren, würde ich noch viel mehr Flecken haben.

Ich warf einen kurzen Blick in ihre Richtung und vergewisserte mich, dass sie nicht zusammenbrach, dann legte ich den Gang ein und fuhr durch die Einfahrt zu dem hässlichen, gotischen, braunen Backsteinhaus, das zum Verrotten zurückgelassen worden war. Als ich ausstieg, fühlte ich mich ausgelaugt, als würde die Luft hier widerhallen, durchdrungen von kalten Schreien.

»Was ist das für ein Ort?«, fragte sie leise, wobei ihr Blick auf die verdunkelten Fenster oben gerichtet war.

»Die Hölle«, antwortete ich, als ich die Fahrertür schloss und vorne um das Auto herum trat. »Das ... ist die Hölle.«

Sie folgte mir und blieb ein paar Schritte hinter mir, als ich auf die Haustür zuging. Kies knirschte unter meinen Stiefeln und das Geräusch weckte Erinnerungen, die ich auf keinen Fall wieder erleben wollte. Aber da war ich nun.

Ich stieg die Treppe hinauf und griff nach der Klinke, bevor ich sie nach innen schob. Lange Holzbretter waren aus dem Eingang gerissen worden und hatten grauenhaft verrostete Nägel hinterlassen. »Vorsicht.« Ich warf einen Blick über meine Schulter und griff nach ihrer Hand. »Du willst dich doch nicht daran schneiden.«

Ich hatte erwartet, dass sie sich gegen die Verbindung wehren würde.

Dass sie wütend werden würde.

Aber das tat sie nicht. Stattdessen ergriff sie meine Hand und folgte mir ins Haus.

Unsere Schritte hallten wider, als ich sie vorwärts führte. Aber in meinem Kopf gab es nicht die verrottenden Dielen und die abblätternde Farbe der Türen dieses Gemäuers. Nein, der Schrecken war so grell in meinem Kopf, dass er schmerzhaft war. Ich führte sie durch das Foyer, wo schwaches Sonnenlicht durch die schmutzigen Fenster fiel und den Raum erhellte. Trotzdem sprach ich nicht, sondern ließ alles auf sie wirken.

Hinter dem Foyer befand sich die Bibliothek, deren Tür offen stand, sodass der üble Gestank verrotteter Bücher nach draußen drang.

»Igitt.« Sie hielt sich die Nase zu und starrte in den Raum.

Ich zerrte an ihrer Hand und zog sie vorwärts durch den großen, offenen Raum, der eigentlich fröhlich sein sollte, aber ich bezweifelte, dass dieser Ort wusste, was Freude war. »Das Erste, was mir an diesem Ort aufgefallen ist, als ich durch diese Türen gekommen bin, war der Geruch.« Meine Stimme klang bissig. »Jetzt ist er natürlich verblasst. Aber wenn du ihn einmal eingeatmet hast, wenn du ihn einmal in dich hineingelassen hast, bleibt diese Art von Gestank haften. Er befleckt dich. Er infiziert dich.«

Sie drehte sich zu mir um. Diese Worte waren grausam ... aber notwendig.

»Verzweiflung und Folter haben einen gewissen ... Beigeschmack, wie du weißt, Vivienne.«

Sie wimmerte, und in diesem Moment wusste ich ...

Dass sie sich zu erinnern begann.

»Der Ammoniak blieb mir tagelang im Hals stecken, und was ich in den Augen all dieser Kinder sah, sagte mir den Rest. Es war so still für ein Haus«, sagte ich und starrte in diese Hülle eines Spielzimmers. »So still für ein Haus voller Kinder. Ihre Schritte waren leise, ihre Atemzüge flach, als würde ihre Anwesenheit zu viel Lärm machen, als hätten sie Angst vor den Konsequenzen.«

Ich drehte mich zu ihr um, vergewisserte mich, dass sie mich sah und warf dann einen Blick auf die große rote Tür, die mit vier schweren Bolzen befestigt war und winzig kleine Kratzer auf der Innenseite hatte. Sie befanden sich auf einem halben Meter Höhe.

Ein Wimmern entfuhr ihr.

Sie ließ meine Hand los und ballte ihre Fäuste. Ihre olivfarbene Haut färbte sich gelblich. »Was ist mit ihnen passiert? Mit all den Kindern ...« Sie schaute mich an. »Sag es mir, London. Sag mir, was passiert ist.«

Ich antwortete ihr nicht, sondern starrte sie nur an und wartete darauf, dass sich die Puzzleteile zusammenfügten.

Bis sie auf ihren Fersen zurückwippte und gequält die Stirn runzelte, als sie ihre eigene Frage beantwortete.

FÜNF

Vivienne

»Der Orden.« Der Raum schwankte, verschwamm und verdunkelte sich, als alles klar wurde. »Der Orden ist passiert, nicht wahr?«

Er nickte langsam und sein Kiefer verkrampfte sich, als er sich umsah. »Aber so schlimm dieser Ort auch war ... das Heim für die Söhne war noch viel schlimmer. Die Grausamkeiten, die sie dort ertragen mussten, die Disziplin, das Training. Es war genug, um jemanden zu brechen ...«

Söhne.

Söhne ...

Ein leiser, gequälter Laut entrang sich meiner Kehle. Ich schloss die Augen, krümmte mich zusammen und stützte meine Hände auf meine Knie. Aber mit jedem Atemzug zog ich diesen Dreck in meine Seele. »Tochter«, stöhnte ich. »Sie haben mich *Tochter* genannt.« Ich zwang mich, aufzustehen, um seinem Blick zu begegnen. »Sie nannten mich *Tochter* und du nennst sie ... *Söhne.*« Ich trat näher und die Verzweiflung schrie in mir auf. »Aber sie sind nicht deine Söhne, nicht wahr, London? Sie sind nicht von *dir* ...«

»Nein«, antwortete er.

Diese bissige Antwort ging mir mehr als nur in die Haut.

»Aber Carven und Colt gehören trotzdem zu meiner Familie. Ich habe sie von diesem Ort mitgenommen, als sie noch kleine Jungen waren. Ich muss sie beschützen und für sie sorgen. Sie kennen alle meine Geheimnisse, jedes einzelne, und sie kennen auch alle deine.«

»Meine Geheimnisse?« Ich schüttelte den Kopf. »Ich habe keine Geheimnisse.«

Er trat einen Schritt näher. »Vivienne ... du *bist* das Geheimnis.«

Mein Magen verkrampfte sich, als er sich wieder zu mir umdrehte und mich mit seinen wissenden Augen ansah. »Du wurdest von diesem Ort geholt, bevor sie zu viel Schaden anrichten konnten, und zu dem Paar gebracht, das dich aufgezogen hat. Sie haben dir nicht wehgetan.« Er drehte sich zu mir um und starrte mir in die Seele. »Dafür habe ich gesorgt.«

Er hat dafür gesorgt ...

Er hat ... dafür gesorgt ...

Ich erstarrte und meine Gedanken überschlugen sich, als die Puzzleteile sich zusammenfügten. Das Buch, das ich in seinem Arbeitszimmer gefunden hatte, mit Bildern von mir, die er nie hätte haben dürfen. Als ich seinem Blick begegnete, begriff ich endlich, wie hilflos ich war. Es war alles seine Schuld, jeder Schritt, jeder Weg. Er hatte die ganze Macht ... die ganze Kontrolle. »Wer zum Teufel bist du?«

»Ein Mann, der versucht, den Schaden, den er angerichtet hat, rückgängig zu machen.« Er trat näher heran. »Ich konnte dich nicht vom Orden wegbringen, das hätte viel zu viel

Aufmerksamkeit erregt. Aber ich habe deine Pflegeeltern dafür bezahlt, dich nicht zu verletzen. Das war das Beste, was ich tun konnte.«

Mit jedem Schritt wurde dieses Monster noch realer. Meine Vergangenheit ... diese Albträume. Die Kälte. Die Dunkelheit. Die Schreie. »*Oh, Gott.*« Ich stolperte rückwärts, weg von den Kratzern an der Tür und dem fauligen Gestank des Schreckens, und drehte mich um.

Ehe ich mich versah, rannte ich los, stürzte durch das verrottende Haus und auf die Haustür zu. Meine Schuhe polterten, als ich die Treppe zu seinem Auto hinunterstolperte und meine Hand auf die Motorhaube schlug, um die Wärme des Motors zu spüren, bevor meine Knie nachgaben.

»Ganz ruhig.« Starke Arme legten sich um meine Taille und hinderten mich daran, auf den Boden zu fallen. »Ganz ruhig, ich habe dich.«

Ich stöhnte, schüttelte den Kopf und versuchte, ihn wegzuschieben. Aber ich konnte genauso gut gegen die Nacht ankämpfen. London St. James war die Nacht, kalt, leer, endlos. Er drehte mich um, legte seine Hand auf meinen Rücken und zog mich an sich. »Halt dich an mir fest, Vivienne.«

In diesem Moment war das alles, was ich tun konnte, um aufrecht zu bleiben. Ich ertappte mich dabei, wie ich seine Arme umklammerte und mich an ihm festhielt. Ich hasste es, dass ich ihn brauchte, als ich meinen Kopf auf seine Brust senkte. »Was zum Teufel, London ... *was zum Teufel!*«

»Ich verstehe.« Er war so ruhig ... so kontrolliert. So kalt.

Ich hob meinen Kopf und begegnete seinem leeren Blick, dann schlug ich gegen seine Brust, stieß ihn weg und stolperte rückwärts. »Hast du *verstanden?* Du hältst dich verdammt noch mal fern von mir. *Hast du das verstanden, Arschloch?*

Bleib … verdammt … nochmal … weg von mir, du kranker Wichser!«

Meine Absätze sanken in die Steine und in den Dreck, sodass ich ins Straucheln geriet und stolperte. Mir wurde schlecht … Ich wollte rennen. Ich schlug mit der Hand gegen die Seite des Autos und stieß mich ab. Alles, was ich sah, war der sich verdunkelnde Himmel und die düsteren Bäume in der Ferne.

Ich musste von hier verschwinden. Ich musste …

Ich stürzte und trieb mich vorwärts.

»Vivienne!«, schrie London.

Tochter.

Tochter.

Tochter.

Und Söhne …

Ein verwundeter Laut entfuhr mir, als ich in die Dunkelheit rannte.

»*VERDAMMT!*« Seine Schritte knirschten auf den Steinen hinter mir.

Aber in meinem Kopf hörte ich nur noch seine Worte. *Wie kommst du darauf, dass sie dich will … wie kommst du darauf …. Dass sie … dich will …?*

»Vivienne, *hör auf zu rennen!*«

Das dumpfe Geräusch seiner Schritte wurde lauter, bis sich sein grausamer Griff um meinen Arm schloss und er mich nach hinten zerrte. »*STOPP!*«, brüllte er, die dunklen Augen wild und weit aufgerissen. »*Bleib stehen, um Himmels willen!*«

»*Lass mich los!*« Ich strampelte, schlug um mich und kämpfte mit allem, was ich hatte. Tränen stachen mir in die Augen, während der Schmerz in meiner Brust stärker wurde. »*Lass mich los, verdammt!*«

Aber dieses Mal packte er meine Handgelenke, als ich auf sein Gesicht abzielte. »STOPP!«, brüllte er. »*Ich sagte ... STOPP, Vivienne!*«

»*Ich gehöre nicht dazu!*« Die Worte rissen die eiternde Wunde in mir auf. »Ich gehöre *nirgendwo* hin!«

Er erstarrte und seine Hände schlossen sich um meine Handgelenke.

So sehr ich es auch verabscheute, meine Tränen flossen. »Ich gehöre nicht dazu«, flüsterte ich. »Nicht zu Ryth, zu niemandem.«

»Was?« Er runzelte die Stirn.

»Das hast du doch gesagt, oder?« Ich zerrte an meinen Händen und versuchte, mich aus seinem Griff zu befreien. »Aber du musst mich nicht darauf hinweisen. Es war mein ganzes verdammtes Leben lang offensichtlich!«

Trotzdem ließ er nicht los.

Der Schmerz ließ nach und ich fühlte mich leerer als je zuvor. Ich kämpfte weiter gegen ihn an, weil ich verzweifelt versuchte, meine Scham zu verbergen. »Lass mich gehen, London ... Lass mich einfach gehen. Ich gehöre nicht hierher. Nicht hierher, nicht zu meinen Eltern, nicht zu Ryth ... nirgendwohin.«

Er runzelte die Stirn und sein Brustkorb hob und senkte sich mit schweren Atemzügen. »Du denkst, niemand will dich?«

»*Denken?*« Ich bellte ein Lachen heraus, als sich der Schmerz in meiner Brust in eine Feuerwand verwandelte. »Ich brauche es nicht zu *denken*. Ich *weiß*, dass mich niemand will.«

Mit einem wütenden Knurren riss er mich an sich und packte mich im Nacken, damit ich nicht weglaufen konnte. »Aber ich will dich, Vivienne!«, knurrte er und seine Augen starrten mir tief in die Seele. »*Ich ... will ... dich ... verdammt noch mal!*«

Ich erstarrte, die Tränen brannten und ich konnte nicht mehr zu Atem kommen. Ich konnte nicht denken ... nur *fühlen*. Ich spürte das Gewicht seines Blicks, der sich in meinen bohrte, und die Stärke seines Griffs. Seine Augen weiteten sich vor Überraschung, als wäre ihm bewusst geworden, was er gesagt hatte. Dann lockerte sich sein Griff augenblicklich.

»Denk daran, wenn du das nächste Mal vergisst, wo du hingehörst.« Sein Tonfall wurde weicher, als er den Blick abwandte. »Jetzt ...«, sagte er schwer atmend und versuchte, sich zu sammeln. »Steig wieder in das verdammte Auto, Vivienne, und lass uns von hier verschwinden.«

Ich hielt ihn nicht auf, als er seine Hand senkte, meine ergriff und mich mit sich zog. Mein Blick wanderte zu dem furchterregenden, riesigen Haus, als ich mich von ihm zum Auto führen und ihn die Tür öffnen ließ. Ich ließ mich von ihm ins Auto geleiten, bevor er sich herunterbeugte, den Sicherheitsgurt anlegte und die Tür mit einem leisen Knall schloss.

Meine Tränen kamen immer noch, langsam und brennend. Ich wischte sie mit meinen Handrücken weg und beobachtete ihn, als er vorne am Auto vorbeiging. Aber ich konnte sie nicht aufhalten, so sehr ich es auch versuchte. Ich sagte nichts, als er hinter das Lenkrad stieg und den Motor startete.

Er warf einen Blick in meine Richtung, sein Gesicht wurde von den Lichtern des Armaturenbretts umspielt, bevor er sich umdrehte. Die Nacht brach über uns herein, verdunkelte den Himmel und machte das schaurige Haus noch furchterregender als zuvor. London griff nach der Rückenlehne meines Sitzes und fuhr rückwärts.

Durch seine Aufmerksamkeit beschleunigte sich mein Puls und pulsierte in meinen Adern. Jetzt war mir etwas unangenehm, was vorher nicht da gewesen war. Er warf mir Seitenblicke zu, als wir auf das Tor zufuhren, bremste genug, um hindurchzuschlüpfen und bog dann auf die kurvenreiche Straße ab. Die Scheinwerfer durchschnitten die Düsternis, bevor wir in die Dunkelheit eintauchten, die aus den dichten Bäumen hervorquoll.

Ping.

Ich warf einen Blick auf sein Handy, das in der Konsole zwischen uns lag, dann auf die Nachricht, die auf dem Display erschien.

H: Du wirst gebraucht.

H? Wer war das? Helene ... Harmony? Was für andere Frauennamen konnte ich mir ausdenken, die mit dem Buchstaben H anfingen ... *und warum zum Teufel interessierte mich das?* Mit brennenden Wangen wandte ich den Blick ab, als London sich nach vorne beugte und über den Bildschirm wischte, um meine Sicht zu beenden.

»Tut mir leid, dass ich deine Zeit in Anspruch genommen habe«, murmelte ich.

»Du hast meine Zeit nicht in Anspruch genommen, Vivienne«, sagte er und warf mir einen Blick zu.

Ich wusste nicht, ob seine Verärgerung auf mich oder auf die verdammte Nachricht zurückzuführen war. Aber er wurde noch kälter, als er fuhr und sank wieder auf diesen steinernen Blick zurück. Es sah so aus, als wären die Lektionen und Beichten für heute Abend endgültig vorbei und ich konnte es kaum erwarten, so weit wie möglich von diesem gottverlassenen Ort und London St. James wegzukommen.

Ein Schaudern durchfuhr mich und meine Zähne klapperten. Mein Atem stockte, bevor er sich wie Rasierklingen losriss. Ich beugte mich vor, umklammerte meine Knie und hatte das Gefühl, mich gleich übergeben zu müssen.

Er griff hinüber, stellte die Temperatur ein und richtete die Wärme auf mich. »Es ist dieser Ort. Mir geht es genauso. Du kommst schon klar, du brauchst nur Wärme.«

Ich klammerte mich an meine Knie und zitterte, als der warme Luftzug mich umspülte. Wir fuhren schweigend und nicht einmal das Radio lenkte die panischen Gedanken in meinem Kopf ab. Alles, was ich hatte, war das Rauschen der warmen Luft, bis ich schließlich aufhörte zu zittern.

Etwas hatte sich zwischen uns verändert. Etwas, das ich nicht mochte. Ich suchte nach einem Anflug von Wut, während ich mich langsam aufrichtete und ihn aus den Augenwinkeln beobachtete. Aber so sehr ich mich auch bemühte, den Zorn ihm gegenüber zu finden, er war verschwunden. Statt Wut verspürte ich ein schmerzhaftes Bedürfnis, diesen Mann anzusehen ... mehr zu tun als ihn anzusehen, wenn ich ehrlich war. Während ich diesen sicheren Händen zusah, wie sie die Gänge einlegten und das Rad drehten, gingen mir so viele Fragen durch den Kopf, dass ich sie nicht sinnvoll einordnen konnte.

Das Wirrwarr in meinem Kopf wurde noch immer von seiner verzweifelten Offenbarung überschattet. Du denkst, du bist nicht erwünscht? Aber ich will dich, Vivienne!

Mein Puls raste. Ich konnte an nichts anderes denken als an die Angst in seinen Augen. Die Angst, die er so sorgfältig unter seiner emotionslosen, steinernen Fassade versteckt hatte. Als wir in die Einfahrt einbogen, griff ich bereits nach der Tür, weil ich unbedingt von ihm wegwollte. Schade, dass ich nicht vor meiner eigenen Qual davonlaufen konnte.

Er sagte nichts, als er den Motor abstellte und ich ausstieg. Trotzdem spürte ich seinen Blick den ganzen Weg bis zur Tür des Hauses. Ich musste Abstand gewinnen ... die Kontrolle wiedererlangen.

Meine Schritte waren wie verschwommen, als ich die Treppe hinaufrannte. Ich warf einen Blick auf seine Schlafzimmertür, während ich weiter hinaufstieg. Diese Panik war dieselbe, die ich schon einmal gespürt hatte, die mich überfallen hatte, als ich an seinem Bett gestanden hatte. Hitze durchfuhr mich, als ich oben ankam und zu meinem Zimmer rannte.

Es folgten keine schweren Schritte, aber diesmal kam er mir nicht hinterher. Ich eilte hinein, schloss die Tür und lehnte mich dagegen, wobei ich tief durchatmete. »Nein ... einfach nein.«

Ich fühlte mich schwer. So schwer.

Gequält und angespannt schloss ich die Augen. Aber alles, was ich sehen konnte, waren diese Hände. Diese starken, verdammten Hände, die das Lenkrad umklammerten und dieser vorsichtige, dunkle Blick. Ich weiß nicht, wie lange ich so dastand, gelähmt von dem Schrecken, dass ich jetzt wusste, wie er sich fühlte.

Ich mochte es nicht. Ich wollte den ganzen Abend ungeschehen machen, angefangen damit, dass ich diese verdammte Spielkonsole zerschmettert hatte. Schritte ertönten und gingen auf mein Zimmer zu. Ich drehte mich um, als ich das leise Klopfen von Knöcheln hörte.

»Vivienne«, murmelte London. »Ich habe dein Essen.«

»Ich will es nicht«, schnauzte ich, dann milderte ich meinen Tonfall. »Ich glaube, ich kann nicht.«

»Ich werde es vor deiner Tür abstellen.«

Erleichterung machte sich in mir breit. Ich konnte ihn nicht ansehen, nicht jetzt. Vielleicht nie wieder.

Das Klappern von Tellern ertönte. Schatten bewegten sich unter der Tür, als ich rückwärts ging, bis ich mich dem Bett näherte. Das weiche lavendelfarbene Kaschmiroberteil lag immer noch auf dem Boden, aus Hass weggeworfen. Dieser Moment fühlte sich an, als wäre er eine Ewigkeit her, bevor ich die Wahrheit gekannt hatte. Die Wahrheit über meine Vergangenheit. Ich wandte mich ab und machte mich auf den Weg ins Bad, als mich erneut ein Schauer durchfuhr.

Erinnerungen überkamen mich.

Erinnerungen, die verblasst und alt waren.

Ich hatte immer gedacht, ich hätte es mir eingebildet.

Die Schreie. Den Schrecken.

Das *Bumm ... Bumm ... Bumm ...* das mit den blinkenden Lichtern einhergegangen war.

Gewitter hatten mir schon immer Angst eingejagt.

Sie haben dir nicht wehgetan. Diese Worte verfolgten mich, als ich mich auszog und ins Bad ging. Ich drehte das Wasser so heiß auf, wie ich es aushalten konnte und stellte mich unter den Wasserstrahl, um das Böse dieses Ortes von mir abzuwaschen.

Es dauerte nur zwei Sekunden, bis ich unter der Dusche zu Boden sank und die Tränen in Strömen flossen.

Sie haben dir nicht wehgetan.

Bei seinen Worten hatte ich nur eines gehört ...

Dafür habe ich gesorgt.

SECHS

London

ICH WILL DICH, VERDAMMT NOCH MAL, VIVIENNE! DIE Worte erklangen, als ich das Tablett vor ihrem Zimmer auf den Boden stellte und aufstand. Verdammter Idiot. Ich starrte ihre Zimmertür an. *Dummer, gottverdammter Idiot. Du hast alles ruiniert.*

Piep.

Ich griff nach meinem Handy und sah mir die Nachricht an.

H: Wo zum Teufel bist du?

»Scheiße.«

Ich warf einen Blick auf ihre Tür. Das Letzte, was ich tun wollte, war, sie jetzt zu verlassen. Ich hatte eine Tür zur Hölle geöffnet und alle Dämonen würden herausströmen. Aber als der Teufel selbst meine Anwesenheit verlangte, hatte ich keine andere Wahl als zu gehorchen ...

Für den Moment ...

Aber nicht für immer.

Ich warf einen Blick auf das Essen und zuckte zusammen. Es war übereilt ... unordentlich. Ich hatte keine Zeit gehabt, es richtig zuzubereiten. Meine Finger zitterten immer noch, nachdem ich alles für sie zusammengestellt und die restlichen Zutaten weggeräumt hatte. Geräucherter Lachs, aufgewärmtes Kartoffelgratin mit gedünstetem Spargel und Pfefferbutter. Irgendetwas fehlte noch. Ich runzelte die Stirn und überlegte ...

Ping.

Der Nerv in meinem Augenwinkel zuckte. Meine Lippen kräuselten sich, als ich mein Handy nahm.

H: Wenn du mir nicht antwortest ...

»Fick dich«, knurrte ich und tippte eine Nachricht.

Ich bin unterwegs. Unternimm nichts, bis ich da bin.

Absenden.

Ich warf einen Blick auf das Tablett, dann zwang ich mich zu gehen und machte mich wieder auf den Weg zur Treppe und in die Garage. Der Motor des Audi heulte wieder auf. Das Garagentor hob sich und ich fuhr hinaus. Ich warf einen Blick zurück in den Rückspiegel auf den leeren Platz, den normalerweise Carvens schwarzer Explorer einnahm. Die Söhne waren unterwegs und verfolgten eine Spur, die wir zu King hatten. Ich wollte, dass diese Spur etwas brachte, dass sie etwas bewirkte.

Ich wollte sie, als würde mein Leben davon abhängen.

Denn das tat es.

Ich konzentrierte mich auf die Straße und verdrängte alles andere aus meinem Kopf. Ich musste vorsichtig sein, ich musste kalt sein. Ich musste verdammt rücksichtslos sein, wenn ich hierher kam. Ich versank in der Dunkelheit ... und schaltete alles aus, bis ...

Das dunkle Schokoladenmousse …

»Scheiße!«, brüllte ich und schlug auf das Lenkrad.

Ich hatte ihr verdammtes Mousse vergessen. Das, das ich heute Morgen extra für sie gemacht hatte, mit den weißen Schokoladensplittern – das, von dem ich wusste, dass sie es lieben würde. Das verdammte Mousse … das gottverdammte Mousse. Mein Puls beschleunigte sich und das Zucken kehrte mit voller Wucht zurück, sodass die Scheinwerfer der entgegenkommenden Autos flackerten und glitzerten. »Verdammter Idiot. Was willst du hier noch alles versauen?«

Erst der verdammte Ausbruch … *Ich will dich, verdammt!* Die Worte klingelten wie eine verdammte Glocke in meinem Kopf. Ich hätte ihr genauso gut zu Füßen fallen können, verdammt noch mal. Ich hätte ihr auch alles sagen können. Aber das würde sie nur vertreiben, nicht wahr? Das würde nur alles ruinieren.

»Gottverdammte Banks … gottverdammte *Castlemaines!*«

Ich musste Jack zum Reden bringen, musste ihn noch mehr unter Druck setzen. Ich hatte gedacht, wenn ich Ryths Leben in der Hand hätte, würde er mir alle Informationen über King geben. Aber anscheinend hatte ich mich geirrt. Ich beschleunigte den Audi und bog auf die Autobahnauffahrt in Richtung Nordwesten ab.

Wenn Carven Creed Banks fand, konnte ich ihn vielleicht benutzen, um Jack zum Reden zu bringen. Banks war ein korruptes Arschloch, aber nicht annähernd so schlimm, wie ich es brauchte. Er war mehr ein schwaches Arschloch als alles andere. Aber schwache Männer waren leicht zu benutzen. Und ich würde ihn benutzen. Ich würde sie alle benutzen, um zu bekommen, was ich wollte.

Sogar sie?

Viviennes Gesicht kam mir in den Sinn. Ihre braunen Augen hatten vor lauter Tränen geschimmert, Tränen, die sie nicht hatte fallen lassen, bis sie in dem verdammten Auto gesessen hatte. Sie war stur und stark. Kein Mensch, der sich leicht verbiegen ließ ... oder zerbrach. Ein Blick in ihre Vergangenheit reichte, um das zu wissen. Aber ich brauchte sie ja nicht zu verbiegen, oder?

Nur über den verdammten Tisch mit meiner Hand zwischen ihren Schenkeln ...

Oh Gott.

Was auch immer wir zwischen uns hatten, geriet außer Kontrolle. Sie war ein Ziel. Das war alles. Nichts weiter als ein Werkzeug, das ich benutzen konnte. *Gott, ich wollte sie benutzen.* Ich schaltete einen Gang zurück, nahm die scharfe Kurve und beschleunigte, da die Straße nun offen war.

Mein Puls pochte lauter in meinen Ohren und erinnerte mich an die Tatsache, dass die Frau mir unter die Haut gegangen war. Ich war derjenige, der hier die Kontrolle haben sollte. Aber ich ließ mich von ihr unterkriegen und offenbarte Dinge, die ihr die Oberhand gaben.

Ich musste das ändern.

Ich musste rückgängig machen, was ich getan hatte.

Aber alles, woran ich denken konnte, war sie.

An ihren Schmerz.

An ihren verdammten Körper.

»Scheiße«, murmelte ich, als ich auf die lange, kurvenreiche Straße einbog und als der hohe Zaun des Ordens in Sicht kam, wurde mir bewusst, dass ich viel zu verletzlich war, um diese verdammte Nacht zu überleben.

Ich verlangsamte den Wagen, hielt vor der Wächterhütte an und zückte meinen Ausweis. Doch der Wachmann schaute ihn kaum an. Stattdessen nickte er. »Der Parkplatz ist auf der linken Seite, Mr. St. James.«

Ich ließ meinen Blick zu dem Gebäude in der Ferne schweifen. »Auf der linken Seite?«

»Wegen der Explosion, Sir.«

Ich nickte langsam, um meine Überraschung zu verbergen, und lenkte den Wagen durch das Tor, als es sich öffnete. Die Lichter leuchteten hell auf der Vorderseite des Betongebäudes. Dieser Ort war nicht nur ein Gefängnis für die Frauen, die sie hierher brachten, sondern Haelstrom Hales eigener, kranker Spielplatz. Alles, was er wollte, hatte er hier. Sex-Handel. Mord. Erpressung ... und vor allem: Zucht.

Die entwürdigenden Dinge, die er hier tat, waren endlos ... und mit zwei Richtern des Obersten Gerichtshofs und drei verdammten Senatoren in der Tasche wagte es niemand, in seine Richtung zu schauen. Außer King ... *und mir ...*

Das gelbe Absperrband leuchtete in der Dunkelheit wie Neon. »Mein Gott«, murmelte ich, als ich den Wagen an eine Baumgruppe stellte, anstatt wie sonst zu parken, und den Motor abstellte, bevor ich ausstieg. Mein Blick war wie gefesselt von dem Schaden. Die Hälfte der verdammten Wand fehlte und herausgesprengte Teile lagen auf dem Boden verstreut. Zweifellos war Jack Castlemaine auf diese Weise entkommen. Um so einen Schaden anzurichten, brauchte man eine ganze Gruppe von Männern.

Allein die Tatsache, dass sie es geschafft hatten, ins Innere des Gebäudes zu gelangen und an den Wachen vorbeizukommen, die jeden Zentimeter patrouillierten, machte mich wahnsinnig neugierig. Sein Team war gut, aber meines war besser.

Egal, was King dem Hale-Orden an den Kopf geworfen hatte, um seinen Kumpel zu befreien, ich war trotzdem besser als er. Ich war derjenige, der Jack hatte ... und seine Töchter.

Ich unterdrückte ein Grinsen und griff in meine Tasche, als ich zur Seitentür ging. Wie oft war ich schon an diesem Ort gewesen? Zu oft, verdammt. Zuerst war ich hier gewesen, weil ich es gewollt hatte, dann, als sich die Dinge geändert hatten, weil ich nicht mehr entkommen konnte, und als ich versuchte, den Schaden, den ich angerichtet hatte, wiedergutzumachen, war es aus Verzweiflung gewesen. Ich drückte meine Karte gegen den Scanner und riss die Tür auf. »Und hier sind wir.«

Strahlend weiße Wände und grelles, blendendes Licht. Ich blinzelte und wandte den Blick kurz ab, bis sich meine Augen an das grelle Licht gewöhnt hatten. Aber eigentlich brauchte ich gar nicht nachzusehen, wohin ich ging. Ich kannte diesen Ort wie meine Westentasche – *weil ich ihn gebaut hatte, oder?*

Fast.

Ich hatte ihn fast gebaut.

Ich atmete schwer aus und nickte, als ein Wachmann vorbeikam.

»Mr. St. James«, murmelte er.

Ich drehte mich um, hob meine Hand und drückte die Karte auf den Scanner. In dem Moment, als ich durch die Tür trat, konnte ich das Gebrüll hören.

»Es steht dir nicht zu, nachzudenken. Habe ich mich klar ausgedrückt? Deine Aufgabe ist es zu TUN!« Das wilde Gebrüll hallte an den Wänden wider. »Du tust es, verdammt noch mal, und du tust es auf *meine Art.* Du hättest dein verdammtes Gewissen töten sollen, als du die Chance dazu hattest, Riven, und jetzt verpiss dich!«

Verdammt, das würde ein verdammtes Minenfeld werden.

Am Eingang zu dem großen Büro am Ende des Flurs wurde ich langsamer. Aber ich musste nicht lange warten. Die Tür öffnete sich ruckartig und Riven schritt heraus, die Lippen gekräuselt, die Zähne gefletscht. Er warf mir einen bösen Blick zu, als er die Tür offen ließ und wortlos an mir vorbeiging.

Etwas bewegte sich von innen heraus. Ich atmete tief ein und vergrub jede verdammte Emotion, die ich jemals gehabt hatte, ganz tief. Im Angesicht eines Weißen Hais mit weit aufgerissenem Maul weicht man nicht zurück. Nein, man bleibt standhaft ... *und lügt wie ein Mistkerl.*

Ich bewegte mich leise, ging hinein und schloss die Tür leise hinter mir. Haelstrom warf mir einen wilden Blick zu. Die seelenlosen Augen verengten sich auf mich, bevor er sich mit den Fingern durch die Haare fuhr. Er sagte nichts. Er ließ einfach die brodelnde Stille für sich sprechen.

Ich machte mich auf den Weg zu der dunklen Reihe von Bücherregalen, die sich an der Wand entlang erstreckte und lehnte mich dagegen.

»Wo zum Teufel warst du?«, knurrte er.

»Beschäftigt«, murmelte ich.

»Zu beschäftigt, um auf meine verdammten Nachrichten zu antworten?«

»Ja.«

Seine Mundwinkel zuckten. Er war wütend ... so wütend, wie ich ihn noch nie gesehen hatte. Man reizt einen Mann wie Haelstrom nicht, wenn er am Ende ist ... es sei denn, man war ich. »Bitte verwechsle mich nicht mit deinem Verwalter. Ich bin nicht Riven. Meine Zeit gehört mir.«

Er verstummte. »Auch wenn ich dich brauche?«

Ich drückte mich milde aus. »Auch dann.« Er atmete schwer ein. »Aber jetzt bin ich hier.«

»Ja«, antwortete er vorsichtig, umrundete dann seinen Schreibtisch und ging zu der kleinen Bar in der Ecke seines Büros, wo er sich einen Drink einschenkte und den Inhalt in einem Zug hinunterschluckte. Er drehte sich nicht um, sondern sprach nur mit der Wand. »Weißt du etwas darüber?«

Vorsicht.

Ich ließ keine Sekunde verstreichen. »Wie kannst du mich das fragen? Ich bin dein ältester Verbündeter.«

Er drehte sich um und seine Augen waren auf meine gerichtet. Er war unbarmherzig. Wie eine Viper, die sich zum Angriff bereit machte. »Es ist King. Ich weiß, dass er es ist.« Er schenkte wieder ein, ohne mir etwas anzubieten. Das tat er nie. Einem Mann wie Haelstom Hale waren deine Wünsche völlig egal. Tatsächlich existierst du nicht einmal außerhalb seiner Welt. Du nimmst einen Platz in seiner Welt ein, um seine eigenen egoistischen Bedürfnisse zu befriedigen, mehr nicht.

In dem Moment, in dem du ihm nicht mehr nützlich bist ...

Da hörst du auf zu existieren.

Er ballte die Fäuste und eine Ader wölbte sich in seinem Augenwinkel. »Ich hasse es, blind zu sein, wenn es um ihn geht.«

»Ich weiß.«

»Weißt du das?« Er trat näher heran. »Ich fühle mich, als hätte man mir die Augen ausgestochen und ich stolpere herum. Sie haben sogar den verdammten Kontrollraum in die Luft gejagt, wusstest du das?«

Ich hob die Augenbrauen. »Nein, wusste ich nicht.«

Er schwenkte eine Hand in der Luft. »Alle meine verdammten Kameras, alle meine gottverdammten Festplatten. Sie haben alles mitgenommen.«

»Wie viele waren es?«

Er warf mir einen feindseligen Blick zu. »Ich habe keine Ahnung. *Keine verdammte Ahnung.* Alles war in Ordnung, dann explodierten die Bomben. Sechs meiner Männer waren tot ... und Castlemaine war weg.«

Sechs Männer ...

Es mussten mindestens vier sein ... vier hochqualifizierte Männer. Waren es die Söhne? Meine Gedanken wanderten zu den frischen Einschusslöchern im Zaun des Hale-Waisenhauses zurück und versuchten, die Teile zusammenzufügen.

»Ich will, dass dieser Hurensohn gefunden wird, London.«

Ich hob meinen Blick zu ihm. »Ich weiß.«

»Warum zum Teufel hast du ihn dann nicht gefunden?« Er trat näher und musterte mich genauer. »Wenn es jemanden gibt, der diesen Bastard aufspüren könnte, dann bist du es. Warum zum Teufel hast du ihn nicht gefunden?«

»Du weißt, warum.«

Ein weiterer Schritt ... bis er direkt vor mir stand. »Sag mir noch einmal, warum dieser Typ nichts weiter als ein Geist ist. Erzähl mir, dass wir nach all den Jahren nicht ein einziges Bild von ihm haben, nicht einen einzigen Blick, wie er aussieht, und trotzdem. .. kann er mit seinem verdammten Team in mein Haus spazieren und es zerstören, ohne eine Spur zu hinterlassen – und den einzigen verdammten Mann mitnehmen, der jemals mit ihm in Kontakt gekommen ist. Sag es mir ... denn ich fange an, an deiner Loyalität zu zweifeln.«

Mein Magen verkrampfte sich.

»Du vergisst, dass ich derjenige war, der das alles in Gang gesetzt hat. Ich war derjenige, der dir gesagt hat, dass du etwas bekommen sollst, was King wollte.«

»Aber du wolltest nicht, dass ich das Sperma des Bastards nehme, oder? Du wolltest auch nicht, dass wir die Kryoanlage auseinandernehmen, um es zu bekommen.«

Mein Puls pochte in meiner Brust.

Er hämmerte, so wie er es immer tat.

»Nein«, antwortete ich. »Ich hätte vielleicht vorgeschlagen, ihn mit einem Köder ins Freie zu locken ... aber ich hätte nicht gedacht, dass diese Köder ausgerechnet ...«

»Töchter sein würden.« Mein Puls raste. Meine Atemzüge wurden flach. Haelstrom blickte zu Boden und sein Blick verfolgte diese schnelle Bewegung. »Töchter, die ich gebrauchen könnte.«

Aber er wusste es nicht ... er wusste es nicht.

Denn wenn er es wüsste, wäre ich tot.

Haelstrom wandte sich ab. »Aber du hast nicht einmal gezögert, nicht wahr? Du hast mich nicht einmal verraten. Du bist stark geblieben.«

Mein Herz hämmerte immer noch, als er sein Glas leerte und es erneut füllte. »Das ist der einzige Grund, warum du noch hier bist. Also besorg mir die Informationen, London. Besorg mir King. Besorg mir Castlemaine ... Verdammt, besorg mir den Bastard Banks. Besorg mir irgendjemanden.«

»Das werde ich«, murmelte ich.

Stille erfüllte den Raum. Es schien, als wäre das Gespräch beendet und ich wurde entlassen. »Der Vertrag ...«, begann ich.

»Was ist mit ihm?«

»Meinst du nicht, dass wir auf den Blödsinn verzichten können?«

Er drehte sich um und sein Blick suchte meinen. »Willst du sie so sehr, London?«

Ich versuchte, meinen Atem zu verlangsamen, aber das war so, als würde man eine Lokomotive bremsen, die aus dem Gleis geraten war. Ich leckte mir über die Lippen. »Ich will das, wofür ich bezahlt habe.«

Er schnaufte leise, trank einen Schluck und stellte das Glas ab. »Und du hast gezahlt. Besorg mir, was ich will und ich werde sie dir überlassen.«

Ich verkrampfte mich und die Verzweiflung heulte in mir auf. Aber ich konnte sehen, dass Haelstrom mit diesem Thema fertig war. Ihn jetzt zu drängen, würde Aufmerksamkeit auf sich ziehen, die ich nicht wollte. Ich wollte, dass Haelstrom weit weg von Vivienne blieb ... und ich wollte ihn von mir fernhalten. »Gut.«

Er nickte. Ich drehte mich mit zusammengebissenem Kiefer und brennendem Hass in mir um und ging zur Tür.

»Bevor du gehst, musst du noch zu einem Abendessen kommen.«

Mein Magen verkrampfte sich und meine Eier zogen sich zusammen. »Wann?«

»Freitagabend. Ich erwarte dich an meiner Seite, Verbündeter. Ophelia wird dort sein und sie hat ausdrücklich um deine Anwesenheit gebeten.«

Das mulmige Gefühl wurde nur noch stärker. Ich nickte ihm zu, nicht dass es nötig gewesen wäre oder es ihn interessiert hätte, bevor ich die Tür öffnete und den Raum verließ. Ich wurde nicht langsamer und setzte meine Schritte sorgfältig, obwohl ich am liebsten weggerannt wäre. Bevor ich meine Karte gegen den Scanner drücken konnte, flog die Doppeltür auf und Macoy Daniels schritt mit einem völlig verstörten Blick hindurch.

Er zuckte zusammen und schaute mich mit panisch geweiteten Augen an. »St. James.«

»Daniels.«

Er starrte panisch in den Flur hinter mir und dann wieder zurück. »Hast du von Killion gehört?«

Idiot. »Das habe ich. Mein herzliches Beileid. Ich weiß, wie nahe ihr euch standet.«

Er zuckte zusammen, dann nickte er. »Kennst du jemanden ...«

»Nein, das tue ich nicht.« Ein Anflug von Verärgerung war zu spüren. Schmerz und Angst waren bei schwächeren Männern eine gefährliche Mischung. Das brachte sie dazu, um sich zu schlagen. Ich gab ihm keine Gelegenheit dazu. »Wenn du mich entschuldigen würdest.«

Er rührte sich nicht, sondern stand einfach nur da, während ich um ihn herumging und durch die Tür schritt. Erst als ich in meinem Auto saß, ließ ich dem Schrecken und der Angst freien Lauf. Meine Hände zitterten, bis ich das Lenkrad fest umklammerte und mich zwang, nicht zusammenzubrechen, als ich vor den Toren des Geländes abbremste und dann auf die Straße einbog.

Aber zwei Sekunden später verwandelte sich der Schrecken in etwas, das ich gebrauchen konnte.

Etwas, das ich gut kannte ...

Entschlossenheit.

Hol mir King. Hol mir Castlemaine. Verdammt, hol mir Banks ...

Ich warf einen Blick auf den Mann im Rückspiegel, auf die steinerne Entschlossenheit in seinen Augen ... dann richtete ich meinen Blick auf die Straße vor mir ... und fuhr zum Lagerhaus. Es war an der Zeit, die Befragung ein wenig aggressiver zu gestalten. Es war an der Zeit, King zu finden, bevor Haelstrom es tat – *ein für alle Mal.*

SIEBEN

Vivienne

Ich wälzte mich auf dem Bett, rutschte auf meinem Hintern hin und her und schloss meine Augen. Schreie hallten in meinem Kopf wider. Die Schreie von Kindern. Schreie, die ich schon mein ganzes Leben lang gehört hatte. Aber ich hatte sie verdrängt, nicht wahr? Ich hatte mir eingeredet, dass sie das Ergebnis einer überaktiven Fantasie gewesen waren. Sie waren nicht real, *sie waren nie real gewesen.* Denn wenn sie es gewesen wären ...

Das Heim für die Söhne war viel schlimmer ... viel, viel schlimmer.

Oh Gott.

Ich öffnete meine Augen und starrte an die Decke. Diese Worte hallten in meinem Kopf nach. Das bisschen Schlaf, das ich gehabt hatte, war schon lange vorbei. Nach dem, was ich heute Nacht gesehen hatte, bezweifelte ich, dass ich jemals wieder schlafen würde. Ich schob die dicke Bettdecke beiseite und stemmte mich nach oben, wobei mein Blick auf das schwache Mondlicht fiel, das durch das Fenster einfiel.

Ich will dich, verdammt noch mal, Vivienne!

Bei diesen Worten stockte mir der Atem. Verdammt sei er. Verdammt mochte er sein. Ich schob das Bettzeug beiseite und erhob mich, als die Kälte mich augenblicklich einhüllte. Ich zitterte und streckte die Hand aus, um zu suchen. Meine Finger berührten eine weiche Stelle. Ich schnappte mir den lavendelfarbenen Pullover am Ende des Bettes und zog ihn an.

Es war kalt heute Nacht ... und es wurde noch kälter.

Ich ging zum Fenster und schaute aus meiner Zelle. Der Herbst war da, riss die Blätter weg und brachte einen ganz neuen Schmerz über mich. Der Winter war schon immer meine Lieblingsjahreszeit gewesen. Nicht, dass er mir jemals die Freude gebracht hätte, die die anderen Kinder empfunden hatten. Aber man konnte ja träumen ...

Ich schlang meine Arme um meine Mitte und drehte mich weg, um einen Blick auf das leere Tablett auf dem Tisch zu werfen. Aber es waren nicht die Reste meines Essens, die mich beschäftigten, sondern der Schreibtisch. Nicht dieser Schreibtisch ... *sein Schreibtisch.* Ich stieß ein leises Schnauben aus. Londons Worte hallten in meinem Kopf nach, aber wenn er dachte, er hätte mich mit seinen Lügen und Manipulationen um den Finger gewickelt, dann lag er falsch.

Es sei denn, es war keine Lüge.

Ich schüttelte den Kopf und ging langsam zur Tür. Es war eine Lüge, denn das war alles, was er tat. Lügen. Manipulieren. Kontrollieren. Aber er konnte mich nicht kontrollieren, nicht mehr. Ich wusste jetzt, was für ein Mistkerl er war. Er würde mich nicht mehr austricksen, nie wieder.

Ich prüfte die Türklinke, stellte fest, dass sie unverschlossen war und öffnete sie leise. Mein Blick fiel auf den Flur und das Zimmer der Söhne, und ein Schuldgefühl überkam mich. Ich machte mir Vorwürfe, weil ich die verdammte Konsole zertrümmert hatte. Das hätte ich nicht tun sollen. Ich war mir nicht sicher, was in mich gefahren war. Eigentlich war ich es. Es war dieser Ort und dieses ... *Arschloch.* »Von wegen er will mich«, murmelte ich. »Mal sehen, ob ich das ändern kann.«

Ich riss meinen Blick von ihm los und ging zur Treppe. Den Gedanken an eine Wiedergutmachung schob ich schnell beiseite. *Kein Teil der Partei, Schrägstrich Parteien, richtig? Aber wir sind keine Partei ...* Das Knurren des wilden Bastards drang zu mir durch. Ich schluckte, als mich ein Schaudern durchfuhr. Ja, ich wollte auf keinen Fall in die Nähe dieses Psycho-Bastards gehen.

Ich machte mich auf den Weg nach unten und blieb auf Londons Etage stehen. Die Dunkelheit winkte mir zu und verlockte mich dazu, noch ein letztes Mal in seine Privatsphäre einzudringen. Ich starrte in der Dunkelheit zu seiner Tür. Meine Gedanken wanderten zu dem elektronischen Schloss vor der Tür seines Arbeitszimmers. Doch es gab auch ein mechanisches Schloss. Wenn es ein Schloss gab, dann musste es auch irgendwo einen Schlüssel geben.

Wo könnte man ihn besser verstecken als dort, wo der Bastard schlief?

Ich trat um das Geländer herum und ging zu seiner Tür. Sie war verschlossen, das musste sie sein. Aber als ich sie aufdrückte, gab die Klinke nach. »Sieh an, sieh an, sieh an.« Ich stieß die Tür auf und starrte in die trübe Düsternis.

Sein Geruch umwehte mich, ließ meinen Puls rasen und meinen Körper lebendig werden. Ich verschränkte noch einmal die Arme vor der Brust und trat ein. »Nein«, flüsterte ich. »Diesmal werde ich nicht ausflippen.« Ich bewegte mich zum Bett und erwartete fast, dass er sich aufsetzen und mich anstarren würde.

Mein Gott … was würde passieren, wenn er das tun würde?

Ich würde sterben. Nein … das würde ich nicht. Ich leckte mir über die Lippen und starrte die Laken an. Ich konnte nicht anders, griff nach der dunkelgrauen Bettdecke und schob sie herunter. Saubere Laken, ordentlich zurechtgerückt. Alles an diesem Mann war präzise. Ich zerrte und schob, riss seine Laken los und streifte sie zurück. Dann griff ich nach seinem Kissen, bereit, es quer durch den Raum zu werfen, und hielt inne.

Sein Geruch wurde noch intensiver, als ich es an mich zog. Ich schloss meine Augen und atmete tief ein. Mein Gott, roch er gut. Er roch so verdammt gut. Zu gut. Ich öffnete die Augen und mein Körper erwärmte sich. »Oh, Gott.«

In meinem Kopf lag seine Hand um meinen Hals und sein Blick war auf das Handtuch gerichtet, das ich trug. Ein Handtuch, das sich zwischen meinen Schenkeln öffnete. Er wollte es weiter auseinanderziehen. Das wusste ich. Ich senkte meinen Kopf und drückte mein Gesicht tiefer in das Kissen. Verdammt, ich wollte ihn auch. Ich wollte, dass er mich berührte. Ich schloss die Augen und stieß ein Stöhnen aus, dann zog ich mich zurück. Anstatt es quer durch den Raum zu werfen, wie ich es eigentlich wollte, legte ich es hin, griff nach den Laken und der Bettdecke und versuchte, das Chaos, das ich angerichtet hatte, zu beseitigen.

Als ich fertig war, richtete ich mich auf. Selbst in der Dämmerung sah ich, dass es immer noch ein verdammtes Wrack war. Ich ging hinüber, knipste die Lampe auf dem Nachttisch neben seinem Bett an und betrachtete die Zerstörung. Panik ergriff mich, als ich das zerknitterte Bettzeug betrachtete. Ich beugte mich vor und strich es so gut es ging glatt, dann zog ich mich zurück.

Er würde es merken.

Und er würde stinksauer sein.

Aber bevor das passierte, wollte ich so viel Schaden wie möglich anrichten und es gab keine bessere Munition als Informationen. Ich warf einen Blick auf seine Nachttischschublade und riss sie auf. Die Hitze stieg mir in die Wangen, als ich mich näher heranlehnte. Ich war dabei, eine Grenze zu überschreiten. Das Bett des Mannes aufzumischen war eine Sache, aber seine Nachttischschubladen zu durchwühlen, war eine ganz andere.

Ich griff hinein, strich über etwas Hartes und zog es heraus. Rosa. Das verdammte Notizbuch, das ich im Arbeitszimmer im Erdgeschoss gefunden hatte. Er hatte es hier, neben seinem Bett ... *warum?*

Ich setzte mich auf die Bettkante, schlug es auf und blätterte noch einmal durch die Seiten. Die Fotos fehlten. Ich runzelte die Stirn. »Was zum Teufel?« Ich blätterte durch den Rest des Buches.

Sie waren alle weg ... *bis auf* ...

Bis auf eines.

Nur, dass es nicht in der Vergangenheit gemacht wurde. Nein, das war ein aktuelles. Es zeigte mich, wie ich in diesem verdammten Handtuch auf dem Bett lag und meine Hand zwischen meinen Beinen hatte. »Du hast also zugeschaut.« Eine Welle der Befriedigung durchfuhr mich.

Ich wusste nicht, warum es mir gefiel, dass er mich beobachtete. Vielleicht war ich berauscht von dem Gedanken, hier ein kleines bisschen Kontrolle zu haben. Ich konzentrierte mich auf das dumpfe Pochen unter meiner Brust und auf den Tracker, den er mir eingepflanzt hatte.

Ich schob das Foto in das Tagebuch und verstaute es wieder in der Schublade. Ich war nicht hinter Informationen her, die ich bereits kannte. Der Kerl wollte mich ficken, das war leicht zu erkennen. Meine Hand hielt inne, als sie das Buch hineinschob. Ich könnte das benutzen ... wie meine eigene Waffe.

Mein Puls beschleunigte sich und hämmerte gegen meine Brust. Ich versuchte, den Gedanken zu verdrängen und kniete mich hin, um mich darauf zu konzentrieren, die Schublade nach dem Schlüssel zu durchsuchen. Aber außer zwei anderen Zeitschriften und einer breiten Samtschachtel war nichts zu finden.

Ich konnte mich nicht davon abhalten, die Schachtel anzufassen. *Das geht dich nichts an. Du verstrickst dich viel zu sehr in diese Sache.* Trotzdem zog ich die Schachtel heraus und ließ meine Finger über die Fuge gleiten, bevor ich sie öffnete. Das Licht der Lampe fiel auf die filigrane Kette und den riesigen, tränenförmigen Diamanten.

Sie war atemberaubend.

Es war das schönste Schmuckstück, das ich je aus der Nähe gesehen hatte.

Ich hielt es näher an mich heran, berührte das Juwel und dachte für einen kurzen Moment, dass er sie für mich gekauft hatte. Aber das war dumm. Das war dumm und ich würde sie sowieso nicht tragen. Ich schloss die Schachtel und es tat fast weh, sie wieder zurückzustecken. Wut durchfuhr mich, Wut auf mich selbst und auf ihn, als ich meine Hand tiefer in die Schublade schob und versuchte, *etwas* zu finden.

Aber da war nichts. Ich durchsuchte die Schublade darunter und ging dann zum Nachttisch auf der anderen Seite des Bettes. Erst als ich die unterste Schublade zuziehen wollte, spürte ich sie ... *eine Schramme.*

Eine, die fehl am Platz war.

Ich zog die Schublade auf und schloss sie wieder, dieses Mal langsamer. Da war es ... das Kratzen, als sie sich schloss. Ich warf einen Blick über meine Schulter zur offenen Schlafzimmertür und drehte mich dann um. Mein Puls raste, als ich die Schublade anhob und kräftig daran riss, bis sie sich öffnete und an der Unterseite ein Schlüssel klebte.

Ich grub meinen Nagel darunter und riss ihn heraus. Der Kleber löste sich und haftete an meinen Fingern, während ich den Schlüssel anstarrte. Aber das war es, was ich gewollt hatte. Warum sonst sollte eine Schlange wie London St. James ihn so verstecken? Ich bewegte mich schneller, schob die Schublade zurück und stand auf. Ich schaltete die Lampe aus, ließ das Schlafzimmer und die atemberaubende Halskette zurück und machte mich auf den Weg nach unten in sein Arbeitszimmer.

Das rote Licht des elektronischen Schlosses blinkte. Ich versuchte, die Tatsache zu ignorieren, dass er mich wahrscheinlich beobachtete. Wenn er es nicht schon tat, würde er es bald tun. Ich beeilte mich, schob den klebrigen Schlüssel in das Schloss und drehte ihn. Der Mechanismus gab ein Geräusch von sich, bevor ich den Griff herunterdrückte und die Tür öffnete.

Ich knipste das Licht an, ignorierte die Bücherreihen dieses Mal und ging zum Schreibtisch. Es war mir egal, ob ich einen Vorschlaghammer finden musste, um das verdammte Ding zu öffnen. Ich wollte Antworten auf die brennende Frage in meinem Kopf. *Was zum Teufel wollte er von mir?*

Das war die einzige Frage, die zählte. Die einzige, die alle anderen übertönte. Wenn ich das herausfinden würde, könnte ich vielleicht um meine Freiheit verhandeln. Ein Teil von mir verstand, wie dumm das klang und der andere Teil wollte einfach nur überleben.

Ich ging um den Schreibtisch herum und begann, an den Schubladen zu rütteln. Aber anstatt dass sie verschlossen waren, wurden sie aufgerissen. Er hatte sie nicht verschlossen ... *Er hatte sie nicht verschlossen?*

Ich warf einen Blick zur Tür und dann zurück zu den dicken Ordnern, die auf dem Schreibtisch lagen. Mit einem Ruck zog ich seinen Stuhl heran, bevor ich mich hinsetzte und begann, den Kerl ein für alle Mal zu enträtseln. Ich durchsuchte Ordner für Ordner. Aber es gab nichts Neues, nur einen Haufen Mist, den ich nicht verstand.

»Noch mehr DNA-Berichte«, murmelte ich und starrte die Namen auf den Formularen an.

Namen, die mir absolut nichts sagten.

»Das ist doch Schwachsinn.« Ich lehnte mich zurück und starrte die vielen Seiten an, die auf seinem Schreibtisch lagen.

Es musste noch mehr geben. Irgendetwas musste da sein.

Ich richtete mich auf, kramte in dem Durcheinander und zog einen weiteren Ordner mit der Aufschrift ›Vertrag‹ heraus.

Vertrag? Eine Gänsehaut lief mir über den Rücken, als ich ihn öffnete und den ersten Bericht herausnahm. Den Nutzungsrecht-Vertrag hatte ich schon mal gesehen, aber das hier war anders. Hier ging es nicht darum, was er mir antun konnte und was nicht. Hier ging es darum, wie viel er gezahlt hatte.

»Heilige Scheiße.« Ich starrte den aufgelisteten Betrag an. Eine Zahl, die mich umhaute. *»Drei Millionen Dollar?«*

Eine Sekunde lang war ich überrascht und, wenn ich ehrlich war, auch zufrieden ...

Bis ich mich daran erinnerte, wofür das Geld war.

Für mich.

Um mich zu besitzen, zu nutzen, zu beherrschen.

War ihnen mein Leben so viel wert? Drei erbärmliche Millionen Dollar. Die Wut drängte sich auf und packte das Aufflackern der Zufriedenheit an der Kehle. Es war für mich ...

Von irgendwo in der Nähe ertönte ein leises Dröhnen und das leise Rumpeln eines Automotors folgte.

»Scheiße.« Ich starrte das Chaos vor mir an. »*Scheiße!*«

Ich stemmte mich hoch und fegte die Akten zusammen, als das Dröhnen wieder ertönte, nur dass es diesmal lauter war. Die Söhne ... das mussten sie sein. Verdammt, die würden mich umbringen, wenn sie mich finden würden. Ich schob die Ordner in die Schublade und versuchte verzweifelt, mir zu merken, wo sie reingehörten. Aber das war nicht wichtig. Zweifellos würde Mr. Drei Millionen Dollar noch früh genug herausfinden, dass ich seine Sachen durchwühlt hatte.

Ich schob die Schublade zu und etwas fiel unter dem Deckel hervor. Es war eine stahlgraue Visitenkarte mit weißen Blockbuchstaben auf der Vorderseite. *Precision Storage, wir schützen, was Ihnen wichtig ist.* Ich hob sie auf und starrte sie an. *Wir schützen, was Ihnen wichtig ist ...*

»Verdammt noch mal, Colt!«

Das tiefe Heulen war so verzweifelt, dass ich die Schublade zudrückte. *Colt ... der Stille musste verletzt sein.* Carvens jämmerliches Brüllen vermischte sich mit den schrecklichen Schreien, die mir noch im Kopf herumschwirrten. Ich stolperte zur Tür und knipste das Licht aus, was das Arbeitszimmer wieder in Dunkelheit tauchte.

Ich wartete, bis das Grunzen und Stöhnen verklungen war, dann riss ich die Tür zum Arbeitszimmer auf und schlich mich hinaus. Sie sahen mich nicht, als ich am Ende des Flurs stehen blieb und beobachtete, wie Carven Colt zur Treppe und nach oben trug, wobei er leuchtend rote Blutstropfen hinter sich ließ.

Sehr viel Blut …

Oh Gott. Ich zuckte zusammen, schaute nach oben und beobachtete sie, bis sie aus dem Blickfeld verschwanden. Die Spritzer waren nicht nur winzige Flecken, die den gefliesten Boden übersäten, sondern große, runde Tropfen, eine ganze Menge davon.

Ich zuckte bei dem schrecklichen Schrei zusammen, der ertönte. Mein Herz klopfte wie wild, als ich einen Schritt machte, ohne mir dessen bewusst zu sein. Das kehlige Stöhnen, das folgte, war ekelerregend. So sehr ich mich auch fürchtete, ich fühlte mit ihm und es war diese Angst, die mich die Treppe hinaufzog.

»Du musst aufhören, mich zu beschützen, verdammt!«, knurrte Carven. »*Wie oft muss ich dir das noch sagen, du sturer Bock!*«

Ich stieg in den zweiten Stock.

Ich vergaß den Vertrag und das Geld.

Ich vergaß alles.

Alles, was ich hörte, war die Qual in diesem kehligen Flehen, und das traf mich hart. Ich trat auf meine Etage, warf einen Blick auf meine Schlafzimmertür und überlegte, ob ich mich verstecken sollte. Aber ich hatte seine Konsole kaputt gemacht … oder nicht? Ich hatte seine verdammte Konsole kaputt gemacht und dafür war ich eine verdammte Zicke.

Ich war es ihm schuldig.

Ich war es ihm schuldig, es wenigstens zu versuchen.

Meine verdammten Knie zitterten, als ich mich auf den Weg zu ihrem Schlafzimmer machte. Die Tür war offen und Schatten bewegten sich in dem trüben Licht.

»Verdammt, das ist eine Katastrophe. Wir müssen den Arzt anrufen.«

Es kam keine Antwort, jedenfalls keine, die ich hörte.

Ich trat ein und starrte Carvens Rücken an, der sich über seinen Bruder beugte, der am Ende des Bettes saß, an dem ich festgeschnallt gewesen war. Ihre Köpfe drehten sich in meine Richtung. Ein wilder Blick von Carven fixierte mich, bevor er bellte. »Was zum Teufel willst du?«

Aber da war das Blut ... und zwar eine Menge davon. Ich starrte das Blut an, das Colts Hemd durchtränkt hatte und erkannte das Glitzern von ... »Ist das Glas?«

Er antwortete nicht, sondern starrte mich nur an, als er sich an mir vorbei in Richtung Badezimmer drängte. Es war die erbärmliche Qual in den Augen seines Bruders, die mich vorwärts zog. Langsam kniete ich vor ihm nieder und betrachtete das Blut, das sein Hemd durchtränkt hatte. Blut, das mir süßlich in der Nase hing. Ich sah nicht mehr den Mörder. Ich sah nicht mehr den Entführer. Ich sah den Sohn. Denjenigen, der seinen Bruder mit seinem Leben beschützt hatte, und nach dem, was Carven gesagt hatte, nicht zum ersten Mal.

Seine Haut war verwaschen und verblasste vor mir, sodass seine großen, topasblauen Augen noch auffälliger waren als zuvor. Ein Schaudern durchzuckte ihn. Was auch immer heute Nacht passiert war, war schlimm ... und ich brauchte keine Erklärung, dass es höchstwahrscheinlich illegal und gefährlich für uns alle gewesen war. Aber er war verletzt. Das war das Einzige, was mir im Moment wichtig war.

»Es wird alles wieder gut.« Ich wandte mich von den Glasscherben in seiner Seite ab und starrte ihn mit großen Augen an. »Hörst du mich? Es wird alles wieder gut.«

»Verpiss dich«, knurrte Carven hinter mir. »Wir brauchen dich nicht. Du steckst deine verdammte Nase in Dinge, die dich nichts angehen.«

Er kniete sich hin, stellte eine kleine Plastikschüssel vor sich auf den Boden, schraubte den Deckel einer braunen Flasche ab und goss einen großen Spritzer in die Schüssel. Der bittere Gestank von Betadin stieg auf und erwischte mich zum zweiten Mal heute. Ich zuckte zusammen und konnte meinen Blick nicht von Carven abwenden, als er sich an die Arbeit machte, eine Pinzette und eine Handvoll Wattestäbchen nahm und sie in das Desinfektionsmittel warf, dann blickte er zu seinem Bruder auf. »Das wird wehtun, okay?«

Sein dunkelhaariger Zwilling starrte ihn nur an und nickte langsam und vorsichtig. Dann griff er nach meiner Hand und drückte sie fest. Carven erstarrte bei der Berührung und blickte von meiner Hand zu Colts. Er runzelte die Stirn und schüttelte leicht den Kopf. »Colt, nein.«

»Sie bleibt.« Der gleiche tiefe, heisere Ton, den ich schon vor der Tür gehört hatte, kam wieder, als er meine Hand hielt. »Sie bleibt genau hier. Versprich es mir ...«

Aber er sprach nicht mit seinem Bruder ... sondern mit mir.

Mein Herz pochte, als ich auf die klaffenden Wunden in seiner Seite blickte, dann begegnete ich seinem durchdringenden Blick und fand endlich einen Sinn. »Ich verspreche es«, antwortete ich. »Ich gehe nirgendwo hin.«

ACHT

London

Die Scheinwerfer der Autos auf dem Highway hinter mir verschwammen, als ich auf das Lagerhaus auf der anderen Seite der Stadt zusteuerte. Einer nach dem anderen bog ab oder raste an mir vorbei, als ich langsamer wurde. Ich musste jetzt vorsichtig sein. Vielleicht jetzt mehr denn je. Es stand viel zu viel auf dem Spiel. Zu viele Gefahren lagen in der Luft ... und ich brauchte nur einen einzigen Ausrutscher, um uns alle zu töten.

Ich verlangsamte den Wagen, fuhr auf die Ausfahrt, nahm den langen Weg zum Gelände und hielt vor den Toren an. Die Dunkelheit verschlang die Aussicht hinter mir, als ich den Code eingab, darauf wartete, dass sich die Tore öffneten, und hindurchfuhr.

Willst du sie so sehr, London?

Hales Worte erfüllten mich, als ich den Wagen hinten parkte und den Motor abstellte. Der Mistkerl wusste, dass ich es wollte, und er ließ den verdammten Vertrag wie ein Stück Fleisch vor mir baumeln, da er genau wusste, dass ich hungrig war.

Drei Millionen Dollar.

Das war mehr, als Killion für Ryth gezahlt hatte, das wusste ich.

Ich stieg aus dem Auto und schloss die Tür hinter mir. *Für Vivienne hätte ich mehr gezahlt.* Ich rückte meine Jacke zurecht und schaute mich auf dem offenen Hof um – *ich hätte viel mehr bezahlt.*

In mir kochte die Wut, als ich auf die Außentür zuging, meine Karte gegen das Schloss drückte und hindurch trat. Ich *war* verzweifelt, mehr als verzweifelt. Ich war in die Enge getrieben, mit dem Rücken zur Wand und das gefiel mir nicht. Nein, das gefiel mir ganz und gar nicht. Ich ging an den anderen Räumen und den anderen Besuchern vorbei und machte mich auf den Weg zu dem einen Raum, der mir wichtig war. Der Raum, in dem Jack Castlemaine wartete und das Leben seiner Tochter in den Händen hielt.

Summ.

Mein Handy vibrierte, als seine Tür in Sichtweite kam. Ich hob meine Hand und starrte finster auf den Bildschirm, bevor ich abnahm. »Hast du die Informationen bekommen, die ich wollte?«

»Nein.«

Verdammt.

»Es gab ein Problem ...«, fügte Carven vorsichtig hinzu, sein unverblümter Tonfall war ein wenig schärfer als sonst.

»Sag es mir.«

»Wir wurden in einen verdammten Hinterhalt gelockt. Es war nicht irgendeine verdammte Biker-Bar, in die wir gegangen sind. Es war eine, die mit King selbst verbündet war.«

»Ein verdammter Verbündeter? Wie zum Teufel kann King mit den verdammten HellFire-Rebellen verbündet sein?«

»Ich weiß es nicht. Aber er ist es.«

Ich fuhr mir mit den Fingern durch die Haare. »Wie schlimm?«

»Colt wurde niedergeschlagen. Der blöde Arsch hat sich eingemischt, als ich die Situation im Griff hatte.«

Das war eine Lüge. Denn es gab nur eine Möglichkeit, wie Colt sich in Gefahr bringen konnte: um seinen Bruder zu retten. Erinnerungen überkamen mich. Die Söhne waren zehn Jahre alt gewesen, als ich sie gefunden hatte. Colt war blutig geschlagen worden und hatte immer wieder das Bewusstsein verloren, nachdem er seinen jüngeren Bruder beschützt hatte.

Er hatte alle Schläge eingesteckt.

Er hatte ihren Zorn auf sich gezogen, indem er immer wieder nach den Aufsehern des Hale-Waisenhauses geschlagen hatte. Er war ein Wilder, als ich ihn gefunden hatte, zerschlagen, gebrochen ... und stumm.

Ich hatte ein verdammtes Jahr gebraucht, um sie herauszuholen. Ein ganzes verdammtes Jahr an diesem Ort. Diese Art von Schaden war irreparabel. Ich drehte mich um und ging zurück zur Tür. »Wo bist du jetzt, im Krankenhaus?«

»Nein. Er hat sich geweigert, dorthin zu gehen. Wir sind zu Hause.«

Ich blieb stehen. »Zu Hause?«

»Ja, es geht ihm gut. Ich habe ihn zusammengeflickt und die Wunden verbunden. Er schläft ...«

Er schläft? Carven wollte mich nicht unterbrechen, um mir zu sagen, dass sein Bruder verletzt worden war, es ihm aber jetzt ohne Grund gut ging. »Und ...«, drängte ich.

»Er hat ihre Hand gehalten, London. Er hat ihre verdammte Hand gehalten und sich geweigert, sie loszulassen. Er hat gesprochen, und du weißt, dass er selten spricht. Aber er hat für sie gesprochen. *Er ... hat ... für ... sie ... gesprochen.*«

Er hatte für sie gesprochen?

Mein Herz pochte. Ich schluckte den Anflug von Eifersucht hinunter, als ich mir vorstellte, wie er sie festhielt. Sie hatte ihn auch gelassen. Sie hatte es zugelassen, weil sie sich nach dem, was sie getan hatte, schlecht gefühlt hatte. Ich kannte sie besser, als sie sich selbst kannte. »Das ist gut«, antwortete ich und drehte mich zur Tür von Jack Castlemaine um. »Ich bin so schnell wie möglich fertig.«

»Ich muss los, ein paar Dinge klären. Er schläft jetzt, das Wetter ist klar, nur Sterne am Himmel, also sollte alles gut sein.«

Keine Stürme ...

Nicht heute Nacht.

»Gut. Wir sehen uns bald.«

Ich legte auf und steckte mein Handy zurück in die Tasche, bevor ich meine Karte gegen den Scanner drückte und die Tür öffnete. Schatten hingen in den Ecken des Zimmers, die Stühle waren leer und das Bett war ebenfalls an die gegenüberliegende Wand geschoben. Nach einem vorsichtigen Blick musterte ich ihn, wie er mit dem Gesicht zu mir an der Wand stand.

Ich hatte keinen Zweifel daran, dass er mein Gespräch mitgehört hatte, aber die wenigen Informationen, die er daraus gewinnen konnte, waren minimal. Jack war kein Spieler in diesem Spiel ... er war ein Bauer – einer, der zwischen mir und dem König stand.

Ich schloss die Tür und zog seinen Blick auf mich.

Jack drehte sich zu mir um und seine dunklen Augen sahen in der Düsternis noch gequälter aus.

»Uns läuft die Zeit davon, Castlemaine«, murmelte ich, während ich mein Jackett aufknöpfte und auszog. »Jeden Moment wird Haelstrom Ryth und ihre Brüder aufspüren und ich werde nichts tun können, um das zu verhindern.«

Ich ließ meine Jacke über die Lehne des Sessels fallen und ging weiter. Die gnadenlose Seite von mir drängte an die Oberfläche. »Ich kann sie nur eine bestimmte Zeit lang beschützen, Jack. Das verstehst du doch, oder? Meine Männer bewachen sie und sind bereit, auf mein Wort hin einzugreifen, aber trotzdem ...«

Er zuckte bei dieser Drohung nicht zusammen, sondern beobachtete mich aufmerksam, als ich vor ihm stehen blieb. Ich warf einen Blick auf den Verband, der über seine Schulter geklebt war. Er sah ein wenig erbärmlich aus, wie er da an der Wand stand. Klein ... unbedeutend.

»Ein einziger Anruf genügt«, drängte ich ihn. »Ein Anruf, und ihr Leben ist verloren.« Diese dunklen Augen fixierten mich, als ich fortfuhr. »Gib mir die Informationen, die ich will, und ich verspreche, dass ihr nichts passiert.«

Etwas durchfuhr seinen Blick. Ein Aufflackern von Wut, bevor es verging. Er war wütend ... gut.

»Glaubst du, King schert sich einen Dreck um dich? Glaubst du, er denkt auch nur eine Sekunde an dich? Er ist skrupellos ... und gefährlich und er wird deine Tochter umbringen, Jack. Du hast sie wie deine eigene Tochter aufgezogen. Du hast sie beschützt ... und du musst sie auch jetzt beschützen. Gib mir King und ich sorge dafür, dass niemand ihr auch nur ein Haar krümmt.«

»Du wirst ihr nicht wehtun.«

Ich hielt angesichts der leisen Worte inne und antwortete vorsichtig. »Nein? Wie kannst du dir da sicher sein?«

Jack suchte nur meinen Blick.

Ich ballte meine Hände zu Fäusten. »Sag mir, wo du ihn triffst.« Es waren die gleichen verdammten Fragen. Fragen, denen er aus einem Gefühl der Loyalität heraus auswich. »Sag mir, wie er dich kontaktiert. Sag mir, wie er aussieht.«

Er runzelte die Stirn.

Ich holte aus, packte ihn an der Kehle und ließ ein Knurren los, als ich meine Faust schwang. *Knall!* Der Schlag traf ihn seitlich am Mund und er stolperte zur Seite und prallte gegen die Wand.

Aber er bewegte sich nicht einmal, um sich zu verteidigen.

Nein.

Jack Castlemaine war schwach ...

Schwächer als jeder andere, den ich je gekannt hatte.

Schmerz durchfuhr mich, als ich mir vorstellte, was ich getan hatte. Meine Fingerknöchel brannten, als er sich aufrichtete und Blut an seinen Mundwinkeln klebte. Ich konnte nicht zu Atem kommen, konnte nicht denken. Mein Magen war ein harter Knoten in meinem Bauch. *Du musst das tun ... du musst das tun. DU MUSST ES TUN!*

Ich packte ihn an der Kehle und drückte ihn zurück gegen die Wand. »Du wirst mir sagen, was ich wissen will, Castlemaine. Du *wirst* es mir sagen ...«

Jack hielt meinem Blick stand, bevor er den Kopf drehte und spuckte. Blut- und Speichelflecken flogen durch die Luft und klatschten auf den kalten Betonboden.

»Du wirst es mir sagen«, knurrte ich und stieß ihn weg. »Du wirst es mir verdammt noch mal sagen.«

Aber er starrte mich nur an, während das Blut über sein verdammtes Gesicht lief.

Dieser Blick beunruhigte mich.

Vielleicht lag es an der Blutspur auf meinen Fingerknöcheln.

Oder an meinen verdammten Schuldgefühlen, weil ich das getan hatte.

Ich griff in meine Tasche, zog ein Taschentuch heraus und wischte mir das Blut von den Fingerknöcheln, bevor ich es zurückschob. »Um unser beider Willen«, murmelte ich, als ich mich umdrehte und zur Tür ging, wobei ich meine Jacke vom Stuhl nahm.

Die Tür schloss sich mit einem dumpfen Knall hinter mir und meine Schritte hallten wider. Schuldgefühle bedrückten mich, als ich nach draußen ging. Ich wollte nicht diese Version von mir sein. Ich mochte sie nicht. Aber ich würde sie werden. Ich würde diesen Hass, die Verzweiflung und die Wut in Jack Castlemaines Gesicht fließen lassen, wenn ich dadurch bekäme, was ich wollte.

Ich ging durch die Tür zu meinem Auto, drückte die Fernsteuerung und stieg hinter das Lenkrad.

Meine Fingerknöchel pochten. Ich ballte meine Faust und starrte auf den Fleck, den Jack hinterlassen hatte.

Schwere Atemzüge durchfuhren mich. Ehe ich mich versah, griff ich nach meinem Handy. Dann öffnete ich die Apps und rief die Kamera auf. Ich blätterte durch das Zimmer der Söhne und fand Colts massige Gestalt unter der dunklen Bettdecke. Die Fesseln hingen unter der Matratze, unbenutzt für heute

Nacht. Er bewegte sich, als ich ihn beobachtete und presste seine Hand gegen seine Seite.

Er hat ihre Hand gehalten und sich geweigert, sie loszulassen. *Er hat für sie gesprochen ... er ... hat ... für ... sie ... gesprochen.*

»Er hat für sie gesprochen ...«, wiederholte ich laut.

Ich drückte den Knopf, schaltete auf ihr Zimmer und stellte die Kamera scharf. Das Zimmer war dunkel ... aber die teure Kamera nahm trotzdem alles auf – auch ihr leeres Bett. Mit finsterer Miene drückte ich den Knopf für ihr Badezimmer.

Nichts.

Ich drückte noch einmal und durchsuchte die Küche, das Esszimmer und das Wohnzimmer.

Nichts ...

»Was soll der Scheiß?«, knurrte ich, als meine Wangen brannten und verlagerte den Blick in mein Arbeitszimmer.

Aber der Raum war leer und die Tür immer noch verschlossen. Panik erfüllte mich, ließ meine Hände zittern und meine Brust brennen. Hektisch durchstöberte ich das ganze Haus und blieb bei meinem Schlafzimmer hängen, bevor ich weitermachte ...

Bis etwas meine Aufmerksamkeit erregte.

Ein Hauch von Dunkelheit, der normalerweise nicht da war.

Ich hatte schon so oft die Kameraaufnahmen meines Hauses angestarrt, dass ich jeden Winkel und jeden Schatten kannte ... aber das ... das war anders. Ich verengte den Blick und ließ den Fokus einstellen, bevor ich erstarrte. »Nein ... nein, das hast du verdammt noch mal nicht.«

Die Wut wich der Aufregung und dann der Qual, als ich auf die offene Tür anstarrte.

Ich drückte auf den Knopf und der Motor des Audi heulte auf, bevor ich das Handy zur Seite warf und es gegen den Beifahrersitz prallen ließ, während ich den Rückwärtsgang einlegte. Ich ließ alle Gedanken an Jack Castlemaine und King hinter mir, als ich das Gaspedal durchdrückte und nach Hause raste. Alles, woran ich denken konnte, war die aufgebrochene Tür … und der Keller, den sie zweifellos erforschte …

Auf eigene Faust.

NEUN

Vivienne

SANFTE WEISSE LICHTER ERHELLTEN DEN RAUM IM KELLER. Aber sie waren hell genug, um das verhüllte *Ding* am Ende der Lederbank zu erhellen. Es war das Ding, das mich hierher gerufen hatte. Das *Ding*, das mir nicht mehr aus dem Kopf ging.

Das *Ding*, das meinen Puls rasen und mein Innerstes beben ließ.

So wie es auch jetzt bebte, als ich auf den massigen Umriss anstarrte. Ich verkrampfte meinen Griff und die Zähne des Generalschlüssels bohrten sich in die weiche Haut meiner Handfläche. Der Schmerz holte mich in die Realität zurück. Ich lockerte meinen Griff, holte tief Luft und schaute über meine Schulter.

Ich sollte nicht hier sein ...

Nicht, während Colt schlief und oben schwer verwundet war.

Er könnte jeden Moment aufwachen. Würde er dann nach mir suchen?

Vielleicht ... Ich war mir nicht sicher.

Also musste ich mich beeilen.

Ich bewegte mich durch die Tür und ging näher heran, umging die Maschine und berührte den Stoff.

»Was zum Teufel willst du von mir?« Ich riss daran und enthüllte ein schwarzes, mattes Stahlgehäuse. »Was könnte ich denn haben, das du so sehr willst?«

Mein Herz klopfte bei diesem Anblick. Das Gerät war diskret und erschreckend zugleich. Ein dicker rosa Dildo mit ausgeprägten Adern war an einem Kolbenarm befestigt. Ich erstarrte und meine Muschi verkrampfte sich bei diesem Anblick. Schwere Atemzüge verschlangen mich. Ich fuhr mir mit den Zähnen über die Lippen und streckte die Hand aus, um das weiche Silikon zu berühren und mir vorzustellen, wie es sich anfühlen könnte, von diesem Spielzeug durchbohrt zu werden.

Aber es war mehr als das, oder? Mein Puls schlug schneller, als ich mich der Wahrheit näherte. Der eigentliche Auslöser war, wie es sich anfühlen würde, von ihm kontrolliert zu werden. In den Bolzenlöchern steckten noch Teile der durchsichtigen Plastikfolie, als wäre sie in einem Wutanfall abgerissen worden. Weil es brandneu war.

Etwas, das für mich benutzt werden sollte.

»Ich würde nicht von den Parteien berührt werden«, flüsterte ich, während Carvens Drohung noch in meinen Ohren widerhallte. »Verdammter Mistkerl«, stöhnte ich und schloss die Augen, als eine Welle des Verlangens durch mich hindurchströmte.

»Interessiert dich das?«

Ich richtete meinen Blick auf die Tür. London stand dort, in Schatten gehüllt, den raubtierhaften Blick auf mich gerichtet. Er holte tief Luft, als er eintrat, und warf einen Blick auf die freiliegende Maschine neben mir. Meine Gedanken rasten, während mein Blick sich darauf konzentrierte, wie sein Brustkorb sich hob und senkte. War er gerannt?

Im Augenwinkel erregte das kleine blinkende rote Licht meine Aufmerksamkeit. Ich brauchte den Blick nicht abzuwenden, um den Grund für seine Eile zu erkennen. »Du hast mich auf der Kamera gesehen ... du hast mich beobachtet.«

Er antwortete nicht, sondern kam immer näher und seine Baritonstimme traf mich an den falschen Stellen. »Möchtest du, dass ich es an dir anwende?«

Oh Gott ... Ich schluckte schwer und beobachtete, wie er sich mir mit quälend langsamen Schritten näherte.

»Und?« Er blieb auf der anderen Seite der Maschine stehen. »Willst du, dass ich sie an dir anwende?«

Ja. »Nein.« Das Zittern in meiner Stimme entblößte mich als Lügnerin. »Wenn sie dir so gut gefällt, wie wäre es, wenn ich sie an dir benutze?« Seine Mundwinkel zuckten. Doch seine Augen musterten mich. »Nimm den Tracker aus mir heraus.«

»Ihn herausnehmen? Warum?«

»Warum?« Verärgerung flammte auf. »Warum? Weil ich nicht dir ...«

»Weil du mir nicht gehörst?«

Ich erstarrte und ließ ihm die Zeit, die er brauchte, um um die Maschine herumzugehen. Ich stolperte rückwärts, bis ich auf der Bank aufschlug, eingeklemmt zwischen ihm ... und einer verdammten Maschine.

»Wohin willst du denn rennen, Vivienne?« Er griff mir in den Nacken, fuhr mir mit den Fingern durch die Haare und starrte mir in die Seele. »Wo willst du hin?«

Panik erfüllte mich. In meinem Kopf mischten sich die Schreie des Ordens mit Colts Schmerzensschreien. Ich spürte noch immer die große Hand des Sohnes, die meine umklammert hielt, ich spürte noch immer jedes Schnappen seines Atems, als sein Bruder eine Glasscherbe nach der anderen aus seiner Seite herausgeholt hatte.

»Du gehst nirgendwo hin«, antwortete London für mich. »Es wird Zeit, dass du das verstehst. Du bist jetzt eine von uns. Du gehörst zur Familie.«

Mein Gesicht erhitzte sich. *»Familie?* Wir sind keine verdammte Familie, London. Wenn doch, dann sind wir eine kranke Version davon.«

Sein Griff wurde fester und er zog mich näher zu sich. Ich sträubte mich und kämpfte. Aber es war sinnlos gegen seine Kraft und ich knallte gegen seine harte Brust. Sein Körper war so verdammt warm, so stark, so – *Gott, er roch so gut* – kraftvoll, als er sich zu mir herunterbeugte und mir etwas ins Ohr murmelte. »Wir sind eine Familie, Vivienne. Willst du mich Daddy nennen? Fühlst du dich dann besser?«

Die Hitze in meinem Gesicht stieg bis in mein Innerstes.

Ich biss mir auf die Lippe und schloss die Augen.

Ich konnte nicht sprechen, nur den Kopf schütteln.

»Ich wette, wenn ich in dein Höschen greifen würde, würde ich feststellen, dass du eine Lügnerin bist.«

Ein Wimmern entrang sich mir.

Eine Hand wanderte langsam nach unten, während die andere sich um meinen Nacken legte und mich an ihn drückte. »Ich wette, du *triefst.*« Ein gekrümmter Finger streifte die Konturen meiner Brust, bevor er über meine Taille strich und sich nach unten bewegte. »Ich könnte mich darum kümmern. Genau hier.

Hier und jetzt. Ich hätte die Kontrolle über die Maschine. Ich hätte die Kontrolle über dich.«

Er wollte sein Versprechen wahr machen, wollte seine Finger in mir haben. Er würde *den Vertrag brechen*.

Nein ... nein, das durfte nicht passieren. Ich zuckte zurück, riss mich aus seinem Griff und stieß mich ab, während ich in seine dunklen Augen blickte. »Fick dich!«

Sein Grinsen wurde nur noch breiter. »Ich will dich ficken, Vivienne. Ich denke, ich habe meine Absichten klargemacht. Ich will mich in dir verlieren und herausfinden, wie eng du bist. Ich will, dass du mich daran erinnerst, wofür ich kämpfe.«

»Du brauchst mich nicht zu ficken, um das zu wissen«, schnauzte ich. »Gier, schlicht und einfach.«

Er verstummte und er runzelte die Stirn.

»Sag mir, London, bin ich es wert?«

»Was wert?«

»Die drei Millionen Dollar, die du für mich bezahlt hast.«

Er trat näher und stieß mich hart gegen die Bank, sodass ich aus dem Gleichgewicht geriet und eine Sekunde lang fiel, bevor er mich am Arm packte und antwortete. »Für mich bist du das.«

»*Warum?*«, bellte ich. »*Warum? Sag mir ... sag mir, warum du das alles tust?*«

Seine Lippen kräuselten sich und wurden flach, als er tief einatmete. »Das würdest du nicht verstehen.«

»Würde ich das nicht?« Ich erwiderte seinen Blick. »Versuch es doch.«

Einen Moment lang dachte ich, er würde es mir sagen. Dass er zugeben würde, die verdammte Schlange zu sein, die er war, bis er augenblicklich die Augen schloss. Die Maske rutschte an ihren Platz. Verschwunden war der Mann, der vor Begierde brodelte, und an seiner Stelle war der Spieler. Der Drahtzieher, der hinter den Kulissen die Fäden in der Hand hielt – der mich dazu gebracht hatte, zuzusehen, wie meine beste Freundin und ihre Brüder fast erschossen worden waren.

»Du spielst hier ein sehr gefährliches Spiel, Wildkatze.«

»Das tust du auch«, antwortete ich. »Wenn du mit mir spielst.« Er gab ein leises Schnauben von sich, was mich dazu veranlasste, mein Kinn höher zu recken und meine Hand zu heben. »Ich nehme an, du wirst mich bewusstlos schlagen, nur um mir das hier wegzunehmen.«

Seine Nasenflügel blähten sich auf und ein Hauch von Wut funkelte auf, als er langsam auf den Schlüssel hinunterblickte, während ich meine Finger entfaltete. »Behalte ihn«, sagte er, ließ seine Hand langsam über meinen Arm gleiten und ging weg.

Behalten? Ich schüttelte verwirrt den Kopf, blickte an mir herunter und erstarrte. »Du blutest.«

»Was?«

Ich griff nach seiner Hand und hasste es, dass sie sich so verdammt gut anfühlte. »Da ist Blut an deiner Hand, London. Du blutest.«

Langsam zog er sich aus meiner Umklammerung zurück, mit einem Blick der Erschöpfung, der auf ihm lastete. »Das ist nicht mein Blut, Vivienne«, sagte er vorsichtig. »Außerdem werde ich dieses Jahr aus besseren Gründen bluten.«

Er ging einen Schritt zurück, um mir Platz zu machen. »Es ist spät, du solltest im Bett sein.«

Der Kampfgeist stieg in mir auf. Ich öffnete den Mund, um ihm zu sagen, dass er zur Hölle fahren sollte, hielt aber inne. In seinem Blick lag Erschöpfung, eine Müdigkeit. Ich schaute wieder auf den purpurnen Fleck in seiner Hand. Was auch immer heute Nacht geschehen war, es drückte ihn nieder ...

So sehr ich es auch hasste, er hatte recht. Mein Körper war schwer, meine Seele verdammt traurig nach dem, was ich heute erlebt hatte. Es fühlte sich an, als hätte ich ein ganzes Leben an einem Tag gelebt. Ich trat zur Seite, ohne ihn aus den Augen zu lassen, und umklammerte den Schlüssel, bevor ich aus dem Zimmer und dem Keller eilte.

Mit schnellen Schritten ging ich die Treppe hinauf, warf einen Blick auf die geschlossene Schlafzimmertür der Söhne, schlüpfte durch meine eigene und schloss sie hinter mir. Schwere Atemzüge erfüllten mich, als ich gegen die Tür drückte und die düsteren Umrisse meines wartenden Bettes betrachtete.

Ich stolperte darauf zu, brach zusammen, legte mich hin und zog die Bettdecke hoch. *Willst du mich Daddy nennen? Fühlst du dich dann besser?* Meine Nerven lagen blank. Mein Körper war geschwollen und schmerzte. Ich wollte dieses Verlangen nach ihm nicht spüren. Aber ich tat es ... *Gott, und wie.*

Ich schloss meine Augen und griff nach unten.

Möchtest du, dass ich sie an dir anwende?

»Ja«, flüsterte ich, während ich meine Hand unter den Bund meines Slips schob und meine Finger in mich einführte. »Ja, ich will, dass du sie an mir anwendest. Ich will, dass du sie anwendest. Ich will, dass du sie anwendest, London.« Ich war so feucht, dass meine Finger ganz nass waren.

Ich hatte meinen Kitzler kaum berührt, als ich mich verkrampfte und kam.

Ich wollte es wieder und wieder.

Ich wollte ihn anflehen. Denn ich würde ihn anflehen, ich würde auf Händen und Knien kriechen, wenn es so weit käme. Ich würde alles sein, was er wollte. Ich rollte mich zusammen, zog meine Finger heraus und meine Knie an meine Brust.

Schlaf ...

Ich schloss meine Augen und wartete darauf, dass die Dunkelheit kam.

Ich brauchte nicht lange zu warten und stürzte kopfüber in die Leere. Und wieder in die Hölle dieses Ortes. Schreie erfüllten mich, schreckliche, schrille Schreie. Schreie von Kindern und *ihnen ...*

DU BIST NICHTS! HÖRST DU MICH? DU BEDEUTEST NICHTS! DU EXISTIERST DURCH DEN ORDEN!

Ich wand mich und riss mich aus dem Albtraum, während mein Herz in meinen Ohren dröhnte und der schrille Klang meines eigenen Schreis von den Wänden widerhallte. Ich versuchte zu Atem zu kommen, als ich meine Augen öffnete und an die Decke starrte. Tränen quollen aus meinen Augen. Ich spürte eine Bewegung, bevor ich sah, wie der Schatten sich neben meinem Bett bewegte.

Ich wich zurück und starrte die große, drohende Gestalt neben mir an, bis mir bewusst wurde, wer es war. Angst durchfuhr mich, als Colt auf mich herabstarrte. Dann drehte er sich um und ging langsam weg. Aber er ging nicht weg. Nein. Er ging zur Wand und drehte sich um. Mit der Hand an seiner Seite rutschte er langsam herunter und setzte sich auf den Boden.

Ich verstand nicht, was er wollte. Meine Tränen ließen sein Gesicht verschwimmen, als er seine Knie an seine Brust zog. Er sprach kein Wort, sondern sah mich nur an, und es dauerte eine Sekunde, bis ich verstand, was er tat.

Er wachte über mich …

Ich bemerkte die Bewegung seines Kopfes, als er langsam nickte. Die Geste sagte alles …

Niemand wird dir wehtun, solange ich hier bin.

Wärme glitt meine Schläfe hinunter und sickerte durch mein Haar, als ich mich auf die Seite drehte, ihm gegenübersah und die Augen schloss. Das hatte noch nie jemand für mich getan, noch nie hatte ich jemanden gehabt, der sich um mich gekümmert hatte. Ich war diejenige, die beschützt und gekämpft hatte. Ich war diejenige, die diejenigen, die mir wichtig gewesen waren, aus der Hölle geholt hatte, während wir um unser Leben gerannt waren.

Aber als ich Colt anstarrte, der mit dem Rücken zur Wand saß, wurde mir bewusst, dass ich das hier nicht tun musste.

Ich musste das nicht für sie tun.

Familie. Londons Stimme hallte wider, als ich meine Augen wieder schloss.

Der Schlaf kam wieder zu mir. Nur dass er diesmal nicht grausam oder brutal war. Diesmal legte er sich um mich und zog mich an sich. Ich ließ mich fallen und glitt davon, weil ich wusste, dass ich hier sicher war. Denn ich hatte einen Beschützer …

Einen, der so lautlos war wie die Nacht.

ZEHN

London

____

Ich warf zum millionsten Mal einen Blick auf die Bürotür, dann knurrte ich und schob meinen Stuhl nach hinten. Wem wollte ich eigentlich etwas vormachen? Ich konnte mich heute Morgen überhaupt nicht konzentrieren. Nicht, wenn ich wusste, dass sie in ihrem Zimmer über mir war ...

Ich fuhr mir mit den Fingern durch die Haare und stand auf.

Verdammt, das konnte ich nicht gebrauchen. Nicht jetzt, nicht wenn die verdammten Wölfe um mich kreisten. Hale wurde langsam ungeduldig – nein, nicht langsam. Die Ungeduld war ihm schon vergangen – jetzt suchte er sich ein Ziel, an dem er seine Frustration auslassen konnte. Er würde ein Exempel an ihnen statuieren. Wenn es etwas gab, was Haelstrom gut konnte, dann war es das – jemanden, dem er einmal vertraut hatte, auszuschalten.

Ich konnte nicht diese Person sein.

Nicht jetzt ... niemals.

Ich warf einen Blick zur Tür und musste an die Erinnerung denken, wie sie in dem Raum im Keller gestanden und mich mit so viel Lust und Qual angestarrt hatte. Nein, ich musste mich so lange konzentrieren, bis Hale die geschliffene Schneide meiner eigenen Klinge an seinem Hals spürte. Dann würde er es wissen ... er würde wissen, dass ich es die ganze Zeit über gewesen war.

Mein Handy vibrierte auf dem Schreibtisch vor mir. Ich nahm es in die Hand, warf einen Blick auf das Display und ging ran. »Irgendetwas?«

»Ja«, murmelte Carven. »Aber es wird dir nicht gefallen.«

Ein mulmiges Gefühl überkam mich. »Erzähl es mir.«

»Also, ich habe herausgefunden, wo sie wohnen, und es ist mitten in der Rossi-Hochburg.«

Ich verkrampfte meinen Kiefer. Das hatte ich schon selbst herausgefunden. Aber die Bestätigung war alles, was ich brauchte. »Hast du sie aufgespürt?«

»Ja, und Creed Banks auch.«

Mein Magen verkrampfte sich, während mein Herz raste. »Ist er noch da?«

»Nein.«

Ich runzelte die Stirn. »Erzähl weiter.«

»Den Satellitenaufnahmen zufolge wurde er von seinen beiden Söhnen hineingeschleppt ... und in einem verdammten Leichensack hinausgetragen.«

»*Scheiße!*« Ich ging auf und ab und überlegte.

»Das ist nicht alles.« Das ließ mich innehalten. »Das Auto, in das er geschleppt wurde, gehört einem Arzt im Sacred Heart. Sieht aus, als wäre er kurz vor dem Abtransport aufgetaucht.«

»Rossis Mann?«

»So, wie es aussieht.«

»Scheiße.« Ich schloss meine Augen, als könnte es noch schlimmer werden. »Ich habe ihn gebraucht. Ich habe ihn verdammt noch mal gebraucht.« Carven sagte nichts. Denn was gab es schon zu sagen? »Hast du die Details über diesen Arzt?«

»Ich schicke sie gerade.«

»Wenn Banks draußen ist, ist es nur eine Frage der Zeit, bis sie das Lagerhaus mit uns in Verbindung bringen«, murmelte ich und sprach meine Ängste laut aus. »Sie werden Castlemaine holen und uns dafür auslöschen. Sie werden ihn in Stücke reißen, um an King heranzukommen, und es wird nichts geben, was ich tun kann, um sie aufzuhalten.«

»Sollen wir ihn verlegen?«

Nachdenken … Nachdenken … Nachdenken. »Nein«, murmelte ich, als sich das Puzzle zusammensetzte. »Wir geben ihnen einfach eine neue Spur, der sie folgen können. Eine, die sie zurück zu den Rossis führen wird.«

»Bist du dir da sicher?«

»Bin ich mir sicher, ob ich ihn oder uns ins Messer laufen lassen soll?«, antwortete ich. »Ja, bin ich.«

Mein Handy piepte in meiner Hand. »Dann ist alles klar, und London?«

»Ja?«

»Siehst du nach meinem Bruder, bevor du gehst?«

Als müsste er das fragen. »Natürlich.«

Ich legte auf und rief die Daten des Arztes auf. Lucas DeLuca, Notfallmedizin, Sacred Heart. Das Foto, das auf dem

Bildschirm zu sehen war, zeigte einen gut aussehenden Mann. Ein aufrichtiger Kerl, so wie es aussah. Wie zum Teufel war er mit den Rossis in Kontakt gekommen?

Es gab nur einen Weg, das herauszufinden. Ich schnappte mir meine Jacke von der Stuhllehne und krempelte die Ärmel herunter, während ich mein Handy einsteckte. Ich hoffte nur, dass ich ihm nicht wehtun musste. Aber ich würde es tun ... und ich würde es mir auch nicht zweimal überlegen.

Ich verließ das Arbeitszimmer und machte mir diesmal nicht die Mühe, die Tür zu schließen. Es machte ja auch keinen Unterschied, oder? Die Spannung in meinen Mundwinkeln zog sich immer weiter zu. Nein, es war völlig egal, nicht, wenn man die wütendste Frau in seinem Haus hatte, die Gott je hervorgebracht hatte.

Ich verengte die Augen, als ich mich auf den Weg in die Küche machte. Das leise Zischen von etwas Bratendem erfüllte meine Ohren, bevor der Geruch von Steak durch die Luft wehte. Mir lief augenblicklich das Wasser im Mund zusammen.

»Frances«, murmelte ich und erregte die Aufmerksamkeit des Kochs, als er das Wagyu-Steak vorsichtig drehte und auf einen Teller legte. »Ist für heute Abend alles vorbereitet?«

Sein weißes Arbeitsoutfit war makellos, kein einziger Fleck war zu sehen, als der Fünf-Sterne-Koch nickte und mit einem starken französischen Akzent antwortete. »Ja, Mr. St. James. Alles wird genau so zubereitet, wie Sie es angeordnet haben.«

»Gut.« Ich lächelte. »Colt wird die Verkostung genießen.«

»Oh, keine Sorge«, er fuchtelte mit der Zange in der Luft herum. »Er hatte heute Morgen schon ein Omelett mit zehn Eiern und einen riesigen Obstteller. Ich bin überrascht, dass ich nicht schon wieder eine Nachricht bekommen habe. Für jemanden, der gerade erst eine Operation hatte, geht es ihm erstaunlich gut.«

»Operation.«

»An seinem Blinddarm, Sir.«

»Oh.« Ich nickte. »Natürlich.«

Der Koch warf mir einen kurzen Blick zu, bevor er sich wieder dem Herd zuwandte und sich mit den restlichen Vorbereitungen für das heutige Abendessen beschäftigte. Ich ließ ihn auf Französisch murmeln. Ich konnte nur vermuten, dass es etwas mit der Tatsache zu tun hatte, dass ich anscheinend keine Ahnung hatte, dass mein eigener Sohn überhaupt operiert worden war. Aber wenn der Chefkoch eine Meinung hatte, behielt er sie für sich.

Denn er kannte den Auftrag.

Und die Strafen, die darauf folgten, wenn er etwas ausplauderte, was in diesen Mauern vor sich ging.

Das taten alle meine Mitarbeiter.

Als ich am Speisesaal vorbeiging, sah ich meinen Hauptkellner, wie er den Tisch deckte. Schwarz. Rot. Unauffällig und keine Tischdecke auf das Glas. So lautete die Anweisung und so wie es aussah, hielt er sich daran. »Gilde.«

»Mr. St. James.« Er nickte mir zu.

Ich ließ sie zurück und ging zur Treppe. Gott, mein verdammtes Herz flatterte. Der Gedanke an das morgige Abendessen drängte sich mir auf und erfüllte mich mit Angst, Ekel und Selbstverachtung. Also konzentrierte ich mich auf das Essen heute Abend, ich hatte ein Gedeck für zwei Personen. Ich warf einen Blick auf ihre geschlossene Tür und ging weiter zum Zimmer der Zwillinge. Wenn sie keine Gefangene sein wollte, dann würde sie mit mir essen.

Keine Mahlzeiten würden mehr in ihr Zimmer geliefert werden ...

Auch wenn ich sie noch so gerne für sie zubereitet hatte.

Es war an der Zeit, ihren Widerstand zu testen, sie zu dehnen, bis sie an ihre Grenzen kam ... *und dann noch ein bisschen mehr.*

Meine Atemzüge wurden bei dem Gedanken tiefer. Der Hunger stieg bis hinunter zu meinem Schwanz. Scheiße, ich wollte sie dehnen. Ich wollte, dass sie triefte, schmerzte und bis zum Rand gefüllt war.

Aber das würde noch kommen.

Sobald Hale den verdammten Vertrag unterschrieben hatte.

Ich hob meine Hand, klopfte vorsichtig an die Tür und stieß sie auf. Colt saß mit gesenktem Kopf am Schreibtisch und war still mit sich selbst beschäftigt.

»Neue Konsole, hm?« Ich verschränkte meine Arme und lehnte mich gegen die Wand.

Der Sohn war mit nacktem Oberkörper unterwegs, abgesehen von der weißen Bandage, die um seine Mitte gewickelt war und den gepolsterten Verband an seiner Seite an Ort und Stelle hielt. Harte Muskeln spannten sich an, als er sich bewegte und sich bückte, um Kabel an der Rückseite der Konsole zu befestigen, was mir einen Blick auf seinen Rücken ermöglichte.

Eine Blinddarmoperation ... Frances' Worte erfüllten mich, als ich das Chaos auf Colts Rücken betrachtete. Dicke silberne Narben zogen sich quer durch die Mitte, gespickt mit kleinen Zigarettenbrandnarben. Aber sie waren nichts im Vergleich zu den kreuz und quer verlaufenden, gezackten Linien, die seine Vorderseite verunstalteten. Es gab auch saubere Narben, die von der ruhigen Hand eines Chirurgen stammten, der versucht hatte, den Schaden, den er dem Jungen zugefügt hatte, rückgängig zu machen.

So viele verdammte Operationen.

Und so viele verdammte Schläge.

Es war ein Wunder, dass er überlebt hatte.

Er schaute nicht in meine Richtung und hielt auch nicht inne. Nur einmal drehte er sich um ... um den Blick auf sein Handy zu richten, wo er arbeitete. Der Bildschirm zog meinen Blick auf sich und ich erstarrte bei seinem Anblick.

Sein Handy lag auf der Seite und war in eine Halterung eingespannt, damit er die Überwachungsaufnahmen auf dem Bildschirm sehen konnte. Vivienne war in ihrem Schlafzimmer, ein Handtuch um ihre Mitte gewickelt. Ihr langes Haar war nass, frisch aus der Dusche. Ich schaute finster drein, dann wandte ich mich wieder diesem Sohn zu, der sie ausspioniert hatte ... genau wie ich.

Er hat ihre Hand gehalten, London. Carvens Stimme hallte in meinem Kopf wider, als ich Colt dabei beobachtete, wie er sie mit einem Blick auf die Kamera beobachtete, bevor er den gebogenen Monitor vor ihm einschaltete und die Konsole heranzog. Die Konsole, die er als Ersatz für diejenige gekauft hatte, die sie zertrümmert hatte. Das war das Einzige, was Colt etwas Frieden brachte.

Aber als ich dem Mann bei der Arbeit zusah und einen Blick auf sie warf, während sie ihre nackten Beine bis zum Ende des Handtuchs eincremte, wurde mir bewusst, dass er sich nicht mehr für das Spiel interessierte. Er hatte etwas anderes, mit dem er sich beschäftigen konnte. Und zum ersten Mal im Leben sah ich, wie sich mein einundzwanzigjähriger, brutal geschädigter Sohn verliebte.

»Du spürst es auch, oder?«

Er blickte in meine Richtung und seine ozeanblauen Augen waren so dunkel, wie ich sie noch nie gesehen hatte. Aber sie waren nicht eifersüchtig oder wütend. Sie waren dunkel vor Verlangen. Denn das war es, was sie in uns auslöste, nicht wahr? Ihre Herkunft war egal, dieser Wahnsinn war tiefer als Hunger, grausamer als Gier.

Sie glaubte, das sei alles, was sie für uns war.

Ich schaute auf das Handy, das er genau in die richtige Position gebracht hatte.

Sie irrte sich.

Ich drehte mich wieder zu Colt um, als er langsam nickte.

Ein Anflug von Eifersucht flammte auf, bis er von dem Bedürfnis, sie zu beschützen, wieder ausgelöscht wurde. Denn jetzt würde sie von dem Gefährlichsten von uns allen beschützt werden. Ich schenkte ihm ein Lächeln und wandte mich dann ab. »Pass auf sie auf, mein Sohn. Pass auf sie auf und beschütze sie mit deinem Leben.«

Diese Worte trugen mich den ganzen Weg zur Garage. Ich ließ die Gerüche und die Hektik der Hausangestellten hinter mir und stieg in den Audi. Ich konnte meinen Söhnen jetzt mehr zutrauen, als für mich zu jagen und zu töten. Ich konnte ihnen auch sie anvertrauen.

Ich fuhr quer durch die Stadt und hielt auf dem Parkplatz vor dem müde aussehenden Stadtkrankenhaus an. Fleckige graue Wände trennten die Reihen glitzernder Fenster, die bis in den Himmel reichten. Die Patienten strömten aus den automatischen Doppeltüren am Notfalleingang. Ich stieg aus, schloss das Auto ab und überquerte die Straße, um auf sie zuzugehen.

Sie starrten mich an, als ich an ihnen vorbeiging, meine Jacke zurechtrückte und durch die Türen in die siebte Ebene der

Hölle schritt. Weinende Kinder, schreiende Männer. Die Menschen saßen zusammengekauert an den Wänden und drängten sich im Wartezimmer und an der Rezeption dicht an dicht.

»Ich habe es Ihnen schon einmal gesagt. Keine Versicherung, kein Arzt.« Eine große, müde aussehende Krankenschwester schüttelte den Kopf über eine junge Mutter mit einem schreienden Baby auf der Hüfte.

Ich wartete nicht, ich sah sie nicht. Ich konnte es mir nicht leisten, sie zu sehen. Stattdessen trat ich um sie herum, blieb am Schreibtisch stehen und zog die Blicke der Krankenschwester auf mich. »Sie musterte mich von oben bis unten. »Was für ein Prachtexemplar von einem Mann. Sag mal, mein Hübscher, was kann ich für dich tun?«, fragte sie strahlend.

Ich grinste sie an und lehnte mich näher zu ihr. »Ich bin auf der Suche nach einem Lucas DeLuca, gibt es eine Möglichkeit ...« Ich durchsuchte ihre Brust nach einem Namensschild. »Rochelle, könntest du mich zu ihm führen?«

»Doktor DeLuca?« Ihre Augen weiteten sich und funkelten. »Aber ja, er ist in seinem Büro.« Sie hob die Hand und zeigte den Flur entlang. »Gleich da hinten auf der rechten Seite.«

Ich zwinkerte ihr zu und beobachtete, wie sie errötete und grinste. Aber das Lächeln verging mir, als ich die junge Mutter und ihr weinendes Baby ansah. Sie hatte es gesehen, das Schauspiel, die Verstellung. Ich nickte ihr zu, bevor ich mich umdrehte und wegging.

Die Geräusche. Die Gerüche.

Sie trafen mich fast härter, als ich es ertragen konnte.

Ich schluckte schwer, dann griff ich in meine Tasche, zog schwarze Lederhandschuhe heraus und zog sie an. Ich wollte nicht sehen, wie die Kinder Schmerzen hatten oder wie ihre verzweifelten Eltern durch die Flure liefen, um die Schmerzen ihres Kindes zu lindern. Ich war kein Gefühlsmensch, und ich war auch nicht nett.

Aber der Anblick dieser kleinen, hilflosen Säuglinge löste etwas in mir aus. Etwas, das ich zuließ. Es brachte mich zum Nachdenken ...

Ich wandte meinen Blick ab, zog die Handschuhe an und schnallte mir den Gurt um das Handgelenk, als ich am Ende des Flurs eine geschlossene Tür sah. Die Krankenschwestern gingen im Pausenraum auf der gegenüberliegenden Seite ein und aus. Die Frauen starrten mich an, die Männer musterten mich von oben bis unten. Aber ich schenkte ihnen keine Beachtung. Ich richtete meinen Blick auf das abgedunkelte Büro, bevor ich die Klinke herunterdrückte und hineinging.

Es war still, zu still, bis leise Schnarchgeräusche vom hinteren Teil des Raumes kamen. Ich bewegte mich leise um den Schreibtisch herum, auf dem sich Ordner stapelten, die alles andere überragten. Ich hatte keine Ahnung, warum sich jemand so etwas antun würde.

Die Schnarchgeräusche waren tief und gleichmäßig und dämpften meine Schritte, als ich mich dem kleinen Bett in der Ecke des Raumes näherte. Ich griff in meine Tasche und holte meine Waffe und den Schalldämpfer heraus, als ich über dem Rossi-Trottel stand. Ein Tritt gegen das Ende der Pritsche und ich wartete darauf, dass die Schnarchgeräusche aufhörten. Aber das taten sie nicht. Der Mann schlief wie ein Toter, aber ich nahm an, dass er genug von ihnen als Gesellschaft hatte. Ich trat wieder zu, nur diesmal fester.

Seine Augen rissen auf und sein Blick wanderte sofort zu mir, als ich näher trat.

Ich hatte mit Verwirrung gerechnet.

Ich hatte mit Angst gerechnet.

Ich hatte erwartet, dass der Mann anfangen würde zu wimmern und zu flennen oder zumindest nach Verstärkung zu schreien.

Aber der Arzt tat nichts von alledem, auch nicht, als ich meine Waffe hob und sprach. »Ich hatte schon angenommen, dass die Stunden hier im Krankenhaus unendlich lang sind, Doktor. Zusätzlich zu den Hausbesuchen, die du machst.«

»Warte, ich ...«

Ich ließ ihn nicht ausreden, sondern presste ihm meine Hand auf den Mund, hob die Waffe und drückte ihm den Schalldämpfer an den Kopf. »Du wirst nicht reden, hast du mich verstanden? Du wirst kein Wort sagen, bis ich es dir sage. Du wirst still und geduldig sein und wenn ich dir die Fragen stelle, wegen denen ich hier bin, wirst du antworten. Denn wenn du das nicht tust, werde ich dein Gehirn über deine Bürowand verteilen. Habe ich mich klar ausgedrückt?«

Meine Handfläche erwärmte sich durch die Hitze seiner schweren Atemzüge, dann nickte er langsam.

»Gut. Nun zu dem Unterschlupf, den du für Benjamin Rossi besucht hast. Du hast dich mit drei Männern getroffen, richtig?«

Seine Augen weiteten sich. Das blutunterlaufene Weiß leuchtete in der Dunkelheit fast wie Neon, als er den Kopf schüttelte.

»Nein?« Ich ließ meine Hand von seinem Mund gleiten, mein Finger lag bereit um den Abzug.

»Nein«, antwortete er. »Ich habe mich mit zwei getroffen, der dritte war schon tot, als ich ankam.«

»Er war schon tot?« Meine Gedanken überschlugen sich, als ich mir verschiedene Szenarien ausmalte und versuchte, ein passendes zu finden.

Das letzte, was wir von Creed Banks wussten, war, dass er den Orden verlassen hatte, nachdem er versucht hatte, Elle Castlemaine zum Gehen zu bewegen. Das Videomaterial dieser Nacht lief immer noch in meinem Kopf ab. Ich hatte es mir in den Stunden nach Ryths Festnahme immer wieder angesehen und versucht, Riven einen Schritt voraus zu sein.

Aber ich war zu spät gewesen.

Ich ärgerte mich immer noch über die verpasste Gelegenheit, King zu erwischen.

Oder einen seiner Männer gefangen zu nehmen, als sie den Orden gestürmt hatten.

»Sie haben ihn getötet?« Ich konzentrierte mich und starrte ihn an.

»Das haben sie nicht gesagt und ich gehe nicht davon aus.«

»Hm«, murmelte ich, als sich mein Finger vom Abzug bewegte. Trotzdem ließ ich die Waffe nicht sinken. »Die Leiche, wo ist sie?«

»An einem sicheren Ort.«

Wut flammte auf und jagte mir ein Kribbeln über den Rücken. »Das habe ich nicht gefragt. Wo ist die Leiche?«

»Nein.« Er schüttelte den Kopf. »Du bekommst sie nicht, ich habe versprochen ...«

Ich drückte die Waffe fester gegen seinen Schädel. »Im Moment bin ich das Einzige, was zwischen ihnen und denen steht, die Ryth entführen und ihre Brüder töten wollen. Also glaub mir, wenn ich dir sage, dass ich alles tun werde, um das zu verhindern. Aber nur, weil es meinen Interessen dient. Du willst doch nicht, dass sich meine Interessen ändern, oder, Doktor?«

Er starrte mich eine Sekunde lang an, bevor er langsam den Kopf schüttelte.

»Es gibt weitaus schlimmere Männer als mich, glaub mir. Ich muss diese Männer beschäftigen, ich muss dafür sorgen, dass sie sich nach etwas anderem umsehen. Also frage ich dich noch einmal: *Wo ist die Leiche?*«

»Sie ist in einer Einrichtung am Beauchamp Place.«

»Eine Einrichtung?«

»Dort verbrennen wir die Leichen derjenigen, die nicht versichert sind. Aber sie ist sicher. Ich habe sie so verstaut, dass sie nicht ohne meine Zustimmung vernichtet werden kann.«

In meinem Augenwinkel zuckte es. Ich kannte solche Orte, an denen sie die Toten in den Kühlräumen stapelten und den Ofen vierundzwanzig Stunden am Tag laufen ließen. Ich zog die Waffe weg und erhob mich langsam. »Ich brauche diese Adresse, Doc. Ich vertraue darauf, dass du über dieses kleine Treffen kein Wort verlierst. Ich kann dir doch vertrauen, oder?«

Er schluckte schwer und richtete sich langsam auf. Der Mann sah fit und stark aus. Aber er sah auch erschöpft aus. Er erhob sich von der Liege und ging langsam zu dem vollgestopften Schreibtisch, dann tastete er nach einem Stift und einem Notizblock. Das Geräusch seines Gekrakels wurde durch das Reißen von Papier unterbrochen.

Er drehte sich um, hielt es mir hin und sah mich an. »Ryth und die Jungs ...«

»Sind in Sicherheit.« Ich nahm das Papier. »Vorerst. Wie lange das anhält, ist eine Mischung aus verschiedenen Variablen. Einige kann ich kontrollieren, andere nicht.« Ich hielt das Papier hoch. »Du wirst die Rossis doch nicht deswegen anrufen, oder?«

Er zuckte zurück und seine Stimme wurde leiser. »Nein. Das werde ich nicht.«

Ich nickte nur, schraubte den Schalldämpfer von der Waffe und steckte ihn zurück in meine Tasche, während ich mich um seinen Schreibtisch herum bewegte. Sein schweres Ausatmen erreichte mich, als ich den Türgriff packte und stehen blieb. »Oh, und noch etwas, Doktor. Schlaf etwas, du siehst furchtbar aus.«

Dann ging ich, hielt meinen Blick gesenkt und zog mir langsam die Handschuhe aus, bevor ich sie wieder in meine Tasche steckte. Rochelle war beschäftigt, als ich vorbeiging, und stritt mit einer anderen gesichtslosen Person in Not.

Aber ich sah sie nicht.

Ich sah niemanden.

Ich machte mich einfach auf den Weg zurück zum Audi, den Zettel fest in der Hand. Konnte ich dem Doktor vertrauen, dass er seinen Teil der Abmachung einhielt und den Mund hielt? Ich wusste es nicht, und ich wollte es auch nicht herausfinden.

Ich ließ den Motor an, drückte auf den Kontakt auf dem Bildschirm und wartete darauf, dass er abhob. Carven war immer noch unterwegs, immer noch auf der Jagd. Ich erzählte ihm die Details, während ich fuhr. Er war misstrauisch, aber eifrig. Wenn die Söhne etwas auf ihrer Seite hatten, dann waren es Geschwindigkeit und Genauigkeit. Sie waren die Waffe, die man nicht kommen sah.

Als ich zu dem exklusiven Boutiquengeschäft im nördlichen Teil der Stadt fuhr, hatte Carven alle Informationen, die er brauchte. Ich hielt an und schaltete die Zündung aus, bevor ich mich nach vorne lehnte und den Knopf für das Handschuhfach drückte. Nachdem ich die Waffe und den Schalldämpfer verstaut hatte, stieg ich aus.

Die Autos rasten vorbei, während ich meine Jacke zuknöpfte, dann stieg ich aus, schloss die Tür und verriegelte sie hinter mir. In diesen perfekten Momenten war ich weder der rücksichtslose Bastard noch der Jäger. Ich trat an die Tür und drückte auf die Klingel, dann wartete ich.

Eine atemberaubende Brünette machte auf. Ihre Augen leuchteten und ihre roten Lippen verzogen sich zu einem breiten Lächeln. »Mr. St. James, bitte, kommen Sie herein.«

Ich nickte ihr kurz zu und trat ein. Der zarte Duft von Blumen umwehte mich, als ich den Laden betrat. Der Laden war leer, genau wie ich es mochte. »Ist es angekommen?«

»Oh ja, das ist es ganz sicher. Wollen Sie es sehen?«

»Bitte.«

Sie ging und kam Sekunden später mit einer großen, rechteckigen Schachtel zurück, die sie auf eine Glasvitrine stellte. Ich wartete, während der Deckel abgenommen wurde und sie ihre Hände unter das schwarze Seidenpapier steckte, um das Kleid freizulegen.

Schwarz.

Bodenlang.

Exquisit.

Sie trat um die Theke herum und legte das Kleidungsstück über ihren Arm. »Ihre Frau hat wirklich Glück.«

Alles, was ich sah, war der oberschenkelhohe Schlitz.

Und den weichen Stoff auf ihrer gebräunten Haut.

Alles, was ich sah, war schwarz. *Schwarz,* das sie für mich tragen würde.

»Wenn Sie möchten, kann ich das Kleid für Sie anprobieren ...«, murmelte sie vorsichtig. »Dann können Sie es auf der Haut sehen.«

Ich wusste, was sie wollte. Es war nicht das erste Mal, dass die Verkäuferin mir ihre Absichten deutlich gemacht hatte. Ich war zuvor höflich gewesen und hatte diskret Unwissenheit vorgetäuscht. Aber die Frau wollte den Wink einfach nicht verstehen. Ich begegnete ihrem Blick. »Nein, und wenn Sie sich mir gegenüber noch einmal unangemessen verhalten, lasse ich Sie feuern.«

Das Lächeln auf ihrem Gesicht schwankte, dann brach es in Entsetzen aus.

»Jetzt die Schuhe«, murmelte ich, während ich ihrem Blick standhielt und die Angst in ihren Augen beobachtete.

Wut kochte in mir hoch. So sehr ich auch versuchte, Haelstroms Worte zu verdrängen, sie schlitterten zurück ...

Freitagabend. Ich erwarte dich an meiner Seite, Verbündeter. Ophelia wird dort sein, sie hat ausdrücklich um deine Anwesenheit gebeten.

Ein Schaudern durchfuhr mich. Doch statt Angst verspürte ich Wut.

Die Art von Wut, die mich näher an die gefährliche Grenze brachte.

Ich konzentrierte mich auf den Wärter vor mir und behielt meine Stimme völlig unter Kontrolle. »Also, die Schuhe ...«

ELF

Vivienne

Ich schraubte an dem Deckel des La Mer Körperöls, während ich noch einmal auf die Stelle blickte, an der Colt die ganze Nacht gesessen hatte, ohne ein Wort zu sagen. Es war seltsam, dass er dort gesessen hatte ... nein, mehr als seltsam. Es war ... *unheimlich beschützend* und ich war das nicht gewohnt. Nicht an die Art und Weise, wie er seinen Kopf an die Wand gelehnt hatte, seine Arme auf den angewinkelten Knien, während er mich beobachtet hatte. Und auch nicht an die verdammte Stille, die ihn begleitete.

Aber irgendwie hatte ich geschlafen ... vielleicht so gut wie seit Ewigkeiten nicht mehr.

Es hatte keine furchterregenden Häuser und keine ekelerregenden Schreie gegeben, die auf mich gewartet hatten, als ich in die Leere gestürzt war. Da war nichts gewesen. Nur ein traumloser Schlummer, der sich so verdammt gut angefühlt hatte. Jetzt fühlte sich mein Körper träge an.

Ich verteilte die Creme auf meinem Bein und rieb sie so lange ein, bis sie schimmerte, dann glitt ich aus dem Bett und stand auf. Die Stille war eine Sache. Jetzt hatte ich nur noch vier verdammte Wände, die sich wieder wie ein Käfig anfühlten.

Das gefiel mir nicht.

Kein bisschen.

Seufzend schritt ich zurück ins Bad. Dunkle, rauchige Augen blickten mich an, als ich mich dem Spiegel näherte. Nach dem gestrigen Tag und der letzten Nacht sah ich ein wenig gequält aus. Dieser Ort. Dieser verdammte Mann ... *Nimm den Tracker aus mir heraus* ... Mein Blick wanderte zu meiner geschwollenen Brust und dem dumpfen Pochen, als die Erinnerung an den Keller wieder hochkam. *Und warum?* Ein gottverdammtes, *furchtbar* tiefes Knurren folgte. Der berechnende Blick erfüllte mich. Er war da, immer da. *Weil ich es nicht dir* ... und doch unterbrach er mich mit diesen besitzergreifenden Worten. *Weil du nicht mir gehörst?*

Mir ...

Das Wort blieb haften.

»Nein, ich gehöre dir nicht, Arschloch«, flüsterte ich und starrte mich im Spiegel an. »Egal, wie viel Geld du für mich bezahlt hast.«

Ich strich mir das Haar von den Schultern. Es war zerzaust und wild, nicht geglättet und geföhnt, wie ich es getragen hatte. Ich senkte meinen Blick auf das schulterfreie schwarze Oberteil mit tiefem Ausschnitt, das perfekt zu den weiten, blassrosa Hosen passte, die bis zur Mitte der Oberschenkel geschlitzt waren. *Mir*, hallte die Stimme des Bastards immer noch nach. London St. James mochte ein herzloser Mistkerl sein, aber seine persönliche Assistentin hatte einen guten Geschmack, was Kleidung anging.

Schade, dass ihr Chef ein Arschloch war.

Ich stellte das Körperöl zurück auf den Tresen und verließ das Bad. Es hatte keinen Sinn, Schuhe zu tragen, schließlich wollte ich nirgendwo hin, also stapfte ich barfuß zur Tür und öffnete sie. Doch statt der Stille ertönte ein Klappern, das von unten kam. Ich warf einen Blick auf die geschlossene Tür der Söhne und drehte mich dann um. Colt war wohl in der Küche.

Es gab nur eine Möglichkeit, das herauszufinden.

Wenn ich noch einen weiteren Tag in meinem Zimmer eingesperrt bleiben musste, würde ich anfangen zu renovieren ... und dabei einen Stuhl durch die verdammte Wand schlagen. Der Geruch von Essen schlug mir entgegen, als ich mich auf den Weg ins Foyer machte. Steak ... Knoblauch, irgendeine Art von ...

Ein Mann ging um das Ende der Küchentheke herum und ich erstarrte. *Butter ... irgendeine Art von Butter.* Da war ein Fremder ... in Londons Haus. Ich sah mich um und ging dann langsam auf ihn zu. Ein Fremder, der die Uniform eines Kochs trug. »Äh, hallo«, murmelte ich.

Aber der Typ sprach nicht, sondern sah mich nur an, nickte und machte sich wieder daran, das zu kochen, was er gerade kochte. Und es roch verdammt lecker. Ich trat näher heran und spähte über den Herd, bis er mich anfunkelte und mich zurückdrängte. »Okay, verdammt.«

Ich entfernte mich und sah aus dem Augenwinkel, wie ein schwarz gekleideter, muskulöser Mann um die Ecke des Esszimmers trat.

»Hallo«, bot ich ihm an.

»Ms. Evans«, antwortete er und widmete sich dann seinen Aufgaben.

Ich wusste, dass das Haus makellos war und mein Zimmer immer sauber war. Aber ich hatte bis jetzt noch kein Personal gesehen. Ich runzelte die Stirn. Wussten sie von mir? Zum Beispiel, dass ich gegen meinen Willen hier war? Ich trat vor und öffnete meinen Mund, um ihnen zu sagen ...

Was, Vivienne? Londons Stimme hallte in meinem Kopf wider. *Was wirst du ihnen sagen und wohin wirst du gehen?* Ich zuckte zusammen und hasste es, dass ich schon jetzt genau wusste, was er sagen würde. Während ich so dastand und mich gefangen fühlte, kochte der Koch weiter und der schwarz gekleidete Mann trat um mich herum, bevor er verschwand.

Ich überlegte, ob ich nach oben zu Colt gehen sollte, aber der Gedanke, dort in der Stille zu sitzen, war unerträglich. Also ging ich zu dem einzigen Ort, an den ich denken konnte und der mir keine Angst machte. Ich ging zu seinem Arbeitszimmer. Der Generalschlüssel steckte in meiner Tasche. Ich zog ihn heraus, aber bevor ich ihn ins Schloss stecken konnte, probierte ich die Klinke aus.

Es war offen.

»Hm.« Ich öffnete die Tür und trat ein. Das Sonnenlicht fiel durch die durchsichtigen Vorhänge, aber tagsüber war das Licht im Raum dunkler und maskuliner.

Ich schaute mir die Bücherregale an und ging dann zum Schreibtisch. Auf dem Schreibtisch hatte ich einen ordentlichen Stapel Ordner mit einem Klebezettel. Je näher ich kam, desto misstrauischer wurde ich, bis ich über ihnen stand.

Wenn du es dir hier gemütlich machen willst, Vivienne, dann fängst du am besten hier an.
L.

»L«, murmelte ich und schnippte mit der Ecke des Zettels. »Fick dich, L. Wie wäre es damit?«

Er musste immer so gottverdammt herablassend klingen, so verdammt anständig. Ich sah mich im Arbeitszimmer um. Ich fragte mich, wo seine persönliche Assistentin arbeitete? Wahrscheinlich an einem anderen Ort. Ich würde es auch nicht aushalten, diesen widerlichen Mistkerl den ganzen Tag anzustarren.

Ich wette, wenn ich dir in den Slip greifen würde, würde ich feststellen, dass du eine Lügnerin bist.

Angesichts der Worte zitterte mein Körper. Die Hitze folgte, nur war sie jetzt kühner, heißer und traf mich direkt zwischen meinen Beinen. Ich schloss die Augen und schwankte nach vorne, während ich mich an der Tischkante festhielt. »Fick dich, London St. James. Fick dich ...«

Ich öffnete meine Augen. Ich brauchte etwas, worauf ich mich konzentrieren konnte, irgendetwas, das mich von dem schwachen Geruch von Zigarre, Leder und dem gefährlich verführerischen Parfüm ablenkte. Ich zog einen tieferen Atemzug in meine Lunge. »Mein Gott, riecht das gut«, murmelte ich und testete die Schlösser seiner Schubladen. Wer hätte das gedacht, sie waren unverschlossen ...

Alle ...

Als würde er mich hineinlassen und mir erlauben, all seine dunklen, verborgenen Geheimnisse zu sehen.

Ich erstarrte, als ich erkannte, was das bedeutete. Er vertraute mir, weil er wusste, dass ich ihn entlarven konnte, wenn ich es wollte.

Wir sind eine Familie.

Diese Worte stiegen in mir auf. Familie. Als wären sie die Söhne und ich die Tochter. *Willst du mich Daddy nennen? Fühlst du dich dann besser?*

Ich schluckte und setzte mich auf seinen Stuhl, während ich mit meiner Hand über seinen Schreibtisch strich. Ich ließ nach, verlor den Hass, den ich in mir trug, seit er mich schreiend und tretend in dieses Haus geschleppt hatte, und das gefiel mir nicht. Nein, das gefiel mir ganz und gar nicht. Ich riss den Zettel ab, den er mir hinterlassen hatte, und zog die Akte hervor.

In dem Moment, als ich sie öffnete, erstarrte ich. Da war ein Foto vom Haus des Schreckens, nur dass es nicht in Trümmern lag, wie es jetzt der Fall war. Es war lebendig, brodelnd und grausam. Draußen stand ein Mann zusammen mit drei Frauen und einer Gruppe von Kindern. Sie waren alle Mädchen, jedes einzelne von ihnen.

Das Haus der Jungen war viel schlimmer ...

Diese Worte kamen mir in den Sinn, als ich die Frauen auf dem Foto anstarrte und dann ihn ... den Mann, der neben ihnen stand. Der Mann, der das Schild mit der Aufschrift ›Hale Home‹ hielt.

»Hale«, murmelte ich. Ich kannte den Namen ... *nur zu gut.*

Ich hatte gehört, wie er geflüstert und wie eine Waffe geschwungen wurde. Ich wusste, wem der Orden gehörte und ich hatte den kranken Mistkerl selbst vor mir gehabt. Die Frage war nur, warum London etwas gegen ihn unternahm.

Er hatte Jack Castlemaine.

Er hatte Ryth beschützt.

Auch wenn er es getan hatte, um seine eigenen egoistischen Bedürfnisse zu befriedigen. Die Frage war nur, was für Bedürfnisse das waren ... *und wo in aller Welt passte ich da hinein?* Diese Frage beschäftigte mich am meisten. Als ich die gedruckten Informationen über die Geschichte des Hauses durchblätterte, fand ich keine Antwort. Was ich jedoch unter der ersten Akte fand, war ein weiterer Klebezettel, auf dem eine Art IP-Adresse stand.

Ich wandte mich dem Mac zu, drückte die Maus und sah zu, wie der Bildschirm zum Leben erwachte. Vivienne. Mein eigenes Login war eingerichtet … nur war es mit einem Passwort gesichert. Ich warf einen Blick zurück auf den Zettel, aber darauf stand nichts. »Gut gemacht, Arschloch. Du hast vergessen, mir das Passwort zu geben.«

Aber er hatte es nicht vergessen, oder?

Denn ein Mann wie London vergaß nie etwas.

Er wollte mich testen.

Ich begann zu tippen … *Vivienne, falsch. Viv, falsch. Vivienne Evans … falsch.*

Das verdammte Ding würde mich erfrieren lassen.

Du kannst mich Daddy nennen …

Nenn ihn Daddy.

»Nein«, sagte ich und schüttelte den Kopf. »Auf keinen Fall.«

Aber der nervige Cursor blinkte und blinkte und blinkte. »Verdammt noch mal. Daddy«, tippte ich, der Bildschirm erwachte zum Leben und öffnete sich zu einem Desktop. Dort gab es einen Ordner mit meinem Namen. So sehr ich ihn auch erkunden wollte, öffnete ich den Browser und tippte die Adresse aus der Notiz ein.

Es öffnete sich ein Dialogfenster.

Mit finsterer Miene starrte ich den schwarzen Hintergrund und den winzigen Cursor an, der wartete. Dann übermannte mich die Neugier:

Hallo?

Ich drückte auf Senden und wartete ...

Wer ist da?

»Wer da ist?«, murmelte ich und tippte. *Wer bist du?*

. . . .

Viv, bist du das?

Mein Herz überschlug sich. Nein, das konnte nicht sein. Mein Atem beschleunigte sich und meine Finger zitterten, als ich tippte. *Ryth, bist du das?*

Ja! OMG. Bist du es?

Ich stieß einen Schrei aus und meine Kehle schnürte sich zu. *Ja, ich bin es. Ich hätte nicht gedacht, dass ich jemals wieder mit dir reden würde. Geht es dir gut? Wo bist du?*

. . . .

Ich wartete.

Caleb sagt, es ist nicht sicher, das zu sagen. Aber mir geht es gut. Geht es dir auch gut?

Ich hob meinen Kopf und starrte zur Tür des Arbeitszimmers. Ich wollte Nein sagen, dass ich Angst hatte und unbedingt hier raus wollte, aber diese Worte fielen mir nicht ein. Stattdessen hasste ich mich mehr als alles andere dafür, dass ich ihr die Wahrheit sagte, während ich tippte. Seltsamerweise schon. Mir geht es gut und ich bin sicher. Sogar beschützt, was verdammt beunruhigend ist.

. . . .

Ich weiß nicht, ob ich lachen oder mir noch mehr Sorgen machen soll. Hast du meinen Dad gesehen?

Ihren Dad? Scheiße! Meine Gedanken kreisten um ihn. Ich war in Londons Arbeitszimmer eingedrungen, um ihn zu finden, nicht wahr? Irgendwie war ich abgelenkt worden.

Nein, aber das werde ich.

. . . .

Gut. Wenn du das tust, sagst du ihm dann, dass ich ihn liebe? Ich muss jetzt gehen, wir wollten gerade los. Wir sind auf dem Weg zu einem Ort, der vielleicht sicher ist. Wir sprechen uns bald wieder. Hab dich lieb, Viv. Pass auf dich auf.

Bei diesen Worten schnürte sich meine Kehle zu. *Hab dich auch lieb, Ryth.*

Dann drückte ich auf Senden, lehnte mich zurück und betrachtete den Bildschirm. Sie war in Sicherheit ... und konnte mit mir reden ... und das traf mich härter als alles, was er je getan hatte. Tränen stiegen mir in die Augen. Ich schluckte schwer, aber ich konnte den Kloß in meinem Hals nicht beseitigen.

Dann öffnete sich die Tür zum Arbeitszimmer und ich zuckte zusammen. London stürmte herein und schloss die Tür hinter sich, schaute aber nicht einmal in meine Richtung. Schnell beendete ich den Chat, dann wurde mir bewusst, dass ich das gar nicht musste. Denn er wollte, dass ich mit ihr redete. Er hatte das alles eingefädelt.

Ich warf einen Blick auf die geöffnete Akte, als er lässig seine Jacke aufknöpfte, sie auszog und über das Ende des Schreibtisches legte, bevor er in seine Hosentasche griff, was meinen Blick auf seinen knackigen Arsch lenkte, bevor er etwas herauszog und es vor mir auf den Schreibtisch fallen ließ.

Es waren schwarze Lederhandschuhe.

Solche, die man sich umschnallte ...

Und augenblicklich stieg das Bild in meinem Kopf auf.

Das Gefühl, wie diese Handschuhe über meine Brust strichen. Wie sein Daumen meine Brustwarze umkreiste. Das Blut summte in meinen Adern, als ich noch einmal schluckte. Doch er sprach nicht mit mir, begegnete meinem Blick nicht, und dafür war ich dankbar. Hitze stieg mir in die Wangen, als er die Ärmel seines Hemdes hochkrempelte, sodass die Muskeln seiner starken Unterarme zum Vorschein kamen, und um den Schreibtisch herumging.

»Vivienne«, murmelte er, als er sich an der Stuhllehne festhielt und sich über mich beugte. »Ich hoffe, dein Tag war produktiv.«

Er war mir zu nahe …

Zu verdammt nahe.

Meine keuchenden Atemzüge zogen seinen Duft nur noch tiefer in mich hinein. Dieser reichhaltige, verführerische, hocherotische Duft. Ich unterdrückte ein Stöhnen, als er sich noch fester an mich lehnte und seinen Login-Code eingab, um den Bildschirm des Macs zu ändern, bevor er den Kopf drehte und mich anstarrte.

Abbrechen …

ABBRECHEN!

Ich versuchte, mich wegzudrücken, aber ich war eingeklemmt und konnte nichts anderes tun, als seinem dunklen, animalischen Blick zu begegnen und mein Bestes zu geben, nicht vor ihm zu kommen. »Gut.«

Seine Mundwinkel zuckten, als er meinem Blick begegnete. »Gut.«

Er drehte sich wieder um, um einen Blick auf seine Nachrichten zu werfen, dann drückte er auf die Tasten, um Informationen an eine andere Stelle zu senden, bevor er sich abmeldete und meinen Anmeldebildschirm erneut öffnete. »Ich nehme an, du hast die Anmeldedaten problemlos herausgefunden.«

»Ja.«

»Ja?« Er blickte in meine Richtung, richtete sich auf, überragte mich und wartete ...

»Ja, *London*.«

Dieser böse, vernichtende Blick ließ mich erstarren, bevor er sich mit einem leisen Schnauben abwandte und um den Schreibtisch herumging, um die Tür zu öffnen und sie einen Spalt breit offen zu lassen. Ich versuchte, mich auf die Akten vor mir zu konzentrieren, während meine Wangen glühten, aber ich konnte mich auf kein einziges Wort konzentrieren. Stattdessen verfolgte ich seine schweren Schritte, als er ging und mit einer Birne zurückkam.

Lässig schritt er durch das Büro, schnappte sich sein iPad und öffnete es, ohne mich zu beachten. Ich zwang mich, die Worte anzustarren, die keinen Sinn ergaben und blätterte die Seite um. Aus den Augenwinkeln sah ich, wie er in seine Tasche griff, ein Taschenmesser herauszog und es aufklappte. Der Stahl glänzte und ließ meinen Puls stocken, als ich die geschliffene Klinge betrachtete, während er ein Stück Birne abschnitt und sich dem Schreibtisch näherte.

Er legte es lässig vor mir auf den Tisch.

Die Anweisung war einfach: essen.

Er drehte sich um, strich mit dem Finger über den Bildschirm seines Geräts und musterte eine E-Mail nach der anderen. Ich streckte die Hand aus, nahm das Stück Obst und biss hinein. Gott, war das lecker. Irgendwie gelang es mir, die Worte auf der Seite vor mir zu lesen, während wir in ein entspanntes Schweigen verfielen, in dem er sich darauf konzentrierte,

Scheiben zu schneiden und sie vor mir auf den Schreibtisch zu legen, während er so tat, als wäre ich nicht da, bis keine Birne mehr übrig war und ich die letzte Scheibe in der Hand hielt.

Die Scheibe, die ihm hätte gehören sollen.

Aber das tat sie nicht und das störte mich am meisten.

Er teilte nicht nur sein Essen.

Er sorgte auch dafür, dass ich mehr zu essen bekam als er selbst.

Ich ließ den letzten Bissen in meinen Mund gleiten und verfolgte das Tröpfchen Saft, das meinen Daumen hinunterlief, bevor ich langsam aufstand und die Akte vor mir einsammelte. »Ich lasse dich dann mal allein.«

Er blickte auf, antwortete aber nicht. Der Hunger in seinem Blick war Antwort genug. Ich schnappte mir den Papierkram, verließ eilig das Arbeitszimmer und seinen verdammt besitzergreifenden Blick.

Ich warf nicht einmal einen Blick auf den Koch, sondern ging einfach die Treppe hinauf, mit dem süßen Geschmack meines bröckelnden Widerstands auf der Zunge. Ich knallte fast gegen die Schlafzimmertür. Mit einem dumpfen Knall schloss ich sie hinter mir, lehnte mich mit dem Rücken dagegen und versuchte verzweifelt, mich zurückzuhalten.

Bis ich es bemerkte ...

Eine große schwarze Kiste am Ende meines Bettes.

»Was zum Teufel«, flüsterte ich und trat vor.

Die Kiste war riesig. Mattschwarz. Verlockend. Ich ließ meine Akte auf das Bett fallen, griff nach dem Umschlag, der obenauf lag, und zog eine kleine weiße Karte heraus.

Das Abendessen findet um Punkt 20 Uhr statt.

Dieses Mal ziehst du bitte die verdammten Klamotten an, Vivienne.

L.

Meine Hände zitterten, als ich die Karte ablegte, den Deckel der Schachtel ergriff und anhob. Schwarzes Papier bedeckte das Kleidungsstück. Ich schob es beiseite, griff hinein und holte das schönste Kleid heraus, das ich je gesehen hatte.

Ein *schwarzes* Kleid.

ZWÖLF

Vivienne

———

Dieses Mal ziehst du bitte die verdammten Klamotten an, Vivienne ...

Er hatte Bitte gesagt. Ich starrte mich im Badezimmerspiegel an, während diese Worte in meinem Kopf widerhallten.

Hitze stieg mir in die Wangen, als ich die Fremde vor mir anstarrte. Ich hatte mir vorgenommen, nur das Nötigste zu tun, um ihn zu ärgern, aber das ... das war so was von nicht das Nötigste. Statt rauchig und schwarz, war ich ... unauffällig. Errötet. Gold schimmernder Highlighter auf meinen Wangen ließ meine Haut wie von der Sonne geküsst aussehen. Mit dem dicken Pinsel strich ich den Schimmer entlang meiner Schultern, bevor ich ihn wieder ablegte und auf die Uhr schaute.

Es war fast acht und die Gefangene würde gleich ... irgendwo hingehen? Ich hatte keine Ahnung. Aber es musste irgendwo auswärts sein. Ein Gedanke drängte sich mir auf, kalt und glitschig wie ein Aal. Ein Gedanke, bei dem mir schlecht wurde. War es eine dieser Partys, zu denen die Männer des Ordens die anderen Mädchen mitnahmen? Die, von denen sie traumatisiert zurückkamen und von zu vielen Männern benutzt worden waren? War London St. James dabei, mich zu brechen?

Mein Magen verkrampfte sich. Das grelle weiße Deckenlicht ließ das Badezimmer schwanken. Er wollte, dass ich schwarz trug, richtig? Und auch nicht nur das Kleid. Die Dessous, die er neben das Kleidungsstück gelegt hatte, waren ebenfalls schwarz. Weicher schwarzer Samt, passend zu Slip und BH – wenn man das so nennen konnte.

Die BH-Körbchen waren nicht mehr als ein Käfig um meine Brüste, sodass meine Brustwarzen unter dem Kleid frei lagen und das Höschen war auch nicht besser. Die weichen Samtträger fielen zwischen meine Schenkel, legten sich um meine Taille und kreuzten sich über meinen Hintern. Es gab nur einen Grund, warum er wollte, dass ich das trug. Ich streckte die Hand aus und griff nach dem Waschtisch, während ich versuchte, mich auf den gefährlich hohen Stilettos zu stabilisieren. Weil er mich vor anderen zur Schau stellen wollte.

Besitz, richtig?

Er besaß drei Millionen Dollar.

Er musste irgendwie auf seine Kosten kommen.

Lauf ... der Gedanke packte mich. *Lauf weg ... aber wohin?* Ich dachte an Ryth und die Nachrichten, die ich ihr geschickt hatte. Die Nachrichten, die London für mich vorbereitet hatte.

Ich begegnete meinem eigenen Blick im Spiegel. Er würde das nicht tun, wenn er mich verletzen wollte, oder?

Er würde das alles nicht tun. Ich starrte das atemberaubende schwarze Kleid im Spiegel an.

Alles an ihm schrie nach dem Gegenteil von dem, was diese Männer taten. Er war kein Mann, der irgendetwas teilte, nicht dass ich es gesehen hätte, es sei denn, es ging um seine Söhne ...

und jetzt um mich. Ich atmete tief ein und richtete mich auf, während ich das Stechen der Angst in mir bekämpfte. Ich musste darauf vertrauen, dass er das nicht tun würde, aber wenn ich etwas von diesem Mann gelernt hatte, dann, dass man sich durch Vertrauen in London nur Ärger einhandeln konnte. Oder schlimmer noch ... *den Tod.*

Ich machte mich auf den Weg aus dem Bad.

Wenn ich ihm nicht trauen konnte, würde ich kämpfen und fliehen, sollte es so weit kommen. Ich würde seinen verdammten Tracker selbst herausschneiden, mit meinen Nägeln, wenn ich müsste. Bis dahin würde ich seine Spielchen mitspielen. Ich strich das Kleid glatt, zerzauste nervös meine Haare und ging dann zur Tür.

Ich würde dafür sorgen, dass ich diejenige war, die die Kontrolle hatte.

Im Haus war es still, als ich aus meinem Zimmer trat. Ruhig und ... *unheimlich.* Ich hielt mich am Geländer fest und machte mich auf den Weg nach unten, wobei das elegante Kleid hinter mir über die Treppe glitt, bis ich das Foyer erreichte. Dann sah ich ihn mit dem Rücken zu mir am Eingang zur Küche stehen.

Mein Blick wanderte an seinem Körper hinunter, betrachtete sein makelloses schwarzes Hemd und die enge Hose, die seinen harten Hintern und jeden Zentimeter seiner maskulinen Oberschenkel umschloss. Ich konnte nicht aufhören, ihn anzustarren, selbst als er mich bemerkte und sich umdrehte, und dann war ich auf die Wölbung seines Schwanzes fixiert. Verdammt, er war groß, nicht wahr? *Mein Gott ...*

Hitze stieg mir in die Wangen. Ich zwang mich, den Blick abzuwenden und stattdessen in diese intensiven, dunklen Augen zu schauen. Er sagte nichts, als ich auf ihn zuging, kein *»Du bist spät dran«* oder *»Du siehst wunderschön aus«.* Nein, er starrte mich nur an.

Doch als ich mich dem Eingang zur Küche näherte, wurde mir bewusst, dass er nicht auf die Tür zuging. Der Kellner von vorhin war aber noch da und bewegte sich in der Küche hinter London, während er zwei Gläser Champagner einschenkte. Dann wurde es mir klar. Wir gingen doch nirgendwo hin, oder? Das Abendessen war ... hier.

Und wenn es hier war, wer sollte dann noch kommen?

Ich versuchte, meine panischen Gedanken davon abzuhalten, abscheuliche Szenarien heraufzubeschwören, als London seinen Blick senkte und das verdammte Kleid betrachtete, das er mir zum Anziehen gegeben hatte. Ein Kleid, das ich hasste und gleichzeitig für immer tragen wollte. Ich wusste, dass ich anders aussah, aber das Arschloch könnte wenigstens versuchen, nicht zu glotzen.

Sag doch etwas! Ich lockerte meinen Kiefer, bis seine Mundwinkel zuckten und sich nach oben bewegten. Dieses teuflische Grinsen traf mich genau zwischen meinen Schenkeln. Mein Puls schoss in die Höhe und Hitze stieg mir in die Wangen, sodass ich gezwungen war, in den Speisesaal hinter ihm zu schauen.

Er schnappte sich die beiden Sektgläser vom Kellner und bedeutete mir, an den Tisch zu gehen. Ich folgte ihm und musterte die leeren Stühle. »Ist das für uns?«

»Nein, Vivienne.« Er stellte mein Getränk auf den Tisch und zog meinen Stuhl heraus. »Es ist für dich.«

Für mich?

Es waren keine anderen Gedecke vorhanden. Trotzdem war ich nervös, als ich mich in den Stuhl sinken ließ. »Sind wir allein?«

»Die Söhne sind nicht da«, antwortete er, während er selbst am Kopfende des Tisches mir gegenüber Platz nahm. »Sie kommen später wieder, falls es das ist, was du wissen willst.«

Mein Gesicht brannte, als ich nickte. Doch er sah meine Reaktion, als ich die leeren Stühle ansah.

»Sag es mir«, befahl er und konzentrierte sich auf mich.

In diesem Moment wurde mir klar, wie gefährlich es war, das einzige Objekt seiner Aufmerksamkeit zu sein. Ich zuckte zurück und schüttelte dann den Kopf. »Nichts.«

»Du sahst fast erschrocken aus«, murmelte er vorsichtig. »Also muss es etwas sein.«

Die Hitze in meinen Wangen brannte noch heißer, als ich seinem Blick standhielt. »Ich dachte, du hättest vielleicht ... Gäste.«

»Gäste?«

»Ja, *Gäste*.« Ich versuchte, meine Scham zu verbergen, indem ich nach dem Champagner griff. »Ich habe gesehen, was mit den Mädchen passiert, die sie aus dem Orden holen, und ich habe auch gesehen, wie sie aussehen, wenn sie zurückkommen.«

Er wusste es ... Ich sah es an seinem Zusammenzucken, als er vorsichtig fragte. »Und du denkst, ich würde dir das antun?«

Ich hielt seinem Blick stand. »Ich kann es nicht wissen, oder?«

Als er sprach, klang seine Stimme verächtlich. »Ich mag vieles sein, Vivienne. Aber ich bin nicht so. Du ...«

Gehörst mir ...

Diese unausgesprochenen Worte schwirrten zwischen uns, als der Kellner sich näherte und einen Teller vor mir abstellte.

Das war es, was er sagen wollte, stimmt's? Dass ich ihm gehörte. *Drei Millionen Dollar, erinnerst du dich?* Die Hitze brannte wieder in meinen Wangen, als der Kellner sich aufrichtete.

»Gebratene Jakobsmuscheln in Salzwasser-Butter-Sauce«, verkündete er leise.

Ich wandte den Blick nicht von London ab, sondern antwortete nur: »Danke.«

Die Spannung zwischen uns wuchs, als der Kellner Londons Teller abstellte und ohne ein weiteres Wort ging. Ich beobachtete London aus den Augenwinkeln und jede vorsichtige Bewegung stachelte mich an, als er langsam sein Besteck aufhob und in verdammter Stille aß.

Alles an ihm war still.

Launisch.

Unbeständig.

Ruhig.

Ich tat das Gleiche und stach in die Jakobsmuschel, bevor ich sie mit meinem Messer zerkleinerte und in meinen Mund schob. Ich schmeckte die verdammte Salzbuttersauce nicht, ich war zu sehr damit beschäftigt, an dem bitteren Geschmack der Wut zu ersticken. Ich kaute, schluckte und spülte das Essen mit dem Champagner hinunter, bis ich das Glas geleert hatte. Dann tauchte der Kellner wie aus dem Nichts auf und schenkte mir noch einen ein.

Ich war immer noch auf sein markantes Kinn fixiert, als London jeden Bissen probierte und dann auf meinen Teller schaute. »Du isst nicht. Bist du nicht hungrig?« Er senkte seinen Blick auf das Kleid und auf meine Brüste. »Weil ich weiß, dass du es bist.«

Das Feuer flammte auf. »Du scheinst viel über mich zu wissen.«

»Das tue ich.«

So. Verdammt. Selbstgefällig. Am liebsten hätte ich ihm dieses wissende Funkeln aus den Augen geschlagen. Ich verkrampfte mich und presste die Worte heraus. »Dann weißt du auch, dass ich herausfinden werde, was du von mir willst.«

Er hob eine Augenbraue. »Das wirst du?«

Das wirst du? Er stachelte mich an, bis ich nur noch ... »Ja« sagen konnte. Ich griff wieder nach meinem Sekt. »Das werde ich.«

Ich hob das Glas an meine Lippen, aber dieses Mal trank ich nicht. Stattdessen leckte ich den Tropfen, der sich am Rand des Glases sammelte, mit der Zunge ab und jagte ihn. Das wischte langsam das Grinsen aus seinem Gesicht. Der Hunger brannte wieder zwischen uns, als wäre er nie wirklich weg gewesen.

»Nimm ihn raus, London.« Ich hielt seinem Blick stand. »Nimm ihn jetzt aus mir heraus.«

Sein Blick wanderte von meinen Lippen zu meinen Brüsten, als ich mich langsam vom Stuhl erhob. »Nimm ihn raus oder ich kratze ihn raus.«

Diese höllischen Augen wichen nicht von meinen, als ich mich am Tisch entlang auf ihn zubewegte. Plötzlich wurde mir bewusst, was das war. Es war die Rache dafür, dass er mich auf das Dach geschleppt hatte und ich zusehen hatte müssen, wie Ryth und ihre Brüder gejagt worden waren. Die Wut spornte mich an, bis ich berauscht war.

London legte seine Serviette vorsichtig neben seinem Teller ab und erhob sich langsam. »Ich hätte lieber etwas anderes in dich reingesteckt.« Er drehte sich zu mir um. »Wie wäre das?«

Ich erstarrte, als die Angst mich durchfuhr. »Was?«

»Du hast mich gehört.« Er packte mich um die Taille und hob mich hoch.

Ich strampelte kurz und stemmte mich gegen ihn, bevor er mich hart auf den Tisch plumpsen ließ. Meine Hände flogen nach hinten und meine Finger schlitterten über die Glasplatte. Augenblicklich stand ich wieder vor dem Haus des Schreckens und hatte seine Hände überall. Aber diesmal war es anders. Er zuckte nicht zurück, sondern packte mich an der Taille und zog mich fest an sich.

Er blickte an mir herab und sein Blick erfasste jeden Zentimeter von mir. »Verdammt, du vernichtest mich.«

Ich versuchte, ihn wegzuschieben, als er nach unten griff, seine Hand in den Schlitz des Kleides schob und die Rückseite meines Oberschenkels erfasste. Durch die Kraft seines Körpers wurden meine Beine gespreizt. Ich spürte, wie sich jeder harte Zentimeter von ihm gegen seine Hose drückte.

»Du bist so verdammt perfekt, nicht wahr, du Wildkatze?« Er schob mein Kleid beiseite und entblößte meinen gesamten Unterkörper.

Sein gieriger Blick streifte jeden Zentimeter dessen, wofür er bezahlt hatte, während sein Daumen über den schwarzen Riemen meines Höschens strich, der um meine Taille verlief. *Raus hier ... Raus ...* »Aber das kannst du nicht, oder?«, knurrte ich.

Etwas bewegte sich in meinem Augenwinkel. Der Kellner schlüpfte in den Raum und schaute nicht einmal in unsere Richtung, während London mich bedrängte.

Das steigerte die Wut in mir nur noch mehr. Ich richtete diese Wut auf den Mann, der mit seinen Händen über meine nackten Oberschenkel fuhr. »Du kannst gar nichts tun, sonst nehmen sie mich dir weg.«

Ich genoss das gefährliche Funkeln in seinen Augen, vielleicht ein bisschen zu sehr. »Aber ich bin mir sicher, dass ich jemanden finden kann, der die Schmerzen in mir lindert.« Ich warf einen Blick auf den Kellner und leckte mir die Lippen. »Wenn du nicht in der Lage bist.«

Ein wilder Laut entschlüpfte London. Er packte mein Gesicht und seine Finger gruben sich grausam in meinen Kiefer, während er meinen Blick auf seinen lenkte. »Und sein Blut würde an deinen Händen kleben. Vergiss das nicht.«

Von dem Mann, den ich noch vor einer Sekunde gesehen hatte, war keine Spur mehr zu sehen.

Der Mann, der gefährlich ruhig und kontrolliert gewesen war ...

Jemand anderes stand jetzt an seiner Stelle. Jemand, der rücksichtslos und verzweifelt war. Ein Schaudern der Angst durchfuhr mich, als er meine Wade anhob und meinen Absatz auf die Tischkante stellte, wodurch ich nach hinten gezwungen wurde. »Ich würde ihn ausweiden, Vivienne ... Ich würde sein Blut über diesen verdammten Tisch vergießen, wenn er dich auch nur ansieht.«

Die Erinnerung an die Birne kam mir wieder in den Sinn. Die Art und Weise, wie er das Messer geführt hatte, um Stücke auf den Tisch vor mir zu legen. Panik raubte mir den Atem, als er mit dem Daumen über meine Schamlippen strich und sanft die geschwollene Haut um meine Klitoris massierte, während der Kellner Champagner in Londons Glas goss und dann ging.

Ich unterdrückte ein Stöhnen, denn ich hasste es, wenn er mich anfasste. »Mal sehen, ob ich etwas gegen den Schmerz tun kann, ja?«, murmelte er.

Ich schüttelte meinen Kopf und drehte ihn langsam hin und her. »Nein«, stöhnte ich, als er meinen anderen Absatz packte und ihn auf den Tisch hob, bis ich auf dem Rücken lag, die Knie angewinkelt, meine Muschi zur Schau gestellt. »Ich hasse dich«, wimmerte ich.

»Ich weiß, dass du das tust«, antwortete er in diesem kalten, unheimlichen Ton. »Ich kann spüren, wie sehr du mich jetzt gerade hasst. So eine hübsche kleine Fotze.« Er rieb und rieb und schürte das Feuer.

»Nein.« Ich knallte meine Schenkel zusammen und fing seine Hand auf.

»*Nein?*«, murmelte er und riss seine Hand von meinem Körper weg, um einen Stuhl herauszuziehen, bevor er sich setzte. Meine Muschi könnte für ihn genauso gut auf einem Teller serviert werden. Aber er hörte nicht auf, mich mit seiner anderen Hand zu reiben. »Auch wenn ich dich nicht ficken kann, Vivienne, bin ich mir sicher, dass ich etwas tun kann, um deine Bedürfnisse zu stillen.«

Er strich mit seinem Daumen über meine Schamlippen und drückte die Haut in mein Inneres. »Wie ist das?«

Ich ballte meine Fäuste und warf meinen Kopf zur Seite, als die Hitze in mir aufstieg.

»Nein?«

»Nein!«, stöhnte ich und klammerte mich an einen dünnen Faden der Hoffnung. »Oh Gott, nein ... *nein* ...«

Jedes Streicheln, jede Liebkosung ließ mich meine Schenkel verzweifelt spreizen. Ich wollte, dass er mich ansah, brauchte seine Zunge, brauchte seine Finger. *Verdammt, ich brauchte seinen Schwanz.*

»Kommst du für mich, Wildkatze?«, flüsterte er in diesem leisen, behutsamen Ton, der mich um den Verstand brachte.

Meine Knie zitterten und bewegten sich auseinander.

»So ist es richtig ... zeig Daddy, wofür er bezahlt hat.«

Ich wimmerte und biss mir auf die Lippe, aber es war zu spät. Ein zitternder, kehliger Laut entrang sich mir, als er tiefer eindrang und mit seinen Fingern an meiner Muschi entlangfuhr. »Bitte ...«, wimmerte ich.

»Das ist ein Wort, an das ich mich gewöhnen könnte.« Er rieb die Außenseite meiner Klitoris. »Zeig es mir«, forderte er. »Zeig mir, wie du dich selbst *befriedigst*.«

Ich griff nach unten.

»Aber ich will, dass du mich dabei ansiehst.«

Ich hielt inne, mein Herz hämmerte und mein Inneres tropfte. Es würde nicht viel brauchen ... nicht, wenn ich ...

Ich schluckte schwer und stemmte mich nach oben, während meine Hand weiter nach unten wanderte und ich seinen höllischen Blick erwiderte. Er starrte mich an und beobachtete dann meine Finger, wie sie tief eindrangen und wieder herausglitten. »Heilige Scheiße, du bist so verdammt nass.« Seine Finger zitterten, als er an mir zerrte und meinen Schlitz öffnete, um zuzusehen. »So ist es richtig ... geh ganz rein.«

Angesichts der Worte stieg die Hitze in mir auf. Mein Körper verkrampfte sich, als er mich rieb. »Das gefällt dir, nicht wahr? Gefällt es dir, meine Göre zu sein? Meine brave, kleine Göre. Ich habe viel Geld für dich bezahlt.«

»Drei ... Millionen ... *Dollar*«, stöhnte ich.

Er hob den Blick und seine dunklen Augen brannten vor Hunger. »Ja, drei Millionen Dollar ... und ich hätte noch mehr bezahlt.«

Ein Stöhnen entwich mir. *Er hätte mehr gezahlt.* Ich stieß meine Finger hinein und bearbeitete meinen Körper, bevor ich herausglitt und meinen Kitzler umkreiste. *Er hätte noch mehr gezahlt.* »Wie viel?«

Er beugte sich herunter, teilte meinen Schlitz und leckte meine Klitoris. »*Alles.*«

Ich kam unter der Berührung seiner Zunge. Meine Hüften zuckten und trieben mich gegen seinen Mund. Er packte meine Oberschenkel und drückte meinen Körper zurück auf den Tisch. »Das war einer, Wildkatze. Ich bin sicher, du hast noch ein paar mehr in dir.« Er leckte wieder und die Wärme seiner Zunge tanzte um die empfindliche Haut.

Er schob meine Beine weiter auseinander, bis zum Anschlag.

»Verdammt«, stöhnte er, während er sanft saugte. »Ich will in diese Fotze. Ich will, dass du dich windest. Ich will, dass du kommst, ganz egal wie. Meine Zunge, mein Schwanz ... *meine Kontrolle*. Du wirst mich zerstören, stimmt's, Vivienne? Du wirst mich verdammt noch mal ruinieren.« Er saugte mich in seinen Mund.

Mein Innerstes verkrampfte sich, als ich wieder kam ...

»Und ich werde jede verdammte Sekunde davon genießen.«

DREIZEHN

London

SIE VERHIELT SICH JETZT NICHT MEHR WIE EIN KIND, nicht, wenn sie vor mir auf dem Tisch ausgebreitet war. Und sie klang auch nicht wie eines, wenn sie kehlig stöhnte. Ich starrte auf ihre triefende Muschi hinunter. Mit einer langsamen Bewegung meines Daumens fing ich ihre Feuchtigkeit auf und ließ sie in meinen Mund gleiten. Mein Gott, sie schmeckte perfekt. Einfach zu perfekt.

Ganz ruhig ...

Behalte verdammt nochmal die Kontrolle. Denk an den Vertrag.

Scheiß auf den Vertrag.

Ich verkrampfte meinen Kiefer und konzentrierte mich, während ich die pralle Haut sanft gegen ihre Klitoris drückte, bis sie ihre Hände nach oben streckte und sanft mit dem Kopf wackelte. Wenn ich einen Mann töten müsste ... verdammt, wenn ich tausend töten müsste, würde ich es sofort tun, wenn ich sie dafür haben könnte. Aber das konnte ich nicht. Ich konnte es nicht und das war eine verdammte Qual. Mein Schwanz drückte gegen meine Hose und rieb sich an der wachsenden feuchten Stelle. Ich wollte mit ihr in den Keller gehen und sie festschnallen. Ich wollte sie so ficken, wie sie gefickt werden wollte.

Ich wollte sie zu meinem Eigentum machen ...

Ich senkte meinen Kopf, leckte, fing ihre Lust auf und kämpfte mit jeder Körperzelle, die schrie: *Fick sie!* Meine Eier verkrampften sich und mein Schwanz pulsierte. Ich war kurz davor zu explodieren, nur weil ich sie schmeckte.

»Sag mir, wie sehr du mich willst, Vivienne.« Ich fuhr mit meinem Mund an ihren Schamlippen entlang und arbeitete mich weiter nach oben, bis ich das pulsierende Nervenbündel in meinen Mund saugte.

»Fick dich.«

Ich lächelte, als ich meinen Blick zu ihr hob, saugte fester und beobachtete, wie sie ihr Rückgrat krümmte. Millimeter für Millimeter zog ich sie in mich hinein und sie wehrte sich mit jedem weiteren Millimeter. Strähnen ihres Haares fielen ihr auf die Schultern. Aber das war nicht genug. Ich wollte sie wild. Ich wollte sie frei. Jedenfalls so frei, wie ich es schaffen konnte. Ich hob sie hoch, fuhr mit der Hand an ihrem Nacken entlang und griff nach der Spange in ihrem Haar.

Dickes, wunderschönes Haar fiel, als ich die Spange öffnete und es um sie herum fallen ließ, bevor ich das Schmuckstück zur Seite warf. »Du trägst dein Haar für mich offen, hast du das verstanden?«

Sie hob ihren Kopf und fletschte ihre Zähne. »Dann schneide ich sie ab.«

Mein Schwanz pulsierte unter dem wilden Blick des Trotzes, dann spürte ich, wie sich die Luft hinter mir veränderte, kälter, härter und *gefährlicher* wurde, und das war nicht Guild. Carven und Colt standen in der Tür und beobachteten sie. Aber unsere kleine Wildkatze hatte keine Ahnung, als ich die Massage fortsetzte und meinen Kopf wieder senkte. »Willst du mich anfauchen, Wildkatze? Willst du kratzen und heulen? Komm schon, Kätzchen, zeig mir deine Reißzähne.«

Sie stemmte sich hoch und ihre Augen waren wild. Ihr Haar war eine zerzauste Mähne. Sie öffnete den Mund, um mitten im Orgasmus eine Tirade von Obszönitäten auszustoßen, doch dann erstarrte sie. Ihre Augen weiteten sich und starrten zu den Zwillingen hinter mir, bevor sie nach ihrem Kleid griff und versuchte, sich zu bedecken.

Ich holte aus, packte sie am Handgelenk und hielt sie auf. »Hör auf. Lass sie sehen, wie schön du bist.«

Sie richtete diese spektakulären braunen Augen auf mich.

Meine Lippen zuckten nach oben. »Wir sind schließlich eine *Familie.*«

Colt trat vor und warf einen Schatten auf den Tisch. Er war größer als sein Bruder, ganze drei Minuten älter. Der Beschützer ... der Verteidiger ... *die Jungfrau.* Er sagte kein Wort, legte nur seine Hand auf ihre Schulter und drückte sie sanft zurück.

Er starrte meine Daumen an, während ich ihre Muschi weiter rieb und ihren Schlitz sanft teilte, um ihren Körper seinem Blick zu entblößen. Seine Atemzüge wurden tiefer und er runzelte die Stirn. Es waren Carvens Worte, die mir wieder in den Sinn kamen. *Er hat für sie gesprochen. Er hat verdammt noch mal für sie gesprochen.*

Sie hatte keine Ahnung, was das bedeutete.

Denn der Mann sprach nicht ...

Er tötete einfach.

Die Bewegung meiner Finger schürte ihr Feuer, sie entspannten, erregten und massierten das kleine Nervenbündel, das nun prall und geschwollen war. Ihre Atemzüge wurden tiefer und sie runzelte die Stirn, als sie wieder einmal verzweifelt und gefährlich nahe dran war. »Das ist mein Mädchen«, murmelte ich, während ich mich auf das Zittern ihres Körpers konzentrierte und sie immer wieder streichelte. »Das ist mein braves Mädchen. Du musst gefickt werden, Wildkatze.«

»*Ja.*« Sie stemmte ihre Hüften vom Tisch. »*Bitte ... oh Gott.*«

Ich begegnete Colts Blick und wich ein wenig zurück. »Ich kann ihr nicht helfen.«

Gefangen von ihren verzweifelten Lauten, griff er nach unten. Er berührte sie nirgendwo anders, starrte ihr nur in die Augen und schob seinen Finger ganz hinein.

»Oh, *Gott.*« Sie griff nach seinem Handgelenk und trieb ihn noch tiefer in sie hinein. »Genau so. Verdammt, genau so.«

So hatte ich ihn noch nie gesehen. Gequält. Besessen. Aber er hatte sich immer noch völlig unter Kontrolle, genau wie ich es ihm beigebracht hatte.

Mit der anderen Hand öffnete er ihre Beine weiter, während er nach unten blickte. Seine dicken Finger glitten hinein und kamen feucht wieder heraus. Ihr hungriger Blick war gefährlich, als sie seine Finger noch fester antrieb. Seine Augen weiteten sich und seine Atemzüge waren schneller, als ich es je zuvor gesehen hatte, und ich hatte gesehen, wie er es mit vier erfahrenen Männern auf einmal aufgenommen hatte. Aber das hier war kein Wettkampf. Es ging nur um sie. »Ich werde ... ich ...« Sie bäumte sich einmal auf, stieß dann ein leises Stöhnen aus und kam zum Höhepunkt.

Hinter mir beobachtete Carven seinen Zwilling. Aber er kam nicht ein einziges Mal näher ... er sah sie nicht ein einziges Mal an. Als Vivienne die Finger seines Zwillings in sich hielt, drehte er sich um und ging.

»Wie war das, Wildkatze?« Ich drehte mich um und sah zu, wie sie ihre Augen öffnete.

Sie sagte nichts, sondern ließ nur langsam Colts Hand los. Ihre Atemzüge waren tief und verzehrend, während sie Colt beobachtete, wie er seine Finger langsam aus ihrem Körper zog.

Feuchte Spuren blieben zurück, als er über ihren Oberschenkel strich und sich entfernte. Etwas ging zwischen ihnen vor, eine Art Sehnsucht. Eine Sehnsucht, die ich bei Colt noch nie gesehen hatte. Er sah mich nicht an, sondern ballte seine feuchten Finger zu einer Faust, drehte sich um und folgte seinem Bruder die Treppe hinauf.

»Oh, Scheiße«, zischte sie und schloss ihre Beine.

Aber die Magie war jetzt weg, kalt geworden, genau wie unser Essen. Ich ließ meine Hände nach unten gleiten und erlaubte ihr, sich langsam aufzusetzen. »Du kannst gehen, Vivienne.«

Sie ließ sich das nicht zweimal sagen, rutschte vom Tisch und verließ eilig den Speisesaal. Sie ging, so wie sie immer ging ... und das Klackern ihrer Absätze traf mich dieses Mal noch härter. Ich schloss meine Augen und spürte meinen pochenden Schwanz noch immer.

Ich ließ ihr noch einen Moment Zeit, bevor ich mich auf den Weg in mein Schlafzimmer machte. Meine Schritte verlangsamten sich auf dem Treppenabsatz zu meinem Stockwerk, als ich gegen das Bedürfnis ankämpfte, zu ihr zu gehen und das zu tun, was ich mir geschworen hatte, nicht zu tun ... ihr die Wahrheit zu sagen.

Dass sie nicht die Einzige war, die hier gefangen war. Ich war genauso gefangen wie sie ... und sie war diejenige, die alles unter Kontrolle hatte.

Doch als ich zu ihrer Schlafzimmertür hinaufblickte, sah ich eine Bewegung. Colt kam aus seinem Zimmer und blickte sofort auf mich herab. Seine Finger waren immer noch gekrümmt und hielten an ihrem Gefühl fest, als er vor ihrer Schlafzimmertür stehen blieb.

Ich war nicht der Einzige, der von der Frau angetan war.

Und an seinem gequälten Gesichtsausdruck konnte ich erkennen, dass er meinen Schmerz teilte.

Aber sein Bruder war ein sehr gefährliches Problem.

Ich ging in Richtung meines Schlafzimmers, trat ein und griff nach den Knöpfen meines Hemdes. Das Abendessen war nicht nach Plan verlaufen, aber ich begann zu lernen, dass viele Dinge so abliefen, wenn es um sie ging ...

Ich knöpfte mein Hemd auf und zog meine Schuhe aus, während ich einen Blick auf die Pistole auf dem Nachttisch neben dem Bett warf. Dann fiel mein Blick auf den frisch geputzten Smoking, der im Schrank neben der Tür hing und mich an die Hölle erinnerte, die ich morgen Abend würde ertragen müssen.

Ophelia drängte sich in meine Gedanken und verwandelte das Verlangen, das ich noch vor einer Sekunde verspürt hatte, in kaum kontrollierbare Wut. Ich schob sie weg und zwang mich, mich auf das Einzige zu konzentrieren, was zählte, dann zerrte ich an meinem Gürtel und öffnete meine Hose, bevor ich an ihr herunter blickte.

Der kleine, dunkle Fleck war offensichtlich. »Mein Gott, die Frau lässt mich kommen wie ein pubertierendes Kind.« Ich schaute wieder hin. Ich war immer noch verdammt hart. Mit einem Stöhnen stieg ich in die Dusche und drehte den Wasserhahn auf.

Sie war oben.

Sie war oben und ich musste ... ich stützte mich mit der Hand an der Duschwand ab und umfasste meinen Schwanz. Verdammter Hale. Verdammter Vertrag. Ich schloss meine Augen und stieß in meine Finger. In meinem Kopf war ich in ihrer Muschi vergraben und spürte, wie sie unter mir zuckte und stöhnte. Ich leckte mir über die Lippen und konnte sie immer noch schmecken. Mein Puls dröhnte so stark wie schon lange nicht mehr. Ich wollte mehr. Ich wollte sie ... *Gott, wie ich sie wollte.*

Ich wollte diesen kurzzeitigen Ungehorsam, selbst als sie ihre Beine weiter für mich öffnete. Dieser Funke der Wut ... diese Rage. Diese verdammte Muschi ...

Ich erstarrte, mein Atem ging schwer und heftig. *Nein ... nein, das ...* »Gott ...«

Meine Eier krampften sich zusammen, als die pulsierende Ader einen Kick bekam und ich hart kam, mit kaum mehr als einer verdammten Berührung. Warme Flüssigkeit strömte aus meinem Schwanz und spritzte gegen die Fliesen. Ich stieß ein Stöhnen aus, holte tief Luft und stemmte mich nach oben.

Die Gedanken an Colt drängten sich auf. Stand der Sohn immer noch vor ihrer Tür? Oder hatte er endlich die Dämonen seiner Vergangenheit überwunden und Trost in Viviennes Armen gefunden? Da war etwas zwischen ihnen. Etwas, das den wilden Teil meiner Natur weckte.

Aber ich konnte es mir nicht leisten, sie für mich zu behalten. Wenn er in sie verliebt war, konnte ich nichts dagegen tun. Ich wusste nur, dass sich niemand zwischen ihn und sie stellen sollte, und das galt auch für sein eigenes Fleisch.

Man konnte nicht wissen, was er tun würde ...

Und ich würde nichts davon verhindern können. Ich stieg noch verzweifelter aus der Dusche, als ich sie betreten hatte. Ich fühlte mich ausgelaugt und bloßgestellt, als wäre ich innerlich wundgescheuert. Ich ging ins Bett, wobei mein Haar noch feucht war. Ich hatte gewollt, dass der heutige Abend perfekt wird, aber das war nicht der Fall. Ich hatte mich von meinen Gefühlen leiten lassen.

Das war noch nie passiert.

Nicht mir.

So war ich einfach nicht.

Ich schloss meine Augen.

Doch anstelle des Schlafs kamen Erinnerungen. Fragmente eines Lebens, das ich einmal gehabt hatte. Der kalte Stahl eines Schalldämpfers. Das leise Pfft eines gedämpften Schusses. Augen, die mich anstarrten, große, verängstigte Augen, die ein Monster ansahen. So wie der Arzt mich angesehen hatte. Aber ich war nicht dieser Mann, nicht mehr. Ich war eine neue Art von Bestie. Ein neuer Geist.

Einer, der viel zu lange allein gewesen war.

»DAS IST EIN VERDAMMTES CHAOS, das ist dir doch klar, oder?« Ich schüttelte den Kopf und starrte Carven an. »Du hättest die Leiche wegbringen sollen, als du die verdammte Chance dazu hattest. Das war der einzige Grund, warum wir so gehandelt haben.«

Der Sohn starrte mich nur an. Diese kalten, eisblauen Augen blickten durch mich hindurch.

Er sagte nichts. Er wartete nur, während ich mich abwandte und durch das verdammte Arbeitszimmer ging. Die Ader an meiner Schläfe pochte. Ich spürte, wie mein Blutdruck mit jeder verdammten Sache, die nicht nach Plan verlief, anstieg.

Zuerst war es das Abendessen gestern Abend gewesen.

Und jetzt auch noch die Sache, die Carven für mich hätte regeln müssen.

Wenn ich ihm nicht trauen konnte, konnte ich niemandem mehr trauen …

Ich atmete schwer und versuchte, nicht bissig zu klingen. »Du wirst sie heute Abend aus dem Lagerhaus holen.«

»Du weißt, dass ich das tun werde. Ich werde heute Abend nach dem Abendessen am Treffpunkt sein. Ich hatte keine andere Wahl, als sie zu verstecken. Wir waren schnell, aber Rossis Männer auch und du wolltest nicht, dass ich sie ausschalte, weißt du noch? Also sind wir hier«, antwortete er in einem vorsichtigen Ton. »Aber das hat nichts mit einer Leiche zu tun, London. Und alles hat mit ihr zu tun. Du bist immer so, wenn du sie sehen musst. Eingesperrt, verzweifelt. Das gefällt mir nicht.«

Ich schloss meine Augen.

Sie …

Ophelia.

Ich spürte, wie er sich bewegte. Geräuschlose Schritte brachten ihn näher. »Lass mich auf sie aufpassen. Niemand muss es erfahren.«

Ich drehte mich um, begegnete seinem eisigen Blick und das Pochen in meinem Kopf wurde immer stärker. Allein der Gedanke, dass er in Ophelias Nähe sein könnte, verursachte Bauchschmerzen. Nie wieder … Ich hatte es ihm versprochen, als ich ihn und seinen gebrochenen Bruder aus dem Waisenhaus und aus ihren Fängen geholt hatte. Und ich war fest entschlossen, dieses Versprechen zu halten.

Ich schluckte den sauren Geschmack hinunter und zwang mich, langsamer zu atmen ... für ihn. »Nein.« Ich schüttelte den Kopf. »Noch nicht.«

»Noch nicht?«, wiederholte er. »Wann, London? Beantworte mir das. Wie lange müssen wir dieses verdammte Spiel noch spielen?«

»Bis ich King finde.« Das war nicht die Antwort, die er wollte, aber es war die einzige, die ich hatte. »Wenn wir eine falsche Bewegung machen, gehen sie alle zu Boden und wir werden sie nie finden.«

»Also lassen wir sie ihr Spiel spielen.« Er begegnete meinem Blick. »Und wir suchen nach dem Feuerzeug und den Streichhölzern.«

Ich nickte langsam. »Und wenn die Zeit gekommen ist, brennen wir ihr Nest bis auf den Grund nieder.«

»Und alle anderen gleich mit«, antwortete er.

Ich richtete meinen Blick auf Vivienne. »Ich werde dafür sorgen, dass niemand unsere Familie anrührt ... nie wieder.«

»Du musst nur den heutigen Abend überstehen.«

Ein Schaudern durchfuhr mich, als ich einen Schritt auf die Tür zuging und stehen blieb. »Sei einfach bereit. Sobald ich mit der Party fertig bin, brauchen wir die Leiche. Ich will, dass der Vertrag unterschrieben wird ... und ich will sie ein für alle Mal aus ihren Fängen befreien.«

»Ich werde warten«, versicherte Carven. »Für alles, was du brauchst.«

Ich nickte und ging. Die Nacht war fast da ... und ich hatte eine Party zu besuchen.

VIERZEHN

London

Ich rückte meine Krawatte zurecht, als ich mich im Spiegel betrachtete. Aber in meinen Augen flackerte kein Leben auf. Keine Angst. Kein Hass. Nur eine Leere, die in den Tiefen meines Blicks schimmerte. Ein Anblick, an den ich mich schon viel zu sehr gewöhnt hatte. Ich verließ das Badezimmer und holte die schwarze Samtschachtel aus der Nachttischschublade, bevor ich zur Schlafzimmertür ging.

Im Haus war es still, als ich hinausging ... bis das Knacken einer Tür aus dem Stockwerk über mir ertönte. Vivienne blieb oben auf der Treppe über mir stehen, als sie mich sah. Ihre Augen weiteten sich, als sie meinen begegneten. Bilder von ihr stiegen auf, wie sie sich vor mir auf dem Tisch ausbreitete. Meine Atemzüge wurden tiefer und mein Puls flatterte. Die Frau wirkte auf mich wie eine Droge. Mein Herz raste.

Ich konnte es mir nicht leisten, an sie zu denken. Nicht heute Nacht.

Jemand, der so perfekt war, hatte keinen Platz in dem verdammten Dreck, den ich gleich anfassen würde.

Ihr Blick wanderte zu der Schachtel in meiner Hand und für eine Sekunde flackerte Verwirrung auf, bevor sie vor Schmerz zusammenzuckte. Ich zwang mich, die Treppe hinunterzugehen. Jeder Schritt war wie eine hämmernde Faust in meiner Brust. Guild öffnete die Haustür, als ich mich näherte. Ein Nicken war alles, was er von sich gab, und selbst das war schon fast zu viel.

»Beschütze sie um jeden Preis«, murmelte ich so leise, dass sie es nicht hören konnte.

Ich wusste, dass er es tun würde. Der Mann war gut ausgebildet.

Das waren sie alle. Ich beschäftigte nur die Besten der Besten, besonders wenn es um sie ging.

Dann war ich weg. Ich ließ das Haus und Vivienne hinter mir und machte mich auf den Weg zu meinem Fahrer. Ich drehte mich nicht um, sondern schlüpfte einfach auf den Rücksitz, bevor er die Tür schloss. Erst als wir weit genug vom Haus entfernt waren, stieß ich den angehaltenen Atemzug aus und versuchte, mich zu beherrschen. Mein Magen war schwer und mein Puls raste. Ich leckte mir über die Lippen und holte mein Handy heraus.

Meine verdammten Finger zitterten, als ich den Code eintippte und die App öffnete. Es war verdammte Gewohnheit, sie durch das Haus zu verfolgen. Ich sollte sie nicht beobachten. Ausgerechnet heute Nacht musste ich einen klaren Kopf behalten. Trotzdem ging ich näher ran und fand sie vor meinem Schlafzimmer. Es gab keine Türen mehr, die ihr verschlossen waren, alle Schlösser waren geöffnet, auch die im Keller.

Sie hatte alles ... *mich eingeschlossen.*

Aber sie ging nicht in mein Schlafzimmer. Stattdessen drehte sie sich um und ging mit geballten Fäusten und einem schmerzerfüllten Gesichtsausdruck davon. War sie wütend? Wütend nach der letzten Nacht? Ich fuhr mir mit den Zähnen über die Lippen und rieb mir den Kiefer, als ich mich daran erinnerte, wie Colts Finger in ihre Muschi eingedrungen waren. So verdammt feucht ... so verdammt ungehorsam.

Scheiße, ich sollte nicht an sie denken.

Nicht hier und nicht jetzt.

So sehr ich es auch hasste, ich schloss die App und verstaute mein Handy wieder in meiner Jacke, um der Versuchung zu entgehen. Stattdessen konzentrierte ich mich auf die Fahrt durch die Stadt zu dem unauffälligen, weitläufigen Anwesen im Süden. Unsere Scheinwerfer leuchteten durch die Nacht, als wir andere Autos überholten, die auf dem Rückweg waren, nachdem sie ihre Gäste abgesetzt hatten.

Die Abscheulichsten der Abscheulichen, oder?

Und ich war hier unter ihnen.

Was sagte das über mich aus?

Der Wagen fuhr um die kreisförmige Einfahrt herum und hielt vor dem riesigen Haus an. Die Türsteher warteten darauf, mir die Tür zu öffnen. »Ich werde dir Bescheid sagen, Gabriel.«

»Ich werde in der Nähe sein, Sir.«

Ich nickte und stieg aus. Ich griff nach der teuren Diamantkette und rückte meine Jacke zurecht, dann hob ich meinen Blick zu Ophelias Herrenhaus. Die Schlampe würde heute Abend gefährlich sein, weil sie sich selbst zu wichtig nahm und auf Schmerz stand. Es war zu einfach für sie, neue Beute zu machen. Ich musste vorsichtig, verschlossen und emotionslos sein. Hier war kein Platz für meine echten Gefühle. Wenn sie mir in die Quere kämen, würde das meine Familie verletzen, oder noch schlimmer ... sie zurück in den Orden befördern.

Ich atmete tief ein und öffnete den mit Blei ausgekleideten Tresor in meinem Kopf. Den Tresor, in dem ich alles Gute in meinem Leben versteckt hatte. Denn hier in der Hölle hatten sie keinen Platz. Carven war der Erste. Brutal. Kalt. Loyal. Ich steckte ihn weg, gefolgt von seinem mürrischen, schweigsamen Bruder. Dann kam der quirlige, frische Wind – meine kleine Wildkatze Vivienne. Aber sie ging nicht stillschweigend, oder? Sie trat und schrie. Sie leuchtete viel zu hell und ich fühlte mich zu ihr hingezogen wie die Motte zum Licht. Ihr Gefühl, *ihr Geschmack, ihre verdammte Unschuld.* Als ich die Treppe hinaufstieg und den stinkenden Geruch von Zigarre und Grausamkeit einatmete, schob ich sie in die Sicherheit meines Gedankengewölbes und schlug die Tür zu.

Dafür würde ich bezahlen, da war ich mir sicher.

Selbst die Vorstellung von ihr war gefährlich.

Und ich liebte sie verdammt noch mal.

Dort drinnen war sie beschützt und sicher.

Ich schnappte mir ein Glas Champagner von einem Kellner, als ich durch die Tür trat und den Eingang entlangging. Mein Blick wanderte zu dem brandneuen Mammut-Kunstwerk, das auf der linken Seite hing. Holzkohle und noch etwas anderes ... etwas, das mich innehalten und hinschauen ließ. Das dunkle Braun war gesprenkelt und sah fast aus wie ...

Blut.

So sah es aus.

Ich senkte meinen Blick und las den Titel darunter.

Brandneue Ausstellung hier bei Ophelia Masters in diesem Herbst. Das Bild war eindringlich: zwei Kinder mit dem Rücken zueinander, die sich in einem Moment des Trostes und der Solidarität an den Händen hielten. Würde es in einem anderen

Eingangsbereich hängen, wäre es vielleicht rührend. Aber nicht hier ... *nein* ... *nicht hier.* Ein Schaudern lief mir über den Rücken. Wenn es etwas gab, das Ophelia mehr liebte als Macht und Kontrolle, dann war es ihre verdammte Kunst.

Kunst, die irgendwo in diesem Haus ausgestellt war.

Kunst, von der ich mich verdammt noch mal fernhalten wollte. Also ging ich weiter.

Macoy Daniels stand inmitten einer Gruppe von gemeinen, angeberischen Arschlöchern. Als ich eintrat, blickte er in meine Richtung und starrte mich an.

Schau weg, du Wichser.

Ich ging weiter, aber ich spürte immer noch die Hitze seines Blickes, der mich verfolgte, als ich auf den Hauptgrund zusteuerte, warum ich hier war – Haelstrom Hale. Alles andere war nur noch verschwommen. Das Papier in der Brusttasche meiner Jacke knitterte, als ich das Gerede hinter mir ließ und tiefer in das Haus ging. Die Oberlichter wurden schwächer, als ich mich durch die Räume bewegte, bis ich zum hinteren Sitzbereich kam. Ich war schon drei Mal hier gewesen ... und das war drei Mal zu viel.

Ich fand ihn unter den wenigen Auserwählten, die Beine gekreuzt, ein Glas erstklassigen Scotchs in der Hand. Er drehte den Kopf zu mir, ohne in seinem Gespräch mit den anderen ein Wort zu verlieren, bis er ein langsames Lächeln zeigte. »London, schön, dich zu sehen.«

Ich nickte. *Ich hatte ja auch keine andere Wahl, oder?* »Ich hätte es nicht verpassen wollen.«

»Du kennst Devlin und Zander?« Hale deutete auf die anderen, die mich anstarrten, als wäre ich eine Bedrohung.

Das war ich auch. Nur nicht so, wie sie dachten. »Klar. Meine Herren.« Ich nickte.

»Warum setzt du dich nicht?« Hale deutete auf den Rest der Gruppe. Aber es waren keine Plätze mehr frei. Das wusste er. »Ich bin sicher, dass wir einen Platz finden.«

Ich schenkte ihm ein Lächeln, das mich innerlich erschaudern ließ. »Vielleicht später.« Ich hob die Samtschachtel in meiner Hand. »Ich habe bereits eine Verabredung.«

Ich kannte die Wirkung, die das auf Hale haben würde. Bei jedem anderen hätte er die Absage als Beleidigung aufgefasst, aber nicht bei seiner Ophelia. Diese abscheuliche Fotze. Stattdessen nickte er und schaute hinter mir zu den anderen Gästen. »Sie wird sich sicher zu sehr freuen, dich zu sehen.«

»Da bin ich mir sicher«, murmelte ich und nickte den anderen wieder zu.

Sie starrten mich nur an, als ich ging. Aber keiner sagte ein Wort. Sie wussten es alle besser.

Ich hatte einen Ruf, den ich sorgfältig mit Blut aufpoliert hatte. Sonst käme man Haelstrom Hale nicht so nahe, auch wenn ich versucht hatte, diesen Grund lange hinter mir zu lassen. Ich musterte die anderen und stellte fest, dass Macoy mich immer noch beobachtete. Ich erwiderte seinen Blick, bis er sich abwandte.

Aber es war dieser Blick, der mir nicht gefiel.

Er war zu durchtrieben, zu ... *wissend.*

Ich mochte ihn nicht. Ich ging auf ihn zu, bis mich der kehlige Klang weiblichen Lachens aufhielt. Mein Magen verkrampfte sich. Jeder Gedanke, etwas anderes zu tun als zu ficken, verließ meinen Verstand. Ich konzentrierte mich auf das fröhliche Geräusch und mir wurde schlecht. Champagner war nicht stark genug, nicht für so etwas. Ich leerte mein Glas und ging auf die Bar zu. »Scotch, das gute Zeug«, forderte ich und beobachtete den Kellner, als er sich umdrehte, ein Glas nahm und den sechsundzwanzig Jahre alten Single Malt hinter der Theke hervorholte.

Aber ich konzentrierte mich nicht auf ihn. Etwas bewegte sich in meinem Augenwinkel. Ich versuchte, mich zu stählen, als eine Hand über meinen Arm glitt und das widerwärtige Summen der hasserfülltesten Schlampe, die Gott je hervorgebracht hatte, folgte. »Da bist du ja. Ich habe mir schon Sorgen gemacht.«

Ich begegnete ihrem Blick und zwang mich zu einem Lächeln. »Nichts hätte mich davon abhalten können.«

Ophelia Masters war eine atemberaubende Frau ... oberflächlich betrachtet. Große, dunkelbraune Augen und volle, pralle Lippen, mit hohen Wangenknochen, die ihr Gesicht kantig und hart erscheinen ließen. Sie senkte ihren Blick und beobachtete, wie die roten Krallen ihrer Finger über meinen Arm glitten. Aber ich wusste, dass das nur eine Ausrede war, um die schwarze Samtschachtel auf der Theke vor mir zu betrachten. »Ich dachte, du wärst zu sehr mit deinem neuen Liebling beschäftigt, um zu kommen ... aber andererseits kannst du sie ja noch nicht ficken. Oder?«

Ich starrte in diese finsteren Augen und bemerkte den Anflug von Belustigung.

Der vorläufige Vertrag, den Hale mir gegeben hatte, war von ihrem Gestank durchdrungen.

An King heranzukommen, war nur ein Teil der Gleichung.

Sie war der andere.

»Sie ist ein Haustier, Ophelia. Mehr nicht.«

»Oh?« Sie warf einen Blick auf die Schachtel. »Ein Drei-Millionen-Dollar-Haustier, habe ich gehört.«

Ich hielt ihr Kinn fest und lenkte ihren Blick auf meinen. »Trotzdem bin ich hier.«

Meine Mundwinkel zuckten, als sie sich mir näherte, meine Eier packte und drückte, dann murmelte sie gegen mein Ohr. »Gut, denn ich hätte die Schlampe ausgenommen.«

Der Schmerz schoss durch meinen Körper und mein Magen drehte sich. Es war mehr als nur der Schmerz, mehr als nur die Drohungen. Ich schloss meine Augen, als sie ihren Kopf drehte und meinen Mundwinkel küsste. Abscheu brannte in mir, als sie sich zurückzog. »Sag mir, wie geht es den Söhnen? Ihre Schreie waren ziemlich köstlich. Spricht der Stumme schon?«

Töte sie ...

Töte die verdammte Schlampe.

Irgendwo im Raum klirrte ein Kellner mit einem Glas und verkündete, dass das Abendessen serviert wurde. Aber ich war zu sehr damit beschäftigt, den hasserfüllten Blick zu verdauen, mit dem sie mich gebrandmarkt hatte. Ich zuckte nicht zurück, ließ sie nicht die Panik sehen, die in mir aufstieg. »Meinen Söhnen geht es gut, danke.«

»Du gehörst mir, London.« Sie suchte meinen Blick und machte ihren Anspruch geltend. »Du fickst nur mit mir. Hast du das verstanden? Du schuldest mir was, schon vergessen?«

»Wie könnte ich das vergessen?«, antwortete ich, als ihr Griff lockerer wurde und an meinem schlaffen Schwanz entlang glitt, während sie versuchte, Leben zu finden.

Aber es war nichts zu finden.

Mein Arsch verkrampfte sich, als der Rest der Gäste uns zurückließ und zum Essbereich im Nebenzimmer ging, während sie nach der schwarzen Samtschachtel auf der Bar griff und sie öffnete. Das Gold schimmerte und der fünfkarätige Diamant glitzerte.

Ein Lächeln war zu sehen, als sie sich zurückzog, aber anstatt mit den anderen Gästen zu gehen, griff sie nach dem unteren Teil ihres Kleides und hob es hoch. »Geh auf die Knie, London. Ich brauche deine köstliche Zunge.«

Ich wollte mich übergeben ... *nein*, ich musste mich übergeben.

Ich schluckte schwer, als mein Puls hochschnellte. »Hier?«

In dem Gewölbe in meinem Kopf hallten die schrillen Schreie einer Frau wider, als die Schlampe vor mir lächelte und antwortete. »Hier.«

FÜNFZEHN

Carven

Er verhielt sich seltsam. Er war leise, und nicht nur, dass er leise sprach. Er war still zu ... und das gefiel mir nicht. Ich fuhr den Explorer in die Einfahrt des Lagerhauses, tippte den Code ein und wartete darauf, dass sich das Tor öffnete. »Was zum Teufel ist los mit dir?«

Er drehte den Kopf und begegnete meinem Blick, sagte aber nichts, während er seine Faust ballte. Aber ich kannte meinen Bruder, vielleicht besser als er sich selbst. Ich riss meinen Blick von der geballten Bewegung los, denn ich wusste genau, dass es sich nicht um eine Gewalttat handelte.

Es ging um sie ...

Denn es war die Hand, mit der er sie gefickt hatte, richtig?

Seine Finger hatten in ihrer Fotze gesteckt.

In ihrer verdammten Fotze.

Ich mochte es nicht, dass er sie angefasst hatte.

Oder dass er jetzt so war.

Anders.

Ich mochte es nicht, wenn er anders war.

Überhaupt nicht.

Verdammt!

Das hatte doch nichts mit ihr zu tun, oder? Nicht wirklich ... nicht, wenn ich den Grund meiner Wut herausfand.

Ich werde dafür sorgen, dass niemand unsere Familie anrührt ... nie wieder. Londons Worte erschütterten mich.

Oh Gott. Mein Gott, mir wurde verdammt noch mal schlecht.

Ich knurrte, legte den Gang ein und trat das Gaspedal durch. Mein Bruder wurde hart gegen den Sitz gepresst, als ich auf den Parkplatz des Lagerhauses raste und anhielt. Dunkelheit umgab uns. Hier draußen gab es keine Gebäude, nur offene Flächen ringsum. Als ich den Motor abstellte und ausstieg, drang ein Grollen aus den Wolken über uns.

Ein Sturm war im Anmarsch.

Nur noch eine verdammte Sache, mit der ich fertig werden musste.

»Kommst du mit?«, knurrte ich durch die offene Tür.

Er blickte finster drein, warf einen Blick durch das Fenster in den Himmel und stieg dann aus. Ich machte mich auf den Weg zur Stahltür, tippte den Code ein und riss sie auf, bevor ich das Licht anknipste und ins Gebäude schritt. Stiefel hallten in dem offenen Raum wider. Ich warf einen Blick auf den provisorischen Kühlraum an der Rückseite des Gebäudes, drehte mich um und sah, wie er auf mich zuging.

»Hey.« Er schritt weiter auf den Kühlraum zu, bis ich mich ihm in den Weg stellte und ihm einen Schlag gegen die Schulter versetzte. *»Ich sagte, hey!«*

Sein Kiefer verkrampfte sich und in seinem Blick brannte die Wut.

»Du gehst nicht an mir vorbei, wenn ich mit dir rede, kapiert?«

Wut flammte in seinen Augen auf. Mein Kiefer verkrampfte sich, aber er stieß mich nicht zurück, sondern ging einfach um mich herum und weiter in den kalten Raum. Ich drehte mich von ihm weg und starrte die Waffen an, die auf dem Regal lagen. Nein, er stieß mich nicht zurück. Er schlug mich nicht. Er erhob nicht einmal seine verdammte Stimme, nicht wahr?

Denn seine Stimme war ihm entzogen worden ... von ihr.

»Verdammt, das ist eine Sauerei.« Ich hob meinen Blick auf das Jagdfeld, die Wand mit den Namen, Gesichtern und Informationen, die wir im Laufe der Jahre gesammelt hatten.

Dieser Ort war nicht nur ein Zuhause fernab der Heimat. Es war auch nicht nur ein Lager für Waffen, Autos und alles andere, was wir nicht zu Hause aufbewahren konnten. Es war ein Ort, an dem wir planten. Ich lenkte meinen Blick auf das Netzwerk und konzentrierte mich auf ein einziges Gesicht.

Das, das wir am meisten hassten.

Sie ...

Ophelia Masters.

»Er wird zu ihr gehen, das weißt du doch, oder?« Ich starrte die Schlampe an.

Das Heulen der Türscharniere verstummte augenblicklich. Ich warf einen Blick in seine Richtung und sah, wie mein Bruder mit dem Rücken zu mir erstarrte.

»Er wird alles tun, was diese abscheuliche Fotze will, um die Tochter zu bekommen, genau wie er es für uns getan hat.«

Colt drehte sich um, seine blauen Augen waren groß und starrten mich an, bevor er das Netzwerk betrachtete.

Ich sah den Schrecken.

Die Angst.

Ich sah es an der Art, wie sich sein Brustkorb hob und senkte. In seinem Kopf war er auf der Flucht. In seinem Kopf kämpfte er, so wie er schon als Kind gekämpft hatte. Dann schritt er augenblicklich auf mich zu, sein Gesicht voller Wut. Ein Zittern der Angst durchfuhr mich, als er mich an der Kehle packte.

Seine großen Hände krampften sich zusammen und ließen dann los. Mein Bruder war gestern Abend in die Seite gestochen und dann notdürftig zusammengeflickt worden. Wahrscheinlich blutete er immer noch innerlich, aber das war ihm egal. Er würde weiter kämpfen und weiter bluten. Denn er war genau wie London.

Er wusste es also. Verdammt, ich wollte es ihm nicht sagen, aber es fraß mich auf. »Ich weiß nicht, wie ich es aufhalten soll«, flüsterte ich um seine Fäuste herum, meine Hände an den Seiten. »Ich weiß nicht, wie ich ihn von ihr wegbekommen soll.«

Mein Bruder runzelte die Stirn. Das gefiel ihm genauso wenig wie mir. London war für uns kein verdammter Vater. Er war ein *Retter*.

»Jetzt«, knurrte Colt.

Ich suchte in seinen Augen nach dem, was er zu sagen versuchte. Alles, was ich sah, waren Panik und Wut. »Jetzt? Was jetzt?«, knurrte ich. Frustration kochte in mir hoch. Er hatte für die Tochter gesprochen, aber jetzt, wo ich ihn brauchte ... wo London ihn brauchte, sagte er einfach ›jetzt‹?

Er ließ meine Kehle los und hinterließ ein Pochen, dann drehte er sich um und ging weg.

Wut flammte tief in mir auf. Ich machte einen Schritt, bereit, den Wichser anzugreifen und ihn zu Boden zu werfen, bis er an der offenen Tür des Kühlraums stehen blieb und mir entgegenblickte. *Jetzt. Jetzt. Jetzt ...*

Mein Blick wanderte zu der Kühlbox hinter ihm und zu dem Körper von Creed Banks. Wir hatten unsere Anweisungen, die London ganz genau kannte. Wir würden uns nach der Party mit ihm treffen, ihm die Leiche übergeben und er würde sie »diskret« an diesen kranken Wichser Haelstrom liefern lassen.

Diskret ... das war das Wort, das er benutzt hatte, oder?

Ich richtete meinen Blick auf meinen Bruder. Dieser wissende Blick sagte alles. Jetzt.

»Jetzt?«

Er nickte langsam.

Verdammt noch mal ...

Er wartete nicht, sondern verschwand drinnen. Das gedämpfte Knirschen von schwerem Plastik ertönte vor einem schweren Aufprall. Dann schritt er mit der Leiche über der verdammten Schulter hinaus. Panik erfüllte mich und das donnernde Dröhnen wurde durch das Knallen der Tür zum Kühlraum verstärkt.

Dann war mein Bruder weg und hinterließ seinen ohrenbetäubenden Schrei.

Ich hatte keine andere Wahl, als ihm zu folgen, als er die Leiche auf den Rücksitz des Explorers legte und auf den Beifahrersitz stieg. Ich schlüpfte hinter das Lenkrad und warf ihm einen bösen Blick zu. »Bist du dir sicher, dass du das tun willst?«

Er drehte langsam den Kopf und sein stählerner Blick sagte alles: *Ja.*

172

Er drehte langsam den Kopf und sein stählerner Blick sagte alles: *Ja.*

SECHZEHN

Vivienne

Bumm. Die Haustür schloss sich, als London ging und die schwarze Samtschachtel mitnahm.

Die Halskette war nicht für mich? Natürlich war sie nicht für mich. Dummkopf. Verdammter. Dummkopf. Ich starrte die Treppe hinunter zu dem verdammten Kellner, als mich der Wutausbruch aus dem Nichts traf.

Mein Herz klopfte wie wild und fühlte sich an, als hätte man es mir aus der Brust gerissen, darauf herumgetrampelt und angezündet.

Was hast du erwartet, du Idiot? Dass er sich einen Dreck um dich schert? Dass es letzte Nacht um mehr ging, als nur darum, auf seine Kosten zu kommen? Ich zuckte zusammen und wandte den Blick ab, als ich darauf wartete, dass der Kellner ging. *Idiot ... Idiot ... Idiot ...* Trotzdem konnte ich den Schmerz nicht aufhalten, nicht als er mich wie ein verdammter Bus überrollte. Du hasst ihn, erinnerst du dich? Du. Hasst. Ihn.

Ich fasste mir an die Brust und spürte immer noch das kleine Pochen, das mich daran erinnerte, was genau das hier war.

Eine Entführung.

Und er war mein Entführer.

»Verdammt noch mal«, flüsterte ich, während ich auf die geschlossene Haustür anstarrte.

Aber mein Körper verriet mich, denn er sehnte sich immer noch nach seiner verdammten Berührung. Die Erinnerung daran kam an die Oberfläche und meine Muschi verkrampfte sich. Verdammt, ich bekam ihn nicht mehr aus meinem Kopf. Diese erbarmungslosen Augen und dieser verdammte Mund. Selbst jetzt würde ich für ihn auf die Knie gehen. Ich schloss meine Augen und spürte, wie Colts dicke Finger in mich eindrangen und feucht wurden. Ich würde für sie alle auf die Knie gehen, wenn sie es verlangen würden.

Und ich hasste es, das zu wissen.

Ich machte mich auf den Weg nach unten, geplagt von diesem panischen Gefühl. Ich musste das ändern, musste etwas Abstand zwischen uns schaffen. Ich *musste* mich an meinen Plan erinnern. *Einen Weg finden, um zu Ryths Dad zu gelangen* ...

Wenn es eine Person gab, die wusste, wie ich mich aus dieser Situation befreien konnte, dann war er es. Ich hob den Kopf, als mir bewusst wurde, dass ich aufgehört hatte zu laufen. Aber ich war nicht in der Küche oder im Arbeitszimmer, wo ich eigentlich sein wollte. Stattdessen stand ich vor seiner Schlafzimmertür und atmete den verführerischen Duft ein, den er hinterlassen hatte.

Mein Gott, ich wollte ihn.

Ich spielte mit dem Gedanken, wieder einmal in sein Zimmer einzudringen. Ich hatte vor, in sein Bett zu steigen, mich auf seinem schönen, sauberen Laken zu vergnügen und dann zu verschwinden. Vielleicht würde er sogar zusehen, aber was würde das schon bringen? Er wäre ja trotzdem weg, oder? Er würde immer noch mit einer anderen Frau zu Abend essen.

Würde er sie ficken?

Natürlich würde er das.

Bei einem Mann wie London gab es bestimmt Frauen, die unbedingt mit ihm schlafen wollten. Und jetzt schien es, als hätte er noch eine weitere ... mich. Ich zuckte zusammen und wandte mich ab, als die Hitze dieser Erkenntnis in meinen Wangen brannte. Ich konnte nicht glauben, dass ich so verdammt dumm war. Ich machte mich auf den Weg nach unten und versuchte verzweifelt, meine Scham vor dem Kellner zu verbergen, der offensichtlich mehr als nur ein verdammter Kellner war.

Niemand sah, was er gestern Abend gesehen hatte, und polierte heute weiter das Silberbesteck. »So willst du es also machen? Na schön«, murmelte ich, als ich mich auf den Weg ins Arbeitszimmer machte, wobei mir der Gedanke kam, das verdammte Haus in Schutt und Asche zu legen ... bis ich am Eingang zum Keller stehen blieb.

Die Tür war geschlossen. Der dicke D-förmige Stahlgriff lenkte meine Aufmerksamkeit auf sich.

Ich wollte nicht ins Arbeitszimmer.

Ich wollte raus.

Und ein Plan entstand in meinem Kopf.

Precision Storage ...

Die Visitenkarte nagte an mir. Ein Mann wie London würde niemals ohne guten Grund eine haben. Ich wettete, dass dieser Grund mich direkt zu Jack Castlemaine führen würde, oder zumindest zu etwas. Ich brauchte die Karte nicht. Zweifellos war sie sowieso weg. In diesem Haus gab es zwar keine

Schlösser, aber ich machte mir keine Illusionen darüber, dass ich immer noch eine Maus in einem streng kontrollierten Käfig war.

Ich warf einen Blick auf die Garage und dann auf den Eingang des voll ausgestatteten Fitnessstudios, aber meine Gedanken kehrten zu der Kellertür zurück. Wenn London dachte, ich sei so dumm zu glauben, der Kellner sei nicht auch ein Gefängniswärter, dann würde er gleich einen Schock bekommen. Ich machte mich auf den Weg zum Fitnessstudio, warf aber noch einen Blick in die Garage auf den glänzenden Audi, der nur darauf wartete, dass ich eine Spritztour machte.

Ich konnte nicht fahren, das wusste ich. Das hatten mir die drei ungeschickten Fahrstunden bei meinem angeblichen Vater gezeigt, bevor sie mich zum Orden geschleppt hatten, aber ich würde es versuchen.

Im Fitnessraum wartete die Dunkelheit auf mich. Ich trat ein, brauchte aber nicht nach einem Lichtschalter zu suchen, da die Lampen über mir zum Leben erwachten. »Hm.« Ich starrte in den Raum und erwartete, dass er voller Gewichte und Laufbänder sein würde. Aber das war er nicht.

Der Raum war schwarz, schwarze Wände und schwarze Matten. Das einzig Helle waren die kleinen weißen Lichter, die den Raum beleuchteten. Der ganze Raum schrie förmlich nach Tod.

Auf der einen Seite war ein Boxring aufgebaut. Auf der anderen Seite hingen verschiedene Boxsäcke von der Decke und in der Mitte befand sich die seltsamste Einrichtung, die ich je gesehen hatte. Schaufensterpuppen. Bewaffnete Schaufensterpuppen und irgendwelche Kampfsport-Trainingsblöcke. Ein Schaudern lief mir über den Rücken, als ich mich den Geräten näherte. Das war ... unerwartet.

Eine Reihe von Messern stand in einem Regal an der Wand. In einem Glaskasten befanden sich Waffen, viele Waffen. Mir stockte der Atem, als ich die Schalldämpfer und die militärisch aussehenden Gewehre betrachtete. »Mein Gott«, flüsterte ich. Vielleicht gehörten sie den Zwillingen? Es sah so aus, als ob sie sich hier zu Hause fühlen würden.

Aber je näher ich den glänzenden, perfekt geschliffenen Waffen kam, desto mehr meldete sich in meinem Hinterkopf ein Flüstern. Das fühlte sich nicht wie sie an. Nein, es fühlte sich eher an wie ...

Ich schluckte schwer und schüttelte den Kopf. Nein, das waren nicht die von London. Er war kein Mann, der mit Gewalt befleckt war. Ein Mann wie er bezahlte Leute, die solche Dinge für ihn taten. *Ich frage mich, woher er das Geld hatte?* Der Gedanke stieg auf, bevor ich ihn beiseite schob.

Konzentriere dich, Idiot.

Ich drehte mich um, musterte den Raum und suchte nach etwas Brauchbarem, dann entdeckte ich eine dünne Stahlstange am anderen Ende des Raumes und ging hinüber. Es war eine Art Stahlrohr. Ich warf einen Blick über die Schulter zu einem der Waffenschränke, der offen war. Das Schloss war verschwunden. Ich wette, die Stange war dazu gedacht, ihn zu sichern. Ich zuckte mit den Schultern. »Perfekt.«

Das Brennen in meiner Brust beflügelte mich, als ich mir die Stahlstange schnappte und hinausging, wobei ich sie unauffällig an meiner Seite hielt. Ich erlaubte mir nicht, darüber nachzudenken, sondern konzentrierte mich nur auf die schwarze Samttasche, mit der er hinausgegangen war. Es würde ihn sicher nicht stören, wenn ich für eine Weile weg wäre.

Er würde zu sehr mit seinem verdammten Date beschäftigt sein.

Ich ging zur Kellertür, drückte den Griff nach unten und schob die Tür auf, um in die Dunkelheit zu spähen und die steile Treppe hinabzusteigen, während ich das leise Geräusch von Schritten verfolgte, das irgendwo oben zu hören war. Mein Herz raste. Panik erfüllte mich für eine Sekunde, bevor ich mich zwang, einen Schritt zurückzutreten, tief Luft zu holen und einen schrillen Schrei auszustoßen.

Augenblicklich polterten Schritte.

Sie stürmten die Treppe hinunter.

»Was ist los?«, brüllte der Kellner, während seine Augen das Haus musterten.

Ich hob eine Hand, die andere hielt die Stahlstange an meine Seite und zeigte darauf. »Da ist ein verdammter Mann. Ich habe die Tür geöffnet und er hat zu mir hochgestarrt.«

Der Kellner schaute finster drein, griff sich an den Rücken und holte eine Waffe unter seinem Hemd hervor. Ich wusste es, verdammt.

»Bleib hier«, befahl er und trat ein, wobei er die erste Stufe nahm und die Waffe in die Dunkelheit richtete.

Ich sagte nichts, sondern versuchte, das Dröhnen meines Herzens zu unterdrücken, als er verschwand.

Tu es.

Warte.

Nein, warte nicht ...

TU ES JETZT.

Ich schritt vorwärts und meine Hände zitterten, als ich die Stahlstange anhob und die Kellertür zuzog. Dann schob ich die Stange durch den Griff und über die Türöffnung.

»Was zum Teufel!«, schrie der Kellner.

Seine Schritte polterten die Treppe hinauf, bevor er an der Klinke riss, aber die Tür öffnete sich kaum einen Zentimeter, bevor sie stehen blieb.

»Mach die Tür auf, Vivienne!«

Ich trat einen Schritt zurück. »Das glaube ich nicht.«

Er drückte sein Gesicht an den Spalt und seine Augen verengten sich vor Wut. »Mach sofort die Tür auf, verdammt!«

Ich sagte nichts, drehte mich nur um und rannte zur Garage, wo ich die Tür zuschlug und mir die Schlüssel vom Haken schnappte. »Legt mich auf den verdammten Tisch und geht dann zu irgendeiner Schlampe. Ich werde dir verdammt noch mal genau zeigen, was du für deine drei Millionen Dollar bekommen hast.«

Ich drückte den Knopf, schloss das Auto auf und stieg ein, bevor ich den Schaltknüppel anstarrte. »Scheiße.«

Der Motor heulte auf, als ich den Knopf drückte. Ich griff nach oben, drückte auf die Fernbedienung für das Garagentor, trat auf die Kupplung und riss den Schalthebel herum. Ein grässliches Geräusch ertönte, als ich ruckartig vorwärts fuhr und die Einfahrt entlang raste, bis ich einen Gang gefunden hatte, der sich nicht wie ein Schrei anhörte, das Gaspedal durchtrat und vom Haus wegfuhr.

SIEBZEHN

London

»Ja, London, da«, murmelte Ophelia, als der Kellner das Glas Scotch an der Bar entlang zu mir schob und dann diskret verschwand. Sie schob ihr Kleid hoch und ihre Hand verschwand zwischen ihren Schenkeln, während sie ihren Fuß auf den Barhocker hob und ihn an der Sprosse einhakte. »Ich habe extra kein Höschen angezogen. Und jetzt auf die Knie.«

Ich könnte sie umbringen.

Ich könnte sie verdammt nochmal töten und so viele wie möglich ausschalten.

Hale würde der Erste sein.

Macoy Daniels der nächste …

Aber würde ich sie alle erwischen? Was ist mit all den anderen, die nicht zu diesen Veranstaltungen kamen? Die gesichtslosen Bastarde, die die Fäden in der Hand hielten. Ich versuchte, es zu durchdenken, es zu planen, so wie ich es früher getan hatte.

Ihre Finger sanken in ihre nackte Muschi und kamen feucht wieder heraus. »Ich warte, London. Sag mir nicht, dass du mich nicht willst?«

Der verdammte Vertrag.

Der verdammte Vertrag.

Ich drehte meinen Kopf, griff nach dem Glas und trank den Inhalt in einem Zug hinunter. Meine Atemzüge waren langsam, schmerzhaft langsam. Meine Hände waren ruhig. Egal was passierte, ich hatte immer noch diese stählerne Haltung. Damit konnte ich jeden Mann in diesem Raum töten, bevor er überhaupt wusste, dass ich mich bewegt hatte. So konnte ich als Mann auf die Knie gehen und Muschis lecken.

Ich schluckte, bewegte mich auf sie zu und ließ meine Hand in ihren Nacken gleiten. Aber sie gab mir nicht nach. Ihr Rückgrat war steif wie ein Brett. »Was zum Teufel machst du da?«

Ich grinste. »Ich küsse dich.«

Ihr Mundwinkel zuckte grausam. »Ich will nicht, dass du mich küsst, London. Ich will, dass du mich leckst. Ich will dein wunderschönes Gesicht reiten, bis ich komme. Jetzt ...«

Gott!

Mein Gott ...

Meine Kehle war wie zugeschnürt. Ich versuchte, den Würgereiz zu unterdrücken und sank langsam zu Boden. Große braune Augen füllten meinen Kopf. Ich konzentrierte mich nur noch auf meine Wildkatze. Denk einfach an sie ... denk einfach an ... *Fick dich, London.* Ihre Stimme erfüllte meinen Kopf.

Ihre Finger versanken in meinem Haar. »Du lächelst, gut.«

Augenblicklich verblasste das Vergnügen zusammen mit meiner Fantasie. Ich schluckte schwer, fuhr mit meiner Hand an ihrem Bein entlang, schloss die Augen und beugte mich vor, um die Innenseite ihres Schenkels zu küssen.

»Was zum Teufel!«, ertönte die Stimme hinter der Bar.

»London!«

Bei dem Gebrüll riss ich meinen Kopf nach oben.

»LONDON!!«

Ich stemmte mich hoch, als ich im Augenwinkel eine Bewegung wahrnahm. Blondes Haar und wilde blaue Augen musterten den Raum und verengten sich auf mich, bevor der Blick zu Ophelia wanderte. Abscheu erfüllte ihn, als er die Waffe in seiner Hand schwenkte. Ein kalter Anflug von Panik überkam mich und zwang mich augenblicklich auf die Beine, als Ophelia ihr Kleid losließ und den ekelerregenden Anblick beendete.

»Was haben wir denn hier?«, murmelte sie.

Ich sah das verzweifelte Verlangen in den Augen meines Sohnes, als er die Waffe auf sie richtete, und für einen Moment wäre ich fast zur Seite getreten, um nicht von den getroffen zu werden, bis mir klar wurde, dass er hier nicht lebend herauskommen würde. Mit einem Kopfschütteln nahm ich die Bewegung hinter ihm wahr, als Colt ihm mit dem schweren schwarzen Leichensack über der Schulter folgte.

»Heilige Scheiße«, murmelte ich, als ich einen Schritt nach vorne machte und Ophelia und ihre Fotze hinter mir ließ.

Meine Söhne wurden nicht langsamer, sondern musterten die Räume, bevor sie in diese Richtung gingen. Scheiße! Ich folgte ihnen, obwohl ich wusste, dass ich sie nicht aufhalten konnte. Stattdessen sah ich zu, wie Colt die Leiche durch den Speisesaal trug.

Die Köpfe drehten sich in unsere Richtung und die Gespräche verstummten. Schade, dass meine verdammten Söhne das nicht taten, denn Colt blieb am Kopfende des Tisches stehen und hob die Leiche von seiner Schulter, bis sie mit einem dumpfen Aufprall auf dem Esstisch aufschlug.

Die Anwesenden um Hale herum brüllten laut auf. Die aufgeblasenen Arschlöcher stießen sich von ihren Stühlen hoch und stürzten nach hinten, während Glasscherben und zerbrochenes Porzellan durch den Raum flogen.

Was zum Teufel ist das?«, brüllte Hale und richtete seine großen Augen auf mich.

Ich blieb bei der Leiche stehen, die vor ihm auf dem Tisch lag wie eine verfaulende Mahlzeit und tat das Einzige, was ich konnte: Ich gab dem Bastard, was er wollte. Eiskalt. Ruhig. Ich griff nach dem dicken Reißverschluss, zog ihn auf und entblößte das blutleere Gesicht von Creed Banks, sodass alle es sehen konnten.

»Heilige Scheiße!« Hale schaute von der Leiche zu mir hinüber, während seine Gäste entsetzt zusammenzuckten. *»Was zum Teufel ist das?«*

In diesem Moment war ich nicht nur ein geschickter Mörder. Ich war der Beschützer. Ich war der Beschützer derer, die ich liebte, und der Organisator von kontrollierter Gewalt, als ich antwortete. »Du wolltest Banks, hier ist er.«

Hales Lippen kräuselten sich. Meine Gedanken rasten und zerrissen jeden verdammten Gedanken, der ihm durch den Kopf ging. Schau nicht weg ... schau nicht ... weg ...

Sein glühender Blick fixierte mich auf der Stelle. »Wer?«

»Benjamin Rossi.«

Sein finsterer Blick verengte sich, als er die weiße Haut der Leiche betrachtete. Aus dem Augenwinkel sah idch, wie Ophelia näher kam und die Leiche anstarrte. Hale verengte seinen Blick auf sie und sein hasserfüllter Ausdruck wurde weicher. »Hol mir diesen Bastard Rossi«, forderte er, als er sich zu mir umdrehte. »Ich will, dass der Scheißkerl auf die Knie geht.«

»So gut wie erledigt«, murmelte ich, während ich in meine Tasche griff und den Vertrag herauszog. Es war ein gewagter Schritt, dies vor Publikum zu tun. Aber er ließ mir keine andere Wahl. »Für deine Unterschrift.«

Er warf einen Blick auf das gefaltete Papier in meiner Hand und begegnete meinem Blick. Ich versuchte, seine Augen zu lesen und seine Gedanken zu entschlüsseln, als er murmelte: »Ich melde mich.«

Ich nickte und wandte mich zum Gehen, aber er hielt mich auf. »Und bring das raus.«

Ich begegnete Colts Blick, aber der Sohn bewegte sich nicht. Seine Augen waren weit aufgerissen und das Weiß leuchtete fast neonfarben im Kontrast zu dem Blau. Aber es war seine Blässe, die mich mit Angst erfüllte. Er war so blass wie die Leiche, die wir gerade vor all diesen Männern abgeliefert hatten.

Ich ließ meinen Blick zu Carven schweifen, der von mir zu seinem Bruder sah und dann erstarrte. »Raus«, verlangte ich mit einem Kopfschütteln, bevor ich mich umdrehte, selbst nach der Leiche griff, den Reißverschluss zuzog und sie mir über die Schulter hievte.

»Beweg dich«, knurrte ich und drückte gegen Colt, um ihn aus dem verdammten Esszimmer zu zwingen, weg von der einen Person, der ich nicht trauen konnte.

Carven schubste seinen Bruder und stieß ihn voran. Obwohl Colt seinen Zwilling mit Leichtigkeit hätte ausschalten können, ließ er sich von Carven zur Tür schieben.

Alle starrten mich an, und wenn ich allein gewesen wäre, hätte es mir nichts ausgemacht. Aber sie durften auf keinen Fall sehen, was mir gehörte. Ich warf jedem von ihnen einen wütenden Blick zu und verließ den Raum mit der schweren Last von Creed Banks auf den Schultern.

Es war nicht die erste Leiche, die ich getragen hatte, und ich war mir sicher, dass es auch nicht die letzte sein würde, wenn ich meine kleine Wildkatze hatte. Aber selbst als ich das schwere Gewicht zum Auto meiner Söhne schleppte, war ich so verdammt dankbar.

Mein Handy vibrierte in meiner Tasche, als Carven die Beifahrertür aufriss und seinen Bruder hineinschob.

Smmm ...

Smmm ...

Mein Handy vibrierte weiter, als ich die hintere Tür aufriss und das schwere Gewicht auf den Boden des Wagens fallen ließ. »Was zum Teufel ist das?«, knurrte ich, als ich mein Handy herauszog und drei verzweifelte Nachrichten und zwei verpasste Anrufe von Guild sah.

Eis glitt durch meine Adern, als ich die erste Nachricht öffnete und las: Sie ist weg.

»Was zum Teufel?« Ich musterte die restlichen Nachrichten, während ich die App auf meinem Handy öffnete und den Tracker auf dem Display fand.

»Was ist los?« Carven trat näher heran. »London ...«

Ruckartig hob ich den Blick, als mich eine wilde Wut überkam. »Werde die Leiche los und kümmere dich um deinen Bruder«, knurrte ich, während ich eine Nachricht eingab. »Du willst heute Abend vielleicht nicht nach Hause kommen.« Ich wandte mich ab, stapfte die Einfahrt hinunter und ließ sie zurück. »Ich werde diese verdammte Frau erwürgen, sobald ich sie in die Finger kriege.«

Scheinwerfer flackerten am Ende der Einfahrt auf, als sie auf mich zukamen.

Ich wusste, dass Gabriel in der Nähe sein würde.

Und dafür war ich ihm sehr dankbar.

Die Reifen knirschten auf den Steinen, als er das Auto schwenkte und anhielt. Doch anstatt auf den Rücksitz des schnittigen schwarzen Mercedes zu steigen, ging ich um die Vorderseite des Autos herum und öffnete die Fahrertür. Er sah einen Moment lang verwirrt zu mir auf, bevor er die Wut in meinen Augen erkannte und langsam murmelte: »Ich gehe zu Fuß, oder?«

Ich verkrampfte mich und konnte kein einziges, verdammtes Wort sagen.

ACHTZEHN

Vivienne

ICH WAR NICHT WEGGELAUFEN. DARÜBER SOLLTE ER FROH sein. Aber als mir der Gedanke kam, wurde mir bewusst, wie dumm das war. Von allen verdammten Orten auf der Welt, zu denen ich fliehen könnte, wählte ich ein verdammtes Lagerhaus am anderen Ende der Stadt, nur um mehr Informationen über meinen verdammten Aufseher zu bekommen.

Ich umklammerte das Lenkrad des Audi und warf einen Blick auf das GPS. Für jemanden, der so verdammt schlau war, hätte er eigentlich seine üblichen Routen löschen sollen. Das monotone Piepen drängte mich, die Ausfahrt zu nehmen. Ich tat es und ließ dabei die Gänge des Sportwagens mahlen. »Nerv mich nicht«, flüsterte ich und konzentrierte mich auf die Straße und die beleuchtete Karte vor mir. »Auf keinen Fall. Ich bin diejenige, die dich verlässt ... und ich werde dein verdammtes Auto mitnehmen.«

Mit jeder Drehung des Lenkrads wurde der winzige Schmerz unter meiner Brust stärker und erinnerte mich daran, dass er mich irgendwann aufspüren würde. Aber wie lange würde das dauern? Nicht heute Abend, da war ich mir sicher.

Nein.

Heute Abend war er mit seinem verdammten Date beschäftigt.

Ich verkrampfte mich und bog mit einem Ruck in eine dunkle Straße mitten im Nirgendwo ein. Ich schaute aus dem Fenster zu den flackernden Lichtern in der Ferne und stellte fest, dass ich hier draußen auf mich allein gestellt war. Aber daran war ich ja schon gewöhnt, nicht wahr? Ich konzentrierte mich auf die Straße, warf aber immer wieder einen Blick auf den blinkenden Pfeil neben mir und versuchte, die klaren blauen Augen meines Beschützers, der mich im Schlaf beobachtet hatte, und die seelenlosen dunklen Augen meines Entführers zu vergessen. Von mir aus konnten sie alle zur Hölle fahren.

Was ich wollte, waren Antworten. Echte Antworten und tief in mir wusste ich, dass Ryths Dad sie mir geben würde.

»Das Ziel befindet sich zu deiner Linken. Das Ziel befindet sich zu deiner Linken. Das Ziel befindet sich zu deiner Linken—«

»Okay.« Ich griff hinüber und drückte den Knopf. »Ich hab's verstanden.«

Der Lagerhof war nicht beleuchtet, es gab keinen Parkplatz und nicht einmal ein Schild. Ich lehnte mich gegen das Lenkrad, nachdem ich gebremst hatte, betrachtete das weitläufige Gebäude und ließ meinen Blick schweifen, bevor ich seufzte. Da war nichts außer einem riesigen verdammten Zaun, der mir den Weg versperrte. Ich wusste nicht, was ich erwartet hatte, aber das war es nicht gewesen. »Scheiße.«

Ich bremste den Audi und riss das Lenkrad in Richtung Einfahrt. Ich trat gleichzeitig auf die Bremse und die Kupplung und betete, dass ich nicht durch das Tor geschleudert werden würde ...

Dann kam mir eine Idee. Augenblicklich riss ich meinen Fuß von der Bremse und trat stattdessen auf das Gaspedal, sodass der Wagen vorwärts schoss. Stahl glitzerte in den Scheinwerfern. Der Motor heulte auf, bevor ich mit einem Knirschen gegen das Tor stieß. Mein Kopf wurde nach vorne geschleudert. Durch den Aufprall schnappte mein Sicherheitsgurt fest zu. Aber es war das Aufheulen des Automotors, das meinen Schock durchdrang.

Ich atmete schwer ein und nahm den Fuß vom Gas, während ich auf die verbeulte Front des Autos starrte. »Scheiße.« Dann zuckte ich zusammen, löste den Sicherheitsgurt und stieg aus.

Der Aufprall war nicht so hart, wie ich es mir gewünscht hatte. Ich war zu langsam und zu nah dran. Ich starrte zu der kleinen Lücke im Tor an der Vorderseite des Autos, dann wanderte mein Blick zu dem großen Knick auf der Motorhaube. London würde stinksauer sein.

Ich schaute finster drein und trat um die offene Autotür herum. »Scheiß auf London.«

Dann richtete ich meinen Blick auf den wahren Grund, warum ich hier war: das Lagerhaus und die Geheimnisse, die es barg. Selbst wenn es mich nicht zu Ryths Dad führen würde, würde es mir etwas verraten, das wusste ich einfach. Ein Mann wie London hatte keinen Ort wie diesen, ohne dass er für irgendetwas nützlich war.

Gab es einen besseren Ort, um all seine dunklen und schmutzigen Geheimnisse zu verstecken? Ich trat näher und betrachtete die Front des Audis, der gegen die Lücke im Tor gepresst war. Das leise Aufheulen eines Motors erregte meine Aufmerksamkeit und in der Ferne nahm ein Auto die Einfahrt zu der langen, dunklen Straße.

Mein Magen verdrehte sich.

Mein Atem stockte.

Eine Gänsehaut lief mir über den Rücken.

»Oh Scheiße.«

Ich warf einen Blick auf den schmalen Spalt im Tor, als das Dröhnen des Motors lauter wurde und stürzte mich hinein. Meine Hand rutschte gegen die verbeulte Motorhaube des Audi, als ich nach Halt suchte. Ich stieß mit dem Stiefel gegen die Stoßstange und kletterte den Zaun hoch.

Meine Finger brannten, als ich den Maschendraht umklammerte und mich hochzog, während die Reifen aufheulten und das Auto hinter dem Audi zum Stehen kam.

»*Verdammt noch mal!*«, brüllte London und schürte meine Panik noch mehr. »*Vivienne, STOPP!*«

Ich stemmte mich hoch und griff nach oben, um die Spitze des Zauns zu fassen. Der Schmerz peitschte durch meine Handfläche, als mein Entführer mich packte und wieder nach unten zog.

»*Lass mich los!*«, schrie ich, während ich um mich schlug und trat.

Der Schmerz in meiner Handfläche war nichts im Vergleich zu den Qualen in meiner Brust. Die Wut verengte meine Sicht. Alles, was ich sah, war das Gebäude hinter dem Zaun, wo ich sein wollte, und seine Hände, die meine Taille packten und mich wegzogen, waren ein Kampf, den ich gewinnen wollte.

Aber ich war seiner puren, brutalen Kraft nicht gewachsen, als er mich vom Zaun riss und mich auf seinen Schultern fortschleppte. Ich verdrehte mich, strampelte, trieb meine Hände gegen seine Schulter und dann gegen seine Brust, als ich zu fallen begann. Aber er packte mich und ließ mich vorsichtig auf den Boden sinken. Seine dunklen Augen waren wild. »*Was zum Teufel machst du da?*«

»Was zum Teufel ich hier mache?«, schrie ich, während ich rückwärts stolperte, bis ich gegen die offene Tür des Audi stieß.

»Ich weiß es nicht, London. Vielleicht will ich Antworten, hm! *Vielleicht will ich die verdammte WAHRHEIT!*«

Seine Brust hob und senkte sich mit wilden Atemzügen, während er durch den Zaun zu den Gebäuden blickte. Ein Hauch von Angst flackerte auf, als er sich wieder zu mir umdrehte. »Und du dachtest, ein Lager mitten im Nirgendwo würde dir das geben?«

»Verarsch mich nicht«, knurrte ich und machte einen Schritt nach vorne. Angst und Wut waren ein Molotow-Cocktail in mir. »Ich weiß, dass es dir gehört. Ich weiß auch, dass du auf keinen Fall einen Ort wie diesen haben kannst, ohne dass er dir nützlich ist. Denn das ist deine Methode, richtig? Du besitzt keine Dinge, die du nicht gebrauchen kannst.« *Das gilt auch für mich.*

Das war doch der Grund, warum er zum Ficken ausgegangen war, oder? Weil er mich nicht ficken konnte. Ich senkte meinen Blick auf seinen Anzug und erstarrte bei dem blutigen Fleck auf seinem weißen Hemd. »Egal, es ist dir egal.«

»Es ist mir egal?«, wiederholte er und seine dunklen Augen wurden noch kälter. »Du. *Unausstehliche. Verdammte. Göre.*«

Ich wich zurück. *Unausstehliche Göre? Wen zum Teufel nannte er ...*

Er verringerte den Abstand zwischen uns, packte mich an der Taille und hob mich über die Motorhaube seines verbeulten Audi. Ich streckte meine Hand aus und fing mich ab, als ich landete. Ein Schmerz stach in meine Handfläche. Ich biss die Zähne zusammen, um den Schmerz zu lindern.

Klatsch! Seine Handfläche landete auf meinem Hintern.

»Ist mir das scheißegal?«

KLATSCH!

Ich wand mich und zuckte, als Feuer meinen Hintern traf. Schreie ertönten in meinem Kopf. Die Schreie von Kindern ... *meine Schreie* vermischten sich mit ihnen. Erinnerungen daran, dass ich schon einmal so geschlagen worden war, überkamen mich. *»Hör auf!«* Ich zappelte und versuchte verzweifelt, mich zu befreien.

Klatsch!

Das Feuer zerriss meinen Unterleib. *»London ... STOPP!«*

Aus dem Augenwinkel sah ich seine Hand, die in der Luft erstarrte, als hätte er mich in seiner blinden Wut plötzlich gehört. Seine Atemzüge waren wild, als er mich langsam losließ. Ohne seinen Halt rutschte ich nach unten, bis meine Füße den Boden berührten. Mein Hintern spürte den feurigen Abdruck seiner Hand, als ich rückwärts und weg von dem Monster stolperte.

Aber er schaute nicht in meine Richtung, sondern stand nur da, starrte den glänzenden grauen Stahl an und sagte mit kalter Stimme: »Beweg deinen Arsch ins Auto, Vivienne. Ich bringe dich nach Hause.«

Ich konnte mich nicht bewegen. Konnte nicht rennen. Ich konnte nichts anderes tun, als das Monster anzustarren. Denn in diesem Moment war London St. James genau das. Ein kaltes, herzloses Monster. Ich war ihm völlig egal. Das Brennen auf meinem Hintern sagte mir das. Ihm ging es nur um sein Eigentum und das war alles, was ich für ihn war. *Sein. Gottverdammtes. Eigentum.*

»Vivienne ...« Seine Stimme klang verzweifelt. »Ins Auto ... jetzt.«

Ich atmete tief durch und entfernte mich, um so viel Abstand wie möglich zwischen uns zu bringen, während ich um die andere Seite des Audi herumlief und auf den schwarzen

Mercedes zustürmte. Meine Knie zitterten und meine Hände schlotterten regelrecht, als ich mich am Türgriff festkrallte und einstieg, während sich das verdammte Tor, das mir den Weg versperrt hatte, langsam öffnete.

»Fick dich«, wimmerte ich und zuckte vor Schmerz zusammen, als mein Hintern den Sitz berührte. *Fick dich verdammt noch mal.*«

Mir kamen die Tränen, als ich nach unten griff und die Stelle zärtlich berührte. London stieg in den Audi und fuhr ihn durch das Tor zum Lagerhaus, wo er ihn abstellte und ausstieg. Ein Schmerz blühte in meiner Kehle auf, als seine Umrisse durch die Dunkelheit immer deutlicher wurden, je näher er kam.

Trotz meiner Tränen riss ich den Sicherheitsgurt über mich und ließ ihn einrasten, als er um die Vorderseite des Autos herumging und durch die offene Tür einstieg. Ich konnte mich nur gegen die Tür drücken und ihn anstarren. Er machte mir jetzt Angst, vielleicht mehr als irgendjemand mir in meinem ganzen Leben Angst gemacht hatte. Ich hatte gegen die Wachen des Ordens gekämpft und die ganze Zeit meinen Mund gehalten, als ich einen Ausweg aus diesem Ort gesucht hatte. Aber hier konnte ich keinen Ausweg finden, oder?

Ich konnte ihm nicht entkommen.

Er riss die Tür zu und schnallte sich selbst an, bevor er den Gang einlegte. Die Stille lag schwer in der Luft, als er von der Lagerhalle wegfuhr und den Wagen wendete.

»Sieh mich nicht so an.«

Ich versuchte, den dicken Kloß in meiner Kehle herunterzuschlucken und zwang mich zu den Worten. »Wie denn dann, London? Als hättest du mich nicht gerade auf deinem Auto geschlagen?«

Er zuckte angesichts der Worte zusammen, und seine Augen waren im Scheinwerferlicht des Armaturenbretts fast nachtschwarz. »Ich habe dich nicht ... *geschlagen*.«

Meine Stimme war so erbärmlich klein. »Mein brennender Arsch sagt etwas anderes.«

Er richtete seinen Blick auf mich und seine Lippen kräuselten sich, als er die Tränen sah, die langsam über meine Wangen liefen.

»*Scheiße!*« Er knurrte und trat auf die Bremse.

Ich schnappte nach vorne, als das Auto zur Seite schleuderte und zum Stehen kam. Das Rauschen seiner Atemzüge erfüllte den Raum. Er starrte auf seine Fäuste, die sich um das Lenkrad schlossen. »Vivienne ...«, begann er und ich konnte mir einfach nicht erlauben, ein weiteres Wort zu hören.

Ich riss am Türgriff und schob, aber ich fiel aus dem verdammten Auto. Ich wusste nicht, wo ich hin wollte. Ich wusste nur, dass ich nicht dort bleiben und ihn so anstarren konnte. Er sah ... *kaputt ... verzweifelt ... aufgewühlt aus*. Ich konnte es mir nicht leisten, zu fühlen. Nicht für ihn. Für keinen von ihnen ...

Und da stand ich nun und die Tränen brannten genauso heiß auf meinen Wangen wie der Handabdruck auf meinem Hintern.

Die Fahrertür öffnete sich hinter mir, als ich rückwärts stolperte, mich umdrehte und die Dunkelheit nach einem Ausweg aus dieser Qual musterte.

»Vivienne, *stopp*!«, bellte er.

»*Fick dich!*«

»Vivienne ...«

Ich stolperte, fiel und konnte durch meine Tränen nichts mehr sehen. Trotzdem rannte ich. Das dumpfe Geräusch von Schritten dröhnte hinter mir, bis ich von hinten gepackt und von den Füßen gezerrt wurde.

»Du läufst nicht vor mir weg«, wütete er, während er mich an seine Brust zog. »Verstehst du das? Du rennst nicht vor mir weg.«

Ich schlug auf ihn ein und traf seine Schultern und die Seiten seines Kopfes mit schwachen Schlägen. »Fick dich … *fick dich, London.*« Aber der Kampf war vorbei und ich war wie ausgelaugt, als ich drängte und flehte. »Lass mich gehen, London … *lass mich einfach gehen.*«

Er trug mich zurück zum Auto und drückte mich gegen die Motorhaube des noch fahrenden Mercedes. Ich wimmerte bei dem Aufprall, aber ich hatte keine Zeit, mich zu winden oder zu strampeln, denn er glitt mit seinen Händen an meinen Armen hinunter, packte meine Handgelenke und hielt sie über mir fest, während er knurrte. »Du kannst nicht vor mir weglaufen, ist dir das klar?«

Ich wehrte mich gegen seinen Griff, aber er war zu stark für mich, als sein Bein sich zwischen meine Schenkel schob … und heute Abend war er zu gefährlich. Ich wusste nicht, was mit ihm passiert war, aber ich wusste, dass es schlimm war. Ich spürte es an der Grausamkeit seines Griffs und ich hörte es an der Verzweiflung in seinem Tonfall.

Er drückte seinen Körper gegen mich. »Ich hätte das nicht tun dürfen. Ich hätte dich nicht so verletzen dürfen. So ein Mann bin ich nicht, Vivienne. Ich bin nicht so ein Mann.«

»Doch, das bist du.« Ich drückte mich gegen ihn.

Er versteifte sich, ohne sich gegen mich zu wehren. »Ich will es nicht sein. Nicht mit dir. Ich werde as nicht noch einmal machen, wenn ich wütend bin. Nicht dir gegenüber. Aber du darfst nicht vor mir weglaufen. Nicht jetzt ... und niemals.«

Die Hitze brannte nicht nur auf meinem Hintern, sie leckte auch zwischen meinen Schenkeln und lenkte mich vom Schmerz ab. »Nein«, stöhnte ich, als er seine Hüften langsam gegen mich drückte. »Nein.«

»Nein?« Der langsame Stoß kam wieder und rieb sich an der Hitze zwischen meinen Schenkeln. »Bist du dir da sicher?«

Ich wehrte mich und zerrte an seinem schraubstockartigen Griff um meine Handgelenke. »Nein, nein. Ich will dich nicht.«

Er fickte mich durch unsere Kleidung hindurch und drückte seinen harten Schwanz gegen mein Inneres. »Du vergisst, wie feucht ich dich letzte Nacht gemacht habe, Vivienne. Du vergisst, dass ich dich immer noch schmecken kann.«

Ich schloss meine Augen und stöhnte auf.

»Glaubst du, dass du mich nicht quälst?«

Ich warf meinen Kopf hin und her, während ich meine Beine noch weiter spreizte, um ihm den nötigen Platz zu geben. »Ich will dich nicht.«

Er drückte seine Härte gegen mein Inneres. »Lügnerin.«

Das Brennen in meinem Hintern war zweitrangig gegenüber dem unerfüllten Schmerz zwischen meinen Schenkeln. Sein gefährlicher Blick hielt mich gefangen, bis er seinen Kopf senkte und mich küsste. Ich schloss die Augen und gab mich diesen Lippen hin, als sie sich nahmen, was sie wollten, bevor er sich wieder von mir löste.

Er ließ meine Handgelenke los, aber sie blieben immer noch dort liegen, wo die Motorhaube auf das kalte Glas der Windschutzscheibe traf, während er auf die Knie sank.

»Ich weiß genau, dass du mich willst.« Er bearbeitete den Knopf meiner Hose und zog den Reißverschluss herunter. »Ich werde dir beweisen, dass du dich irrst.«

Meine Hose wurde heruntergerissen. Seine fordernden Finger gruben sich unter den Gummizug meines Höschens, bevor es zur Seite geschoben wurde. »Du willst mich nicht, hm?« Er glitt mit seinem Finger an meiner Muschi entlang und spreizte mich. »Du bist so verdammt nass. Sieh dich an.«

Ich biss mir auf die Lippe.

»Tu, was ich dir sage«, knurrte er.

Ich hatte keine andere Wahl, als zu gehorchen und seinen brutalen Blick zu erwidern.

»Öffne deine verdammten Beine für mich.«

Oh Gott ...

Mein Atem ging rasend schnell, als ich tat, was er von mir verlangte, und meine Haltung veränderte, bis meine Hose straff war.

»Willst du mich nicht, Vivienne?« Er glitt mit seinem Finger an meiner Muschi entlang. »Du willst mich nicht, verdammt?«

Ich stöhnte entblößt auf, als ich mitten im Nirgendwo gegen die Front seines Autos gepresst war, während er meine Muschi befingerte. »Willst du, dass ich dich ficke?«

Hitze blühte auf. Ich biss mir fester auf die Lippe.

»Sag mir ... *willst du meinen Schwanz hier?*«

Ich schüttelte meinen Kopf. »Nein.«

Er umkreiste meine Klitoris. »Ich breche den verdammten Vertrag auf der Stelle«, knurrte er. »Das ist alles, was sie brauchen, um dich mir wegzunehmen, ist dir das bewusst? Ich werde sie töten, wenn sie es versuchen. Ich bringe jeden um, den sie schicken und sie werden die Leichen nie finden. Du brauchst es nur zu sagen. Sag es mir und ich breche den Vertrag noch mehr. Ich werde dich sofort auf diesem Auto ficken. Ich werde dich dehnen, Wildkatze. Ich werde diese enge Fotze verdammt noch mal dehnen, bis es keine verdammte Sekunde mehr gibt, in der du dich nicht daran erinnerst. Sag mir, dass ich es tun soll. *Sag es mir, verdammt noch mal, jetzt gleich ...«*

Ich versuchte, zu Atem zu kommen, öffnete die Augen und senkte meinen Blick auf ihn.

»Sag es mir«, zwang er die Worte durch zusammengebissene Zähne. »Sag mir, dass ich dich ficken soll und ich werde es tun.«

NEUNZEHN

Vivienne

»Sag mir, dass ich dich ficken soll und ich werde es tun«, forderte er und stieß seinen Finger in mich hinein, während er zwischen meinen Beinen aufblickte. »Ich werde den Vertrag brechen. Ich werde alles brechen.«

Ja! Ich öffnete meinen Mund, um das Wort zu stöhnen, als er seinen Blick auf die Scheinwerfer richtete, die die Dunkelheit durchschnitten.

»*Scheiße.*« Er stemmte sich hoch und zog meine Hose mit sich.

Ich versuchte, meine Hose hochzuziehen und rutschte von der Motorhaube des Mercedes, als das herannahende Auto langsam vorbeifuhr. London bedeckte mich, während ich mit dem Reißverschluss und den Knöpfen herumfummelte, und starrte das vorbeifahrende Auto an, bevor er auf die offene Beifahrertür deutete. »Lass uns nach Hause gehen.«

Meine Wangen brannten, als ich um die Tür herum eilte und wieder einstieg. London schloss sie hinter mir, bevor er sich umdrehte und einstieg. Aber das, was sich vor wenigen Minuten zwischen uns entzündet hatte, brodelte jetzt in peinlicher Stille vor sich hin. Ich verkrampfte mich und spürte noch immer seine Finger in mir, als das Lagerhaus im Rückspiegel verschwand. Wir machten uns auf den Weg zurück zum Highway und fuhren nach Hause.

Nach Hause.

Dieses Wort gehörte nicht in meine Welt. Ich hatte kein Zuhause, keine Familie, egal, was für eine kranke Imitation London auch immer vorspielen wollte. Ich war froh über die Unterbrechung. Es wäre fast zu weit gegangen … für ihn und für mich. Ich war nicht dazu bestimmt, eine Familie zu haben, das wusste ich jetzt. Scham erfüllte mich, als der Mercedes beschleunigte und langsameren Autos auswich. Für mich würde sich nichts ändern, auch nicht nach der Unterzeichnung des Vertrags.

London würde mich ficken und dann würde er zu der Frau gehen, die er umwarb. Schwarz hatte er mir schon gegeben … jetzt war Rot an der Reihe und das Perverse war, dass ich es ihm erlaubte.

Ich hatte ihm erlaubt, mich zu benutzen, wie er wollte.

Und ich würde auf mehr warten.

Denn die Wahrheit war, dass ich ihn wollte, viel mehr als mein Herz sich leisten konnte.

Das Gewicht seines Blicks ruhte auf mir. Trotzdem sagte er nichts, als wir vom Highway fuhren. Als wir in seine Einfahrt einbogen, wollte ich unbedingt aussteigen. Das Garagentor öffnete sich und er fuhr auf den Platz, auf dem normalerweise der Audi stand und stellte den Motor ab.

»Vivienne …«, sagte er mit heiserer Stimme.

Aber ich wartete nicht, sondern stieg einfach aus. Er folgte mir, drückte auf den Knopf der Fernbedienung und schloss das Garagentor, bevor wir beide ins Haus schritten. Ich schlich mich in Richtung Küche und entdeckte den Kellner, der mich im Vorbeigehen von der anderen Seite der Küche anstarrte.

»Lond–«, begann er und mein Entführer beendete es.

Knall!

Ich zuckte zusammen und drehte mich, um zu sehen, wie der Kellner zur Seite stolperte und London einen wütenden Blick aufsetzte. Er stürmte vor, packte den Mann am Hemd und stieß ihn gegen die Wand. »Wenn du mich das nächste Mal im Stich lässt, ist es das letzte Mal, dass du jemanden im Stich lässt. Hast du mich verstanden?«

Die Angst durchzuckte mich bei diesem Angriff. Aber der Kellner wehrte sich nicht, noch zeigte er sich überrascht. Er stand einfach nur da, als er Londons Wut begegnete und nickte langsam. »Ich übernehme die volle Verantwortung.«

Er übernahm die Verantwortung?

»Nein.« Ich schüttelte den Kopf und trat einen Schritt vor. »Ich war's. Das war alles ich.«

London starrte mich brutal an und in dem stählernen Blick erkannte ich, dass es egal war, was ich sagte oder was ich tat. Nur, dass der Mann, dem London vertraut hatte, mich zu beschützen, versagt hatte ... selbst wenn ich der Grund dafür war. Ich atmete tief ein und sah den Bodyguard an, aus dessen Mundwinkeln langsam Blut rann. Mir wurde bewusst, wie gefährlich London St. James für alle um ihn herum war ... auch für seine Verbündeten.

Panik erfüllte mich, als ich sie zurückließ und die Treppe zu meinem Schlafzimmer hinaufrannte. Schon als ich die Schlafzimmertür schloss, wusste ich, dass es sinnlos war. Mein Entführer war in mehr als nur einer Hinsicht tödlich. Ein Frösteln lief mir über den Rücken, aber als ich meinen Kopf in die Hände sinken ließ, wusste ich, dass es sinnlos war.

Ich konnte immer noch seine harten Lippen auf meinen spüren.

Ich sehnte mich immer noch nach seinen Fingern.

Gefährlich oder nicht, ich war dabei, mich in ihn zu verlieben, und dieser Gedanke war der schrecklichste von allen.

Ich war in meinen Entführer verliebt.

Durch das Fenster flackerten in der Ferne Blitze auf.

Ein Gewitter war im Anmarsch. Ich spürte, wie es auf mich zukam und damit meinte ich nicht die zackigen Funken, die durch die Nacht zuckten. Ich wartete, lehnte mich gegen die Tür und lauschte auf das dumpfe Geräusch seiner Schritte, wenn er kam, um zu beenden, was er angefangen hatte. Aber sie kamen nicht.

Ich stieß mich von der Tür ab und ging ins Bad, wo ich einen Blick auf die Kamera warf, bevor ich mich auszog und mir einen Pferdeschwanz machte. Ich trat unter die heiße Dusche, aber die ganze Zeit warf ich nervöse Blicke in Richtung der Kamera. Das war zu viel für mich ... und ich wusste nicht, was ich tun sollte.

Als ich aus der Dusche trat und mich abtrocknete, hörte ich schon das nahe Grollen des aufziehenden Gewitters. Draußen zuckten Blitze durch den Himmel und das leise Prasseln des Regens am Fenster trug nicht gerade dazu bei, die verkrampfte Faust in meiner Brust zu beruhigen. Ich machte mich auf den Weg zum Bett und stieg hinein, dann zog ich die Bettdecke über meine gebeugten Knie bis zum Kinn, lehnte mich gegen die Kissen und beobachtete die Neonlichter, die den Raum erfüllten ... und wartete.

ZWANZIG

Carven

DAS KREISCHEN EINER SÄGE VERKLANG IM HINTERGRUND.
Ich hörte es kaum, als ich das Foto dieser abscheulichen Fotze
an der Wand des Lagerhauses anstarrte. Mein Verstand war wie
eingefroren und blieb an der Erinnerung an die Sekunde
hängen, in der Londons Blick meinen getroffen hatte, als ich in
diese verdammte Party gestürmt war.

Die verdammte Erleichterung in seinen Augen blieb mir im
Gedächtnis und ich konnte sie nicht abschütteln.

Metall schabte auf Metall. Das Klirren von Schaufeln
versuchte, in mich einzudringen, bevor sich die schweren,
dumpfen Schritte näherten und mein Bruder mich an der
Schulter packte. Ich drehte mich um, begegnete seinem Blick
und nickte. »Mir geht's gut.«

Er schaute mich finster an und musterte mich mit seinem
durchdringenden Blick. Ich schaute weg und suchte nach etwas
anderem, auf das ich mich konzentrieren konnte. Er wollte
nicht in meinem Kopf sein, nicht heute Nacht. Stattdessen
wandte ich mich wieder der Wand mit den Fotos und Details
zu und konzentrierte mich auf die verdammte Schlampe, die ich

am liebsten umgebracht hätte. Die abscheuliche, kinderprügelnde, seelenlose Schlampe, die Haelstrom Hale viel zu nahe stand, als dass ich sie hätte töten können.

Aber im Moment ...

Im Moment starrte ich ihr Bild an und sah wieder den Ausdruck von Erleichterung auf Londons Gesicht, als er sich von den Knien erhob. Er hatte sich vor ihr hingekniet. Allein das brachte mich dazu, ihr eine Klinge in den Hals rammen und zusehen zu wollen, wie sie verblutete. Niemand zwang London auf die Knie, nicht auf diese Weise. Es sei denn, er wollte es und ich wusste, dass er das auf keinen Fall für sie tun würde...

Die Tochter, das war eine ganz andere Frau.

Sie war anders. Ich warf Colt einen Blick zu, als er den nun leeren Kühlraum abschloss und verriegelte. Nein, die Tochter war ... eine von uns. Ich ging zur Tür und folgte meinem Bruder nach draußen zum Auto. In der Ferne blitzte ein weißes Licht am Himmel auf, aber ich sah es kaum. Stattdessen stieg ich in den Wagen und ließ den Motor an.

Die Autotür schlug neben mir zu. Ich würgte das Lenkrad förmlich und fühlte mich verdammt gefährlich.

Die großen dunklen Augen des Mannes, der uns beschützt hatte, verfolgten mich, als ich das Gelände verließ und lange genug anhielt, um zu warten, bis sich das Tor hinter mir schloss. Der Regen prasselte gegen die Windschutzscheibe. Ich betätigte die Scheibenwischer, dann fuhr ich los.

Neonweiß riss ein zackiges Loch in den verdunkelten Himmel vor uns.

Ich sah es nicht einmal.

Stattdessen holte ich tief Luft. Ich konzentrierte mich auf die Wut, die in mir gefangen war. Ich brauchte ein Ventil. Ich musste ... *kämpfen*. Ich trat mit dem Stiefel gegen das Gaspedal, verließ das Gelände und fuhr in Richtung Westen.

Stille erfüllte meine Welt.

Sie machte mich bereit für die Jagd.

Die Scheinwerfer der entgegenkommenden Autos reflektierten sich im Regen. Ich fuhr durch die Straßen am Rande der schäbigen Vororte, wo das Gesetz nie hinkam, bog in die vertraute Sackgasse ein und verlangsamte mein Tempo. In Tonnen brannten Feuer, deren flackernder Bernsteinschein mehr als nur ein Mittel gegen die Kälte war. Männer standen herum, wärmten sich die Hände, beobachteten uns und nickten, als wir vorbeikamen. Einer von ihnen zog ein Handy aus der Tasche und tippte eine Nachricht ein.

Sie wussten, dass wir kommen würden.

Gut so.

An der bröckelnden Backsteinmauer hielt ich an und wartete, bis sich das schwarze Stahltor öffnete, bevor ich hindurchfuhr. Ich parkte, musterte die anderen Autos auf dem Hof und stellte den Motor ab, bevor ich ausstieg. Der Donner grollte und dröhnte über uns, als ich auf den Mann zusteuerte, der in der Mitte des Tores stand.

Hände hoch.

Der Mann fuhr mit seinem Stab über meinen Körper, bevor er nickte und zur Seite trat. Ich schritt hinein, musterte noch immer die Dunkelheit des verlassenen Lagerhauses und durchquerte die Abrissbude in der Mitte des Gebäudes, bevor ich mich zur Rückseite bewegte.

Das kehlige Brüllen der Männer zog mich näher heran. Selbst von hier aus konnte ich das Blut riechen.

Ich trat durch die bröckelnde Tür zum Kampfraum. Drei Ringe waren im Spiel. Ein Typ wurde brutal verprügelt. Sein Gesicht war ein einziges Durcheinander, als er rückwärts stolperte und nach seinem Gegner schlug, der einfach auswich, lächelte, dann ausholte, seine Faust nach oben schlug und den Typen zu Boden brachte.

Schreie folgten und Hände wurden in die Luft geworfen, während sich einige der Zuschauer angewidert abwandten.

Das sollten sie auch.

Der Typ war ein schwacher Idiot.

Ich musterte die Autos, die an der demolierten Außenmauer geparkt waren, und konzentrierte mich im Vorbeigehen auf eines. Die Ares-Brüder waren hier. Ich musterte die restlichen Autos nach den Rossis, bevor ich mich wieder den vier Brüdern zuwandte, die auf der Motorhaube ihres schwarzen Maserati saßen. Der Älteste nickte, als ich mich näherte. Ich würdigte ihn keines Blickes, was den jüngsten Bruder verärgerte.

Der Jüngere sah, dass ich ihn nicht beachtete, rutschte zwischen seinen drei älteren Brüdern hervor und machte einen Schritt auf mich zu, bevor er von Silas Ares, dem ältesten der Brüder, aufgehalten wurde. Wut funkelte in den Augen des jungen Bruders auf, als er sich zu seinem Bruder umdrehte. Ich hörte das Wort »Söhne«, das er murmelte, als der Donner über ihm dröhnte.

Der Jüngere blieb augenblicklich stehen und seine Augen weiteten sich. Dann sah er mich etwas vorsichtiger an und musterte mich, als ich an ihm vorbeiging und auf Iron zuging, der am Ende der Reihe geparkter Autos stand.

Er schloss die Augen, als er mich sah. Einem tiefen Atemzug folgte ein langes, langsames Aufatmen, als ich in meine Tasche griff, ein dickes Bündel Bargeld herauszog und es durch die Luft in seine Richtung schleuderte. Eine fette Hand holte aus und schnappte es in der Luft, bevor er das Bündel anstarrte. »Carven.«

»Ich will mitmachen.«

Iron schüttelte den Kopf, während er auf das Geld starrte, bis ein Idiot hinter ihm ein leises Glucksen von sich gab. »Du weißt, dass wir dich bezahlen sollen, oder?«, sagte der Idiot und zog meinen Blick auf sich.

Bis Iron ausholte und dem großen Idioten einen Schlag auf den Hinterkopf verpasste. »*Halt's Maul!*«

Ich richtete meinen Blick auf das Arschloch. »Iron ...«

»Hör zu, C. Es ist so ...«, fing Iron an. »Wir wollen nicht ...«

Ich griff wieder in meine Tasche, holte ein weiteres, kleineres Bündel heraus und reichte es ihm, während ich den dummen Schwanzlutscher immer noch anstarrte, der mich jetzt anglotzte.

»Mein Gott«, murmelte Iron, als er die Hand ausstreckte und das Geld nahm. »Das wird schlimm, nicht wahr?«

»Kämpfst du?«, fragte ich das Arschloch.

Sein Lächeln war nicht mehr so frech, als er die zweite Handvoll Geld anstarrte. Langsam dämmerte ihm, dass ich nicht hier war, um Geld zu verdienen ... ich war hier, um zu töten.

Bumm!

Ein lauter Donner krachte direkt über ihm. Im Neonlicht der Blitze sah ich, wie der Idiot seinen Blick hinter mich richtete. »Mein Gott, Mann ... bist du okay?«

Und langsam traf es mich ... *härter als eine Faust voller Schlagringe.* Ich drehte mich um und starrte in den großen, entsetzten Blick meines Bruders. Er war nicht nur blass ... er war weiß. Die Blutspritzer sahen auf seiner blutleeren Wange wie Neonfarben aus. »Mein Gott, Colt.« Ich stolperte auf ihn zu. »Sieh mich an ... *Colt!*«

Er blieb wie erstarrt stehen und starrte in das schwindende, helle Licht. *VERDAMMTER IDIOT!* Ich schnappte ihn mir, wobei ich verzweifelt versuchte, seinen Blick zu erhaschen. »Hey ... *hey, sieh mich an.*«

»Was zum Teufel ist los mit ihm?«

Ich drehte mich um, packte ihn an seinem Hemd und brüllte ihn an. *»Du schaust ihn verdammt noch mal nicht an. HAST DU VERSTANDEN?«*

Mein Gebrüll wurde vom Jubel derjenigen verschluckt, die die Kämpfe beobachteten ... sie sahen nichts ... außer der Ares Familie. Sie sahen zu, und ich spürte jeden verdammten Blick, bevor ich den Kerl nach hinten schubste und mich Iron zuwandte. »Dreißig Minuten ... gib mir dreißig verdammte Minuten.«

Der Organisator schaute das Geld in seiner Hand an. »Nicht eine Minute mehr.«

Das war alles, was ich brauchte. Ich packte meinen Bruder am Arm und schob ihn zur Tür. Ich schaute die Mafia-Arschlöcher nicht an, als wir vorbeigingen. Alles, was ich sah, war Colt. Ich war so in meine Wut vertieft gewesen, so kontrolliert von Londons Anblick in meinem Kopf, dass ich den einen Menschen vergessen hatte, der mir am wichtigsten war.

»Es wird alles gut«, versicherte ich ihm, als ich ihn durch die Tür aus dem Gebäude schob. »Hörst du mich? Es wird alles wieder gut.«

Das Rauschen seiner panischen Atemzüge war so verdammt laut. Ich öffnete seine Autotür und schob ihn hinein. Er ließ mich einfach gewähren und saß da, erstarrt vor Angst. Ich riss den Sicherheitsgurt herunter und ließ ihn einrasten, bevor ich seine Tür vorsichtig schloss und zur Fahrerseite rannte. Vorsichtig schloss ich die Tür und hoffte, dass das Geräusch dadurch ein wenig gedämpft wurde.

Bumm!

Der Donner krachte wieder über uns und ließ meinen Bruder einen Schreckensschrei ausstoßen. Seine Hände ballten sich noch fester zu Fäusten. Ich warf einen panischen Blick in seine Richtung und betete. »Es wird alles wieder gut. Hörst du mich?« Ich ließ den Motor an und legte den Rückwärtsgang ein.

Alles war mir egal, ich wollte nur Colt nach Hause bringen. Hinter dem Auto wurden Steine aufgewirbelt, als ich ins Schleudern geriet und fast das Tor rammte, als wir aus dem Gelände fuhren. Ich warf ihm panische Blicke zu und griff nach seinem Arm, während ich wie ein Wahnsinniger fuhr. »Ich bringe dich nach Hause, okay?«

Er sagte nichts, sondern zuckte nur zusammen, als ein Blitz über ihm aufleuchtete.

Der Donner würde folgen.

In meinem Kopf zählte ich. Aber es war nicht mein wildes Knurren, das ich hörte, sondern ein erschrockener Schrei von mir selbst, als ich zehn Jahre alt gewesen war. Sie hatten ihn geschlagen, während ich geschrien hatte. Sie hatten ihn aufgeschlitzt. Sie hatten ihn gebrochen. Ihre Fäuste und Gürtel waren unerbittlich gewesen, während Blitz und Donner getobt hatten. Er war diesem Ort nie wirklich entkommen, er hatte immer gewusst, dass sie ihn einholen würden, wenn der Sturm kam.

Aber nicht mich, oder?

Nicht mich ... denn er hatte meine Schläge eingesteckt.

»Es wird alles gut«, murmelte ich und beschleunigte den Wagen noch mehr. »Es wird alles gut.«

Ich kam ins Schleudern, als ich in unsere Straße einbog und fuhr fast auf den Bordstein, als ich in die Einfahrt kam. Das Garagentor öffnete sich, als ich neben dem schwarzen Mercedes anhielt. Wo war der Audi? Der Gedanke kam mir, bevor ich ihn beiseite schieben konnte. Es war nicht wichtig. Nichts war wichtig, nur dass ich meinen Bruder nach oben in sein Zimmer brachte.

Ich stieg aus und lief zur Beifahrerseite, als der Donner wieder mit einem ohrenbetäubenden Knall zuschlug.

Colt konnte sich nicht bewegen.

Er starrte einfach nur vor sich hin, die Fäuste so fest geballt, dass sich die Muskeln in seinen Armen anspannten.

»Komm schon ... Folge mir einfach«, drängte ich und zog an seinem Arm.

»Ich bin hier«, rief London hinter mir, als er durch die Garage ging.

Ich trat zur Seite und er schob sich auf den Beifahrersitz und in das Blickfeld meines Bruders. »Hey, ich bin hier, Kumpel. Komm schon, komm zurück zu mir. Ich bin doch hier. Ich bringe dich nach oben, okay?«

Er schien ein wenig zu sich zu kommen, als er seinen Blick auf London richtete und langsam nickte. Gemeinsam brachten wir ihn durch die Garage nach draußen. Das Licht war an. London trug immer noch seinen Smoking. Ich wollte mich nach der Tochter umsehen, als wir die Treppe hinaufstiegen und an ihrer Schlafzimmertür vorbei auf unser eigenes Zimmer zusteuerten. Aber ich verdrängte alle Gedanken an sie. Meine einzige Sorge galt jetzt meinem Bruder.

»Ganz ruhig«, drängte London, als er das Zimmer durchquerte und das Bettzeug herunterzog.

»Er muss duschen«, sagte ich, während ich die Blutspritzer auf seiner Wange betrachtete.

»Lass uns die Nacht überstehen, dann können wir uns morgen früh darum kümmern.«

Ich warf einen Blick auf unseren Wächter und sah den gequälten Blick in seinen Augen, als er meinen Blick erwiderte und dann wegschaute. Diese wilde Wut brodelte in mir. Aber ich verdrängte sie und begleitete meinen Bruder zu dem verdammten Einzelbett, das er nach all den Jahren immer noch benutzte.

Er hatte versucht, ein normales Leben zu führen und schlief sogar allein hier drin. Aber die Albträume und der gequälte Blick, den ich jeden Morgen auf seinem Gesicht gesehen hatte, hatten mich dazu gebracht, meine Sachen aus dem Zimmer nebenan wieder in seins zu bringen. Aber in Nächten wie heute konnte nicht einmal ich helfen.

»Leg die Füße hoch, Kumpel«, forderte London, als Colt sich auf das Bett legte.

Zu sehen, wie London sich um mein Blut kümmerte, ließ die Wut in mir noch mehr auflodern. Er war so vorsichtig und sprach die ganze Zeit mit ihm. »Wir werden dich jetzt festschnallen, okay?« Er zog Colt erst den Stiefel und dann die Socke aus und begann mit dem anderen. »Wir schnallen dich jetzt an. Du wirst uns nicht wehtun, okay?«

Er ließ die Stiefel fallen und sah mich an. »Seine Jeans.«

Ich nickte, knöpfte die Jeans meines Bruders auf und streifte sie ab.

»Du wirst uns nicht wehtun. Du wirst dir selbst nicht wehtun«, murmelte London, während ich die Jeans an seinen Oberschenkeln und engen Waden herunterzog, bis ich sie ihm ausziehen konnte und er nur noch sein schwarzes T-Shirt und Boxershorts trug.

Auf seinem Hemd war Blut und auf seiner Brust klebte ein dunkler Fleck. Ich wollte ihn zumindest umziehen, aber darum konnte ich mich jetzt nicht kümmern. Alles, worum ich mich kümmern musste, war, ihn anzuschnallen.

Ratz!

Der Klettverschluss öffnete sich, als ein ohrenbetäubender Donner direkt über uns ertönte. Colt schrie auf und schloss die Augen. Ich stürzte mich auf die Gurte am Kopfende seines Bettes und legte sie ihm um die Handgelenke. »Das wird schon wieder, Kumpel. Du wirst wieder.«

Ich befestigte den Riemen um seine Handgelenke über seinem Kopf. Seine Muskeln spannten sich an und seine blauen Augen waren weit aufgerissen. Aber er hielt es irgendwie aus. Ich hatte ihn in seiner schlimmsten Phase erlebt, als er das Zimmer verwüstet hatte, weil er die Dämonen seiner Vergangenheit bekämpfen wollte. Einmal hatte er mich geschlagen. Er war die einzige Person, vor der ich mich in Acht nahm. Nach dieser Nacht hatten wir ihn festschnallen müssen.

London fixierte seine Beine und blickte dann zu meinem Bruder hinunter. »Jetzt sind alle angeschnallt.«

Bumm!

Colt wand sich bei dem Geräusch und biss sich auf die Zunge, um seinen Schrei herunterzuschlucken. Ich hasste es, ihn so zu sehen, ich hasste den Anblick dieser verdammten Riemen und ich hasste es noch mehr, dass wir sie benutzen mussten. Colt schloss die Augen und presste das Wort durch zusammengebissene Zähne hervor. »Geh.«

»Gehen?« London schaute mich fragend an.

Ich wusste es augenblicklich. »Nein, ich bleibe«, murmelte ich.

Mein Bruder öffnete seine Augen und drehte sich zu mir um. »Geh, du musst.«

Ich atmete schwer ein. Die Grausamkeit in mir wartete immer noch. Er wusste, wenn ich sie nicht rausließ, würde sie nur noch schlimmer werden, bis ich etwas Dummes tat. London sagte nichts. Das brauchte er auch nicht. Er wusste es, wir alle wussten es. Niemand überlebte das, was wir durchgemacht hatten, ohne völlig am Arsch zu sein.

»Geh«, drängte Colt, als er mich mit seinen wilden Augen anstarrte. »Jetzt.«

Allein die Tatsache, dass er das sagte, zeigte, wie verzweifelt er war. Ich nickte langsam. »Okay. Wenn du dir sicher bist, dass du hier alleine zurechtkommst.«

Er starrte mich nur an, biss die Zähne zusammen und nickte knapp.

»Ich melde mich, wenn du weg bist«, drängte London. »Tu, was du tun musst, Sohn.«

Ich schaute meinen Bruder an. »Ich bin so schnell wie möglich wieder da.«

EINUNDZWANZIG

Vivienne

BUMM!

Ich schrie auf, biss in die Bettdecke und vergrub mich tiefer unter dem Bettzeug. Aber egal, wie fest ich das Kissen gegen meine Ohren drückte, das schreckliche Geräusch fand immer noch seinen Weg in meinen Kopf. Meine Atemzüge rasten. Mein Puls war so schnell, dass ich ihn nicht mehr hören konnte. Aber ich spürte ihn. Das panische Klopfen durchbohrte meine Brust mit Qualen.

Weißes Licht durchbrach den verdunkelten Himmel und erfüllte mein Zimmer mit einem grellen Schein.

BUMM!

Ich zuckte bei dem Geräusch zusammen, sprang aus dem Bett, rannte zu meiner Tür, riss sie auf und stürmte zur Treppe hinaus. Das grelle Neonlicht erfüllte das Haus und verstärkte die Panik in mir. Ich musterte den Flur, als ich die Schlafzimmertür ins Visier nahm.

Ich dachte nicht nach, ich handelte einfach. Ich stürzte mich auf die geschlossene Tür und kroch hinein. Es war dunkel, stockdunkel. Die Fenster waren mit Verdunklungsvorhängen verdeckt, aber im verblassenden weißen Schein des Blitzes konnte ich die Umrisse des riesigen Mannes in dem kleinen Bett erkennen.

Ich unterdrückte einen Schrei, als der Donner erneut grollte und an den Fenstern rüttelte. Ich huschte zu dem Umriss meines Beschützers, riss das Bettzeug herunter und kroch neben ihm hinein. Er bewegte sich nicht, lag einfach nur da. Ich glaubte nicht, dass er wach war. Ich betete, dass er es nicht war, denn ich drückte mich einfach gegen seinen harten Körper, ohne ein Wort zu sagen.

Knall ...

Das Donnern hallte wieder über das Haus.

Ich schloss die Augen, verschränkte die Arme vor meinem Körper und drückte mich an ihn. Mein Atem wehte zurück, als er an seiner Schulter abprallte. Ich schloss meine Augen noch fester und schmiegte mich noch enger an seine Wärme. Sein erdiger Geruch stieg mir in die Nase. Er roch nach Schmutz ... und nach etwas anderem. Ein weiteres lautes Grollen ließ mich zusammenzucken. Doch er bewegte sich nicht, nicht um sich im Bett zu bewegen oder mich wegzuschubsen. Er war einfach nur ... steif.

War er tot?

Ich öffnete die Augen, sah ihn in dem schwachen, flackernden Licht ... und erstarrte. Seine Augen waren groß und voller Angst. Ich stemmte mich nach oben und blickte zu ihm hinunter. »Hey, bist du ... bist du okay?«

Allmählich wandte er seinen entsetzten Blick zu mir. Erst jetzt sah ich, dass er die Arme über dem Kopf hatte. Ein Blitz flackerte wieder auf und beleuchtete das Lederband um seine Handgelenke.

Die Riemen.

Die Riemen, die ich schon auf dem Bett gesehen hatte.

Ich zuckte zusammen und konzentrierte mich jetzt auf sie. Er war nicht nur mit den Riemen gefesselt, *er hielt sie fest*. Seine Knöchel waren weiß von der Anstrengung seines Griffs. Ich richtete meinen Blick auf ihn und sah, dass seine blauen Augen in dem schwachen Licht fast wie Neonfarben leuchteten.

»Es tut mir leid«, flüsterte ich, als ich bei einem weiteren Donnergrollen zusammenzuckte.

Aber er sagte nichts, sein starrer Blick war immer noch entsetzt.

Bumm!

Ich zuckte erneut und drängte mich fester gegen seinen Körper, diesmal schlang ich meine Arme fest um ihn. Vor Schreck drückte ich mein Gesicht gegen seine Brust. Unter dem schweren Rauschen der Atemzüge dröhnte sein Herz. Durch das panische Geräusch fühlte ich mich ein bisschen weniger allein.

»Ich hatte noch nie so viel Angst«, flüsterte ich und hob meinen Blick zu ihm. »Nimmst du mich in den Arm?«

Er sagte nichts, sondern starrte mich nur mit großen Augen an. Langsam beugte ich mich über ihn und hielt seinem Blick die ganze Zeit stand. *Er hatte seine Finger in mir gehabt.* Dieser Gedanke spornte mich an. Ich nutzte ihn, um mich zu strecken und meine Brüste gegen seine Brust zu drücken.

Spannung stieg zwischen uns auf. Aber sie veränderte sich und verwandelte sich von Angst in etwas anderes, etwas Verzweifeltes. Meine Atemzüge verlangsamten sich und wurden tiefer, als ich die Lederfessel um sein Handgelenk berührte.

»Nicht«, sagte er durch zusammengebissene Zähne und ließ mich erstarren. *Ich will dir nicht wehtun.*

Es gab einen Moment der Panik, bis ich mich daran erinnerte, dass er an der Wand gesessen und über mich gewacht hatte, als ich geschlafen hatte. Ich zerrte an der Fessel, dann riss ich den Klettverschluss auf. »Das wirst du nicht.«

Er runzelte die Stirn, als seine Hand frei war. Ich griff nach der anderen. »Nur eine. Nur eine.«

Eine war genug. Ich starrte in seine Augen und nickte langsam.

In dem flackernden Licht zeichnete sich der Hunger in seinem Blick ab. Seine Atemzüge wurden ruhiger, stiegen härter an, bevor sie wieder fielen, und langsam ließ er seine Hand nach unten gleiten, bis er um mich herum griff. Wir sagten nichts, starrten uns nur in die Augen. Der Sturm tobte, aber der Donner war nicht mehr so laut wie zuvor. Ich lehnte mich an ihn, schob meinen Arm über seine Brust und legte meinen Kopf langsam auf seine Brust.

Das panische Dröhnen ließ nach und das schwere Pochen seines Herzens lullte mich ein. Ich schloss die Augen, während ich dem Geräusch lauschte und langsam entschwebte ...

Der gleichmäßige Schlag blieb bei mir, wurde leiser, dann lauter.

»Nein«, hörte ich ihn sagen, aber ich konnte nicht auftauchen.

Ich blieb in der Dunkelheit, wo die Blitze mich nicht ganz erreichten und der Donner sein Herzschlag war, bis ich mich bewegte und gegen etwas Hartes drückte. Ich öffnete meine Augen, als mir langsam bewusst wurde, dass wir nicht allein waren.

Ich ließ meinen Blick zum Fußende des Bettes schweifen und fand die intensiven neonblauen Augen seines Zwillingsbruders, der dort stand und uns anstarrte. Nur war er nicht der Einzige, der uns anstarrte. London stand neben ihm, die dunklen Augen weit aufgerissen und auf uns beide in dem winzigen Bett fixiert.

»London«, flüsterte ich. »Was ist los?«

Er leckte sich über die Lippen und blickte zu dem Mann neben mir. »Das wollte ich dich auch gerade fragen.«

Meine Gedanken schweiften zunächst ab, bis ein leises Grollen am Himmel über uns alles wieder ins Lot brachte. »Der Sturm.« Ich erschrak, als Colt seine große Hand nach oben bewegte und meine Brust berührte.

Ich erstarrte bei der Berührung und beäugte meinen Entführer panisch.

»Er wird dir nicht wehtun«, drängte London. Aber diese starren, dunklen Augen sagten etwas anderes.

»Er hat noch nie ...«, begann Carven. »Das hat er noch nie getan.«

Das hat er noch nie getan? Ich hielt seinem Blick stand, als Colt mein Hemd nach oben zerrte und meine Brust entblößte. »Was hat er noch nie gemacht?«, stöhnte ich, als sein Daumen über meine Brustwarze strich.

»Noch nie eine Frau angefasst.«

Colt erstarrte und seine großen Augen suchten meine. *Er hatte noch nie eine Frau angefasst?* Ich schluckte, als ich mich an seine Finger in mir erinnerte. Er hatte mich definitiv angefasst. Das zählte doch, oder? Er zog seine Hand weg und für eine Sekunde dachte ich, dass alles vorbei sei, dass der Moment, den wir zwischen uns gehabt hatten, vorbei war, bis er sich streckte und die andere Fessel an seinem Handgelenk löste.

»Bruder«, mahnte Carven.

Ich schaute zu den beiden, die am Fußende des Bettes standen und die Erinnerung daran, dass London Guild geschlagen hatte, kam wieder hoch. Londons Stirn runzelte sich, als Colt das andere Klettband von seinem Handgelenk löste und sich aufsetzte. Sogar seine Knöchel waren gefesselt. Aber als seine Hände schnell arbeiteten, um die Riemen zu öffnen, veränderte sich die Energie im Raum. Hitze durchfuhr mich, als Colts blaue Augen meinen wieder begegneten.

»Hab keine Angst«, murmelte er mit tiefer, heiserer Stimme. »Ich werde dir nicht wehtun.«

Er senkte seinen Blick auf meine Brust. Ich konnte mich kaum bewegen, so eng an ihn gepresst wie ich in dem engen Bett lag, aber ich hob meine Arme, als er mein Hemd hochzog und mich in meinem weichen rosa Slip zurückließ. Seine Atemzüge waren schnell, fast so schnell wie letzte Nacht, als er seinen Kopf senkte und meine Brustwarze küsste.

»Mein Gott«, murmelte Carven.

Colt ließ mein Shirt auf den Boden fallen und stützte sich auf seine starken Arme. Ich spürte das Gewicht von Londons Blick, aber ich hatte keine Zeit für Angst, denn Colt senkte seinen Kopf, küsste wieder meine Brustwarze und griff zwischen meine Beine. Ich schloss meine Augen und biss mir auf die Lippe, als er mit seinen starken Fingern an meinen Schamlippen entlangfuhr.

»Lässt du ihn ...«, begann London. »Lässt du ihn dich ficken, Wildkatze?«

Ich öffnete meine Augen und schluckte schwer, als ich Londons Blick suchte. »Willst du das?«

Carven schaute London an, während Colt im Bett nach unten rutschte und mir den Slip herunterzog.

»Ja«, antwortete London.

Familie ...

Das Wort wütete in den Augen meines Entführers, als ich meine Hüften hob und mir die Unterhose ausziehen ließ. Colt griff nach unten, packte mein Knie und hob es an, um meine Beine zu spreizen. Ein Schaudern der Angst lief mir über den Rücken, als ich Londons Blick fixierte.

Das war es, was er wollte, nicht wahr? Er wollte, dass die Söhne mich so berührten. Ich beobachtete London, während Colts Finger in mich eindrangen. Aber ich zuckte zusammen und leckte mir über die Lippen.

»Sie ist noch nicht so weit«, murmelte Carven. »Du musst sie feuchter machen.«

Colt sah seinen Bruder finster an.

»Verdammt noch mal«, schnauzte Carven und wandte seinen Blick kurz ab, bevor er sich wieder umdrehte. Mit einem Knurren schritt er vorwärts, packte seinen Zwilling sanft im Nacken und drückte seinen Kopf nach unten. »Leck sie!«

Ich schüttelte den Kopf, während mir die Hitze in die Wangen stieg. »Er will nicht ...«

»Doch«, antwortete London kalt. »Doch, das will er.«

»Willst du ficken, Bruder?« Carvens Augen funkelten. »Dann mach es richtig. Du kommst erst, wenn sie auch kommt.«

Panik erfüllte Colts Augen, als sie zu meinen aufblickten. Ich sah es, den Zweifel, die Verlegenheit. Doch dann drückte Carven den Kopf seines Bruders wieder nach unten. Ich zuckte bei seiner harten Berührung zusammen, als Carven meine Schamlippen spreizte und mit seinem Finger an meinem Kitzler entlangfuhr. »Das ist ihre Klitoris, du musst sie lecken, genau wie London es getan hat.«

Oh Gott ...

Die Hitze stieg mir in die Wangen. Ich wollte mich zurückziehen und meine Beine schließen, bis Carven mir diesen wilden Blick zuwarf. »Du bist zu weit gegangen, Wildkatze. Mein Bruder will dich und er hat in seinem ganzen verdammten Leben noch nie eine Frau gewollt ...«

Er wollte noch mehr sagen, aber er tat es nicht. Stattdessen sah er zu, wie Colt seinen Kopf senkte. Ich wandte mich ab, als die Hitze in meinen Wangen brannte, und starrte stattdessen die Wand an. Das war nicht das, was ich ...

Das langsame Gleiten seiner Zunge ließ mich erstarren.

»Jetzt saug ... *sanft*«, befahl Carven.

Das winzige Lecken wurde mutiger und erweckte den Funken der Begierde wieder zum Leben, der in mir gestorben war. Meine Atemzüge wurden tiefer, als er sanft weiter saugte.

»Siehst du, wie sie darauf reagiert?«, murmelte Carven und seine Stimme wurde heiserer. »Ihre Atemzüge sind tiefer und ihre Muschi ist ... Jetzt führ deinen Finger ein und mach weiter so. Sie sind dort so empfindlich, so ...« Carvens angestrengter Atem stockte, als er seinen Bruder beobachtete. »Du musst sehen, ob es ihr gefällt ...«

»Oh ... *Gott*«, stöhnte ich, als Colt seinen Finger krümmte und streichelte, während er sanft saugte.

Ich verlor seine Finger und seinen Mund aus dem Blick. Stattdessen drehte ich meinen Kopf, um Londons dunklen, verzehrenden Blick zu sehen, während er das Ganze beobachtete. Er wollte das doch, oder? Ich ließ meine Hand sinken und meine Finger glitten durch Colts Haare, als er ein Knurren ausstieß, mein Bein höher hob und mich weiter spreizte. London wollte mich mit den beiden. Hatte er das die ganze Zeit geplant? Vielleicht hatte er mich mit dem Plan gekauft, mich diesen gebrochenen Söhnen zu geben ...

Die Hitze blühte auf, als Colt saugte und dann mit seiner Zungenspitze von meinem Arsch bis ganz nach oben zu meiner Klitoris glitt.

»Gott.« Ich lenkte meinen Blick von London auf den riesigen Mann zwischen meinen Schenkeln.

Er schaute zu mir hoch und seine klaren blauen Augen waren nicht mehr ängstlich oder unsicher. Ich holte tief Luft und fuhr mit meinen Fingern durch seine dunklen Locken, während er mich amüsiert und stolz anstarrte. Oh ja, da war Stolz.

»Werde nicht zu übermütig«, krächzte ich, als mein Körper unter seiner Berührung zitterte.

Er grinste angesichts meiner Worte und neigte dann seinen Kopf, um zufrieden fortzufahren, nur dass er sich diesmal ganz darauf konzentrierte, mich zum Wanken zu bringen. Ich schrie auf, als die Dringlichkeit noch größer wurde.

Es wurden keine weiteren Anweisungen gegeben.

Keine Lektionen mehr.

Kein Warten mehr, als Colt seine Hände unter meinen Hintern schob, meine Hüften nach oben neigte und meine Muschi mit seiner Zunge verwöhnte. Ich schrie auf, als ich mich gegen ihn stemmte und er seinen Mund noch fester gegen mich presste. Ich wollte ... ich wollte ...

»Oh, *Gott* ...« Ich wand mich, als weiße Funken hinter meinen Augen aufleuchteten.

Er saugte und leckte die Wärme, die mir entströmte. Das Gefühl stürzte mich nur noch tiefer in die Vergessenheit.

Ich hörte Carven kaum noch knurren. »Fuck«, sagte er, bevor Colt seinen Kopf hob und meinem Blick begegnete.

Aber das Grinsen war verschwunden, jetzt war da nur noch eine verzweifelte Sehnsucht. Ich leckte mir über die Lippen und nickte ihm langsam und vorsichtig zu. Er war erneut unbeholfen, mit einem finsteren Blick, bevor er innehielt.

»Leg dich zurück«, forderte ich ihn auf. »Zieh mich auf dich.«

Er nahm seine Hände unter meinem Hintern heraus, packte mich an der Taille und rollte mich. Ich wurde auf ihn hochgehoben. In diesem Moment gab es nur ihn und mich. Niemand sonst war wichtig. Der gleiche panische Blick kehrte in seine Augen zurück. Er starrte an die Decke und sein schwerer Atem verschlang mich.

Ein Schmerz durchzuckte meine Brust. Mir wurde bewusst, dass die Temperatur im Raum auf unter Null gesunken war. Es gab kein Flüstern, kein einziges Geräusch. Ich richtete meinen Blick auf den kräftigen Mann unter mir und ergriff seine Hand, die meine Taille umklammerte. »Bei dir fühle ich mich so gut.« Meine Stimme zitterte, als ich seinem schockierten Blick begegnete. »Aber wir werden das nur tun, wenn du es willst, okay?«

Sein Atem stockte, dann blickte er langsam zu mir auf.

»Genau so«, flüsterte ich, während ich seine Hand über meine Taille und dann über meine Brust gleiten ließ. »Sieh mich an. Willst du weitermachen?«

Er war verängstigt, aber er nickte langsam.

Das war alles, was ich brauchte. Ich stellte sicher, dass ich mich langsam bewegte und ihn die ganze Zeit anschaute, während ich sein Hemd nach oben streifte. Dann hielt ich inne. *Oh. Mein. Verdammter. Gott.* Mein Blick glitt über die vielen

Narben, die seinen Körper zeichneten. Aber dann zwang ich mich, weiterzumachen und ließ ihn nicht ein einziges Mal sehen, dass ich ihn für alles andere als perfekt hielt.

»Ich hätte gesagt, dass du mit mir reden sollst, aber ich glaube nicht, dass das hier eine Option ist«, flüsterte ich, während ich seine Hand von meiner Brust zu meinem Nacken bewegte und langsam nach unten tauchte. »Ich werde mich also von dir führen lassen, okay?«

Ich begegnete seinem Blick und vergewisserte mich, dass er mich verstanden hatte. Dann ließ ich seine Hand in meinem Nacken liegen und strich mit meinen Lippen über seine Brustwarze und die gezackte Narbe, die seine dunkle Haut zerfurchte. Mein Gott, er war übel zugerichtet worden.

Die Söhne hatten es schlimmer.

Londons Worte drangen zu mir durch, bevor ich sie verdrängte. Ich brauchte diese Worte nicht in meinem Kopf. Das würde alles später kommen. Im Moment ging es um uns und darum, herauszufinden, was ihm gut tat. Ich brauchte einen Ausgangspunkt, das war alles …

»Ich werde deinen Schwanz anfassen, okay?«, flüsterte ich, während ich seinen Blick erwiderte. »Ich möchte, dass du mich festhältst, wenn du willst, dass ich aufhöre.«

Ich senkte meinen Blick, ließ meine Finger leicht gleiten und wanderte über seine harte Brust zu seinem Bauch und dann langsam weiter nach unten. Die Hitze des Blicks seines Bruders brannte, als ich über seine dicke, harte Länge strich und meine Finger sanft um ihn schloss. Mein schweigsamer Geliebter zuckte zurück, aber sein Griff ließ mich nicht los, als ich den Bund seiner Boxershorts herunterzog.

Anstatt mich wegzuziehen, richtete er sich auf, packte mich unter den Achseln und hob mich hoch, sodass ich auf ihm saß. Die Bewegung könnte nicht deutlicher sein. *Mach es jetzt.*

»Nächstes Mal können wir es langsamer angehen«, flüsterte ich. »Wenn du willst, dass es ein nächstes Mal gibt.«

Der Hunger in seinen Augen sagte mir alles, was ich wissen musste. Ich griff nach unten und umfasste erneut seinen Schwanz. Er war groß ... *wirklich groß*. Ich blickte an ihm herab und befürchtete, ein Narbenmeer zu sehen, genau wie auf seiner Brust. Aber da war nichts, da war nur Perfektion. Die dicke Ader pulsierte unter meinem Griff, als ich ihn streichelte, meinen Körper anhob und ihn an meinen Eingang drückte.

»Du bist so verdammt perfekt«, flüsterte ich.

Ein langsames Gleiten der Eichel und ich spürte den Widerstand. Der Druck brannte. Colt blickte finster drein, als sich ein Anflug von Panik in seinen Augen zeigte, aber er wusste nicht, was das zu bedeuten hatte. Also flüsterte ich: »So ist es gut. Mach weiter.«

Er schloss für eine Sekunde die Augen, als er seinen Schwanz in mich schob. Ich zuckte zusammen und Erleichterung durchströmte mich, als ich mich auf seine Konzentration fokussierte. Ich wollte nicht, dass er mich beobachtete, als ich mir auf die Lippe biss und ihn tiefer in mich hineinschob.

Der Schmerz wurde immer stärker und stärker, bis er durchbrach und mich zum Keuchen brachte. Mein Puls raste, aber ich wagte es nicht, nach unten zu schauen, ich wollte nicht, dass sie wussten, dass dieser Moment für mich genauso wichtig war wie für Colt.

Ich konzentrierte mich auf ihn, als sich ein Ausdruck des Friedens über sein Gesicht legte und er seine Hüften langsam nach oben bewegte. Erinnerungen drängten sich auf, als ich mich hob und wieder senkte. Ich dachte an London und irgendwie spürte er es, als er hinter mir stand.

»Reite ihn, Wildkatze«, drängte er und seine Stimme war lüstern. »Nimm dir, was du brauchst.«

Hitze brannte in meinen Wangen. Ich stemmte meine Hüften in die Höhe, während ich Londons Stimme durch mich hindurch strömen ließ. Ich brauchte weder seine Worte noch die Erinnerung an das, was er auf dem Tisch und auf der Motorhaube seines Autos getan hatte, aus meinem Kopf zu verdrängen. Ich konnte sie beide haben. London in meinem Kopf und Colt unter mir. Mein Atem ging schneller, als mir das klar wurde.

Es gab keinen Grund, mich zu entscheiden.

Colts Hände umklammerten mich, er drückte und schob, während er seine Hüften vom Bett hob.

»Sieh mich an«, flüsterte ich und mein Atem ging schnell. »Sieh mir in die Augen. Gib dich mir hin ... *gib dich hin.*«

Er stieß ein tiefes, wildes Stöhnen aus, als sein Schwanz zuckte. Wärme folgte und erfüllte mich, während er mich festhielt. Ich brauchte mir nicht zu nehmen, was ich brauchte ... denn das war es. Mein Herz klopfte wie wild, als ein tiefer Schmerz in mir aufkeimte. Es war das hier ... er ... *sie.* All das.

Ein langsames Lächeln zerrte an Colts Lippenwinkeln.

»Wie war das?«, fragte ich, während ich nervös seinen Blick suchte.

Das Lächeln wurde noch breiter, als er mit dem Daumen über meine Brustwarze fuhr, sie dann sanft zwischen seinen Fingern rollte und mir ein leises Stöhnen entlockte. »Das willst du nicht tun«, murmelte ich, während mein Körper sich verkrampfte und ich immer noch das Brennen meines ersten Mals spürte. »Es sei denn, du willst es noch einmal tun.«

Ein leises, genüssliches Glucksen ertönte, bevor er den kleinen Knubbel noch einmal umkreiste und ich verstand, dass er genau das vorhatte.

Verdammt ... Ich hatte ein verdammtes Tier entfesselt.

ZWEIUNDZWANZIG

London

Carven wandte sich von der Beobachtung seines Bruders ab und schritt durch die Schlafzimmertür, das leise Stöhnen hinter sich lassend. Aber ich konnte mich nicht bewegen. Ich hatte gedacht, sie mit Colt zu sehen, würde das Verlangen in mir stillen …

Aber ich hatte mich geirrt.

Ich wollte Vivienne noch mehr.

Ich sah gebannt zu, wie sie ihren Kopf zurückwarf und mit ihren Fingern durch Colts Haare fuhr. Die Art und Weise, wie sie ihn berührte, wie sie mit ihm sprach, ließ die Sehnsucht in mir noch stärker anschwellen. Mein Körper reagierte darauf und meine Atemzüge wurden tiefer. Mein Schwanz wurde hart, als ich sah, wie er wieder in sie eindrang.

Am Anfang war sie nur ein Mittel zum Zweck gewesen, ein Weg für mich, um zu King zu gelangen. Aber im Laufe der Jahre, in denen ich sie beobachtet hatte, war sie mehr geworden. Meine Besessenheit. Mein Bedürfnis.

Colt packte sie an der Taille, drehte sie in dem kleinen Bett und warf sie sanft auf den Rücken. Ich war nicht der Einzige, der sich in dieses Kätzchen verliebte. Sie heulte noch lauter als die Dunkelheit, ihre Bedürfnisse waren stürmischer als jeder Sturm. Auch wenn sie mich vor Angst in den Wahnsinn trieb.

Ich ließ sie stehen, als Colt seinen Kopf senkte und sanft in die Haut an ihrem Schlüsselbein kniff, woraufhin sie aufjaulte und lachte. Dieses Geräusch blieb mir im Ohr, als ich mich auf den Weg in mein Schlafzimmer machte. Selbst als die Türen geschlossen waren und der Donner des Gewitters über uns tobte, hörte ich sie.

Ich wusste, dass ich sie immer hören würde.

Der Donner grollte über mir, als ich an meiner Krawatte arbeitete und sie abriss. Ich griff nach den Knöpfen meines Hemdes und riss sie auf, dann erstarrte ich. *Ich dachte, ich hätte sie verloren ...*

Der Schmerz wuchs, bis er in meiner Brust pochte. Meine Schultern sackten zusammen, als die Angst mich überrollte. Als ich zum Lagerhaus gerast war, hatte ich gedacht, sie hätte es irgendwie geschafft, hineinzukommen. Ein Zittern durchfuhr mich. Wenn es ihr gelungen wäre, Jack Castlemaine zu erreichen, hätte er dann ... *was?*

Ihr gesagt, wie gefährlich ich war? Ich ballte meine Faust, die noch immer von meinem Schlag auf Guilds Wange schmerzte.

Ich war mir ziemlich sicher, dass sie das schon wusste.

Ich zog meine Schuhe aus und machte mich auf den Weg ins Bad. Ich drehte den Wasserhahn für die Dusche auf und hob meinen Blick in Richtung des Schlafzimmers der Söhne. Der Schmerz wurde größer, als ich meine Boxershorts herunterschob und in das warme Wasser trat. Schwache

Erinnerungen an Ophelia versuchten sich einzuschleichen, aber sie hatten keine Chance, nicht wenn es um Vivienne ging.

Ich ließ meinen Kopf fallen, ließ die feine Gischt gegen meine Schultern prallen und griff nach unten, um meinen Schwanz zu umfassen. Ich war hart, vielleicht härter als ich es je gewesen war. Sie bewirkte, dass es mir so vorkam, als würde ich auf mein verdammtes Grab zusteuern und es war mir egal. Denn Vivienne war nicht nur ein Mittel zum Zweck. Sie war mein Ergebnis, meine Erlösung. Wenn die letzte Stunde, in der ich sie und Colt beobachtet hatte, mir etwas gezeigt hatte, dann, dass sie der Balsam für unsere Seelen war.

Denn ich war vielleicht zu weit fortgeschritten, aber die Söhne waren es nicht.

Ich stützte eine Hand auf die kalten Fliesen und streichelte meinen Schwanz.

Sie gehört uns ...

Ich schloss die Augen und ließ den Anblick von ihr auf der Motorhaube meines Autos Revue passieren. Ich hätte sie gefickt, ich hätte den Vertrag auf tausend verschiedene Arten gebrochen, und die Konsequenzen wären mir egal gewesen. In diesem Moment hätte ich alles genommen und wäre abgehauen.

Meine Eier zogen sich zusammen, als ich ihre Muschi wieder spürte. Mein Gott, das waren doch nur meine Finger und meine Zunge gewesen. Aber die Empfindungen von ihr blieben bestehen. Ich schloss meine Augen, ließ meinen Kopf sinken und stöhnte, als ich kam.

Tiefe Atemzüge erfüllten meine Ohren.

Es war nicht genug.

Es war nicht einmal annähernd genug.

Aber bis der Vertrag unterzeichnet war, musste ich mich fernhalten.

Colt würde sich um sie kümmern. Daran gab es keinen Zweifel.

Ich richtete mich auf und wusch mich zu Ende, bevor ich das Wasser abstellte, aus dem Bad trat, mich abtrocknete und ins Bett ging.

Der Schlaf kam nicht, verdammt lange nicht. Stattdessen dachte ich an sie oben im Bett meines Sohnes und starrte an die Decke, bis meine Augen brannten. Irgendwann kam die Dunkelheit und mit ihr Ophelias Gesicht, das mich verfolgte, wie ich es verdient hatte.

ICH STIEG AUS DEM MERCEDES UND DRÜCKTE DEN CODE IN DAS TASTENFELD DES LAGERHAUSES, dann sah ich zu, wie das verbogene Tor wackelte, als es sich öffnete.

»Verdammt.« Ich starrte den Schaden an, dann hob ich meinen Blick zu meinem verdammten Audi, den ich gestern Abend geparkt hatte. Aber es gab mehr als einen Grund, warum ich hier war. Ich stieg wieder in den Mercedes und fuhr ihn vor, dann parkte ich neben dem ramponierten Sportwagen und stieg aus.

Der Schaden war nicht so groß, wie ich erwartet hatte. Ich holte mein Handy heraus und rief einen Freund an, der den Wagen abholen und zum Audi-Händler bringen würde. Das verdammte Auto war noch keine sechs Monate alt und ich musste schon wieder ein neues kaufen. Denn die Frau war im besten Fall unberechenbar.

Ich ging zur Tür, tippte den Code ein und ging hindurch, wobei ich einen Blick auf die anderen Türen warf.

»London.« Eine männliche Stimme meldete sich. »Sprich mit mir. Sag mir, was du willst, damit ich hier rauskomme. Du weißt, dass ich ihnen nie von Killion erzählen würde.«

Ich blieb in der Mitte des Flurs stehen.

»Sag mir, was du willst«, bettelte er.

Ich blickte finster drein und schaute zu der Tür neben mir. Ihn töten oder ihn benutzen, das war immer die Frage. Aber das ist eine Frage für einen anderen Tag. Also ging ich weiter und ließ nur das dumpfe Geräusch meiner Schritte hören.

»*Lass mich hier raus!*«, schrie er, als ich einen weiteren Code eingab und die Tür öffnete.

Stille empfing mich, als ich in Jack Castlemaines Zimmer trat. Es gab kein Geschrei, kein Flehen, nur die Art von Stille, die sich leer anfühlte. Ich musterte die Dunkelheit und fand ihn im Schneidersitz an der Wand sitzend, mit geschlossenen Augen und gleichmäßigem Atem.

Als ich näher kam, öffnete er seine Augen und für eine Sekunde sah ich einen Hauch der dunklen Tiefen, die er in sich trug. Doch dann war der Blick verschwunden und er atmete tief ein, bevor er sprach. »Sag mir nicht, dass du Informationen über King willst.«

Ich blieb vor ihm stehen. »Er hat sich nicht bei mir gemeldet.«

Jack stand langsam auf und verschränkte die Arme über dem Kopf. »Ich hätte mich gewundert, wenn er es getan hätte.«

Ich runzelte die Stirn. »Ach ja?«

Er richtete seinen Blick wieder auf mich. »King ist nicht die Art von Mann, die um Erlaubnis bittet. Er ist die Art von Mann, die sich etwas nimmt, wenn du es am wenigsten erwartest.«

Aber jetzt ging es nicht mehr nur um Informationen. Es ging darum, alle Bedrohungen zu kontrollieren. Ich durfte auf keinen Fall zulassen, dass ein Mann sie holte, selbst wenn er ihr leiblicher Vater war. »Wie hat er es herausgefunden, weißt du das wenigstens?«

Jack drehte sich zu mir um und schüttelte langsam und mit finsterer Miene den Kopf. »Er hat es mir nie gesagt. Er hat nur gesagt, dass er sie eines Tages finden und sie irgendwie zurückholen würde.

»Und du warst damit einverstanden?«

»Welche Wahl hatte ich denn? Ihre Mutter hat mir klargemacht, dass Ryth nicht von mir ist.«

»Und trotzdem hast du dein Leben riskiert, um sie zu retten.«

Das traf einen Nerv und der stählerne Blick leuchtete erneut auf. »Blut oder nicht, Ryth ist meine Tochter. Sie war es immer und wird es immer sein. Es gibt nichts, was ich nicht tun würde, um sie in Sicherheit zu bringen.«

Ich griff in meine Tasche, holte mein Handy heraus und drückte auf das Symbol.

Auf der anderen Seite klingelte das Handy bis es abgenommen wurde.

Ich hielt das Handy in die Hand und lauschte den beiden, bevor ich das Symbol drückte und den Anruf beendete. Hinter dem Schmerz in seinen Augen flackerte ein Hauch von Glück auf, bevor er ihn mit stählerner Kontrolle unterdrückte.

Ich mochte es nicht, ihn zu verletzen. Aber er hatte mich wütend gemacht. Niemand würde Vivienne holen, nicht ohne mein Wissen. Mein Handy gab einen Piepton von sich, als ich es in meine Tasche steckte. Ich zog es wieder heraus und schaute auf den Bildschirm.

Ashwood: Du wurdest gebeten, Vivienne Evans zur Bearbeitung zum Orden zu bringen.

Zur Bearbeitung? Die Worte machten mich stutzig.

»Was ist los?«

»Sie unterzeichnen den Vertrag«, flüsterte ich, bevor ich überhaupt wusste, dass ich gesprochen hatte.

Das Blut schoss mir in die Wangen, als mich die Freude überkam.

»Du spielst ein sehr gefährliches Spiel«, murmelte Jack. »Ich glaube, dir ist nicht klar, wie tief du hier drin steckst.«

Ich hob meinen Blick zu ihm und alles wurde mir klar, das Verlangen, die Erregung und die Gefahr, als ich antwortete. »Oh, ich weiß es, glaub mir.«

Ich ließ ihn zurück, als ich aus dem Lagerhaus ging und mich auf den Weg nach Hause machte. Je eher ich sie in diese Hölle zurückbrachte, desto eher war sie endlich frei. Ich hoffte nur, dass sie sich nach dem, was gestern Abend passiert war, zusammenreißen würde ... und lügen würde.

Um unser beider willen.

DREIUNDZWANZIG

Colt

Das leise Zischen der Dusche auf der anderen Seite des Flurs erregte meine Aufmerksamkeit. Mein Bruder war da drin und er war mir schon eine ganze Weile aus dem Weg gegangen, was ich ihm nicht verübeln konnte. Hitze stieg mir in die Wangen ... *»Das ist ihre Klitoris, du musst sie lecken«*, drängten sich seine Worte auf und machten das Brennen noch heißer. Ich sollte zu ihm gehen und versuchen zu erklären, was verdammt noch mal passiert war.

Aber ich konnte mich nicht bewegen, weil ich es selbst nicht verstand.

Ich konnte nur hier auf der Seite meines Bettes sitzen und auf die Spuren starren, die die Lederriemen auf meinen Handgelenken hinterlassen hatten ...

Riemen, die ich gebraucht hatte um sie nicht zu verletzen. Riemen, die sie gelöst hatte.

Oh Gott ...

Meine Atemzüge wurden tiefer, als ich versuchte, die Sekunden zusammenzusetzen, in denen meine

Schlafzimmertür aufgeflogen war und sich eine verdammte Wildkatze in mein Bett gestürzt hatte. Ich ballte meine Fäuste. Ich war so verdammt ängstlich gewesen. Ich hatte Angst gehabt, mich zu bewegen, weil ich befürchtet hatte, dass ein einziges Zucken, ein einziges Flüstern, mich in den Abgrund reißen würde.

Dann war sie da gewesen. Ihre Panik war lauter als jedes Donnergrollen gewesen und hatte heller geleuchtet als jede Neonlampe. In ihrer Verzweiflung war mein eigener Schrecken verschwunden. Ich konnte nicht gegen die Dämonen in meinen Albträumen kämpfen – *ich musste gegen ihre kämpfen.*

Ihr Körper hatte gezittert, als sie fast unter meine verdammte Haut gekrochen wäre. Vielleicht hatte sie das schon getan? Ich wusste es nicht, aber als ich hier saß, konnte ich sie immer noch spüren, ihre Lippen auf meinem Körper, ihre Hände auf meinen. Diese dunkelbraunen Augen waren so verdammt herzzerreißend, wenn sie mich so ansah, als wollte sie mich ... *als wollte sie mich ... lieben.*

Mein eigenes Herz dröhnte und versetzte mir einen Schlag in die Brust. *Gott, ich ... ich wollte ...*

Sie berühren.

Ich leckte mir über die Lippen.

Sie riechen.

Ich drehte meinen Kopf, griff nach meinem Kissen und erwischte die Ecke des zerknitterten Lakens. Ich zerrte es zur Seite und erstarrte ...

Da war Blut ...

Helles Blut.

Ich warf einen Blick auf meine Hände, dann auf meine nackte Brust und stand vom Bett auf. Es gab kein Stechen, keinen

Schmerz, nicht dass ich viel gespürt hätte. Ich fuhr mit den Händen über meinen Körper und drehte mich wieder zu den hellen Tropfen und dem purpurnen Fleck um. Es war tief unten im Bett, genau dort, wo sie ... *genau dort, wo sie gelegen hatte ...*

Ein verwundetes Geräusch ertönte in der Mitte meiner Brust. Ich hob den Kopf und lauschte der Stille im Bad. Ich dachte nicht nach, ich handelte einfach, riss das Laken vom Bett und stürmte durch den Flur. Die Tür flog mit einem Knall auf. Mein Bruder stand da und trocknete sich die hellen Haare mit dem Handtuch.

»Was ist denn jetzt schon wieder?«, knurrte er, ohne in meine Richtung zu schauen. »Soll ich dir auch noch deinen Schwanz erklären?«

Ich packte ihn am Arm und riss ihn herum, während ich ihn wütend anfunkelte. Seine Lippen kräuselten sich und er fletschte die Zähne. »Bruder, du treibst es zu weit ...«

Ich schlug ihm das Laken gegen die Brust. Aber es war nicht das Bettzeug, das ihn aufhielt. Ich war es, mein Schrecken, meine Angst, als ich brüllte: »*Was habe ich getan?*«

Er schaute finster drein, dann blickte er langsam auf die leuchtend roten Flecken herab.

Mir stockte der Atem, als ich meinen Bruder verzweifelt anstarrte.

Seine Augen weiteten sich. Ich wollte seine Fäuste und seine Wut. Ich wollte seine Prügel ... denn dieses Mal hatte ich sie verdient. Diesmal hätte ich ... *ich hätte ... mich selbst schlagen können*. Ich verkrampfte meinen Kiefer, ballte meine Faust und schlug mir selbst ins Gesicht. *DU HAST SIE GEBROCHEN, DU MISTKERL!*

Doch bevor der Schlag landete, griff die Hand meines Bruders nach meinem Handgelenk und er sprach vorsichtig, während er auf die Blutstropfen starrte. »Du hast nichts getan. Ich meine, du hast es getan ... aber du hast ihr nicht wehgetan, nicht so wie du denkst.«

Ich starrte ihn finster an, bevor ich meine Hand wegzog.

Er schaute mir in die Augen und sah die Panik. »Du weißt, dass ...« Er leckte sich über die Lippen. »Dass du noch nie eine Frau hattest?«

Meine Brust hob und senkte sich und mein Kiefer verkrampfte sich. Sag es ... sag, dass ich sie ruiniert habe. *Sag, dass ich verdammt noch mal alle Schläge verdient habe. Ich verdiene alles.*

»Na ja, sie hatte auch noch keinen Mann.«

Ich *erstarrte.*

Dann schüttelte ich den Kopf.

Nein, ich hatte sie in der Nacht gehört, als sie sich selbst berührt hatte.

Ich hatte sie angefasst, als sie mit London auf dem Tisch gelegen hatte.

»Du hast ihre Fotze gefingert, aber sie hatte noch nie einen Schwanz. Sie war eine Jungfrau, Bruder, und sie hat dir ihre Jungfräulichkeit geschenkt.«

Ich wankte rückwärts.

Sie hatte mir ihre ...

Ich packte das Kinn meines Bruders und zog ihn näher an mich heran, um seinen Blick auf meinen zu zwingen. *Sie hatte mir ihre Jungfräulichkeit geschenkt?* Ich suchte nach der Wahrheit und fand ein Aufflackern von ... *Eifersucht? Wut?* Ich konnte nicht mehr klar denken. Alles war ein einziges Durcheinander. *Ich* war ein verdammtes Chaos.

Aber Carven hielt meinem Blick stand. »Du solltest dich verdammt geehrt fühlen. Und jetzt verpiss dich und lass mich in Ruhe.«

Ich ließ das blutverschmierte Laken von seiner Brust fallen, während mein Herz raste und mir der Kopf schwirrte. Sie hatte ihre Jungfräulichkeit an mich verschenkt? Sie hatte sie mir geschenkt. Ich hatte sie nicht ruiniert. Ich hatte sie nicht ... Ich senkte meinen Blick und trat einen Schritt zurück, bevor ich mich langsam der offenen Tür zuwandte.

»Du solltest vielleicht zu ihr gehen.« Ich drehte mich wieder zu ihm um. In seinen Augen lag kein Zorn mehr, nur ein Hunger, wie ich ihn noch nie gesehen hatte. Er fuhr sich mit den Fingern durch die Haare und atmete aus. »Das ist es, was ein Mann tun sollte, dem so etwas gegeben wurde. Du bist dieser Mann, Colt. Verstehst du mich? *Du bist dieser Mann.* Sie wird ausflippen, weil sie Angst hat, dass wir es verraten. Wir können es nicht verraten, Bruder. Das verstehst du doch, oder? Wir dürfen es nie verraten.«

Wir dürfen es nie verraten.

Ich senkte meinen Blick auf das Laken und nickte langsam.

»Dann geh zu ihr und mach ihr klar, dass das unter uns *bleibt.*«

Mit einem lauten Schlucken wandte er sich ab und seine Stimme wurde härter. »Und mach die Tür hinter dir zu.«

VIERUNDZWANZIG

Vivienne

Oh, Scheiße ... oh, Scheiße ... oh, Scheiße. Ich hielt mich an der Spüle fest und schwankte nach vorne. Ich hatte nicht gewollt, dass das passiert, ich hatte nicht gewollt, dass es so weit kam. Ich hatte alles vermasselt. Ich hatte es ... *vermasselt* ... Mein Inneres pochte und pulsierte, war geschwollen und schmerzte. *Ich hatte ein Bedürfnis, wie ich es noch nie zuvor verspürt hatte.* Es waren dieses Haus und diese Männer. Es war London ...

London hatte das alles verursacht.

London, und jetzt Colt.

Ihre verdammten Münder, ihre Zungen in meiner ...

»Idiotin«, wimmerte ich, als das Verlangen wieder wie eine tödliche Blume aufblühte.

Verdammt noch mal.

Ich schloss meine Augen. Das wird sie ruinieren. Das wird sie verdammt noch mal zerstören.

240

Eine Berührung streifte meinen Arm und ließ mich die Augen aufreißen, als ich eine Bewegung neben mir bemerkte. Ich stieß einen Schrei aus, stolperte rückwärts und prallte gegen die Wand. Mein Kopf schlug mit einem Knall dagegen. Aber er war da und füllte mein Badezimmer aus, mit seinen magnetischen blauen Augen und seinem dicken, dunklen, lockigen Haar.

Entsetzen flackerte in seinen Augen auf, als er sich auf mich stürzte, mich am Arm packte und mich nach vorne riss. Ich prallte gegen die Backsteinwand, die seine Brust war und wurde dort festgehalten, während er mit seinen großen Fingern meinen Hinterkopf und meine Schulter abtastete.

»Mir geht es gut«, murmelte ich und zog mich zurück. »Mir geht es gut.« Er stand einfach nur da und beobachtete mich, während ich den Kopf schüttelte. »Du musst dir keine Sorgen um mich machen. Du musst nicht ...«

Dann sah ich, was er in seiner Hand hielt.

Ein Laken.

Mit winzigen hellroten Blutflecken.

Ich drehte mich augenblicklich weg, weil meine Wangen brannten und starrte die Wand an. Meine Kehle schnürte sich zu und ein stechender Schmerz schoss mir durch den Kopf. Dann war da wieder diese warme Berührung, als er seine Hand an meinem Arm entlang gleiten ließ, nach oben griff, mein Kinn festhielt und meinen Blick zu ihm drehte.

Hitze brannte in meinen Wangen. Ich wollte mich am liebsten in ein Loch verkriechen, als ich die Worte erzwang. »Es ist keine große Sache.«

Er runzelte die Stirn. Schmerz flackerte in seinen Augen auf, als er langsam den Kopf schüttelte und leise murmelte. »Für mich schon.«

Mein Herz raste. Zu laut. Zu schnell. Das blutige Laken befand sich in seinem verkrampften Griff. In diesem Moment bedeutete alles zu viel für mich. Er. Die beiden. Alles.

»Unser«, murmelte er. »Geheimnis.«

Unser Geheimnis? Was hatte das zu bedeuten?

Er machte einen Schritt nach vorne, legte seine Hand in meinen Nacken und ließ meinen Blick zu ihm schweifen. *Unser Geheimnis.* Diese blauen Augen wüteten. Da wusste ich es ... Ich wusste, dass er mehr war als mein Wächter in der Nacht, er war jetzt mein Geliebter ... er gehörte *mir*.

Er senkte seinen Kopf, schloss seine Augen und küsste mich.

Ich hatte noch nie etwas so Reines, so Zärtliches, so ... *Echtes* gespürt.

Als er sich zurückzog, strich er mir mit dem Daumen über die Wange. Ich starrte zu ihm auf, als ich das Donnern in meiner Brust spürte und flüsterte: »Oh, Scheiße.«

Um seine Mundwinkel kräuselte sich etwas. Er wusste es. Er wusste es, weil er es auch spürte. Mit einem langsamen Nicken ließ er die Hand sinken, dann drehte das schweigsame Arschloch sich um und ließ mich stehen, als hätte mich gerade ein Schlag getroffen, mit dem ich nicht gerechnet hatte.

Ein Schlag, der so still war wie die Nacht.

Und genau so tödlich.

Meine Schlafzimmertür schloss sich mit einem dumpfen Knall, als er mich stehen ließ. Ich versuchte, mich daran zu erinnern, wie man atmete. Er hatte nicht vor, es zu verraten. Ich trat zurück und warf einen Blick auf mein leeres Schlafzimmer und die geschlossene Tür, bevor ich mich auszog und unter die Dusche stieg.

Ich hatte gerade Sex gehabt ...

Ich hatte gerade ... Sex gehabt.

Es war nicht so gewesen, wie ich es mir vorgestellt hatte. Die Schmerzen und das Brennen hatte ich erwartet. Sogar ich hatte gewusst, dass die Panik kommen würde. Aber er ... er war überhaupt nicht so, wie ich es erwartet hatte, auch nicht die Art und Weise, wie der Rausch in mir blieb, oder die Art und Weise, wie ich ihn immer noch fühlen konnte, seine Angst, seinen Schmerz ... seine völlige Hingabe.

Ich wusch und schrubbte mich, ging hinaus und trocknete mich ab, aber als ich in mein Schlafzimmer ging, war London da. Ich erstarrte, als ich sah, wie er aus dem begehbaren Kleiderschrank schritt und eine schwarze Hose und ein rotes Oberteil trug. Ich starrte auf die Farbe, dann hob ich meinen Blick zu ihm. Rot. Er hatte mich nie gebeten, Rot zu tragen.

»Zieh dich an«, murmelte er. »Wir wurden zum Orden gerufen.«

Kälte drang tief in mich ein und riss den Moment des Glücks weg. »Der Orden ... nein.«

Er richtete sich auf und warf mir einen steinernen Blick zu. »Wenn du das tust, unterschreiben sie den Vertrag. Du wirst ... mein.«

Sein werden?

Mein Herz klopfte wie wild und wurde von Glück, Angst, Verlangen und vor allem Ungewissheit überrollt.

Er machte einen Schritt auf mich zu, aber in seinen Augen war keine Freundlichkeit zu sehen. Nur die gleiche grausame Härte, die er gestern Abend noch gehabt hatte. »Wenn du das nicht tust, werden sie kommen und dich für immer zurückholen.«

»Aber du hast doch bezahlt ...«

»Es ist ein vorläufiger Vertrag, Vivienne. Diese Vorladung ist ... eine gute Sache. Wenn du das willst, nach allem, was gerade passiert ist.«

Ich suchte seinen Blick. »Ist es das, was du willst?«

Er antwortete nicht, sondern machte einen Schritt zurück und ging zur Tür. »Ich warte unten auf dich.«

Ich warte unten? Er hatte nicht geantwortet, aber ich spürte das Gewicht der Situation, als ich die Kleidung betrachtete, die auf mich wartete. Rot. Er wollte, dass ich rot trug. Meine Hände zitterten, als ich näher trat und nach dem weichen Satinoberteil griff, denn ich wusste genau, was das bedeutete.

Wenn er wollte, dass ich es trug, dann würde ich das tun. Schließlich hatte er ja dafür bezahlt, oder?

Ich zog mir die Kleidung an, die er wollte und schlüpfte in die Schuhe, die er gekauft hatte. Ich bürstete mein Haar, trug das leichte Make-up auf, das er für mich ausgesucht hatte und machte mich auf den Weg nach unten.

Er schaute nicht in meine Richtung, als er in der Küche wartete. Aber Colt stand in der Tür zum Esszimmer, was meinen Blick auf den Glastisch lenkte. Ich schluckte schwer und schaute weg, aber ich sah den gequälten Blick meines stillen Beschützers. Er sah gleichzeitig gequält und verängstigt aus. Aber er machte keine Anstalten, mich aufzuhalten. Er hielt meinem Blick eine Sekunde lang stand und nickte mir vorsichtig zu, als ich an ihm vorbeiging und London zum Auto folgte.

Ich sprach kein Wort, als ich in den Mercedes stieg und mich anschnallte. Er ließ einfach den Motor an, legte den Gang ein und fuhr los. Ich sah weder die Straßen noch die Autos. Ich sah überhaupt nichts, als wir unser Zuhause hinter uns ließen und durch die Straßen der Stadt fuhren.

Als wir auf der anderen Seite des Verkehrs waren und auf die hohen Bäume in der Ferne zufuhren, hätte ich die Luft mit einem Messer durchschneiden können. Meine Gedanken kreisten um den heutigen Morgen und mein Puls raste. Ich verkrampfte meinen Kiefer und schaute aus dem Fenster.

Endlich sprach London. »Ich muss dich wohl nicht daran erinnern, wie wichtig das ist.«

Ich richtete meinen Blick auf ihn und sah, dass er mit demselben kalten Blick auf die Straße vor uns starrte. »Wichtig für dich oder für mich?«

Er schaute mich vorsichtig an, aber er antwortete nicht. Irgendetwas hatte sich zwischen uns verändert und das nicht erst seit heute Morgen. Es hatte gestern Abend im Lagerhaus angefangen. Hatte er langsam das Gefühl, dass er sich die falsche Frau aus dem Orden ausgesucht hatte? Vielleicht würde ihm die Anwesenheit hier die Möglichkeit geben, einen Plan B zu finden.

Ich wandte mich ab, sah den hohen Stahlzaun des Ordens und zog den Sicherheitsgurt fester an. Je näher wir kamen, desto kälter wurde London. Mein Herz schlug mir bis zum Hals, als wir an der Wachhütte vor den Toren anhielten und ich plötzlich den Drang hatte, wegzulaufen.

Meine Hand ging zum Türgriff, aber London streckte seine Hand aus und legte sie auf meinen Oberschenkel.

»Danke«, sagte er zu dem Wachmann und drückte den Knopf, um das Fenster zu schließen.

Er bewegte seine Hand nicht, als er durch die Tore fuhr und auf das Gebäude zusteuerte. Die Wärme seiner Berührung schien meine Panik zu durchdringen. Doch als er das Lenkrad auf den Parkplatz vor dem Gebäude drehte, zog er seine Hand zurück. »Sie dürfen es nicht wissen. Das verstehst du doch, oder?«, murmelte er, während er geradeaus starrte. »Sie dürfen es nicht wissen, sonst nehmen sie dich mir weg.«

Dich mir wegnehmen.

Die Welt fühlte sich viel zu klein an. Die Autotüren drückten auf mich ein und zerquetschten mich. Ich konnte nicht atmen, nicht denken, nichts tun, außer zu spüren, wie der Schrecken durch mich hindurchfloss. Er war so kalt zu mir. Bedeutete das, dass er genauso verängstigt war? Ich suchte seinen unerschütterlichen Blick, bevor er die Verbindung abbrach und ausstieg. »Sie werden uns auf Schritt und Tritt beobachten«, murmelte er.

Hitze peitschte über meine Wangen, als mir das klar wurde. Ich folgte ihm, schloss die Tür hinter mir und ging auf den Abgrund der Hölle zu. Wie sollte ich mich hier verhalten? Was sollte ich sagen? Ich brauchte mir keine Sorgen zu machen, denn London kam mir hinter dem Auto entgegen, packte mich am Arm und lenkte mich zur Eingangstür, als diese sich öffnete und der Direktor herauskam.

»Sag nichts, wenn du nicht gefragt wirst«, flüsterte er mir zu, als wir uns der Treppe näherten. »Und was auch immer du tust, *reagiere nicht.*«

Mein Magen drehte sich, als der Direktor auf uns zuging. Er sah mich nicht an, bemerkte mich nicht einmal. Sein einziges Augenmerk galt London.

»St. James.«

»Cruz«, antwortete London kalt. »Wie lange wird das dauern?«

Die Antwort war ein Zucken in seinem Mundwinkel, als er zur Seite trat und auf die offene Tür deutete. »Lass es uns herausfinden, ja?«

Meine Schritte stotterten, als ich in das leere Foyer starrte. Mein Herz klopfte gegen meine Brust und der Drang, um mein verdammtes Leben zu rennen, wurde überwältigend ... bis ich von hinten am Arm gestreift wurde. Die Berührung war so leicht, dass niemand sonst sie sehen konnte.

Aber ich hatte sie gespürt.

Das langsame Gleiten seines Daumens ließ mich wissen, dass ich nicht allein war. Als der Direktor sich umdrehte und zur Tür ging, begegnete London meinem Blick. *Ich bin hier,* flüsterten mir diese unbeirrbaren dunklen Augen zu. Ich sah in dieser Sekunde, dass er genauso viel Angst hatte.

Denn wenn das hier schief ging, gab es kein Zurück mehr ...

Für mich ...

Und für sie.

FÜNFUNDZWANZIG

London

Ich strich mit meinem Daumen vorsichtig über ihren Arm und hoffte inständig, dass sie verstand, was ich nicht laut sagen konnte. Sie schaute nicht in meine Richtung, als wir durch die Türen des Ordens traten und sie zuckte auch nicht zurück. Ich nahm das als gutes Zeichen auf.

Unsere Schritte hallten auf dem kahlen, weißen Flur wider, als wir zu den Doppeltüren gingen, die uns tiefer in dieses Nest führen würden. Das Nest ... so nannten es die Söhne und der Name war zutreffend.

In diesen Mauern hausten gefräßige, abscheuliche Kreaturen.

Ich muss es wissen, denn ich habe so getan, als wäre ich eine von ihnen.

Ein vorsichtiger Blick in Viviennes Richtung und ich sah, wie ihr die Farbe aus dem Gesicht wich, als Riven die Tür öffnete und ihr bedeutete, einzutreten. *Reiß dich einfach noch ein bisschen zusammen, Wildkatze,* forderte ich sie in meinem Kopf auf. *Dann werden wir diesen Ort verlassen und nie wieder zurückkommen.*

Bilder von ihr und Colt von heute Morgen schossen mir durch den Kopf. So sehr ich diese Momente auch wieder erleben wollte, ich schob sie beiseite. Ich konnte es mir nicht leisten, so über sie zu denken, nicht hier und nicht jetzt. Ich konnte nicht zulassen, dass sie das hier als etwas anderes als eine Transaktion ansahen.

Sie hatten mein Geld.

Alles, was ich brauchte, war eine Unterschrift und wir würden fertig sein.

Eine verdammte Unterschrift und ich würde sie hier rausholen.

Und Kings Tochter würde mir gehören.

Nein, sie würde uns gehören.

Der Gedanke erfüllte mich. Ich griff in meine Jacke und zog den Vertrag heraus. Riven zuckte zusammen, als er das gefaltete Papier in meiner Hand betrachtete, dann wandte er den Blick ab. Das gefiel mir nicht. Nein, das gefiel mir ganz und gar nicht. Doch bevor ich ihn wegstoßen konnte, lenkte das dumpfe Geräusch von Schritten seinen Blick auf sich.

Wieder zuckte er zusammen. Nur kräuselte er dieses Mal seine Lippen. »Ashwood«, seine Stimme war angespannt. »Du solltest auf Patrouille sein.«

Ich warf einen Blick auf Hales neuen Sicherheitschef, als er auf uns zuging. Mit seinen 1,90 Metern war er ein Berg aus purer Bedrohung. Ich nahm an, dass Hale kein Risiko eingehen wollte, nachdem sein letzter Einsatzleiter in derselben Nacht, in der ich Vivienne entführt hatte, nicht weit vom Gebäude entfernt tot in einem Graben gefunden worden war. Was auch immer Tig zugestoßen war, er hatte es verdient. Aber dieser ... *Ashwood* sah mich nicht an, sondern konzentrierte sich nur auf Vivienne. »Mr. Hale hat mich gebeten, den Übergang zu übernehmen.«

Hatte er das gerade?

Rivens Lippen kräuselten sich fester. Irgendetwas passierte hier, eine Art Machtverschiebung, die ich noch nicht erkannt hatte. Aber ich sah es jetzt und es gefiel mir kein bisschen.

»Das Gespräch wird normalerweise ...«, begann Riven.

»Das Wort *normalerweise* trifft hier nicht mehr zu.« Ashwood trat zur Seite und machte sich nicht die Mühe, den Blick von Vivienne abzuwenden. »Geh rein, Vivienne.«

Es gefiel mir nicht, wie er sie anstarrte und auch nicht, wie er ihren verdammten Namen benutzte. Es war mehr als Eifersucht, die in mir brannte, als sie in meine Richtung blickte und Verzweiflung in ihren Augen aufblühte.

Ich war gekommen, weil ich die Spieler kannte, weil ich genau wusste, wo ich stand, wenn es um Riven und seine Freunde ging. Aber dieses Stück Scheiße ... er war eine ganz andere Geschichte. Ich konnte nur nicken und zusehen, wie sie ihm in den Raum folgte.

Scheiß drauf. Ich ging direkt hinter ihr her. »Ich setze mich auch dazu.«

Ich ließ ihnen keine Gelegenheit, abzulehnen und ging in die Ecke des Verhörraums, ohne mir die Mühe zu machen, Platz zu nehmen. Der Rohling nahm neben ihr Platz, während ich meine Arme verschränkte und mich an die Wand lehnte.

Riven hatte kaum die Chance, die Tür zu schließen, als sie wieder geöffnet wurde und sein Bruder Kane eintrat. Ein vorsichtiger Blick auf seinen Bruder und er trat zur Seite. »Es sieht so aus, als müssten wir uns bei dieser Sache zurückhalten.«

»Was zum Teufel«, murmelte Riven, als sich hinter seinem Bruder etwas bewegte ...

Und mein Blut gefror.

Ophelia betrat den Raum. Ich sah das Arschloch, das ihr folgte, kaum. Ich stieß mich von der Wand ab, als sie ihren glitzernden Blick auf mich richtete. Ihre roten Lippen kräuselten sich und ihre mit Kajal umrandeten Augen weiteten sich bei meinem Anblick. »London«, säuselte sie und kam auf mich zu. »So schnell sehen wir uns wieder, mein Liebster.«

»Ophelia.« Das war alles, was ich sagen konnte.

Ich traute mich nicht, Vivienne anzusehen, aber ich sah, wie sie über ihre Schulter schaute und beobachtete, wie Ophelia ihre Hand in meinen Nacken legte und meine Lippen auf die ihren zog.

Geh auf die Knie ...

Diese ekelerregenden Worte hallten wider, als ihre kalten Lippen sich verzogen. Ich löste mich von ihr und schaute stattdessen Vivienne an. Aber sie hatte es gesehen. Sie hatte es verdammt noch mal gesehen und der Schmerz in ihren Augen traf mich mitten ins Herz.

»Was tust du hier?« Meine Stimme war kalt, als ich mich wieder der Frau zuwandte, die ich am liebsten meinen Söhnen überlassen hätte, um zuzusehen, wie sie sie in Stücke rissen.

»Als ich hörte, dass eines meiner Mädchen an meinen Liebhaber übergeben werden sollte, musste ich kommen und es selbst vollenden.«

Hitze stieg in meinen Wangen auf. »Ich bin nicht dein Liebhaber.«

Sie kicherte leise und ging um das Kopfende des langen Konferenztisches herum, um gegenüber meiner Wildkatze Platz zu nehmen.

»Vivienne«, murmelte sie mit einem gespielten Lächeln.

Aber das Kräuseln ihrer Lippen war alles andere als charmant. Vivienne zuckte nicht zurück, sondern hielt dem Blick der Frau stand, während Ophelia sie musterte. »Sie ist ziemlich hübsch, London, irgendwie wie eine *Straßenratte*. Ich verstehe, warum du so scharf darauf bist, deinen Schwanz in sie zu stecken.«

Mein Magen krampfte sich zusammen.

Meine Atemzüge wurden tiefer.

Vivienne wurde bleich.

»Oder ist das schon passiert?«, drängte Ophelia.

»Du weißt, dass es das nicht ist«, antwortete ich. »Die Bedingungen des Vertrages ...«

»Ja«, murmelte Ophelia, blickte dann zu dem anderen Mann, der mit ihr hereingekommen war und nickte ihm zu.

Mit einer schnellen Bewegung hob er seine Hand und ging auf Vivienne zu. Erst dann sah ich die Nadel.

»Was zum Teufel?« Vivienne schreckte hoch, als er ihren Arm packte und zerrte.

Aber Ashwood war direkt neben ihr und hielt sie fest.

»Was zum Teufel ist das?«, schnauzte ich und sah entsetzt zu, wie die Nadel in ihre Vene gestochen wurde.

»Nur ein bisschen Pentothal«, antwortete Ophelia und konnte den Blick nicht abwenden, als Vivienne ausholte, sich aus Ashwoods Griff löste und hastig nach hinten stürzte.

Ihr Stuhl kippte um und schlug auf dem Boden auf, während Vivienne mit dem Rücken an die Wand stieß. »*Was* hast du mir gespritzt?«

»Wahrheitsserum«, erklärte Ophelia, als sie ihren Blick kalt zu mir hob. »Es wirkt nur kurz, also wird es bald nachlassen.«

»Du Schlampe.« Ich trat näher, stützte mich mit den Händen auf dem Schreibtisch ab und begegnete ihrem Blick. »Du traust mir nicht, verdammt?«

In ihrem Ton lag nichts als Bosheit. »Vertrauen hat damit nichts zu tun.«

Ich hatte mir in meinem ganzen Leben noch nie so sehr gewünscht, jemanden zu töten. Ich holte tief Luft und wusste, dass es für mich und Vivienne keinen Ausweg gab.

»Setz dich«, befahl Ophelia Vivienne und deutete auf den umgekippten Stuhl.

»Fick dich«, zischte meine Wildkatze, deren Worte bereits etwas undeutlich waren, da sie die Wirkung des Beruhigungsmittels zu spüren begann.

»Wie du willst.« Ophelia drehte sich zu Ashwood um und nickte ihm zu.

Er bewegte sich augenblicklich ... aber ich auch, als ich ihm rückwärts in den Weg trat.

Ich begegnete dem Blick des Bastards und wusste genau, dass ich die falschen Schritte machte und keinen Ausweg mehr hatte. Es gab keinen Carven, der das verhindern konnte, keinen Colt, der bis zum Tod kämpfen würde. Es gab nur sie und mich. Ich leckte mir über die Lippen, hasste es, dass ich das tun musste, und sprach. »Vivienne, setz dich hin.«

Sie sagte nichts, aber ich brauchte keine Worte, um ihren Verrat zu spüren. Ihr stockender Atem sagte alles.

Sie trat langsam vor und schwankte ein wenig, als ich nach ihrem umgekippten Stuhl griff. Ich wollte, dass sie saß, nicht wegen dieser Bastarde, sondern weil ich Angst hatte, dass sie hinfallen und sich verletzen würde.

Der bissige Blick von der anderen Seite des Tisches verfolgte jede Bewegung, als ich ihren Stuhl anhob und zur Seite trat. Vivienne saß da und konnte den Blick nicht abwenden, als Ophelia in den Ausschnitt ihrer Bluse griff und die Diamantkette betastete, die ich ihr am Abend zuvor geschenkt hatte.

Vivienne starrte das Schmuckstück an, das über dem manikürten Fingernagel der Schlampe hing, aber ihr Blick verriet nichts.

»Sag mir«, begann Ophelia. »Hat London dich gefickt?«

Vivienne zuckte zusammen und riss ihren Blick nach oben, wobei sie erschauderte, als das Beruhigungsmittel wirkte. Ich verkrampfte meinen Kiefer und konzentrierte mich darauf, meinen neutralen Gesichtsausdruck beizubehalten. *Bitte, Baby ... bitte, reiß dich zusammen.* Fragen zu stellen war eine Sache, aber das hier ... das brachte mich total aus dem Konzept.

Als Ophelia lächelte, wusste ich, dass das die ganze Zeit ihr Plan gewesen war.

»N–Nein«, stotterte Vivienne und klapperte mit den Zähnen.

»Nein?« Ophelia fuhr fort und musterte sie eingehend. »Du willst mir also sagen, dass dieser Mann, London St. James, seinen Schwanz noch nicht in dich gesteckt hat?«

Vivienne richtete ihr Rückgrat auf. »Ich sagte: Nein.«

»Seine Zunge?«

»Nein.«

In Ophelias Augenwinkeln zuckte es, als sie sich näher heranlehnte und knurrte. »Seine ... Finger?«

»Nein.«

Ich hatte gesehen, wie Männer gegen die Droge angekämpft hatten und ich hatte auch gesehen, wie sie geschwächelt hatten.

Aber ich hatte noch nie jemanden gesehen, der die Droge besiegt hatte ... bis jetzt.

Vivienne brach der Schweiß auf der Stirn aus und die Farbe wusch sich aus ihrer Haut und ließ sie in einem kränklichen Gelbton erscheinen. Trotzdem hielt sie durch, auch wenn ihr dabei schlecht wurde.

»Du hast deine Antwort bekommen«, knurrte ich. »Das reicht.«

Mein verdammter Puls dröhnte und erfüllte meinen Kopf mit einem ohrenbetäubenden Geräusch.

»Du scheinst dich ein bisschen unwohl zu fühlen, Vivienne«, murmelte Ophelia und ihr Blick verengte sich, als meine Wildkatze auf ihrem Sitz hin und her rutschte. »Sag mir, bist du eine Jungfrau?«

Vivienne ließ den Kopf sinken und ihre Hände zitterten, als sie ihre Fäuste zu Fäusten ballte. »N–n–nein.«

Das Wort war so klein, dass ich es kaum hörte.

Hitze stieg mir in die Wangen, so sehr ich auch versuchte, die Bilder zu unterdrücken, die sich mir aufdrängten. Vivienne oben ... die Spitze von Colts Schwanz, wie sie in sie hineinglitt.

»Wie war das?«

Vivienne zuckte zusammen, als hätte sie eine Ohrfeige bekommen. Ich sagte: »Nein.«

»Wenn du also keine Jungfrau bist, wer hat dir dann die Jungfräulichkeit genommen?«

Das Rauschen von tiefen Atemzügen erfüllte den Raum. Ich wusste nicht, ob es meine oder ihre waren. Ich hatte den Vertrag nicht gebrochen ... *ich hatte den Vertrag nicht gebrochen.* Aber wie ich diese Schlampe kannte, würde sie unsere Familie aus reiner Boshaftigkeit ruinieren, wenn sie wüsste, dass die Söhne auf den Geschmack gekommen waren.

»Ichsselss.«

»*Was?*«, schnauzte Ophelia. »*Sprich deutlich, bist du zurückgeblieben?*«

Dieses Wort *brodelte* in mir. Ich hatte es schon viel zu oft über meinen Sohn geknurrt.

»*ICH SAGTE, ICH SELBST!*«, schrie Vivienne, ihre Augen weit aufgerissen und wild, ihr langes Haar genauso ungebändigt. Ich sah den Moment, in dem sie reagierte, als sie sich nach oben stemmte und nach vorne stürzte. »*LASS MICH IN RUHE!*«

Ashwood stürzte sich auf sie ... und ich stürzte mich auf ihn, stellte mich ihm wieder in den Weg und schüttelte den Kopf. »Äh–äh.«

Das gefiel ihm nicht und er schielte mich mit seinen graublauen Augen an. »Das ist das zweite Mal, dass du dich mir in den Weg stellst, St. James.«

Ich grinste. »Glaub mir, ein drittes Mal wird es nicht geben.«

Sein Blick blieb auf mir und für eine Sekunde flackerte ein Hauch von Unsicherheit auf, bevor er ruckartig zu Ophelia sah, die einfach nur dasaß und Vivienne anstarrte.

»Du bist eine dreckige Scheißhure, nicht wahr?«, knurrte Ophelia, als sie sich von ihrem Sitz erhob und Riven anfunkelte. »Wir sind hier fertig.«

Langsam umrundete sie den Tisch, blieb vor mir stehen und begegnete meinem Blick. »Wie ich sehe, hast du eine Vorliebe für unbefriedigte Frauen. Ich erwarte dich innerhalb einer

Woche bei mir zu Hause, und dann machst du da weiter, wo du aufgehört hast – *auf deinen verdammten Knien.*«

Ich starrte auf den Tisch, bis meine Sicht verschwamm, als sie ging. Das Poltern der Tür ertönte und ließ Riven, Kane und meine Wut zurück. Mein Atem war wie ein Stein in meiner Brust, gefangen, aber ich konnte ihn nicht loslassen, als Vivienne sich langsam aufrichtete und umdrehte.

Ihre Wangen färbten sich bereits wieder und ihr Gang wurde kräftiger, als sie einen Schritt machte, den Abstand zwischen uns verringerte ... und mir eine Ohrfeige gab.

Mein Kopf kippte durch den Schlag zur Seite, als mir die Luft aus der Lunge gerissen wurde. Das Stechen war brutal, brennend und heiß, aber ich griff nicht danach. Langsam drehte ich den Kopf und spürte den Blick des Direktors, der mich in diesem Moment verfolgte.

»Ich glaube, das Verhör ist vorbei«, sagte Riven vorsichtig.

Ich konnte mich nicht darauf konzentrieren, ihm den Vertrag zu geben.

Alles, was ich tun konnte, war, in die Tiefen ihres Hasses zu starren.

Und ich wusste, dass wir die Grenze überschritten hatten.

»Ich denke, es ist besser, wenn du gehst«, beendete er.

Ich nickte und war wie gebannt von ihrer gekräuselten Oberlippe. »Vivienne«, sagte ich vorsichtig. »Lass uns nach Hause gehen.«

SECHSUNDZWANZIG

Vivienne

ICH ZITTERTE, ALS WIR FUHREN. MEINE ZÄHNE knirschten und klapperten, bis ich meinen Kiefer noch fester zusammenpresste. Die Droge wirkte noch nach und schmeckte wie Metall auf meiner Zunge. Gott, ich hatte mich in dem Zimmer so krank gefühlt, dass ich Angst gehabt hatte, ich würde ihnen *alles* erzählen. Meine Gedanken waren benebelt gewesen, meine Worte verschwommen. Aber jetzt wurden sie schärfer und brachten ans Licht, was in dem Raum passiert war.

Hat London dich gefickt?

Oh Scheiße ...

Oh ... Scheiße.

Die Angst ergriff mich, kalt und dunkel, und verschluckte mich. Was hatte ich gesagt? Was zum Teufel hatte ich gesagt? Ich wollte zu London schauen. Ich wollte die Wahrheit in seinen Augen sehen, aber im Kielwasser des Grauens kam etwas anderes ... etwas, das nach Eifersucht und Wut schmeckte.

Diese Schlampe ... diese verdammte Schlampe ...

Sie war diejenige, für die er sich herausgeputzt hatte, richtig? *Sie* war diejenige, die er gefickt hatte. Ich schloss meine Augen, als er in die Garage fuhr und parkte. *Sie war diejenige, der er die Halskette geschenkt hatte* ... und sie wollte, dass ich das wusste, als sie die Kette in die Hand nahm und den Diamantanhänger über ihr Schlüsselbein streifte.

Abscheu brannte in mir. Es lag nicht einmal daran, dass die Frau verdammt hässlich war. Äußerlich war sie vielleicht umwerfend, aber innerlich ... innerlich war sie eklig und verdorben. Sie hatte etwas in mir ausgelöst, etwas, das mich erschreckte, etwas, das mich mit Angst erfüllte, genau wie der Sturm von letzter Nacht.

Sie ist ziemlich hübsch, irgendwie wie eine Straßenratte ... Ich verstehe, warum du so scharf darauf bist, deinen Schwanz in sie zu stecken ...

Schwanz in sie stecken ...

Schwanz ... in sie stecken ...

»Viv ...«

Ich ließ ihm keine Chance, stieg aus dem Auto und knallte die Tür zu, so fest ich nur konnte. Der Knall hallte in der Garage und in meinen Ohren wider, aber das war mir egal. Ich hätte sie noch fester zugeschlagen, wenn ich gekonnt hätte. Nein, ich hätte sie aus den Angeln gerissen und quer durch die Garage geschleudert.

Aus dem Augenwinkel sah ich, wie London um die Vorderseite des Autos herum stürmte und wie eine Lawine auf mich zustürzte.

»*VIVIENNE!*«, brüllte er, aber ich wartete nicht.

Ich rannte mit hektischen Schritten zum Haus. Was auch immer bei der ersten Begegnung im Orden zwischen uns gewesen war, entlud sich jetzt mit erschreckenden Folgen. Der trockene Geruch der Droge stieg mir in die Kehle und trieb mir die Tränen in die Augen. Aber es waren keine Tränen der Angst oder des Schmerzes ... denn das war mir egal.

Ich wurde nicht für drei verdammte Millionen Dollar gekauft, damit es mir nicht egal war. Ich wurde gekauft, damit er seinen Schwanz in mich stecken konnte.

Ein verwundeter Laut entrang sich meiner Kehle, als ich weiterlief. Ich konnte nicht denken ... konnte nicht atmen. Alles, was ich fühlte, war die verzehrende Qual in meiner Brust und das schmerzende Pochen zwischen meinen Schenkeln. Denn die Wahrheit war, dass ich ihn so sehr wollte, dass es verdammt wehtat und das war das Grausamste von allem.

Ich rannte an der Küche vorbei, dicht gefolgt von London. Guild war da und blickte auf, als wir vorbeigingen. Seine Lippe war noch geschwollen von Londons gestrigem Wutanfall, als er seinen Blick von mir zu seinem Arbeitgeber wandte. »Mr. St. James ...«

»*VERPISS DICH!*«, brüllte London. »*JETZT!*«

Ich wirbelte herum, mein Herz hämmerte bei dem Geräusch und ich stolperte rückwärts. Tödlicher Hunger überkam meinen Entführer, als er seinen Blick auf mich verengte. Der rote Fleck meiner Hand war jetzt deutlich zu sehen, glühend und ein bisschen geschwollen, aber er berührte ihn nicht, er tat so, als würde er ihn überhaupt nicht spüren. Guild sprach kein Wort mehr, sondern ging einfach zur Tür und verschwand so leise wie möglich.

Denn da war ein Hai auf der Jagd ....

Und er war auf mein Blut aus.

»Reagiere nicht, nicht bevor die Droge vollständig aus deinem Körper verschwunden ist«, knurrte er, während er sich näher heranpirschte. »Bevor wir etwas tun oder sagen, was wir später bereuen werden.«

»Du meinst so etwas wie: Fick dich, warum gehst du nicht zurück zu dieser Hure im Orden, die du so sehr zu mögen scheinst ... Liebhaber?«

Er zuckte zurück, als hätte ich ihm eine Ohrfeige verpasst. Eine Sekunde lang sah ich, wie er blass wurde, bevor er sich wieder fasste. »Vivienne ... treib es nicht zu weit.«

Erst benutzte er mich wie eine Hure, dann wollte er mich wie ein Kind behandeln? »*Fick. Dich. Du. Stück. Scheiße.*«

Er runzelte die Stirn und seine Oberlippe kräuselte sich, kurz bevor er sich auf mich stürzte. Seine grausame Hand legte sich um meine Kehle und seine Finger griffen unter meinen Kiefer, als er mich an sich zog. Hier war das Monster, das ich kannte, der abscheuliche Bastard, der alle ausnutzte und kontrollierte und mit allen spielte ... auch mit mir.

»Du denkst, ich bin ein Stück Scheiße?«

»Nein«, ich wandte den Blick nicht ab. »Ich weiß es.«

Er senkte seinen Kopf und zog mich an seine Brust. Durch sein Hemd hindurch konnte ich sein Herzklopfen spüren, als er murmelte. »Du hast recht: ich bin ein abscheuliches Stück Scheiße. Ich bin ein Mörder, ein Verräter und viele, viele Dinge, die dir das Blut in den Adern gefrieren lassen würden. Und es ist mir egal, dass du mein wahres Ich kennst. Willst du wissen, warum? Weil wir jetzt weit darüber hinaus sind, Vivienne. Wir sind weit über den Punkt hinaus, an dem es kein Zurück mehr gibt. Er hielt kurz inne und holte tief Luft, seine Worte waren gefährlicher als je zuvor. »Ich habe versucht, das Richtige zu tun und dir einen Ausweg aus meinem Verlangen zu bieten. Aber ich sehe, dass es dafür jetzt zu *spät* ist. Es ist verdammt noch mal viel zu spät. Du bist mir unter die Haut gegangen,

Wildkatze. Du bist mir so sehr unter die Haut gegangen, dass ich nichts mehr tun kann, ohne an dich zu denken. *Deshalb will ich nicht, dass du mich dazu zwingst. Es wird für uns beide besser sein, wenn du nicht kämpfst. Ich will, dass du in den Keller gehst ... und zwar sofort.«*

In den Keller?

In den Keller?

Weil er mich auf dieser Maschine haben wollte, richtig? Er wollte, dass ich mich vor ihm entblößte und spreizte. Mein Gesicht brannte und ich konnte nicht schlucken. Ich stemmte mich gegen seine Brust, als ich seinem raubtierhaften Blick begegnete. *»Zwing mich doch.«*

Er erstarrte für eine Sekunde und sein Griff lockerte sich gerade so viel, dass ich entgleiten konnte. Geräusche kamen von oben. Die dumpfen Schritte bewegten sich die Treppe hinunter und blieben auf dem Treppenabsatz stehen, als sie lauschten. Sie wussten, dass dies etwas ... *Schlimmes* war.

»Vivienne ...«, begann London und starrte auf den Boden.

Die Art, wie er meinen Namen aussprach, jagte mir eine Gänsehaut über den Rücken. Ich schluckte schwer, trat einen Schritt zurück, überlegte kurz und verfluchte mein Temperament. Die Bewegung lenkte seinen Blick auf mich. Diese dunklen, bösartigen Augen erfassten mich, bevor er sagte. »Komm zurück ... sofort.«

Zurückkommen? *Nein ... nein ... nein.*

Die Art und Weise, wie er mich mit diesem dunklen, wütenden Blick ansah, sagte mir, dass ich das Gegenteil tun sollte. Also tat ich das Einzige, was ich konnte: Ich drehte mich um und rannte los.

Ich stürzte mich auf die Treppe. Meine Schritte waren langsam, weil meine Knie immer noch zitterten, aber ich gab alles, was ich hatte. Das Hämmern meiner Schritte wurde bald von dem Donnern seiner Schritte übertönt.

Panik erfüllte mich, als ich mich am Geländer festhielt und mich nach oben quälte.

»Komm zurück, Vivienne ... *ich sagte ... komm ...*« Er packte mich an der Schulter, aber seine Finger verhedderten sich in meinen Haaren und zerrten an den Strähnen, bis ich mich mit einem Schrei losriss und mich nach oben stürzte.

»*Zurück ... JETZT SOFORT!*«

Ich wusste nicht, ob er mir wehtun oder mich ficken wollte. Ich hatte keine Lust, das Risiko einzugehen. Mein Kampf von vor ein paar Sekunden verwandelte sich in Flucht. Ich warf mich auf den Treppenabsatz, drehte mich zu ihm um und stolperte rückwärts. Mit rauem Atem und seinem stählernen, unerschütterlichen Blick kam er langsam näher. Seine langen Beine verringerten den Abstand und zwangen mich zurück.

»Ich habe dich gewarnt.« Er kam weiter, sein Blick erfasste langsam meinen Körper. »Ich habe versucht, dir einen Ausweg zu bieten, Kätzchen ... aber du hast mich immer weiter gedrängt. Du hast weiter ...«

Etwas bewegte sich hinter mir. Ein Schrei entfuhr mir, als ich mich umdrehte und mit Colt zusammenstieß. Aber der Mann beschützte mich nicht ... nicht dieses Mal. Er blickte London mit seinen intensiven blauen Augen an, als er sich näherte und etwas passierte zwischen ihnen. Mir wurde bewusst, dass dies für mich schon immer unausweichlich gewesen war. Dann wich der stille Sohn zurück und stellte sich an die Wand.

Was zum Teufel?

Die Handlung sprach Bände. Ich war auf mich allein gestellt. Keiner würde mir helfen. Keiner würde mich retten. Nicht vor dem Mann, der wollte, dass ich ihn Daddy nannte. Ich blickte wieder zu London und meine Stimme zitterte. »Bleib verdammt noch mal weg von mir.«

»Ich glaube, dafür ist es ein bisschen zu spät, Wildkatze«, knurrte er, während seine langen Beine den Abstand zwischen uns einnahmen.

Ich wandte meinen Blick von ihm ab und sah zu Carven, der weiter unten im Gang stand. Sein weißes Haar war ein Leuchtfeuer in der Dunkelheit. Vielleicht würde er mir helfen. Ich trat einen Schritt zurück und drehte mich im letzten Moment um, um zu sehen, wie sich die Lippen des Sohnes zu einem Grinsen verzogen. »Hier wird dir nicht geholfen.«

»Fickt euch!«, knurrte ich und wirbelte herum, dann hob ich meine Fäuste, bereit zu kämpfen. »Du willst das tun, London? Dann lass es uns verdammt noch mal tun ...«

Ich kam nicht zum Ende, denn London stieß ein lautes Knurren aus und stürzte sich auf mich. Ich holte aus, was ihn zum Glucksen brachte, da er dem Schlag leicht auswich und mich um die Taille packte.

»*Lass mich runter!*« Ich strampelte in seinen Armen.

»Ich habe dich gewarnt«, schnauzte er, warf mich über seine Schulter und ging zurück in den Flur. »Ich habe versucht, dich von dieser Seite von mir fernzuhalten ... versucht, dich zu beschützen. Aber du hast mich gedrängt. Du hast mich gedrängt und gedrängt, mit deinen verdammten Augen und deinem gottverdammten Geschmack. Du bist mir unter die Haut gekrochen und hast meine Gedanken heimgesucht. Du zwingst mich, dich zu wollen. Du zwingst mich, meinem verdammten Verlangen nachzugeben, also hast du von diesem Moment an nur noch dich selbst zu beschuldigen.«

»Beschuldigen? *Woran soll ich schuld sein?*« Ich schlug ihm in den Rücken und wollte ihm den Kopf abreißen, doch als er die Treppe hinunterging, zuckte mein Körper zusammen. »Schuld WORAN?«

»Daran, dass ich dich in den Keller bringen und dich mit der Maschine ficken will.«

Mein Herz schlug mir bis zum Hals, bis er die Treppe herunterstieg. Das Foyer war nur noch ein verschwommener Fleck, als wir auf die Küche zusteuerten und an der Kellertür anhielten.

»Warte.« Ich schlug ihm auf die Schulter, während ich den Pieptönen lauschte, als er den Code eingab.

»Ich habe versucht, dich zu warnen, Vivienne«, murmelte er, als er die Kellertür aufriss. »Es gibt kein Warten mehr, nicht auf das hier.«

SIEBENUNDZWANZIG

Vivienne

»Lass mich runter!« Ich trat und wütete, als er nach oben griff und meinen Kopf nach unten drückte, um zu verhindern, dass ich damit an die Decke knallte. »*LONDON!*« Ich wehrte mich gegen seinen Griff und schüttelte mich, als wir die unterste Treppenstufe erreichten.

Klatsch!

Seine Hand landete auf meinem Hintern. Ich bäumte mich gegen den Schlag auf und *hasste* ihn. Mit zusammengebissenen Zähnen stieß ich ein Knurren aus. Aber die Hitze zwischen meinen Schenkeln sagte mir etwas anderes. Selbst meine Schläge waren erbärmlich, als sie gegen seine Schultern prallten. »London ...«, stöhnte ich. »London, *hör auf.*«

Mein Verstand weigerte sich, nachzugeben, selbst als er den Code auf dem Tastenfeld vor der Tür drückte und in den Raum trat. Ich versuchte immer noch, meine Wut zu unterdrücken, um einen Ausweg aus dieser Situation zu finden.

»Ich habe versucht, dich zu warnen, Vivienne.« Er packte mich an den Hüften, riss mich von seiner Schulter und fing mich auf, als ich fiel. »Aber du widersetzt dich mir bei jeder verdammten

Gelegenheit. Du lässt mir keine andere Wahl, als es dir zu zeigen.«

Meine Füße landeten auf dem Boden und ließen Schockwellen durch meine Knöchel schießen. Ich blickte zu ihm auf. »Mir was zeigen?«

Er hielt mich fest, bis ich mein Gleichgewicht gefunden hatte, während er schwer atmete. »Was es bedeutet, besessen zu sein. Und jetzt zieh deine Sachen aus.«

Ich wich zurück. »Was?«

Er war jetzt so kalt, dass ich zitterte.

»Deine Kleidung, Vivienne.« Er starrte mich mit diesem Blick an. »Ich werde nicht noch einmal fragen. Das nächste Mal reiße ich sie dir vom Leib.«

Pulsieren.

Mein Herz verkrampfte sich und meine Atemzüge beschleunigten sich. Ich schluckte schwer und begann, den Kopf zu schütteln.

»Die Kleidung, die ich dir zur Verfügung gestellt habe«, knurrte er. »Die Kleidung, die ich sorgfältig für dich ausgesucht habe.«

Mein Puls raste. Der Stoff streifte meine Haut, als ich mich bewegte. Er ... *er hatte sie ausgesucht?* Nein ... ich wollte mich dagegen wehren, aber in meinem Herzen wusste ich, dass es die Wahrheit war. Tief in meinem Inneren hatte ich gewusst, dass er alles kontrollierte, was mich betraf: was ich trug, wohin ich ging und wie ich gefickt wurde.

»Die Klamotten will ich zurück«, fuhr er fort, während er seinen Blick senkte und jeden Zentimeter meines Körpers musterte. »Jetzt.«

Ich stand da, unfähig, mich zu bewegen, bis ich meine zitternden Finger langsam zu den Knöpfen bewegte. Einen nach dem anderen fummelte ich daran herum, um sie zu öffnen. Aber er wandte den Blick nicht ab, sondern starrte mich nur an, als wären die Tiefen meines Wesens zu seinem Vergnügen erschaffen worden ... und zu seinem Genuss.

Ich ließ meine Bluse auf den Boden fallen, schluckte, zog meine Schuhe aus und griff nach dem Reißverschluss meiner Hose. Als sie zu meinen Füßen zusammenfiel, ging er um mich herum zur Bank, schnappte sich etwas und kam zurück.

»Dieser Raum ist für uns und nur für uns, verstehst du das?« Sein raubtierhafter Blick beobachtete jede meiner Regungen. »Solange wir hier drin sind, gibt es Regeln. Regeln, die ich ...«, er holte tief Luft, sodass mein eigener Atem stotterte, »bestimme.«

Seine Finger streiften meinen Rücken und jagten mir ein Schaudern über den Rücken, als er meinen BH öffnete, ihn auszog und auf den Boden fallen ließ. »In diesem Zimmer nennst du mich Daddy. Ist das klar?«

Daddy? Eine Welle der Begierde mischte sich mit der Wut. Ich verkrampfte meinen Kiefer. Wenn er dachte, ich würde nachgeben, dann hatte er sich gewaltig geirrt.

»Nicke wenigstens, damit ich weiß, dass du mich verstehst«, knurrte er.

Nicken? Ha! Ich hob meine Hand und zeigte ihm den Finger. Wie war das mit dem Verstehen?

Ein wildes Knurren ertönte an meinem Ohr. »*Mach ... weiter ... so.*«

Meine Muschi verkrampfte sich angesichts der Worte.

»Es muss ein Safeword geben«, fuhr er fort. »Du weißt, was das ist, oder?«

Safeword? *Welches* verdammte Safeword? »Du vergisst, dass du dafür bezahlt hast, oder?«, murmelte ich, während mir die Hitze in die Wangen stieg. »Ich bin hier, um zu dienen, ob ich will oder nicht.«

Ich zuckte zusammen, als seine Hand in meinem Nacken landete. Sein Atem war heiß an meinem Ohr. »Nein, das wird hier nicht passieren. Es ist mir scheißegal, was sie dir in diesem Laden beigebracht haben. Aber so etwas passiert nicht, wenn du mit ...«

Mit mir?

Mit der Familie?

Das war es, was er sagen wollte, oder?

»Hier passiert dieser Scheiß nicht. Also machen wir es ganz einfach. Grün bedeutet, dass du dich sicher und geborgen fühlst. Gelb bedeutet, dass du innehalten und diskutieren willst ... und rot ...« Er knetete meinen Nacken. »Rot stoppt alles. Rot gibt dir hier die Macht, Vivienne. Wenn du dieses Wort sagst, nehme ich dir die Handschellen ab.« Er hob die Handschellen in seiner Hand. »Und ich bringe dich hier raus. Es gibt keine Konsequenzen. Ich kümmere mich nur um dich, verstehst du?«

Ich schluckte schwer.

»Willst du ...«

Ich nickte langsam, als er mit dem Daumen über meinen Hals strich. »Gut ... braves Mädchen.«

Er trat um mich herum und stellte sich vor mich. »Hände.«

Ich schloss meine Augen, da ich mich nicht bewegen konnte.

»Zwing mich nicht, noch einmal zu fragen.«

Mein Puls raste und meine Atemzüge wurden panisch ... *flüchtig.* Ich hob meinen Blick zu der Tür hinter ihm.

Nein ... das Wort flüsterte in meinem Kopf, aber es kam mir nicht über die Lippen.

»Nein?« Er lehnte sich nah an mein Ohr und murmelte. »Du gehorchst mir nicht, du gehorchst deinem Daddy nicht?«

Angesichts der Worte zuckte ich zusammen. *Aber du bist nicht mein Daddy* – sein finsterer Blick vertiefte sich und sein Anblick ließ mich erstarren.

»Nein ...«

»Nein, *was?*«

»Nein, Daddy«, flüsterte ich kaum hörbar.

Es gab immer noch den Vertrag ... den, den er schon gebrochen hatte und den er wieder brechen würde. Aber nicht jetzt, nicht heute. Stahlglieder klirrten, als er die Handschellen öffnete. Ich ballte meine Fäuste und hob meine Hände, als ich ihm in die Augen sah. Nein, heute ging es darum, dass er die Kontrolle hatte.

»Du hast mich heute zum Narren gehalten.«

Die Luft strömte tief in meine Lungen.

»Du weißt, wie ich zum Orden stehe und trotzdem hast du reagiert.« Die stählernen Klauen schlossen sich um meine Handgelenke. »Du hast mich vor denjenigen geohrfeigt, die ich über uns im Unklaren lassen muss. Du hast ihre Aufmerksamkeit erregt und jetzt muss ich das in Ordnung bringen ... *gleich, nachdem ich dich in Ordnung gebracht habe.*«

Angesichts der Worte überkam mich eine tiefe Angst.

Er würde mir nicht wehtun, das wusste ich. Er würde nicht einmal eine Spur hinterlassen. Aber trotzdem stieg die Panik, als er meine Hände ergriff und einen Moment lang verharrte. »Willst du das?«

Ich erstarrte. *Nein. Ja. Ich weiß nicht ... Ich ...*

»Sag es mir jetzt.«

Ich begegnete seinem harten Blick und nickte leicht.

Er senkte seinen Blick auf meine gefesselten Hände, dann hob er die Hand und zwickte mich sanft in die Brustwarze. Ich zuckte zusammen und stieß einen kleinen Schrei aus. Leichte silberne Strähnen schimmerten zwischen dem Schwarz seiner Haare, als er sich bewegte. Dieser Anblick weckte etwas Verzweifeltes in mir. Ich spürte unsere Unterschiede wie ein Lecken in meinem Inneren. Das war alles, was ich sah, alles, was ich fühlte. Es war die Art, wie er mich ansah, die Art, wie er schimpfte ... die Art, wie er mich berührte. Mein Körper reagierte augenblicklich und die Hitze blühte auf.

»Worte, Vivienne.«

Ich starrte in die schwarzen Tiefen seiner Augen und wusste, dass es sinnlos war, mit ihm zu streiten. »Ja, *Daddy*.« Mein Ton wurde weicher und tiefer, was meine atemlose Dringlichkeit widerspiegelte.

Er drehte sich um, hob die Hand und betätigte den Lichtschalter, um den Raum zu dimmen. Auch wenn das Licht so weit heruntergedreht war, konnte ich es sehen. Groß und verhüllt ragte es am Ende der Bank empor. Ich verkrampfte meinen Kiefer und schloss meine Augen. Mein Körper stand in Flammen.

»Vor dem Direktor«, fuhr er fort, während er vor mir auf die Knie sank und in die Seiten meines Slips griff. Meine Muschi verkrampfte sich beim langsamen Ziehen, als er sie an meinen Schenkeln hinunter rollte. »Die anderen haben es auch gehört. Das kann nicht toleriert werden. Du hast mich gezwungen, ihr

Blut zu vergießen, um das bereinigen. Ich hoffe, du bist dir dessen bewusst.« Er lehnte sich nah an mein Ohr und flüsterte: »Du wirst mich gefährlich machen. Denn ich sage dir jetzt, dass ich jeden anderen Mann töten werde, der dich auch nur ansieht. Jeden verdammten Mann. Du gehörst zu uns, Vivienne ... *und du gehörst zu mir.«*

Ich schloss meine Augen angesichts seiner Worte. »Dafür hast du mich doch gekauft.«

Er gab ein tiefes, kehliges Knurren von sich. »Dafür und für *so viel mehr.«*

Mein Körper zitterte bei dieser Drohung. Er würde für mich töten. Er würde mein Chaos beseitigen und mich dann hierher zurückbringen, um es an meinem Körper auszulassen. »Leg dich aufs Bett, Vivienne ... du warst ein sehr böses Mädchen.«

Meine Knie zitterten, als ich meine Augen öffnete, aber ich zwang mich, mich zu bewegen.

Von der Lederbank hingen Riemen mit Stahlschnallen herunter, aber die waren mir egal. Ich konzentrierte mich auf das Ding am Ende, seine harten Kanten und das Glitzern des kalten Stahls. Mein Herz pulsierte, als ich auf die Lederbank sank.

»Leg dich auf den Rücken, Arme über den Kopf.«

Ich tat, was er mir befahl. Es hatte keinen Sinn, sich zu wehren, ich würde nur gegen mich selbst kämpfen. Meine Hände wurden gesichert, straff gezogen und dann etwas gelockert, aber nicht so, dass ich mich losreißen konnte.

»Knie hoch ... und weit auseinander.«

Ich ballte die Hände und hob sie an. Das Leder klatschte um meine Knöchel und spreizte mich noch ein bisschen mehr.

»So eine hübsche, kleine Fotze.«

Seine Hand glitt an der Innenseite meines Oberschenkels hinauf, erreichte meinen Schlitz und reizte mich. »So verdammt hübsch.«

Dann bewegte er sich auf die andere Seite, um meinen anderen Knöchel zu sichern. Ich lag da, die Knie an der Brust, die Füße weit gespreizt. Ich hob meinen Kopf, als er das Fußende des Bettes umrundete und sich neben das Ding stellte.

»Du verstehst, dass das deine Strafe ist?«

Ich konnte nicht anders, als zu nicken, während meine Wangen brannten.

Stahl glänzte, als er zur Vorderseite der Maschine ging, eine Kiste aufklappte und etwas herauszog. Das stählerne, glatte Ende rastete in das mechanische Biest ein. Er griff nach der Fernbedienung und das Surren des Motors war augenblicklich zu hören, als der Arm sich hob.

Ich stieß ein Wimmern aus, als das dicke Ende auf mich zukam.

»Ich bestrafe dich, weil du lernen musst, wo dein Platz ist.« Er trat näher heran. »Du bist mein Schützling, Vivienne. *Du gehörst mir.*«

Die Spitze des kalten Dildos glitt gegen meine Muschi, drückte gegen meinen Eingang und blieb dann stehen, um ein wenig einzudringen. Ich biss mir auf die Lippe und kämpfte gegen das Wimmern und den Drang an, mich zu wehren. Ich bewegte mich, bis meine Arme verkrampften. Mein Schlitz hatte sich kaum um die glatte Eichel herum geöffnet. Aber das war nicht genug, nicht annähernd genug. »Bitte ...«

»Bitte?«

Die Eichel zog sich zurück.

Ich kniff die Augen zu. »Bitte.«

Der Druck stieß wieder gegen mich, genau dort, wo ich ihn brauchte. Er schob sich hinein, gerade genug, aber dann zog er sich wieder heraus. Ich öffnete die Augen und drehte den Kopf, um das Ding am Fußende des Bettes nicht zu sehen, sondern ihn ... den Mann, der die Fernbedienung in seiner Hand hielt.

Gott, seine Augen waren so dunkel, endlos dunkel, als hätte er alles Licht in meiner Welt verschluckt. Ich sehnte mich nach dieser Dunkelheit ... *ich sehnte mich nach ihm.* »Daddy.«

Bei diesem Wort zuckten seine Mundwinkel. Ich wusste, dass es ihm gefiel. Der Motor surrte, als er den Schwanz tiefer in mich trieb.

»Braves Mädchen«, flüsterte er.

Ich hielt seinem Blick stand, als der kalte Dildo immer tiefer in mich eindrang, ganz auf seine Anweisung hin. Schwarze Tiefen ... darin versank ich. Schwarze. Endlose. Tiefen. Mein Puls raste. Ein Sog durchströmte mich und ließ mich stöhnen und zucken.

»Mehr, Kätzchen?«

Ich nickte, während ich verzweifelt gegen mein Wimmern ankämpfte.

Die Maschine fickte mich immer härter, bis ich nur noch das Surren hörte. Der Dildo stieß in mich hinein. Dann unterbrach er den Blickkontakt, beugte sich vor, glitt mit seinem Finger an meiner Spalte entlang.

»Nah dran, so nah dran.« Er nahm seinen Finger zwischen die Lippen und saugte kräftig daran. Das Geräusch mischte sich mit den nassen Geräuschen meines Körpers.

In diesem Moment war es mir egal, es war mir egal, was mich fickte ... es war mir egal, wer mich fickte. Ich war über den

Punkt ohne Wiederkehr hinaus und stürzte kopfüber in die Vergessenheit.

»Wem gehörst du, Vivienne?«

Ich kniff die Augen zu, als der Höhepunkt in mir immer weiter anstieg, während er sich herunterbeugte und seine Stimme wie Schotter in meinem Ohr klang. »*Ich sagte ... wem gehörst du?*«

Ich drehte meinen Kopf, als das verzweifelte Bedürfnis zu strampeln, zu krallen und zu ficken in mir aufstieg. Ich versuchte, mich zurückzuhalten, versuchte, das Verlangen davon abzuhalten, mich mitzureißen. Aber ich führte einen aussichtslosen Kampf, als ich schließlich nachgab ...

ACHTUNDZWANZIG

London

____

»*WEM ... GEHÖRST ... DU?*«, FORDERTE ICH, ALS ICH SAH, WIE ihre Augen flatterten und ihr Körper aufblühte.

»Ich ... *ah* ...« Ihre Muschi verkrampfte sich um den glänzenden Dildo, als sie sich ihrem Höhepunkt näherte.

»Nein, Wildkatze«, gluckste ich, als ich den Knopf drückte und das Spielzeug aus ihrer Muschi zog. Ihre perfekten rosa Schamlippen klafften immer noch und ihr Körper spannte sich an. »Du kommst erst, wenn ich es sage.«

Wut flammte in ihren Augen auf und sie fletschte ihre Zähne. »*Bitte.*«

Mein Schwanz zuckte bei ihrem jämmerlichen Flehen. *Genau so, Kätzchen, zeig mir deine Krallen.* Ich war schon verdammt hart, weil ich sie durch das verdammte Haus gejagt hatte und ihre Bosheit machte mich nur noch härter. Dachte sie wirklich, sie könnte mir entkommen? Dachte sie, die Söhne würden wie weiße Ritter einspringen und ihr den hübschen Arsch retten?

Sie verstand es nicht ...

Aber das würde sie.

Ja, verdammt, das würde sie.

Sie gehörte zu uns allen.

Wir würden uns *alle* mit ihr abwechseln.

Und beschützen, was uns gehörte.

Ich senkte meinen Blick von der Herausforderung in ihren Augen auf die Waffe, die vor ihrer perfekten Fotze lag. Ich drückte auf den Knopf und schob die Spitze hinein ... rein und raus ... *rein und raus* ... und spielte mit ihr. »'Bitte' ist keine Antwort auf die Frage, nicht wahr? Und du willst doch nicht, dass ich noch einmal frage, oder, Vivienne?«

Sie stöhnte auf und ließ den Kopf sinken. Ihre Worte waren nur noch ein Gemurmel.

Ich lehnte mich nahe heran. »Was? Ich kann dich nicht hören.«

Ich griff ihr zwischen die Beine, als die glänzende Eichel ihren Eingang kitzelte, und über ihre Klitoris strich. Sie wimmerte, als mein schwieliger Daumen ihre zarte Haut berührte und dann verweilte. Drücken ... loslassen ... drücken ... loslassen. Ich beobachtete, wie ihr Körper bebte.

»Was habe ich dir über das Nuscheln gesagt?« Ich lenkte meinen Blick von ihrer Muschi auf ihre Augen. »Benutze deine verdammten Worte, Vivienne ...« Drücken. Loslassen. *»Benutze. Deine. Worte.«*

Ihr leises Stöhnen war quälend.

Mein Schwanz zuckte. Es kostete mich all meine Kraft, die Maschine nicht beiseite zu schieben und sie in diesem Moment zu einer schreienden Erlösung zu bringen. Ich biss mir auf die Lippe und wandte mich wieder dem Nervenbündel zu, das unter meiner Berührung anschwoll. Verdammt, ich sehnte mich danach, in ihr zu sein. Meine Zunge, meine Finger, mein Schwanz. Die Frau machte mich verrückt. Aber nicht, bevor ich sie in eine verdammte Katastrophe verwandelt hatte.

»Du wirst lernen, deine Worte zu benutzen, oder dieser Raum wird zu einer Bestrafung für dich. Das willst du doch nicht, oder, Vivienne?«

Ihre Muschi verkrampfte sich und glänzte feucht. Sie war so verdammt nass. Ich ließ meinen Blick zu ihren Augen wandern. Gott, sie mochte es, wenn ich hart zu ihr war. Sie mochte es, wenn ich derjenige war, der die Kontrolle hatte. Ich fuhr mir mit den Zähnen über die Lippen und war fasziniert von der Wildheit in ihren Augen, als sie an den Stahlfesseln zerrte und ihren Rücken durchbog, um ihren Körper nach unten zu zwingen.

»Du kannst das Wort sagen, wann immer du willst, Wildkatze. Du kannst rot sagen und wir hören sofort auf, wenn du das willst. Sag rot, Vivienne ... *sag rot*.«

Ich drückte den Knopf und schob den Dildo langsam bis zum Anschlag in sie hinein. Ihr Atem stockte, ihre Augen flatterten. »Oh, verdammt ... *verdammt*.« Sie wimmerte, als ich ihn herauszog. »Grün ... *grün ... grün, grün, grün, grüüüünnn*.«

»Das ist richtig.« Ich sah zu, wie er sie fickte, beobachtete, wie sie ihre Beine weiter anzog, weil sie verzweifelt darauf wartete, dass dieser Schmerz gestillt wurde. Das Surren des Motors erfüllte den Raum, bis sie stöhnte, so nah dran. Dann verlangsamte ich die Maschine.

»Sieh mal, wie feucht du bist.« Ich zog ihre Schamlippen auf und sah zu, wie der Dildo feucht herauskam. »So eine gute, kleine Muschi ... so eine ...« Ich drückte den Knopf und schob das glatte Ding wieder hinein, während sie sich krümmte. »Perfekte Fotze. Sieh dir das an.« Ich schluckte und atmete schwer, als ich mit meinen Fingern durch ihre Flüssigkeit glitt. »Sieh dir an, was du angerichtet hast.«

Ein kehliges Stöhnen entkam mir. Ihre weit aufgerissenen Augen beobachteten die Bewegung, als ich sie in meinen Mund nahm, und ihr hübsches Loch krampfte sich fest zusammen.

»So ist es richtig, Kätzchen, drück zu ... drück verdammt noch mal ganz fest zu.« Ich lehnte mich näher heran und ließ meine Finger wieder an der Wärme entlang gleiten, bis ich an ihrem Kern angekommen war. »Du hast unser Geheimnis heute so gut bewahrt, Wildkatze.« Ich schob zwei Finger hinein und spürte, wie sich ihre gierige Muschi zusammenzog. »So verdammt gut. Ich bin so stolz auf dich, so verdammt stolz.« Sie biss sich auf die Lippe, als sie das Lob hörte. »Jetzt möchte ich, dass du ein braves Mädchen bist und mir sagst, wem du gehörst.«

Ihr Kopf wackelte hin und her.

Sie kämpfte dagegen an ...

Gegen mich.

Die Muskeln ihres Kiefers verkrampften sich, ihre Lippen kräuselten sich und sie fletschte die Zähne. Verdammt, sie war herrlich. Trotzig, wild. Ich drückte den Knopf und schob den Dildo in sie hinein. »Sag es mir, Wildkatze, oder ich werde dich hier festschnallen, bis du es tust.«

Hass flammte auf, als ihre Augen sich weiteten. »Ich hasse dich, verdammt!«

Meine Atemzüge wurden tiefer, als ich schluckte. »Ich weiß.« Ich blickte an ihr herunter und sah, dass ihre Flüssigkeit meine Finger benetzte. »Ich kann sehen, wie sehr.«

Ich hatte gedacht, ich könnte es kontrollieren. Ich hatte gedacht, ich sei derjenige, der das Sagen hatte. Aber ihre keuchenden Atemzüge machten mir zu schaffen und das verzweifelte Verlangen in ihren Augen trieb mich in den Wahnsinn.

Ich beugte mich vor, zog das Ding aus ihr heraus und leckte ihre bebende Muschi. Wärme überzog meine Zunge, als ich schluckte. »Ich kann es auch schmecken. Du hast dich in mein Gedächtnis eingebrannt, Kätzchen, in meine verdammte Seele.«

Sie wimmerte und ihr Körper pulsierte, als ich den Vertrag zum zweiten Mal brach und meine Finger hineinschob. »So ist es gut.« Ich ließ sie tiefer gleiten und spürte, wie sie sich zusammenzog. »Das ist ein braves Mädchen. Das ist ein richtig braves Mädchen. Lass dich von diesen verdammten Fingern ficken.«

Die Ketten der Fesseln knackten, als sie versuchte, ihren Körper nach unten zu drücken. Ich richtete meinen Blick auf die Anspannung. Sie war so verdammt verzweifelt, so gottverdammt erregt. »Sag es mir. Benutze deine verdammten Worte und sag mir, was ich hören will.«

»Nein«, wimmerte sie.

Aber sie war so nah dran …

So verdammt nah.

Rein und raus. Rein … und raus. Ich fickte sie mit meinen Fingern und drückte den Knopf, während die glitzernde Eichel sie spreizte.

Sie stöhnte und ihre Hüften wippten, weil sie unbedingt ficken wollte.

Ich beobachtete sie, um sicherzugehen, dass sie nicht zu stark an den Manschetten zog, dann zog ich die Maschine heraus und hielt sie an, während ich sie vom Arsch bis zur Klitoris leckte.

Vielleicht spürt sie es jetzt noch nicht, aber ich wettete darauf, dass diese perfekte Fotze morgen empfindlich sein würde. »Sag es«, forderte ich sie erneut auf, als sie ihre Hüften gegen meinen Mund stemmte. *»Sag ... es ...«*

Ich packte ihren Hintern und hielt ihren Körper an meinen Mund, während ich an ihrer zuckenden Klitoris saugte.

»Du ... du ... oh, Gott ... du besitzt mich, London. Du besitzt mich.« Sie öffnete die Augen und blickte nach unten, während ihre Muschi sich verkrampfte und Wärme um meine Finger strömte. »Das tust du, London. *Oh, verdammt, das tust du.«*

Ich senkte meinen Kopf, ohne Rücksicht darauf, dass ich mein Hemd feucht machte und öffnete meinen Mund weit, als ich ihre salzige Süße leckte und dann schluckte. »Ganz genau«, knurrte ich gegen ihren Körper. »Wenn du mich das nächste Mal auf die Probe stellen willst, solltest du dir das merken.«

Ihr Hintern entspannte sich und ihre Beine gaben nach, so weit sie konnten. Ich leckte ein letztes Mal über ihren zuckenden Kern, bevor ich mich erhob und meinen Mund mit dem Handrücken abwischte, während ich auf ihre glitzernde Muschi hinunterblickte. Ich wollte mehr, so viel mehr. Ich wollte alles, wenn es um sie ging.

Es kostete mich all meine Kraft, den Knopf zu drücken, um die Maschine zurückzuziehen und auszuschalten. Ich hatte vor, später herunterzukommen, um das Gerät zu reinigen und die Aufsätze für das nächste Mal zu verstauen. Denn ich war mir verdammt sicher, dass es ein nächstes Mal geben würde. Unserer Wildkatze hatte es genauso viel Spaß gemacht wie mir.

Ich schnappte mir den Schlüssel für die Handschellen und öffnete sie. Ihre Hände fielen auf das Leder, woraufhin ich meine Arme unter ihren Körper schob und sie hochhob.

Sie lag schlaff in meinen Armen, schlang ihre um meinen Hals und schmiegte sich an mich, während ich sie zur Tür trug.

Verdammt, ich hatte mich in meinem ganzen Leben noch nie so verdammt gut gefühlt.

Ich beugte mich vor, tippte den Code in das Tastenfeld und trug sie hinaus. Meine Schritte hallten in der Dunkelheit wider, als ich die Treppe hinauf und durch die offene Tür ins Foyer ging. Colt wartete auf dem Treppenabsatz, als ich die Haupttreppe hinaufstieg. In seinen Augen flackerte Besorgnis auf, als er sie ansah. Ich nickte ihm vorsichtig zu, um ihn wissen zu lassen, dass unser Kätzchen verdammt gut drauf war, bevor ich sie an einen Ort trug, an dem ich noch nie eine Frau gehabt hatte ... in mein Schlafzimmer.

»Du warst so ein braves Mädchen und hast mich mit dir spielen lassen«, murmelte ich, als ich die Türklinke drückte und sie zu meinem Bett trug. »Ich werde mich jetzt um dich kümmern. Ich werde dich im Arm halten, damit du schlafen kannst. Wenn du aufwachst, dusche ich dich und gebe dir etwas zu essen.«

Ich liebe dich ...

Scheiße, mein Puls war wie ein verdammter Güterzug in meiner Brust.

Meine Stimme war heiser, als ich mich zwang, fortzufahren. »Ich werde dir alles geben, was du willst und noch mehr ...« Ich blickte auf sie herab, während ich das Bettzeug herunterzog und sie sanft auf die Seite legte. »Ich werde dir mich geben.«

NEUNUNDZWANZIG

Vivienne

DIE DUNKELHEIT HOLTE MICH EIN. ICH SANK UND HOB mich mit der Ebbe und Flut. Tiefe Atemzüge hallten in meinen Ohren und Wärme drückte gegen meinen Rücken und lullte mich in den tiefsten Schlummer, den ich je in meinem Leben gehabt hatte. Einen, in dem ich sicher und beschützt war.

Kätzchen ...

Ich erhob mich mit dem Murmeln. Leise, tiefe Schnarchgeräusche zogen mich an die Oberfläche. Ein tiefer Atemzug und ich atmete den vertrauten Geruch des Mannes ein. Ein Geruch, der mich dazu brachte, mich ihm zuzuwenden. Starke Arme hielten mich fest umschlungen und zogen mich an sich. Ich riss meine Augen auf und sah eine dunkle Silhouette neben mir. Dunkle Augen blickten mich an, erhellt vom silbernen Mondlicht.

Ich erkannte ihn augenblicklich.

Sein Name hallte in meiner Seele wider.

London ...

Er küsste meine Schulter. »Schlaf, Kleines«, murmelte er und seine Stimme war heiser vor Müdigkeit. »Dein Körper braucht es.«

Ich gehorchte ihm, schloss die Augen und sank erneut, um kopfüber an einen Ort zu fallen, an dem ich noch nie gewesen war, an dem ich nicht mehr allein war. Doch als ich wieder auftauchte, kam die Klarheit.

Bevor ich die Chance hatte, mich zu beruhigen, traf es mich mit einem Mal.

Die Droge.

Der Orden.

Ich öffnete die Augen und stellte fest, dass er mich beobachtete ... und hielt den Atem an.

Die Ohrfeige.

Etwas anderes schwebte am Horizont meines Geistes, etwas, das von Wut angeheizt wurde.

»Ganz ruhig«, murmelte er.

Mein Puls beschleunigte sich, als ich mit einem Ruck in die Gegenwart zurückkehrte und eine Erinnerung alles andere verdrängte. Hitze stieg in meinen Wangen auf und ein leeres Gefühl machte sich in meiner Magengrube breit. *Der Keller ... oh Gott, die ... die Maschine.*

Mein Körper krampfte sich zusammen und ein Schmerz folgte. Aber es war ein guter Schmerz, ein pochender Schmerz. Meine Aufmerksamkeit wurde auf das Gefühl gelenkt und eine akute Welle der Lust folgte. Mein Körper wusste, was er wollte, und er wollte ihn.

Seine Stirn runzelte sich. »Bist du wund?«

Ich schluckte und schüttelte den Kopf.

Augenblicklich verzogen sich seine Mundwinkel und sein Anblick bewirkte etwas Unheilvolles in mir. Meine Brust flatterte und Hitze stieg in meinen Wangen auf, aber ich unterdrückte den Ärger. »Habe ich etwas Lustiges gesagt?«

Es lag etwas erotisch Gefährliches in seinen Augen, als das Lächeln verblasste. »Nein, Kätzchen, ganz und gar nicht.« Eine Unbeholfenheit trat an ihre Stelle, als er meinen Blick suchte und murmelte: »Darf ich ... darf ich dich küssen?«

Mein Puls stotterte, dann raste er. Er hatte mich gefickt, mich gekostet, mich nackt und mit gespreizten Beinen auf dem Esstisch vor sich gehabt und doch fühlte ich mich bei dem Gedanken, dass er mich küssen würde, so ... verletzlich, denn er tanzte um ein Gefühl herum, mit dem ich noch nicht umgehen konnte.

Trotzdem nickte ich und beobachtete, wie ein Funke der Erregung in seinem dominanten Blick aufflammte, als er seine Hand hob. Die Rückseite seiner gekrümmten Finger streifte meinen Kiefer, bevor er sich näher an mich heranlehnte. Seine harten Lippen berührten meine, bevor sie sich langsam öffneten. Langsam, so schmerzhaft langsam, eroberte er meinen Mund. Zuerst küsste er sanft meine Mundwinkel, dann biss er sanft in meine Unterlippe, bis er mehr nahm.

Ein leises Stöhnen grollte in seiner Brust und ergoss sich in meinen Mund. Ich stöhnte bei der Vibration auf und mein Körper reagierte augenblicklich, bis ich seine starken Schultern packte und ihn an mich zog.

Ich sollte wütend auf ihn sein.

Die Worte stiegen in meinem Kopf auf, kurz bevor er mich nach hinten stieß und sein Gewicht mich in die Plüschbettwäsche drückte. Er brach den Kuss ab und sein Atem ging schwer, als er auf mich herabblickte. »Wir können nicht weitergehen. Das verstehst du doch, oder, Kätzchen? Nicht, bevor der verdammte Vertrag unterschrieben ist.«

Ich leckte mir über die Lippen, hasste ihn und brauchte ihn gleichzeitig, und nickte langsam.

Das sanfte Lächeln kam wieder. »Aber ich kann mich um dich kümmern. Wie wäre es mit einer Dusche und etwas zu essen? Du musst am Verhungern sein, denn ich weiß, dass ich es bin.«

Mein Magen verkrampfte sich und knurrte, als er von mir herunterrollte. Er gluckste leise, als er vom Bett aufstand. Mein Blick wanderte an seinem Körper hinunter, zu seiner festen, harten Brust, wo auf einer Seite eine kleine Ansammlung von silbernen Narben in einer hässlichen Rose erblühte. Ich wusste, was es war: die Nachwirkungen eines Schusses. *Wer zum Teufel bist du?* Mein Blick wanderte nach unten. Ich spürte die Last seines Blicks, aber er rührte sich nicht, sondern ließ mich einfach starren, bis ich das Zelt seiner dunkelblauen Boxershorts entdeckte und den Blick abwandte.

»Wenn du schauen willst, Kätzchen, dann schau hin.« Er drehte sich zu mir um, dann glitten seine Finger unter den Hosenbund und schoben ihn so weit nach unten, dass sein dicker Schwanz hervorlugte. Die Spitze war gerötet und seine Eier waren fest. Ich schluckte schwer und starrte ihn an, während der Schmerz zwischen meinen Schenkeln immer heißer wurde.

»Ich weiß, dass du hier schon mal drin warst«, sagte er. »Du hast mein Bett zerwühlt und meine Sachen durchstöbert. Hast du dich hier auf meinen Laken angefasst?«

Ich warf ihm einen Blick zu, schaute ihn an und schüttelte den Kopf.

Er machte einen Schritt auf mich zu und ließ seine Hand auf seine Länge sinken. »Wirst du es jetzt tun?« Er leckte sich über die Lippen. »Zeigst du mir, was dir gefällt?«

Ihm zeigen, was mir gefiel?

Ich dachte an die Nacht, in der ich mich geweigert hatte, seine Kleidung zu tragen und ihn stattdessen zur Ablenkung gedrängt hatte, die Art von Ablenkung, die er jetzt wollte. Ich nickte nicht, sondern ließ meine Hand über meinen nackten Körper und unter das Laken gleiten. Er schluckte, als er die Bewegung beobachtete, dann streckte er die Hand aus und zerrte das Laken von meinem Körper, um meine untere Hälfte freizulegen.

»Öffne deine Beine, Wildkatze. Lass mich sehen.«

Das Verlangen durchfuhr mich, als ich meine Schenkel spreizte.

Seine Finger versanken in der schmerzenden Stelle. Ich biss mir auf die Lippe und schloss meine Augen.

»Du bist wund, nicht wahr?«

Ich öffnete meine Augen und sah ihn an. »Ja.«

Er bewegte seine Hand um seinen Schwanz. »Zeig es mir.«

Das Brennen war wunderschön, als ich meine Lippen öffnete und mit einem Finger über meinen empfindlichen Kitzler fuhr.

»Fuck«, stöhnte er und atmete schwer, als er seinen Schwanz losließ und sich auf dem Bett über mich beugte. »So rot, so geschwollen. Darf ich dich lecken?«

Ich zitterte, als ich meine Finger tief versenkte. *Ja*, mein Körper wimmerte. *Gott, ja.* Aber angesichts der Worte kam eine andere Erinnerung von gestern hoch ... die Erinnerung an meine Wut ... und an den Anblick dieser verdammten Schlampe.

Ich kann verstehen, warum du deinen Schwanz in sie stecken willst, London ...

Die Worte hallten in mir nach, während ich seinen prallen Schwanz anstarrte. Seine Faust schloss sich um den Umfang und zog die glatte Haut bis zur Spitze, bevor er wieder nach unten strich. Er wollte ihn nass machen, ganz tief in meiner Muschi ... bevor er mich verließ, um ihn in *ihre* zu rammen.

Eifersucht durchdrang die Illusion und erinnerte mich daran, mit was für einem Mann ich es zu tun hatte. Einem, dem man nicht trauen konnte, schon gar nicht mit meinen Gefühlen. »Nein«, sagte ich gezwungen, als die Wut in mir aufflammte. »Das darfst du nicht.«

Sein wütender Blick traf mich wie ein Schlag. In seiner Wut fand ich mich wieder. Ich hatte nicht vor, auf diesen Mann hereinzufallen. Ich würde ihm nicht nachgeben, nicht für diesen schönen Mund oder diese geschickten Finger. Nicht einmal, wenn er mich die Treppe hinunterbrachte und meine Beine weit spreizte.

Er würde mit meinem Körper auf seine Kosten kommen, da war ich mir sicher.

Aber mein Herz würde er auf gar keinen Fall bekommen.

Anstatt ihm nachzugeben, gab ich mir selbst nach und fuhr mit meinen Fingern durch den geschwollenen Schmerz. »Ich kann es immer noch spüren«, flüsterte ich. »Ich spüre deinen Mund und deine Finger noch.«

»Vorsicht, Kätzchen«, warnte er, während er sich über die Lippen leckte. »Meine Entschlossenheit geht nur bis zu einem gewissen Punkt.«

»Ich weiß genau, wie weit sie geht«, flüsterte ich, während ich meine Beine spreizte und zwei Finger tief einführte. »Bis zum Anschlag, stimmt's, London? Bis ganz hinein. Ach ja, richtig. Das war die Maschine, die du benutzt, um mich zu ficken, weil du es nicht selbst tun kannst.«

Tiefe Atemzüge folgten, als er seine Hand wieder auf den steifen Schwanz senkte. Meine Augen huschten mit der

Bewegung nach unten. »Du willst ihn in meinen Mund stecken, nicht wahr?«, stöhnte ich, während ich einen Finger um meinen brennenden Kitzler gleiten ließ. »Du willst, dass ich an deinem Schwanz ersticke, hast du das nicht selbst gesagt? Dass ich an deinem Schwanz ersticken werde und es mir gefallen wird?«

Tiefe Atemzüge.

Er kräuselte seine Lippen.

Die Wut brannte.

Da haben wir es. Das ist das Monster, das ich kenne.

Das ist das Monster ... Ich bearbeitete meinen Kitzler und ließ meine Finger in meine Muschi gleiten, bevor ich sie zurückzog, wobei meine Finger nass und glitschig waren.

»Wo zum Teufel willst du hin?«, knurrte er, als ich nackt auf die Schlafzimmertür zuging.

Ich packte den Griff und drehte mich um, als ich die Tür öffnete. »Ich gehe jemanden für den Job suchen. Ich bin mir sicher, dass es dich so oder so nicht stören wird. Hast du nicht eine Verabredung mit Ophelia, für die du dich fertig machen musst? Vielleicht kannst du *deinen Schwanz in sie stecken*?«

Ein furchterregendes Knurren entfuhr ihm und die Dunkelheit im Raum verschob sich. Er war nur noch ein verschwommener Fleck, als er mir die Tür aus den Händen riss und sie mit einem Knall schloss.

Ich wagte nicht, meinen Blick zu heben, wagte nicht, ihn anzusehen. Aber ich spürte, wie die Wut in furchterregenden Wellen von ihm ausging, als er sich dicht an mich heranlehnte. »Du solltest dich in Acht nehmen, Kätzchen. Eifersucht steht dir nicht gut.«

»Dann muss ich mir vielleicht etwas anderes suchen?«, murmelte ich, während ich langsam meinen Blick zu ihm hob. »Ich glaube, Colt würde mir dabei nur zu gerne helfen.«

Er wurde still ...

Und dunkel.

Dunkler, als ich jemals zuvor einen wütenden Menschen gesehen hatte.

Und ich hatte im Orden schon viele gesehen.

Ich griff erneut nach der Türklinke. Diesmal versuchte er nicht, mich aufzuhalten. Stattdessen ließ er seine Hand langsam sinken und erlaubte mir, die Tür zu öffnen und aus seinem Zimmer zu gehen.

Tiefe Atemzüge verschlangen mich, während weiße Funken hinter meinen Augen aufloderten. Es kostete mich all meine Willenskraft, nicht die Treppe hinauf zu rennen, aber ich schaffte es und nahm eine Stufe nach der anderen, bis ich auf mein Schlafzimmer zusteuerte.

Sobald ich drinnen war, schloss ich die Tür und lehnte mich dagegen. Meine Knie zitterten so stark, dass sie schließlich nachgaben und ich nach unten rutschte, bis mein Hintern auf dem Boden aufschlug.

Oh verdammt ... oh verdammt ... oh verdammt ...

Ich wippte nach vorne und schloss meine Augen.

Denn die Wahrheit war, dass ich mich bereits in das Monster verliebt hatte.

Und es gab nichts, was ich dagegen tun könnte.

»Ich hasse dich, verdammt«, flüsterte ich, als ich die Augen öffnete und meinen Blick hob. »Ich *hasse* dich.«

DREISSIG

Carven

»*LASS MICH RUNTER!*«, SCHRIE DIE WILDKATZE.
»*LONDON!*«

Das Geräusch wurde von den dumpfen Schritten verschluckt.

Mein Bruder runzelte die Stirn, als er einen Schritt auf die Kellertür zumachte, bis ich ihm den Weg versperrte.

»Äh, äh«, schüttelte ich den Kopf und begegnete dem drohenden Blick. »Das ist unvermeidlich, das weißt du.«

Die Wut in seinen Augen wandelte sich in Besorgnis. Das Zucken seines Kiefers sagte mir mehr, als Worte es je könnten und zum ersten Mal in unserem gemeinsamen Leben wusste ich nicht, was ich sagen sollte. Also wandte ich mich schließlich dem zu, was ich kannte, was uns in Bewegung hielt und die Wut besänftigte. »*Wir müssen jetzt los. Bist du bereit?*«

Er starrte die geschlossene Kellertür an, während wir ihren Schreien lauschten, bis sie plötzlich mit einem leisen Knall endeten und die Zimmertür sich schloss.

»Hey.« Ich gab ihm einen sanften Klaps auf die Wange und lenkte seine Aufmerksamkeit auf mich. »Ich sagte, bist du bereit?«

Seine blauen Augen zuckten zu mir. Sein harter Atem verriet mir, dass er es nicht war, aber er nickte, denn das war es, was er tat … er ging dorthin, wo ich hinging, und kämpfte für mich gegen die Dämonen und jetzt wollte ich hier raus.

Ich ging auf die Garage zu. Drei Herzschläge später folgte er mir, als ich in den Wagen stieg und den Motor anließ. Die Tür schloss sich mit einem dumpfen Knall und eine schwere Stille erfüllte den Raum, als wir losfuhren. Ich bemerkte, wie sein Blick zum Seitenspiegel wanderte und wusste sofort, was er dachte.

»Er wird ihr nicht wehtun«, versicherte ich ihm, als ich den Gang einlegte. »Der Mann ist …« Besessen, wollte ich sagen, aber selbst das war ein zu kleines Wort für das, was London mit dieser Frau machte.

Verzehrt.

Beherrscht, vielleicht?

Besessen. Das kam der Sache schon näher.

Erbärmlich und sinnlos, wenn man mich fragte.

Ein Zittern durchfuhr meine Brust, als ich meinen Bruder anschaute. Ich richtete meinen Blick auf den Rückspiegel, aber nicht auf das Haus. Sondern auf die ruhige Straße hinter uns. Eine Straße, auf der nachmittags normalerweise viel los war, bevor ich um die Ecke bog und mir bewusst wurde, dass ich gar nichts zu sagen brauchte. Denn er hörte kein einziges Wort von dem, was ich sagte.

»Gut«, grummelte ich. »Dann rede ich eben mit mir selbst.«

Seine tiefblauen Augen fanden mich, grüblerischer und dunkler als je zuvor, und sagten alles und nichts zugleich. Ich erwiderte seinen Blick, dann wandte ich mich wieder der Straße zu und zum millionsten Mal schlich sich dieser nagende Gedanke in meinen Kopf. Waren das die Augen unserer Mutter? Oder starrten sie in diesem Moment von dem gesichtslosen Mann, der uns gezeugt hatte?

Ich hatte mir immer vorgestellt, dass Colts blaue Augen die ihren waren, vorsichtig, tief. Ich hob meinen Blick in den Rückspiegel und entdeckte das verdammte Neonblau, das ich nicht verbergen konnte, selbst wenn ich es gewollt hätte. Aber es war kein Leben in ihnen. Sie waren tot, leer. In meinem Herzen wusste ich, dass sie ihm gehörten ... wer auch immer er sein mochte.

Eines Tages würde ich ihn zur Strecke bringen.

Und ihn dazu bringen, all die besonderen Momente, die uns geschenkt worden waren, noch einmal zu erleben.

An diesem Ort, den man die verdammte Hölle nannte.

Ich fuhr zum Lagerhaus, hielt vor dem Tor an und stieg aus. Als ich den Code eintippte und mich dann umdrehte, spürte ich dieses unangenehme Gefühl in meinem Nacken. Während ich wartete, ließ ich meinen Blick über die leeren Straßen schweifen. Ich war nervös ... zu verdammt nervös. Meine Gedanken kreisten um London, um diese verdammte Schlampe vom Orden und um die Frau zu Hause, in die sich mein Bruder zu verlieben schien.

Ich stieg wieder ins Auto und parkte in der Nähe des Lagerhauses. Es war noch zu früh für den Job, den wir zu erledigen hatten, und die Planung war entscheidend. Das Letzte, was wir wollten, war eine weitere verdammte Überraschung. Als der Abend vorbei war und die Nacht hereinbrach, hatten wir alle Waffen gesäubert und geölt, alle Klingen geschärft.

Der vertraute Biss von Stahl drückte gegen meinen Rücken, als ich in das Auto stieg. Colt hatte sein dunkelblaues T-Shirt, das er zu Hause gerne trug, gegen die langärmelige schwarze Weste ausgetauscht, die er bei Einsätzen wie diesem trug. Er drückte den Knopf an der Tür und ließ sie hinter sich zufallen, während er den Rucksack zum Auto trug und ihn auf dem Boden verstaute.

Die Nacht war unser Spielplatz.

Nachts gingen wir gerne auf die Jagd und es gab keine bessere Beute als den Arsch, der sich für unantastbar hielt. Heute Nacht sollte er eine Lektion bekommen, wie antastbar er war. Ich fuhr aus den Toren und suchte nach dem Grund für das nagende Gefühl, dass mich jemand beobachtete, dann fuhr ich auf den Highway, der uns dorthin bringen würde, wo wir sein mussten.

King beschäftigte meine Gedanken. Das war jetzt mehr als eine Jagd, mehr als Besessenheit. Es ging nicht mehr nur darum, den Mistkerl zu finden, um ihn auf den Wichser loszulassen, der hinter all dem steckte. Es lag daran, dass ich ihn nicht finden konnte.

Ich hasste das ...

Nein, hassen war zu einfach.

Ich war wie besessen, unfähig, mich zu entspannen, nicht in der Lage, langsamer zu werden.

King.

King.

King ...

Ich zuckte zusammen, verdrängte das ständige Dröhnen in meinem Kopf und versuchte, mich zu konzentrieren.

»Bist du bereit?«, fragte ich, während ich die Straße beobachtete. »Das Letzte, was wir wollen, ist, dass dieser Wichser uns wieder überlistet.«

Ein Blick in seine Richtung und er nickte. Ich schaute zu seiner Seite, wo die Verbände über die tiefen Wunden geklebt waren. »Gut.« Ich wandte mich wieder der Straße zu und steuerte auf die Südseite der Stadt zu. »Denn dieser Wichser muss bezahlen.«

Ich schaltete einen Gang zurück und fuhr auf die Autobahn, als meine Gedanken wieder bei der Frau waren. Die Panik. Die Aufregung. Das verdammte pure Adrenalin, das diese großen braunen Augen aufleuchten hatte lassen. Ich schluckte schwer, als mein Puls in die Höhe schoss und sich ein Hungergefühl einstellte. Ich wollte in diesem Raum sein, wollte sehen, wie London sie auf die Bank fesselte, und vor allem wollte ich sehen, wie sie kam.

Mein Schwanz zuckte.

Ich krampfte meinen Arsch fest zusammen.

Nein, ich würde nicht an sie denken. Nicht so ... nicht schon wieder.

Egal, wie sehr ich gegen den Gedanken ankämpfte, sie war immer noch da. Ihr verdammtes Haar. Ihr verdammter Körper – ich warf einen Blick auf Colt – wie sie mit ihm zusammen gewesen war. Das machte mir verdammt zu schaffen. Als ich den Wagen verlangsamte und in der ruhigen Wohnstraße anhielt, war ich beherrscht und bereit, mich zu rächen.

Ich griff in den Kofferraum und holte einen schwarzen Rucksack heraus, bevor ich meinen Blick auf die Heckscheibe hob und erstarrte. Colt warf einen Blick in den Spiegel. Ich spürte den finsteren Blick. »Warte hier«, murmelte ich und stieg lautlos aus dem Auto.

Die Dunkelheit füllte die Fenster hinter uns. Ich musterte den Straßenverkehr, um den Instinkt in mir zu befriedigen. *King … King … King …* Ich drehte mich um und machte mich auf den Weg zurück zu Colt, der leise seine Tür öffnete und ausstieg.

Ein Kopfschütteln sagte mir: *Nichts, es ist alles gut.* Aber das hielt mich nicht davon ab, die geparkten Autos und die Häuser zu überprüfen, bevor ich den Gegenstand von meinem Bruder entgegennahm und ihn mir über den Kopf stülpte.

Die Sturmhaube drückte gegen mein Gesicht und saugte beim Atmen an.

Ich warf einen Blick durch das getönte Fenster und meine blauen Augen starrten den gesichtslosen Anblick an. Dieser Anblick würde ihnen ewig im Gedächtnis bleiben. Gut, denn ich wollte es so. Der Hellfire Rebel Bastard hatte Glück, dass ich überhaupt eine trug.

Colt zog seine Sturmhaube herunter und warf einen Blick in meine Richtung, bevor er nickte. Mit dem Rucksack über der Schulter machte ich mich auf den Weg zum Haus. Meine Schritte polterten und mit jedem Aufprall wurde mir kälter und kälter und kälter. Bis ich zu dem Ding wurde, das der Orden geschaffen hatte …

Bis ich *ein Sohn* wurde.

Ich griff in den Rucksack, zog einen Plastikbehälter mit Schnappverschluss heraus, griff hinein und holte zwei Steaks heraus. Ein leiser Pfiff und das tiefe Knurren der beiden Schäferhunde ertönte, gerade als ich das Fleisch über das Tor warf und mich zurückzog.

Zehn Minuten, mehr brauchten die Hunde nicht, um die Steaks zu verzehren und zu Boden zu sinken. Ich schloss das

Tor auf, aber bevor ich die Chance hatte, einzutreten, hatte Colt sich schon an mir vorbeigedrängt, um sich neben die schlafenden Tiere zu knien und das Heben und Senken ihrer Brust zu ertasten.

Er mochte es nicht, wenn Tiere im Spiel waren.

Kein. Bisschen.

Seine dunkelblauen Augen blitzten vor Wut, als er zu mir aufsah.

Ich hielt diesem Blick stand, griff die Waffe aus dem Hosenbund und holte dann meinen Schalldämpfer aus der Tasche. »Meckere mich nicht an. Wenn der hässliche Wichser uns die Informationen gegeben hätte, als wir zu ihm gegangen sind, wären wir jetzt nicht hier. Wenn du also auf jemanden sauer sein willst, dann auf ihn.«

Mein Bruder erhob sich und blickte in Richtung des Hauses. Scheiße, ich mochte diesen Mist nicht. Aber der Wichser hatte uns keine andere Wahl gelassen. Ich ging auf die Glasschiebetür zu und holte den Dietrich heraus. Nach fünf Sekunden war das Schloss offen und die Tür auch.

Wir waren still, als wir eintraten.

Das leise Scharren eines Stiefels war zu hören, dann war nichts mehr zu hören.

Wir gingen an der Küche vorbei und machten uns auf den Weg zum Flur. Die Fotos auf der Immobilien-Website waren für heute Abend perfekt gewesen. Wir kannten den Grundriss, kannten die Lage ... wir wussten sogar, dass es zu einer erweiterten Doppelgarage für all die lauten Motorräder aufgerüstet worden war.

Colt blieb vor der angelehnten Schlafzimmertür stehen. Sanftes gelbes Licht erfüllte den Raum, das mit den Sternen der

Nachttischlampe um die Wette flimmerte. Colt betrat leise das Schlafzimmer und blieb über der kleinen Gestalt stehen, die sich in der Mitte des Bettes zusammengerollt hatte, bevor er mit einer Waffe in der einen Hand die Bettdecke hochzog und sie über den Kopf des Jungen legte.

Ich schluckte schwer und wandte mich ab, als mein Bruder mich ansah. Ich konnte den Schmerz in seinen Augen nicht sehen, konnte die Verzweiflung nicht erkennen. Nein, damit war die Sache nicht erledigt. Wir gingen und Colt schloss die Schlafzimmertür des Jungen, bevor wir beide in das Schlafzimmer am Ende des Flurs gingen.

Das Zimmer, aus dem tiefe, kehlige Schnarchgeräusche und der Gestank von Tabak und Schweiß drangen. Mein Magen krampfte sich zusammen, als ich die Kante der Tür packte und sie weit öffnete.

Ich warf einen Blick auf das Stück Scheiße, aber ich konzentrierte mich auf die Frau, die neben ihm lag. Sie lag am nächsten an der Tür, ein Arm hing vom Bett herunter und sie lag unsicher auf der Kante, während dieser Mistkerl ... dieser Bett-einnehmende, Bruder-verletzende, Geheimnisse-habende Scheißhaufen mit gespreizten Beinen in der Mitte des Kingsize-Bettes lag.

Dieser Anblick machte mich verdammt wütend. Ich warf einen Blick auf die Frau und dann auf ihn, als ich um das Bett herumging und mich an die Seite neben ihn stellte.

Kalter Stahl drückte gegen seine Schläfe, aber der Bastard wachte nicht auf. Ich gab ihm einen sanften Schubs und drückte den Schalldämpfer gegen seinen Kopf. Er rührte sich nicht. Colts Augen glühten vor Wut, als ich ihm in die Augen sah. Ich zuckte mit den Schultern: *Soll ich ihn etwa erschießen?*

Selbst unter seiner Maske wusste ich, dass er knurrte.

Verdammtes, fettes ... Arschloch. Ich umschloss die Waffe, biss den Kiefer zusammen und drückte den Schalldämpfer auf eine Stelle, von der ich wusste, dass ich eine Reaktion bekommen würde – direkt gegen seine Eier.

Seine Augen flogen augenblicklich auf. Sein Blick wanderte durch die Dunkelheit zu mir. Seine Wut flackerte auf und er öffnete den Mund, um zu brüllen, bevor ich den Kopf schüttelte und zur anderen Seite des Bettes nickte. Der Vorsitzende der Hellfire Rebels folgte der Bewegung und fand Colt neben seiner Frau, die Waffe in der Hand.

Angst erfüllte seine Augen. Er wusste es augenblicklich.

Er wusste, wer wir waren.

Er wusste, warum wir gekommen waren und er wusste auch, welche Folgen es haben würde, wenn er seinen Arsch nicht aus dem Bett bewegte. Mit einem gewaltigen Atemzug nickte er. Ich zog die Waffe zurück und zielte stattdessen auf seinen Kopf, während ich einen Schritt zurücktrat.

»David?« Ein leises Murmeln erklang.

»Alles in Ordnung, Engel, ich hole mir nur ein Eis.«

Sie rollte vom Rand in die Mitte, jetzt wo Platz war. »Mach dieses Mal den Deckel drauf.«

Leise Schritte, lautlos. Wir machten uns auf den Weg aus dem Schlafzimmer, ich mit meiner Waffe auf ihn gerichtet und mein Bruder neben seiner schlafenden Frau. Sie wachte nicht auf, wusste es nicht, kuschelte sich nur in ihre Hälfte der Bettdecke, als wir sie zurückließen.

»Garage«, sagte ich leise hinter ihm auf dem Flur.

Colt schloss leise die Schlafzimmertür, folgte uns in die Doppelgarage und trat ein. Die Oberlichter flackerten auf und erfüllten den Raum mit einem blendenden Licht, das von den drei in der Mitte geparkten Harleys reflektiert wurde.

»Hör mal, wenn ihr ...«

Er konnte nicht zu Ende sprechen, bevor ich auf ihn zuging und ihm mit der Pistole ins Gesicht schlug.

Er war groß ... aber nicht so groß. Der Schlag warf ihn zur Seite, aber er blieb aufrecht stehen und warf mir einen bösen Blick zu ... also schlug ich noch einmal zu, dieses Mal härter. Seine Knie knickten ein und er schlug auf dem Betonboden neben den Motorrädern auf.

Ich trat näher heran und richtete den Schalldämpfer auf den Boden neben ihm. »Wenn du schreist, sind sie beide tot, hast du mich verstanden?« Er blickte nicht auf, zuckte nicht einmal, als Colt einen Stuhl fand und ihn näher heranzog. »Wir werden das jetzt noch einmal versuchen ... und dieses Mal wirst du mir die Informationen geben, die ich will.«

Er begann, den Kopf zu schütteln, hielt dann inne und warf mir einen hasserfüllten Blick zu. »Du fragst den Falschen. King ist ein verdammter Geist.«

Ich griff nach dem Rand der Sturmhaube, zog sie mir vom Gesicht und lächelte. »Das wollen wir doch mal sehen.«

Colt tat das Gleiche und enthüllte sein Gesicht, als er nach vorne trat. Ich sah Angst in seinem Blick – echte Angst. Vielleicht wusste er, was gleich passieren würde?

———

ICH WISCHTE MIR SCHWEISS UND BLUT VON DER STIRN UND SOG TIEFE ATEMZÜGE EIN, während ich den Bastard anstarrte, der heute Nacht zum dritten Mal ohnmächtig geworden war. »Hey, wach auf, wir sind noch nicht fertig.«

Sein Gesicht war blutverschmiert und beide Augen waren fast zugeschwollen. Blut und Speichel tropften aus seinem Mund und ihm fehlten drei Finger an den Händen, die mit Klebeband hinter ihm gefesselt waren. Einen davon hatte er sich in die Nase gesteckt.

»Vielleicht sagt er ja die Wahrheit?« Ich warf einen Blick auf Colt, der genauso erschöpft war wie ich.

Er griff den blutigen Bolzenschneider und starrte den eingebildeten Bastard an, der nicht mehr so eingebildet wirkte. Ein hohes Winseln kam von der Tür. Colt ging hinüber, öffnete sie und ließ beide Schäferhunde herein. Sie gingen zu ihrem Herrchen und schnupperten an dem Blut, bevor mein Bruder auf die Knie sank und seine Hände ausstreckte.

Sie fielen über ihn her, als wäre er ihr bester Freund, ließen sich von ihm die Ohren reiben und bekamen all die Liebe und Zuneigung, die sie wollten. Ein leises Stöhnen kam vom Vorsitzenden der Hellfire Rebels. »Ich kenne ihn nicht«, stöhnte er. »Keiner kennt ihn. Bitte ... bitte, nicht mehr.«

Ich trat näher, wischte mit meiner blutigen Hand über die Hose und hob den Schalldämpfer an, um ihn gegen seinen Kopf zu drücken. »Ich glaube dir.«

Ein plötzlicher Atemzug und ein leises Stöhnen ertönten, bevor ich aus dem Augenwinkel eine Bewegung wahrnahm. Colt schüttelte den Kopf. Ich erwiderte seinen Blick und schaute gezielt zu seiner Seite. Ein Ruck seines Kopfes in Richtung Haus und ich wusste: *Er hatte eine Familie.*

Aber das hätte der Bastard bedenken sollen, bevor er beschlossen hatte, meine Familie anzugreifen und meinem Bruder Glas in den Körper zu verpassen.

Wir haben genug getan. Diese blauen Augen drängten mich. *Lass ihn leben.*

Ihn leben lassen?

Ihn verdammt noch mal leben lassen?

Aber wir hatten nicht bekommen, weswegen wir gekommen waren. Ich umklammerte den gemusterten Griff meiner Waffe und drehte mich um, als ich den schmerzverzerrten Blick durch die winzigen Schlitze der geschwollenen Augenlider des Bastards sah.

»Wir sind hier fertig«, drängte der Vorsitzende. »Wir sind fertig.«

Ich wusste, was er meinte.

Er würde uns nicht verfolgen, wenn wir ihn gehen ließen.

Der Hass schürte mich, als ich näher trat. »Mein Bruder hat beschlossen, dich am Leben zu lassen. Aber wenn ich auch nur eine Sekunde lang deinen hässlichen, heißen, stinkenden Atem in meinem Nacken spüre, weißt du, was passieren wird.«

Mit einem langsamen Nicken bestätigte er es.

»King?«

Der Mann schluckte schwer. Die Angst glänzte in seinen Augen. »Ich ... *weiß ... nicht ... wo ... er ... wohnt*«, wiederholte er zum hundertsten Mal heute Abend. »Wir hatten nur über das Handy Kontakt, sogar seine Stimme wurde von einem dieser Synthesizer gedämpft. Keiner hat ihn je getroffen. Wir haben nur die Jobs gemacht, die er verlangt hat und sein Geld genommen. Das schwöre ich dir, beim Leben meines Sohnes.«

Ich drückte meine Waffe fest gegen seinen Kopf. »So etwas tut man nicht. So etwas kann man nicht verhandeln oder versprechen. Er behält sein Leben, verdammt. Er behält es und wächst auf. Steig aus dem verdammten Spiel aus, David ... und beschütze deine Familie.«

Er nickte nur langsam, als ich mich umdrehte und auf die Tür zuging, als wir die Garage verließen.

»Hey, wollt ihr mich hier zurücklassen?«, rief der Bastard.

»Ja«, murmelte ich und hörte das Knirschen, als einer der Schäferhunde einen seiner Finger fand. »Das will ich.«

Ich machte mich auf den Weg nach draußen, während ich den Schalldämpfer entfernte, und Colt folgte ein paar Schritte hinter mir mit der Tasche voller unserer Sachen. Es war nur eine weitere verdammte Nacht der Enttäuschung. Ich war zu wütend, um einen Anflug von Panik zu verspüren, als ich durch das offene Tor trat und mich dem dichten Gebüsch näherte.

Aber ich hörte es ...

Ich hörte es am Knacken eines Astes, als sich ein Arschloch gerade so weit bewegte, dass ich ihn sehen konnte, und murmelte: »Na, was haben wir denn da?«

Ich drehte mich um und sah ein schwarzes Hemd und einen stählernen Blick, als Colt das verdammte Tor hinter uns schloss, dann drehte ich mich um und erstarrte.

»Verdammt, kenne ich dich?«, knurrte ich.

Der wandelnde Tote lächelte nur. »Nein ... aber ich kenne dich.«

EINUNDDREISSIG

Colt

———

Das Glitzern von Stahl leuchtete zwischen den Bäumen auf, als mein Bruder den Kopf drehte. »Du kennst mich, hm?«

Angesichts der Worte, die er sagte, erstarrte ich. Aber mein Blick war auf die Mündung des Gewehrs gerichtet, als ein Arschloch aus dem Gebüsch trat. »Ja.« Er warf einen Blick in meine Richtung. »Ich weiß alles über dich.«

Die Lippen meines Bruders zuckten. Das war nie etwas Gutes. »Sieht so aus, als hättest du das Sagen.«

Ein Stöhnen kam aus der Garage hinter uns und lenkte die Aufmerksamkeit des Arschlochs mit der Waffe auf uns. Erst dann sah er uns wirklich an, die Sturmhaube in meiner Hand, den schwarzen Rucksack in der anderen. Die Blutspritzer auf meinem Gesicht waren noch feucht. Aber er zuckte bei diesem Anblick nicht zusammen. Nein, im Gegenteil, er wurde sogar noch aufmerksamer. Er runzelte die Stirn, als er Carven die Waffe in die Schulter rammte und knurrte. »Beweg dich.«

Ich verkrampfte meinen Kiefer und trat einen Schritt vor, was mir einen schneidenden Blick von Carven einbrachte. Ein kleines Kopfschütteln von ihm und ich blieb stehen. *King?* Carven zuckte mit den Schultern. Er wusste nicht, wer dieses Arschloch war. Bis wir es wussten, würden wir mitspielen.

Carven ging auf die Straße zu und warf einen Blick auf den Wagen, der weiter hinten auf der Straße stand. »Du bist derjenige, der uns gefolgt ist, richtig?«

Der Typ sagte nichts, als wir auf unser Auto zusteuerten. »Rein«, knurrte das Arschloch. »Du.« Er starrte in meine Richtung. »Fahr los. Eine falsche Bewegung und ich jage dir eine Kugel in den Kopf, verstanden?«

Mein Bruder wurde still. »Das willst du nicht tun«, sagte er vorsichtig. »Er ist beschissen in Kreisverkehren.«

Das Arschloch rückte näher heran und knurrte. »Heute ist er es nicht.«

Aber es war die Art, wie der Tote sich bewegte, die Art, wie er seine Waffe hielt, dicht vor der Brust, den Finger am Abzug. Er war irgendwie vom Militär.

»Gut«, murmelte Carven, als er um das Auto herum ging. »Sag nicht, ich hätte dich nicht gewarnt.«

Carven war zu ruhig, zu kontrolliert. Das gefiel mir nicht. Er öffnete die Hintertür. »Nach dir.«

In dem Moment, als der Kerl einen Blick hineinwarf, bewegte sich mein Bruder mit wilder Geschwindigkeit, packte den großen Bastard an der Kehle und bewegte sich schneller hinter ihn, als ich folgen konnte. Der Kerl zuckte und kämpfte eine Sekunde lang, aber mein Bruder war so verdammt stark, dass er seinen Arm wie eine Stahlstange auf die Kehle des Kerls presste.

»Ganz ruhig«, murmelte er, als er seinen Blick auf mich richtete.

Der Kerl wehrte sich nicht sonderlich. Schade. Ich starrte Carven an, als der Kerl mit seinen über 100 Kilo in seinen Armen zusammensackte. Er ließ den Kerl durch die offene Tür fallen, bevor er seine Füße hineinwuchtete und die Tür hinter ihm schloss.

Wir beide betrachteten die dunkle Gestalt auf dem Rücksitz. Das war eine Überraschung gewesen. Carven warf einen Blick in meine Richtung. »Das Lagerhaus.«

Ich nickte, aber ich rührte mich nicht, als er zur Fahrertür schritt.

Er blieb stehen und drehte sich in meine Richtung. »Was?«

Ich begegnete dem Blick meines Bruders. »Ich bin nicht gut in Kreisverkehren.«

Ein Glucksen ertönte. »Bruder, du bist scheiße in Kreisverkehren. Du kannst dich einfach nicht für eine Spur entscheiden und fährst durch die Gegend wie ein Vollidiot.«

Ich blickte finster drein und ging dann auf die Beifahrerseite. »Weißt du, manchmal kannst du ein richtiger Arsch sein.«

Er grinste mich an. »Aber du liebst mich.«

Ich stieg ein und warf den Rucksack auf den Rücksitz, wo er mit einem dumpfen Schlag auf dem Kopf des Arschlochs landete. Es war diese Liebe zu ihm, die in mir schlug, diese Liebe, die ein ganz eigenes Wesen darstellte, das atmete und lebte. Diese Liebe, in der ich existierte. Ich warf einen Blick über die Schulter, als ich die Tür zuzog und meinen Sicherheitsgurt anlegte. Es war ein Glück, dass Carven gehandelt hatte. Zum Glück war er derjenige, der die Kontrolle hatte, denn ich hätte das Arschloch in Stücke gerissen.

Carven warf einen Blick in meine Richtung, als er den Motor startete und losfuhr. Seine strahlend blauen Augen fixierten meine. Er wusste, dass ich das getan hätte. Ich hatte vor, jeden zu töten, der meinen Bruder anrührte. Gedanken an sie drängten sich auf und mein Herz pochte laut, als wir beschleunigten und auf das Lagerhaus zufuhren. Es schlug jetzt genauso laut in mir. Ein anderer Ton, aber immer noch schwer und dröhnend. Und ich hätte auch jeden umgebracht, der sie berührt hätte.

Sie gehörte mir.

Ich setzte mich mit diesem Klang hin und sie erfüllte meine Gedanken. Ihr wildes Haar, ihre bissige Wut. Wie sie zu mir gerannt war, um sich in Sicherheit zu bringen, als London sie durch das Haus gejagt hatte. Aber es war die Art, wie sie gezuckt hatte, als ich meinen Schwanz ganz in sie hineingestoßen hatte, die heller brannte als alles andere. Damals hatte ich nicht gewusst, was das zu bedeuten hatte, aber jetzt wurde mir das bewusst. Hitze stieg mir in die Wangen und das Donnern in meiner Brust wurde lauter. Ich wusste genau, was es bedeutete ... und ich wollte mehr.

Wir fuhren in den Eingang des Lagerhauses. Ich warf einen Blick auf die reglose Gestalt hinter mir, als Carven ausstieg und den Code eingab. Der Typ war noch am Leben. Wie lange das so blieb ... lag an ihm. Wir fuhren hinein und parkten neben dem Gebäude. Carven stieg aus und schloss die Tür auf, während ich den schweren Mistkerl über meine Schultern hievte und hineinging.

Mein Bruder hatte den Stuhl bereits in der Mitte des Raumes stehen. Ich ließ ihn nach vorne plumpsen. Die Wut im Blick meines Bruders flammte auf, als er das Arschloch auffing und zurechtrückte. Als Nächstes kam das Klebeband, das um seine Handgelenke gewickelt wurde, als er leise stöhnte und langsam wieder zu sich kam.

»Da ist er ja.« Carven beugte sich in sein Blickfeld. »Du hast ein kleines Nickerchen gemacht, aber jetzt geht es dir gut.«

Carven hob den Kopf und sah zu, wie das Leben in die Augen des Wichsers zurückkehrte. Er ruckte und kämpfte, dann wandte er seinen Blick von Carven zu mir.

»Du weißt über uns Bescheid.« Carven hob das große Messer in seinen Händen. »Sag mir ... was genau weißt du?«

Ein Anflug von Angst machte sich breit, als mir die plötzliche Erkenntnis bewusst wurde. Dieser Kerl hatte geglaubt, er hätte die Oberhand, er hatte gedacht, er könnte uns überrumpeln und wir würden ... was ... in aller Ruhe mitkommen?

»Lasst mich verdammt noch mal gehen«, forderte er.

Carven spielte mit der geschliffenen Spitze der Klinge. »Erst wenn du uns sagst, warum du uns verfolgst.«

Es gab einen Moment der Wut, bevor er von Carven zu mir blickte. »Leckt mich doch.«

»Oh, oh, Bruder.« Carven schaute in meine Richtung. »Ich glaube, wir haben es mit einem dieser Arschlöcher zu tun, die wissen, was es heißt, verhört zu werden.«

Er fuhr mit der Spitze der Klinge über seine Wange. Das Arschloch reagierte nicht, sondern starrte ihn nur trotzig an, bevor Carven seinen Griff festhielt und das Messer tief in seinen Oberschenkel stieß.

Der Typ bäumte sich auf und stieß einen Schmerzensschrei aus, bis Carven ihm die Hand auf den Mund schlug. Seine Augen waren wild vor Wut. »Du weißt alles über uns, oder? Ich frage mich, ob du bei all deinem verdammten *Wissen* auch herausgefunden hast, dass wir Söhne sind?«

Mein Magen verkrampfte sich, als mir die Erkenntnis dämmerte.

Söhne ...

Wenn er etwas wüsste, dann wüsste er genau, was das bedeutete.

Geboren von einem Geist. Aufgewachsen in einem Waisenhaus. Geistig und körperlich gequält, bis wir entweder daran zerbrochen oder zu Monstern geworden waren. Monster, die London gerettet hatte.

Das Arschloch schüttelte den Kopf, während seine Augen sich weiteten.

»Ich frage dich jetzt ein letztes Mal«, knurrte Caren und drückte dem Kerl seine Hand fester auf den Mund. »Wer zum Teufel bist du und warum verfolgst du uns?« Er nahm seine Hand weg.

»Daniels ...« Der Name sprudelte augenblicklich heraus.

Carven warf einen Blick in meine Richtung. »Was ist mit ihm?«

»Er weiß, dass St. James Killion erpresst hat. Er weiß auch, dass er derjenige war, der sich an diesem Abend mit Killion treffen wollte. Er wird ihn vor den anderen Mitgliedern des Ordens bloßstellen und ihn vernichten.«

Die Angst durchfuhr mich, als mein Bruder ganz still wurde und dann leise sprach. »Ist das so?« Er griff nach unten, packte den Griff des Messers und riss es heraus, während der Tote noch einmal vor Schmerz aufheulte.

Denn er war ein toter Mann ... daran bestand kein Zweifel.

Als die Schreie und die Todesdrohungen aufhörten, starrte das Arschloch uns nur an.

»Du wirst uns jetzt genau sagen, was Mr. Macoy Daniels weiß ...«

»Ihr könnt mich mal«, stöhnte das Arschloch, während ihm der Schweiß auf der Stirn stand. »Ihr werdet mich sowieso umbringen.«

»Oh, daran besteht kein Zweifel. Du warst in dem Moment tot, als du mir eine Waffe in die Seite gestoßen hast und versucht hast, mich in ein Auto zu zwingen, in dem mein Bruder am Steuer saß. Die einzige Frage ist: Wie lange wird es dauern? Werden wir dich langsam töten, indem wir es tagelang hinauszögern, oder töten wir dich schnell und beenden die Qualen?«

Er sah zu meinem Bruder auf und Verzweiflung glitzerte in seinen Augen, während seine Lippen sich kräuselten. Eine Sekunde lang sagte er nichts, bis ihn die Niederlage einholte und er nickte.

»Das habe ich mir schon gedacht«, murmelte Colt und griff nach seiner Waffe. »Und jetzt rede.«

Als der Typ fertig war, war Carven totenstill, während er über ihm stand.

Daniels wusste nicht alles ...

Aber er wusste genug.

Genug, um Probleme zu verursachen und London in Gefahr zu bringen.

»Das ist alles.« Der Mann zitterte und wurde blass.

Das Blut hatte seine Hose durchtränkt und rann nun sein Bein hinunter, um sich auf dem Boden unter seinem Stiefel zu sammeln.

»Lasst mich einfach in Ruhe, verdammt«, murmelte er. »Ich werde weggehen. Ihr werdet nie wieder etwas von mir hören.«

Carven hob seine Waffe.

»Wartet«, stotterte er. »Ich erzähle euch alles, was ihr über Daniels wissen wollt.«

Carven lächelte nur und schüttelte den Kopf. »Es gibt nichts, was du uns sagen kannst, was wir nicht schon wissen«, seufzte er, dann drückte er ab und beendete das Leben des Mannes mit einem Knall.

Der Tote sackte nach vorne, festgehalten von seinen gefesselten Händen.

»Scheiße!«, knurrte Carven. »*FUCK!*«

Das war übel. Das war *wirklich verdammt übel*.

Mein Bruder griff nach seinem Handy, holte es heraus und tippte auf das Symbol. »Ja, ich bin's.« Er starrte den toten Mann an. »Wir haben ein Problem, London. Ein wirklich verdammt großes Problem ...«

London

Aus den Lautsprechern über mir ertönte Weihnachtsmusik. Ich blieb an dem Ton hängen, ohne zu verstehen, warum sie gespielt wurde oder was für ein Lied es war. Ich beendete den Anruf und steckte mein Handy zurück in die Jackentasche, während ich immer noch Carvens Worte hörte.

Hale weiß es ... wenn er nicht alles weiß, dann weiß er genug. Wir sind hier am Arsch. Lass mich sie heute Nacht ausschalten. Wir werden so viele töten, wie wir können, bevor sie sich zerstreuen. Erst Hale, dann diese Fotze ...

Dann diese Fotze.

»Mr. St. James?«

Ich hob meinen Blick und fand eine verwirrte Frau, die mich anstarrte. »Ja?«

»Kann ich Ihnen etwas zeigen, Sir?«, fragte sie und lächelte vorsichtig. Aber es hatte nichts Flirtendes an sich, sondern war einfach nur professionell.

Ich betrachtete ihr geglättetes blondes Haar und ihren perfekten Dutt, dann das perlenbesetzte Kaschmirtop mit dem schlichten blutroten Rock.

»Suchst du etwas Ähnliches wie die Halskette mit dem Anhänger, die du letzte Woche gekauft hast?«

Ich zuckte bei der Erinnerung zusammen und wusste nicht mehr, warum ich überhaupt hier war. Ich schüttelte den Kopf. »Nein, danke.«

Ihr Lächeln wurde schwächer, und ich war genauso verwirrt wie sie. Ich wandte mich zur Tür, aber aus dem Augenwinkel sah ich ein Glitzern und blieb stehen. Nicht nur ein Glitzern ... ein ganzes Durcheinander, das noch heller schimmerte, als ich auf die Auslage zuging. Die Verkäuferin ging auf die andere Seite des Ladentischs. »Das ist brandneu. Ich habe es sogar gerade erst ausgestellt. Es ist umwerfend, nicht wahr?«

Ich starrte gebannt auf das weiße Samtkissen, auf dem es thronte, und griff unter das gehärtete Glas.

»Es soll um den Knöchel gelegt werden.«

Ich schaute nach oben und begegnete ihrem Blick. »Tatsächlich?«

Gott, alles, was ich sehen konnte, waren diese verdammten Lederriemen auf ihrer olivfarbenen Haut, ihre Knie an die Brust gedrückt und ihre Beine weit gespreizt. *Ich hasse dich, verdammt!* Ihre Worte hallten in meinem Kopf wider.

Ich leckte mir über die Lippen und streckte den Finger nach dem Band aus.

»Einhundertsiebzehn Edelsteine im Brillantschliff, gefasst in glattem achtzehnkarätigem Gold, mit außergewöhnlicher Farbe und Klarheit, finden Sie nicht auch?«

Du benutzt eine Maschine, um mich zu ficken, weil du es nicht selbst tun kannst ...

Mein Puls beschleunigte sich, als mein Verlangen lebendig wurde.

Selbst in ihrem verdammten Hass wollte ich sie mehr als ich irgendeine andere Frau in meinem Leben gewollt hatte. Ich starrte das Fußkettchen an und stellte es mir auf ihrer Haut vor. »Ich nehme es.«

Ein überraschtes Lächeln war zu sehen. »Ich habe Ihnen noch gar nicht den Preis genannt, Mr. St. James.«

»Das macht nichts.« Ich holte die schwarze Amex aus meiner Brieftasche und schob sie über den Tresen. »Packen Sie sie ein.«

Sie nickte und griff nach der Karte. Ich wollte, dass es teuer wird. Ich wollte, dass es verdammt weh tat. Sie rechnete den Kauf ab und gab mir die Karte mit einem verwirrten Lächeln zurück.

Ein Fußkettchen ...

Ja, genau das wollte ich.

Ich schaute mir nichts weiter an, sondern ging in den hinteren Teil des Ladens, als ein älteres Paar hereinkam. Der Ehemann begegnete meinem Blick, bis er sich abwandte. Im Blick eines Mannes konnte man viel erkennen. Die Unbeholfenheit war nicht so sehr ein Zeichen dafür, dass sie etwas zu verbergen hatten, sondern eher dafür, dass sie sofort wussten, was für ein Mensch man war und dass sie so weit wie möglich von einem weg wollten.

Ich verschränkte die Arme und sah zu, wie sie mit einem der anderen Assistenten um eine schlichte goldene Halskette feilschten, bis die Blondine mit der eleganten schwarzen Samtschachtel zurückkam. Mein Magen krampfte sich augenblicklich zusammen, als ich sie nahm und in meine Jacke steckte, bevor ich ging, und die Weihnachtsmusik verfolgte mich den ganzen Weg zum Auto.

Ich hatte mich kaum hinter das Steuer gesetzt, als mein Handy vibrierte. Ich warf einen Blick auf den Bildschirm, schluckte schwer und ging sofort ran. »Hale.«

»Bist du in der Stadt?«

Er wusste, dass ich das war. »Ja.«

»Gut, dann komm zum Mittagessen in den Club.«

Ich zuckte zusammen. »Ich bin nicht wirklich ...«

»Das ist keine Bitte.«

Ein Frösteln lief mir über den Rücken und ein mulmiges Gefühl machte sich breit. »Dann werde ich in zwanzig Minuten da sein.«

Das ist wirklich schlimm, London. Wirklich verdammt schlimm. Carvens Angst erfüllte mich, als ich den Knopf drückte und den Mercedes startete. Mein Atem ging schwer und meine Gedanken rasten. Die ganze Sache rann mir durch die Finger. Die Enden all meiner Lügen waren losgelöst und flatterten im Wind.

Sie waren lang genug, um mich zu ersticken.

Lang genug, um uns alle zu ersticken.

Ich machte mich auf den Weg zum Club und dachte nur an zwei Möglichkeiten: die, die wir töten konnten, zu töten und den Rest zu verlieren, oder einen Ausweg aus dieser Situation zu finden. Beide Möglichkeiten würden die Art von prekärer Präzision erfordern, die mich nervös machte. Ich fuhr auf den Parkplatz und stellte den Motor ab.

Die Samtschachtel grub sich in meine Brust. Ich griff hinein, zog sie heraus und schob sie ins Handschuhfach. Das Letzte, was ich wollte, war, dass die Schachtel durch mein Blut ruiniert wurde ... falls es dazu kommen sollte. Ich griff nach dem Türgriff und stieg aus. Gott, ich hoffte, dass es nicht so weit kam. Im Moment gefiel mir das Leben, solange ich die Wildkatze in meinem Bett hatte.

Die Überwachungskameras verfolgten meine Bewegungen, als ich zur Hintertür des Clubs ging und den Code eingab. Drinnen gab es nur Dunkelheit. Genau wie sie es mochten.

Meine Schritte hallten im Flur wider, bis ich in den abgesperrten Privatbereich trat und auf das leise Dröhnen der Stimmen zusteuerte. Drei Männer in makellosen Anzügen saßen mit gekreuzten Beinen um einen niedrigen Tisch, tranken erstklassigen Scotch und rauchten Zigarren.

Eine zitternde, nackte Gestalt kniete am Rande des Raumes auf dem Boden, den Kopf gesenkt, rote Striemen leuchteten auf der weichen, zarten Haut. Ihre Hände waren auf die Oberschenkel gestützt. Ich überflog sie und wandte schnell den Blick ab, wobei der wilde Teil in mir schnell sank. Das war nicht der richtige Zeitpunkt, um wütend zu werden. Es war nicht die Zeit, meine Waffe zu ziehen und jedem verdammten Stück Scheiße in diesem Raum eine Kugel zu verpassen ...

Aber das war alles, was ich tun wollte.

Stattdessen sank ich hinter meiner steinernen Fassade in mich zusammen und begegnete jedem verdammten Blick, als ich mich dem Tisch näherte. »Meine Herren.«

Es war mir nicht entgangen, dass Hale nur selten ohne eine enge Truppe arschleckender Drecksäcke unterwegs war.

»St. James«, murmelte Lions, als er mir einen Blick zuwarf.

Ich ignorierte seinen Blick und konzentrierte mich stattdessen auf Hale, der mit gekreuzten Beinen und offenem Gürtel am Kopfende des Tisches saß. Ich unterdrückte ein Zusammenzucken, da ich jetzt den Grund für die gebrochene Frau kannte, die sich nicht rühren wollte. »Schöner Tag fürs Geschäft.«

»Nicht wahr?« Er sah mich an und deutete dann auf den leeren Platz zu seiner Rechten. »Bitte.«

Verdammt, nein. Das war das Letzte, was ich wollte, aber ich nickte, als ich den Stuhl ein Stück weiter als nötig herauszog und mich setzte. Alles, um von ihm weg zu sein. Das Gespräch verebbte und es wurde unangenehm. Aber ich wusste, dass Hale genau diese Unbehaglichkeit mochte. Er verbrachte die Pause damit, jede Bewegung deines Körpers zu beobachten und jeden ängstlichen Blick zu erkennen. Also drehte ich meinen Kopf und begegnete seinem leeren Blick. »Du hast etwas von Informationen gesagt?«

Er wartete einen Herzschlag lang, dann schob er sein Handy über den Tisch. »Anscheinend ist eine Aufnahme des Ordens durchgesickert, eine wichtige Aufnahme. Lass mich sie dir vorspielen.«

Ich straffte mich, aber es war sinnlos, als er auf den Knopf drückte und Ryth Castlemaines Schreie im Raum um mich herum widerhallten. Ich kannte die Aufnahme, ich hatte sie schon hunderte Male gehört. Ich zwang mich, zusammenzuzucken, als sie ihre Stiefbrüder um Hilfe rief, und als die Aufnahme zu Ende war, herrschte Stille.

»Ryth Castlemaine«, murmelte ich. »Ich kann die männliche Stimme aber nicht zuordnen.«

Hale kräuselte die Lippen. »Es ist Killion.«

Ich nickte. »Das ergibt Sinn.«

»Was aber keinen Sinn ergibt, ist, warum eine solche Aufnahme vom Orden an eine private IP-Adresse geschickt wird. Eine, die wir jetzt haben.«

Dank Daniels.

»Das ist noch nicht alles. Es wurde eine private Untersuchung durchgeführt und während dieser Untersuchung konnten wir Videoaufnahmen einer Straßenkamera unweit von Killions Haus ausfindig machen. Ich hätte gerne, dass du sie dir ansiehst.« Er swipte über den Bildschirm und öffnete das Schwarz-Weiß-Video eines Autos, das am Straßenrand angehalten hatte.

Als er auf Play drückte, sah ich Ryth Castlemaine dabei zu, wie sie neben dem Auto kotzte und kotzte, während ihre Brüder um sie herum standen.

Scheiße!

»Ich nehme an, du weißt, wer das ist.«

Ich nickte langsam.

»Wir haben erfahren, dass Killion erpresst wurde und dass er sich in dieser Nacht mit dem Mann treffen sollte, der das Geld erpresst hat, damit das nicht an die Öffentlichkeit kommt.«

Lions erhob sich vom Tisch, rückte seinen Gürtel zurecht und ging auf die kniende Frau zu. Sie stieß ein Wimmern aus und zuckte zurück, als er sich ihr näherte, sie mit einer Hand an den Haaren packte und auf die Beine zwang. Die Bewegung zog Hales Blick auf sich und sein Blick brannte vor Hunger, als Lions die Frau zu sich zerrte.

Aber sie wehrte sich nicht, sondern stolperte nur unter dem schweren Griff, bis sie weinend neben uns stand.

»Sie ist wunderschön, nicht wahr?«, murmelte Hale.

Ich verkrampfte meinen Kiefer, wich aber nicht von seinem Blick ab. »Ja.«

»Sie erinnert mich an deine Schlampe, wie heißt sie noch mal?«

Mir gefror das Blut in den Adern. »Vivienne.«

Hale nickte langsam. »Richtig, *Vivienne*. Ich habe gehört, sie war ein bisschen ...« Er schaute zu den anderen. »Wie nennt man das noch gleich? *Ah, ja* ... ein Wildfang.« Er begegnete meinem Blick. »Diese hier war auch ein *Wildfang*. Aber ich habe die Wildheit aus ihr herausgezähmt. Vielleicht kann ich dir bei deiner helfen?«

Mein Magen krampfte sich zusammen und mein Herz schlug schneller.

Die anderen am Tisch hatten keine Ahnung, was hier vor sich ging. Aber ich wusste es ... Ich kannte das Spiel, das Hale spielte. Ich hielt meinen Tonfall vorsichtig und kontrolliert, während ich dem Blick des Bastards standhielt. »Es ist schon eine Weile her, dass du dich um die Erziehung einer Tochter gekümmert hast, wenn man bedenkt, wie gut die letzte Sache gelaufen ist. Wo haben wir damals die Leiche versteckt? Ich bin mir sicher, dass Riven und seine Brüder immer noch von den Nachwirkungen erschüttert sind.«

Seine Augen funkelten. »Nun, du weißt ja, was man sagt, alter Freund. Wenn du willst, dass etwas richtig gemacht wird ...«

Tiefe Atemzüge erfüllten den Raum, bevor er seinen Blick wieder auf die Frau richtete. »Du kannst sie ficken, wenn du willst. Ich habe nämlich den unterschriebenen Vertrag auf meinem Schreibtisch vergessen. Ich weiß, dass du nicht in der Lage warst, das Treffen mit Ophelia zu vollziehen und ich bin mir sicher, dass du inzwischen ... *hungrig* bist.«

Mein Magen drehte sich, als ich die Worte erzwang. »Nein ... danke.«

Mit einer blitzschnellen Bewegung stürzte Hale nach vorne und knallte seine Handfläche auf den Tisch vor mir. Er lehnte sich etwas näher heran und sein Tonfall war bedrohlich. »Du solltest besser nicht mit mir spielen, London. Wir wissen beide, wie das enden wird.«

Ich zwang mich, seinen Blick zu erwidern und das Donnern in meiner Brust unter Kontrolle zu halten. »Ich werde dir die Informationen besorgen, die du brauchst, Hale.«

Diese mitleidlosen Augen bohrten sich in meine, bevor Hale langsam nickte und sich zurückzog. Stattdessen richtete er seine Aufmerksamkeit auf Lions ... und das leise, verängstigte Stöhnen der Frau unter seiner Hand. »Ich warte darauf.«

Ich begegnete jedem Blick, als ich aufstand ... außer dem ihren.

Denn in diese verängstigten Augen zu schauen, würde mich aus der Bahn werfen.

Denk an das große Ganze.

Denk an King.

Ich verließ den Ort und achtete darauf, dass jeder Schritt unter dem Gewicht von Hales Blicken langsam und präzise war. Erst als ich den Parkplatz verlassen hatte und mich auf den Weg nach Hause machte, hielt ich den Wagen am Straßenrand an. Die Säure stieg in meinem Hals auf, als ich die Tür aufstieß. Ich schaffte es gerade noch, mich aus dem Auto zu stürzen, bevor ich mich übergeben musste.

Die ganze Zeit, in der sich mein Magen hob und wälzte, dachte ich nur an Vivienne ... und daran, sie aus dem Orden zu holen. Denn die Wölfe zogen nicht mehr ihre Kreise. Nein, das war die Jagd ... und wir waren mittendrin.

DREIUNDDREISSIG

Vivienne

*I*CH *HASSTE IHN*.

Ich hasste ihn wirklich, verdammt.

Ich schloss die Augen und drückte meinen Kopf gegen meine Schlafzimmertür. Ich hasste ihn wirklich ... wirklich sehr. Je mehr ich versuchte, diese Wut zu unterdrücken, desto lauter wurde mein Puls, bis er das Knurren in meinem Kopf übertönte.

So ein Mist.

Ich öffnete die Augen, erhob mich vom Boden und machte mich auf den Weg ins Bad, wobei ich es hasste, zu ihm zurücklaufen zu wollen. Nein ... nicht laufen. *Ich wollte kriechen.* Ich wollte mich vor ihm hinknien, mich von ihm in den Keller bringen und festschnallen lassen.

Ich wollte zu ihm aufblicken, während sein Atem schwer und hart war und das Funkeln in seinen Augen aufflammte. Ich wollte ihn, egal wie er mich nehmen würde. Hart. Langsam. Weich und zärtlich. *Schlaf ... dein Körper braucht das.*

Ein Stöhnen ertönte in meiner Kehle, als ich ins Bad trat und den Duschhahn betätigte. Das Zischen des Wassers erfüllte den

321

Raum. Ich wartete auf die Wärme und trat ein. In meinem Kopf blitzte das Verlangen so stark auf, dass ich mich nicht dagegen hätte wehren können, selbst wenn ich es gewollt hätte. Und das wollte ich nicht.

Ich musste sie spüren.

Ich musste sie wieder erleben.

Ich musste mich erinnern.

Wie gefährlich dieser Mann war …

Ich wusch und schrubbte mich, tastete zwischen meinen Beinen, um den Schmerz zu spüren. *Darf ich dich lecken?*

»Nein«, flüsterte ich. »Das will ich nicht.«

Ich stellte das Wasser ab und stieg aus dem Bad. Ich zitterte vor Kälte und machte mir nicht die Mühe, in die Kameras zu schauen. Es interessierte mich nicht mehr. Weder der Peilsender in meiner Brust noch die Tatsache, dass er jeden meiner Schritte beobachtete. Es gab nichts, was er sehen konnte, was er nicht schon unter die Lupe genommen hatte.

Ich trocknete mich ab und zog mich an, dann machte ich mich auf den Weg zur Tür. Mein Magen knurrte und brannte. Ich war am Verhungern und nach diesem Morgen wusste ich, dass es kein Tablett geben würde. Denn er war derjenige, der sie gemacht hatte, genauso wie er derjenige gewesen war, der meine Kleidung gebracht hatte. Ich strich mir den weichen lavendelfarbenen Pullover über und öffnete meine Zimmertür.

Im Haus war es still … wirklich still.

Ich warf einen Blick auf die geschlossene Tür zum Schlafzimmer der Söhne und fragte mich, ob sie zu Hause waren. Ich machte einen Schritt, spürte die Leere und blieb stehen. Nein, ich glaubte nicht, dass sie da waren. Dann blieb nur noch … *er.*

Ich drehte mich um und ging auf die Treppe zu. Ich wollte diesem grüblerischen, verführerischen Blick um jeden Preis aus dem Weg gehen und eilte am Treppenabsatz vorbei auf seine Etage. Mein Bauch heulte auf, als ich ins Foyer trat und trieb mich in die Küche. Mein Blick fiel sofort auf die Kellertür, die jetzt geschlossen war.

»Kann ich dir bei irgendetwas helfen?«

Ich stieß einen Schrei aus, schlug mir die Hand auf die Brust und drehte mich, um Guild hinter mir zu sehen. »Mein Gott, hast du mich erschreckt!«

»Tut mir leid.« Er starrte mich an. »Brauchst du etwas?«

Ich warf einen Blick auf den Kühlschrank. »Ja, ich bin hungrig.«

»Soll ich dir etwas machen?«

»Nein«, sagte ich und schüttelte den Kopf. »Ich kann mich selbst versorgen.«

Er zuckte mit den Schultern. »Wie du willst.«

Er war nicht gerade ein Kellner, oder? Ich warf einen Blick auf seinen geschwollenen Mundwinkel. Er benahm sich nicht wie einer und London behandelte ihn auch nicht wie einen solchen. Ich warf einen Blick auf den Flur, der zum Arbeitszimmer führte.

»Er ist nicht da.«

Ich zuckte zusammen und riss den Kühlschrank auf, um in das blendend weiße Fach zu schauen. »Daran habe ich gar nicht gedacht.«

Er verschränkte die Arme und lehnte sich mit dem Rücken an die Theke, während er mir dabei zusah, wie ich Käse, Tomaten und Butter herausholte und nach Fleisch suchte. »Klar hast du das nicht. Schinken ist im Fleischkühlschrank.«

Ich warf einen Blick über meine Schulter. »Und wo zum Teufel ist der?«

Er stieß einen langen, schweren Seufzer aus, stieß sich von der Theke ab und schritt auf mich zu, um ein Schiebefach an meiner Seite herauszuziehen. Kalte Luft wehte weiß hervor, als er hineingriff und eine versiegelte Schinkenplatte herauszog. Ich sah ihm nur zu, wie er sich an die Arbeit machte, den Schinken auf den Tresen legte und ein Messer aus dem Schneidblock nahm. »Sandwich oder auf einem Teller?«

»Sandwich, bitte.«

Mit einem einfachen Nicken nahm er mir die restlichen Zutaten aus der Hand, öffnete den Kühlschrank und holte eine Flasche Mayo aus der Tür.

Ich konnte nichts anderes tun, als seine präzisen Bewegungen zu beobachten. »Die Lippe sieht schmerzhaft aus.«

»Es ist nichts.«

»Nein, ist es nicht. London hat einen starken ...«

Guild richtete seinen Blick ruckartig auf mich. »Er ist einer der ehrenhaftesten Männer, die ich je getroffen habe.«

Ein Lachen entrang sich mir. »Ehrenhaft? Reden wir über denselben Mann? Groß, grüblerisch, launisch, anspruchsvoll.«

Gilde seufzte und legte das Messer auf den Block, dann hob er die Hand und knöpfte sein Hemd auf. Hitze stieg mir in die Wangen. Ich warf einen Blick auf die Tür. »Warte, ich ...«

»Das war ein Messerangriff in Berlin«, begann er und lenkte meine Aufmerksamkeit auf sich. »Sie kamen mitten in der Nacht und wollten mich holen. Es war ein Glück, dass London zu der Zeit bei mir war.«

»Sie ... *waren hinter dir her?*«

Er nickte. »Es war ein Überraschungsangriff, Vergeltung dafür, dass sie den Kopf einer russischen Mafiaoperation ausgeschaltet hatten.«

Das Blut wich aus meinem Gesicht. »*Die russische Mafia?*« Ich blickte auf die tiefe Schnittwunde an seiner Schulter und seinem Hals. »Wer zum Teufel bist du?«

Er lächelte und schüttelte den Kopf. »Die bessere Frage ist: Was *bin* oder *war* ich? Denn ich habe dieses Leben hinter mir gelassen, genau wie London. Nun, er versucht es zumindest. Der Rest ist nicht meine Geschichte.«

Ich trat etwas näher, als er sein Hemd zuknöpfte und sich an die Arbeit machte. Er schnitt Scheiben von frischem Brot ab, bestrich sie mit einer Schicht Mayo und hauchdünnen Schinkenstreifen, belegte sie mit Tomaten und Käse und schob mir das aufgeschnittene Sandwich zu.

»Nicht alles ist so, wie es scheint«, murmelte er und nickte mir zu.

Ich griff nach der Hälfte des Sandwiches und biss hinein. Dann sah ich zu, wie Guild die Sachen wegpackte und mir zunickte. »Ich bin in der Nähe, wenn du etwas brauchst.«

Ich wollte ihn noch mehr über London fragen, aber ich hatte das Gefühl, dass mich das nicht weiterbringen würde. Alle waren so verdammt beschützerisch gegenüber dem Mann. Ich warf einen Blick zur Kellertür und verschlang das Sandwich.

Ich hasste ihn immer noch.

Das würde sich nicht ändern.

Als das Sandwich weg war, langweilte es mich, herumzulaufen. Es gab kein Auto, das ich hätte stehlen können und ich war schon oft genug in sein Arbeitszimmer eingedrungen, um ihn zu verärgern. Vielleicht könnte ich seine

Konten hacken ... oder seine E-Mails lesen? Oder vielleicht könnte ich ...

Das Rumpeln des Garagentors erregte meine Aufmerksamkeit. Ein Motor brummte, lauter als der Mercedes oder der Audi. *Die Söhne* ... Eine Welle der Nervosität machte sich breit, als das Geräusch verstummte und die Autotüren zuschlugen.

Peinlich berührt trat ich einen Schritt zurück. Ich war mir sicher, dass sie inzwischen wussten, was gestern Abend passiert war. Als das Geräusch des sich schließenden Garagentors verstummte und die schweren Schritte folgten, spürte ich die Wut wieder aufsteigen.

London hatte mich betrogen, aber er hatte mich auch gezwungen, Dinge zu fühlen, die ich nicht fühlen wollte.

Dinge, nach denen ich mich sehnte.

Und je mehr ich dieses Bedürfnis nach Zugehörigkeit verspürte, desto schmerzhafter wurde seine Untreue.

Carven kam herein und warf mir einen bösen Blick zu. Seine Lippen waren gekräuselt. Sein blendend weißes Haar war ein einziges Durcheinander. »Was glotzt du so blöd?«, schnauzte er, als Colt ihm nach drinnen folgte.

Eine Welle des Verlangens durchfuhr mich. Ich trat um den Tresen herum, blieb aber stehen, als Colt den Blick abwandte und seine Wangen sich röteten. Ich versuchte, das Stechen hinunterzuschlucken. »Was ist hier los?«

»Das ist dir doch scheißegal«, knurrte Carven, als er auf das Foyer zuging. »Warum steckst du deinen Kopf nicht noch tiefer in den Sand oder fährst noch ein Auto zu Schrott, denn London hat das sicher nötig, um deinen Arsch zu retten.«

Colt folgte ihm einfach, ohne einen Ton zu sagen oder einen Blick zu riskieren.

Ich wusste nicht, was mehr weh tat: die Bemerkung oder die Ablehnung. Aber das war egal, es war, als würde man Benzin auf ein außer Kontrolle geratenes Feuer gießen. Ich trat in den Türrahmen. »Weißt du was? *Du kannst mich mal und London auch!*«

Carven stützte sich mit der Hand auf dem Geländer ab.

»Ich habe verdammt noch mal nicht darum gebeten, entführt zu werden! Ich habe auch nicht darum gebeten, dass man mich an der Nase herumführt und anlügt. Du und dein Bruder, *ihr könnt euch eure schlechte Laune in den Arsch schieben.*«

Der Sohn richtete seinen Blick auf mich. Seine stahlblauen Augen funkelten vor Wut. »Du hast *nie* darum gebeten?«

Colt schob ihn in Richtung Treppe und schüttelte den Kopf zu seinem Bruder. Aber es gab kein Halten mehr, er konnte seine Wut nicht zügeln, als er seinem Bruder auswich und durch das Foyer stürmte. Aber Colt ließ das nicht zu und stürzte sich mit einem Kopfschütteln vor ihn, um die Tür zu blockieren. »Carven, nein.«

»Nein?«, bellte sein Bruder und starrte ihn an. »*NEIN?*«

Er drehte die Wut in meine Richtung, holte dann Luft und trat einen Schritt zurück. »Weißt du was? *Scheiß auf diese Scheiße … und auf dich!*« Er zeigte mit einem Finger in meine Richtung. »Verdammte Göre.«

»Verdammte Göre?«, schrie ich und stürmte auf ihn zu, bis Colt mich mit seiner Hand auf meiner Brust stoppte. »Fick dich! Du hast keine Ahnung, was ich durchgemacht habe!«

Selbst Colt zuckte bei meinem Schrei zusammen. Seine Hand fiel zu Boden, als er sich umdrehte und mit Carven zusammenstieß, als dieser auf mich zukam. Es war ein Kampf Bruder gegen Bruder, beide tödlich, beide wild, als sie einander angriffen … auf verschiedenen Seiten, wenn es um mich ging.

»Das glaube ich nicht, Bruder.« Carven wirbelte herum, wich ihm mit einer unglaublichen Geschmeidigkeit aus und hatte mich augenblicklich am Arm gepackt.

»*Lass mich los, verdammt!*« Ich wehrte mich und schlug um mich, obwohl ich wusste, dass es sinnlos war.

Er beugte sich, ohne meinen Schlägen auszuweichen und hob mich über seine Schulter. »*Was du durchgemacht hast, hm! Was du verdammt noch mal durchgemacht hast!?*«

Ich schwankte und rüttelte, trat und bäumte mich auf, um Colts Blicken zu begegnen, als er die Treppe hinaufsprang und uns folgte. In seinen großen Augen war Angst zu sehen, als er den Arm seines Bruders packte und daran zerrte. »Carven, sie ist noch nicht so weit!«

Aber Carven hörte nicht auf. Er riss seinen Arm einfach weg, schüttelte mich dabei wie eine Stoffpuppe und nahm immer zwei Stufen auf einmal, bis er auf Londons Treppenabsatz trat. Zuerst dachte ich, er würde mich in Londons Schlafzimmer bringen, aber das wollte ich ihm auf keinen Fall erlauben.

Aber er schritt an der Tür vorbei und blieb stattdessen vor einer Tür neben Londons Schlafzimmer stehen. Winzige Pieptöne ertönten, als er einen Code eingab und die Tür aufschob. Ich drehte mich um und warf einen Blick hinter mich, als Carven mich hineintrug. Colt schloss die Tür hinter sich und ließ uns in die Dunkelheit eintauchen, bevor ein winziges Klicken ertönte und sanftes Licht den Raum erhellte.

Strähnen meiner Haare flogen mir ins Gesicht, als ich fiel, nachdem Carven mich losgelassen hatte. Ich stieß einen schrillen Schrei aus, kratzte durch die Luft und fand stattdessen Colt.

»Carven!«, brüllte Colt, als er mich packte, bevor ich auf dem Boden aufschlug.

Aber sein Bruder war schon hinter einem großen Schreibtisch an der Wand verschwunden. Augenblicklich erwachte eine Reihe von Bildschirmen zum Leben. Schwarze und weiße Bilder füllten sie. Ich holte tief Luft, umklammerte Colt und starrte ihn an. »Du verdammtes Arschloch.«

»Ja?«, knurrte Carven. »Ich bin vielleicht ein Arschloch, aber wenigstens bin ich nicht naiv.«

Ich machte einen Schritt, wollte mich auf ihn stürzen, aber er schob mir einen Stuhl zu. »Setz dich.«

Ich rührte mich nicht, als er auf einem Monitor Knöpfe drückte, der sich von den Schwarz-Weiß-Aufnahmen meines Schlafzimmers in einen Computerbildschirm verwandelte. Dann gab er Zugangscodes ein.

»Carven ... tu das nicht.«

»Sie muss es wissen«, knurrte er, während er auf den Bildschirm starrte, wo er auf etwas zugriff, das wie Audiodateien aussah, dann knurrte er, klickte und suchte erneut. »Hier ... hier ist es. Hier ist alles, was du an ihm hasst.«

»Bruder.« Colt machte einen Schritt nach vorne.

Aber Carven richtete sich nur auf und starrte den leeren Platz an, dann schritt er durch den Raum, packte mich am Arm und zerrte mich zum Stuhl. »Ich sagte, du sollst dich *setzen!*«

Ich wehrte mich, als er mich nach unten zwang, bis er sein Gesicht dicht an meines drückte. »Ich bin nicht London, Wildkatze und ich bin ganz sicher nicht mein Bruder. Wenn du dich mir widersetzt, wirst du vielleicht für eine sehr, sehr lange Zeit an das verdammte Ding gefesselt sein.«

Ich starrte ihn an, aber meine Hände fielen an meine Seiten. *Fick dich!*, wollte ich ihm ins Gesicht knurren. Aber er wandte sich ab, sodass ich stattdessen sein Ohr anstarrte und drückte auf einen Knopf, der den Raum mit Lärm erfüllte.

Schwere Atemzüge schallten aus den Lautsprechern. Die Atemzüge einer Frau, hart, heftig, außer Atem, aber darunter war ein leises Stöhnen, so leise, dass ich es fast überhörte. Es kam wieder, nur war es dieses Mal das Flehen eines Jungen. »Nicht ... mein Bruder.«

Colt versteifte sich neben mir.

Carven ließ den Kopf hängen.

»Ich werde dich schlagen, du mieses, kleines *Biest*.« Die keuchende Frau knurrte so nah, dass der Lautsprecher von der kehligen Drohung vibrierte. »Ich werde dich *ruinieren*!«

Doch im Hintergrund ertönten Schreie. Männliche Schreie. Schreie, die plötzlich verstummten.

Ich zuckte zusammen, als ein Knall ertönte. Meine Gedanken rasten, dann ordnete ich sie ein. Es war das Geräusch einer Tür, die aufflog, gefolgt von dem dumpfen Geräusch herannahender Schritte.

»Geh weg von ihnen, Ophelia.«

Ich wich zurück, als sie zischte. »Wenn du mir zu nahe kommst, lasse ich dich töten. Ich werde sie alle umbringen lassen. Ich fange mit denen an, um die du dich so sehr zu sorgen scheinst.

»Nein«, ertönte es wieder ...

Und vor mir begann der Schreibtisch zu wackeln. Ich drehte mich zu Colt um, der sich vor Wut zitternd an die Kante klammerte.

»Nicht mein Bruder«, stöhnte die gebrochene kleine Stimme. »Nicht ... *Carven*.«

Eine Sekunde lang konnte ich nicht atmen, nicht denken. Ich konnte nur noch in der Qual existieren.

»Geh weg von ihnen«, drängte London und seine Stimme wurde lauter. »Geh weg von den Söhnen.«

»Du wirst es nicht schaffen, hier rauszukommen. Hale wird es wissen. Er wird dich aus reiner Gehässigkeit jagen, das weißt du.«

Ich schluckte mein Herz wieder herunter. Mein Verstand schrie, ich solle weglaufen, von dort verschwinden. Das war zu echt ... zu ...

Es gab Kratzer an der Tür.

Ich schloss meine Augen, als London wieder sprach. »Dann sag mir, was du willst. Was immer es ist, ich werde es bezahlen.«

»Ich brauche dein Geld nicht!«

»WAS WILLST DU DANN?«

»Dich.«

Ich zuckte zusammen, als wäre ich geohrfeigt worden und mein Blut wurde zu Eis. »Nein.« Das Wort entwich mir.

»Willst du diese *erbärmlichen Dinger*?«

Ein Aufprall.

Und ein leises Stöhnen folgte.

Carven ruckte mit dem Kopf zu Colt und seine blauen Augen brannten wie nie zuvor.

Ich wusste, was da geschah. Ich wusste es und trotzdem verdrängte mein Verstand die Wahrheit. *Weil ... weil ...*

Der Schreibtisch bebte und schüttelte sich, die hintere Kante krachte gegen die Wand. Ich streckte eine zitternde Hand aus und berührte seinen Arm. Er zuckte bei der Berührung zusammen und wich zurück, wobei sein wütender Blick den meinen traf.

»Das ist es, was ich will«, forderte Ophelia, als ich mich vom Stuhl erhob. »Ich will dich ficken. Ich will dich besitzen. Ich will, dass du vor mir auf die Knie fällst, wenn ich es verlange.«

London war still.

Sein Schweigen war lauter als ein Schrei.

Ich berührte Colts Arm noch einmal. Er schüttelte den Kopf und sein Körper zitterte vor Wut. »Ich bin hier«, murmelte ich. »Ich bin genau hier.«

Er drehte sich zu mir um und zog mich eilig in seine Arme. Ich wurde von ihm verschluckt, von der Härte seines Körpers.

»Dann ist es abgemacht«, erklärte London. »Aber ich nehme sie jetzt mit und du wirst nie wieder ihre Namen aussprechen oder sie ansehen.«

»Gut«, rief Ophelia durch die Lautsprecher, als Colt seinen Kopf zu mir drehte.

»Ich bin hier.« Ich fuhr ihm mit der Hand durch die Haare und mein Magen drehte sich bei der Wahrheit um.

Tränen stiegen mir in die Augen, als das Poltern von Schritten aus den Lautsprechern ertönte.

»Ganz ruhig«, beschwichtigte London. »Ich habe dich. Halt dich an mir fest.«

»Halt dich an mir fest«, wiederholte ich und Colt drückte mich fester an sich, während er mich überragte. »Halt dich an mir fest.«

Ich richtete mich so weit auf, wie ich konnte. Mein Herz hatte jetzt das Sagen, es gab den Ton an. Mein Körper hatte keine andere Wahl als zu gehorchen, als ich ihn küsste. Sein Mund war starr und weigerte sich, sich zu bewegen. Aber ich küsste ihn wieder, nur dieses Mal sanfter. Erinnerungen an Londons Mund drängten sich auf. Ich folgte dem gleichen Weg und küsste seine Mundwinkel, während durch die Lautsprecher ein kleiner Junge vor Schmerz wimmerte.

»Ganz ruhig, Colt, ja? Ich habe dich, Colt.«

»M–Mein ... Br–Bruder.«

»Wir lassen deinen Bruder nicht allein, auf keinen Fall. Du gehörst jetzt zu mir, mein Sohn ... du gehörst zu mir.«

Tränen traten mir in die Augen, als ich ihn im Nacken packte und näher zu mir zog. Sein Mund öffnete sich und er erwiderte meinen Kuss mit einer solchen Heftigkeit, dass es mir den Atem raubte. Seine Hände legten sich um meine Taille und er hob mich hoch, bis meine Beine um ihn herum waren.

Ein leises Stöhnen hallte in meinen Ohren wider. Wir bewegten uns, schaukelten und kippten, bis er im Stuhl zusammensackte und meine Beine fielen. Er fasste mir an die Brüste und blickte zu mir auf. In meinem Kopf sah ich nur all diese Narben. Er war von dieser abscheulichen Schlampe geschlagen und gefoltert worden. Die Schlampe, die Londons Körper als Bezahlung für ihre Freiheit benutzt hatte.

»Wie ich schon sagte, Wildkatze«, murmelte Carven hinter mir. »Naiv.«

Ich drehte meinen Kopf, als Colt an meinem Oberteil zerrte, es hochzog und die Körbchen meines BHs nach unten riss. Ich erhob mich und überließ seinen Mund meiner Brustwarze, während ich dem lebhaften Blick seines Bruders begegnete.

»Er hat sich für unsere Freiheit an sie verkauft ...«, murmelte Carven und wandte dabei nicht einmal den Blick ab. »Genauso wie er sich für deine Freiheit an sie verkauft.«

Die Knöpfe meines Hemdes rissen auf und verteilten sich auf dem Boden. Ich schloss die Augen und stöhnte auf, als mein Hemd in der Aufregung zerrissen wurde, aber es war kein Geräusch der Freude. Es war Schmerz. *Er hatte sie für meine Freiheit gefickt. Er ... er ... er ...*

Colt fummelte an den Knöpfen meiner Hose herum und zog, als er mich hochhob, um meine Hose nach unten zu schieben. Ich schluckte schwer, während ich ihn tun ließ, was er wollte. Seine Finger tauchten in meinen Schlitz ein und rieben mich dort, wo ich wund war. Ein Knurren und er hob mich hoch, als würde ich nichts wiegen. Ich hob ein Bein, um meine Hose herunterzuschieben und riss ein Bein frei, dann das andere. Aber mein Schmerz war nichts. Meine Wut war nichts. Denn mein Herz heulte die Wahrheit.

Das Klirren einer Schnalle, dann das Schieben eines Reißverschlusses.

Er rammte seinen Schwanz ganz hinein.

Ich ließ meinen Kopf mit einem Schrei zurückfallen.

Schmerz. Vergnügen. Verzweiflung. Ich brauchte den Schmerz. Ich musste ihn spüren. »Fick mich«, keuchte ich und öffnete meine Augen, um die Qualen in seinem Blick zu sehen. »Fick mich, Colt.«

Seine Lippen kräuselten sich und entblößten seine Zähne. Er hielt mich fest, packte meine Hüften und drückte meinen Körper nach unten, sodass er mich bis zum Anschlag aufspießte. Er fickte mich hart und wild, mit Wut und Angst in seinen Augen.

Wärme drückte gegen meinen Rücken. Einen Moment lang spürte ich sie nicht. Alles, was ich spürte, war Colts Raserei und sein Wahnsinn. Aber die Wärme bewegte sich, glitt meine Wirbelsäule hinauf und strich mein Haar zur Seite. Wärme, die immer stärker wurde, bis sie mehr wurde, und während sein Bruder seinen Schwanz in mich stieß und verzweifelt versuchte, in der Wärme und dem Komfort meines Körpers zu vergessen, senkte Carven seinen Kopf, drückte seine Stirn an meine Schulter und fand seine.

»Das war's, Wildkatze. Jetzt weißt du, wie weit wir gehen, um das zu schützen, was uns gehört ... *jetzt weißt du es verdammt noch mal.*«

London

Ich wischte mir mit dem Handrücken das Brennen der Säure von den Lippen und starrte auf das Durcheinander auf dem Asphalt vor mir. *Ich habe die Wildheit aus ihr herausgezähmt. Vielleicht kann ich dir mit deiner helfen?* Hales Drohung hallte in meinem Kopf wider. Ich stemmte mich nach oben, als der Gedanke aufkam, mir die Hände blutig zu machen. Diese Hände. Ich starrte auf das Zittern und fuhr mir mit den Fingern durch die Haare.

Meine Vergangenheit rief mich zurück in ihre Dunkelheit, wo Männer wie Hale mich für einen Mord bezahlt hatten. Nur dieses Mal würde er der Täter sein. Ich hätte ihn auf der Stelle erledigt, wenn ich gewusst hätte, dass er der Anfang und das Ende von allem war. Aber ich wusste ohne Zweifel, dass er es nicht war ... er war nur einer in einem schlängelnden, sich windenden Nest.

Wenn ich einem den Kopf abschlagen würde, würden sie sich alle zerstreuen.

»Scheiße.« Ich hob meinen Blick von den glitzernden Spritzern neben meinem Auto und ließ mich hinter das Lenkrad sinken.

Die Autotür schloss sich mit einem dumpfen Knall und für eine Sekunde war ich in den Moment vertieft, unfähig, mich zu bewegen, bis sie sich hineinschob. Meine nervtötende, aufmüpfige Wildkatze. Eine, die entschlossen war, mich in ein frühes Grab zu schicken ... oder mir ein verdammtes Geschwür zu verpassen. Ich zuckte zusammen und rieb mir das Brustbein, bevor ich nach meinem Handy griff.

Ich hätte gewettet, dass sie jetzt gerade mein verdammtes Arbeitszimmer zertrümmerte ... *schon wieder.*

Mit einem Daumendruck entriegelte ich das Handy, öffnete die Kamera und blätterte einen Bildschirm nach dem anderen durch. Sie war weder im Arbeitszimmer noch in ihrem Schlafzimmer ... *Scheiße.* Ich schaltete auf die Garage um und fand Carvens Explorer, dann schaltete ich zurück auf die internen Kameras, um ihr Zimmer zu durchsuchen, doch es war leer.

Mein Magen verkrampfte sich, als ich auf das Symbol für mein Schlafzimmer klickte ... und dann auf den Monitorraum daneben.

Eine Bewegung lenkte meine Aufmerksamkeit auf sich. Von hoch oben in der Ecke beobachtete ich, wie sie Colt auf dem Stuhl in der Mitte des Raumes fickte. Seine Hand war in ihren Haaren, die andere umklammerte ihre Taille, während sie sich gegen ihn wand und presste. Ich lehnte mich nahe heran und erweiterte den Sichtbereich. Verdammt, sie war herrlich. Ungezähmt. Ungebrochen. Das war es, was mich zu ihr hinzog. Ihre olivfarbene Haut sah im Licht der Monitore noch dunkler aus.

Während ich sie ansah, machte Carven einen Schritt nach vorne und legte seine Hand in die Mitte ihres Rückens. Eine Welle der Liebe erfüllte mich bei dieser Bewegung. Mein gebrochener Sohn fühlte sich zu ihr hingezogen, genau wie ich es erwartet hatte. Er beugte sich hinunter und legte seine Stirn an ihre Schulter, während sie ihren Rücken wölbte und seinen Bruder ritt. Sie war für sie. Sie war für mich. Kings Tochter … und unser Ausweg.

Ein tiefer Atemzug und meine Gedanken verdunkelten sich. Ich drückte auf das Symbol, um die Ansicht zu beenden und rief stattdessen eine andere App auf. Rote Punkte flackerten auf. Ich bewegte mich darauf zu und fand Ryths Standort augenblicklich. Wenn es darum ginge, sie und ihre Brüder im Austausch für Viviennes Sicherheit auszuliefern, würde ich es sofort tun.

Aber das war nicht meine Entscheidung …

Ich hätte die Entscheidung ihrem Vater überlassen, der King aus seinem Versteck holen würde, um es zu tun.

Dann würde ich ihn benutzen, um jeden einzelnen dieser widerlichen Scheißer ein für alle Mal zu erledigen.

Ich schloss die Ansicht und ließ den Motor an. Meine Hände zitterten nicht mehr, aber ich fuhr nicht nach Hause. Noch nicht. Nicht, solange mir Hales Drohung noch in den Ohren klang. Ich brauchte einen Drink und einen ruhigen Ort, an dem ich nachdenken und versuchen konnte, einen Ausweg zu finden. Einen, der meine Familie nicht umbringen würde … oder mich in Ophelias Bett.

Ich fuhr nach Osten und hielt vor der diskreten Bar im Herzen der Stadt. Schwarzer Stahl, freiliegende Ziegel und stimmungsvolle bernsteinfarbene Beleuchtung zogen mich an. Ich trat ein, winkte einen Kellner heran und ging zu den Ledersesseln im hinteren Bereich. Ich sah kaum jemanden, als ich meine Jacke aufknöpfte und mich setzte.

»Ihren besten Whiskey«, bestellte ich, als der Kellner kam. »Eine Flasche.«

Seine Augen weiteten sich, aber ein Nicken und er verschwand.

Ich habe die Wildheit aus ihr herausgezähmt ...

Ich schluckte schwer und wandte meinen Blick ab, um mich auf etwas anderes zu konzentrieren.

Vielleicht kann ich dir bei deiner helfen?

Es war egal, wohin ich schaute: zu den beiden Frauen, die an der Bar Cocktails tranken, zu dem Kerl, der hinter mir hereinkam und nicht weit von ihnen Platz nahm, oder zu dem Arschloch, das im Schatten saß und mich anstarrte. Ich zuckte zusammen, als mir bewusst wurde, dass es sich um schwarzes Glas handelte und das Arschloch ich war.

Eine der Frauen, die mit ihrer Freundin saß, schaute in meine Richtung und lächelte. Ich reagierte nicht und wandte den Blick ab, als sie aufstand, ihre Freundin zurückließ und sich auf den Weg machte. *Geh weg,* forderte ich sie auf. *Ich bin nicht in der Stimmung, nett zu sein.*

»Hallo«, sagte sie frech. »Wie ich sehe, bist du allein unterwegs. Wartest du auf jemanden?«

»Nein.«

Sie reagierte nicht auf meinen bissigen Tonfall, sondern trat näher, um mit einem rot lackierten Nagel über meine Hand und meine Rolex zu fahren. »Ich kann mit dir warten, wenn du willst.«

Ich hob meinen Blick, um ihren zu treffen. Sie waren alle gleich, nicht wahr? *Bis auf sie ... meine Wildkatze.* »Nein. Wenn du mich jetzt entschuldigen würdest.«

Ich zog meinen Arm weg und ignorierte sie so lange, bis die Spannung in der Luft lag.

»Gut«, murmelte sie, als sie sich umdrehte. »Dein Pech.«

»Das bezweifle ich sehr«, murmelte ich, als sie ging.

Vielleicht kann ich dir bei deiner helfen?

»Sir«, sagte der Kellner nervös, als er um die zurückweichende Frau herum trat und sich ihr näherte. »Es tut mir leid, aber ich brauche ...«

Ich griff in meine Jacke, kramte meine Brieftasche hervor und holte meine Amex heraus. »Die Flasche ... sofort.«

Er eilte davon und kam kurz darauf mit einer frisch geöffneten Flasche und einem Satz Gläser zurück. Ich brauchte nur eins. Ich schenkte ein und trank. Das erste Glas wärmte mich kaum. Beim dritten hatte sich das verdammte Versprechen in meinem Kopf verlangsamt. Beim fünften Glas war mein Verstand am Schwimmen.

Von irgendwo rechts von mir ertönte Gelächter. Ich hob meinen Blick und sah unbekannte Gesichter, froh, dass die Frau und ihre Freundin gegangen waren. Aber wie lange war ich schon hier gewesen?

»Kann ich Ihnen ein Glas Wasser bringen, Sir?«

Ich drehte mich zu dem Kellner um, aber er war nicht mehr der unbeholfene Typ von vorhin. Ich schüttelte den Kopf und griff nach meinem Glas ... aber es war leer. Also griff ich stattdessen nach der Flasche. Die war auch ... leer. »Wie viel Uhr ist es?«

»Es ist kurz nach neun.«

Ich warf einen Blick auf die Tür und sah, dass es draußen dunkel war. »Neun?«

»Ja, Sir. Sie sind schon eine ganze Weile hier. Kann ich Ihnen einen Chauffeur rufen?«

Ich begegnete seinem Blick und sah ihn finster an. »Nein, danke.«

Stattdessen griff ich nach meinem Handy. Meine Finger fummelten an dem verdammten Ding herum, bis ich meinen Daumen gegen den Bildschirm drückte und es entsperrte. *Kontakte ... wo zum Teufel ist er ... da.* Ich drückte auf das Symbol.

»Mr. St. James.«

»Lucas, ich äh ...«, murmelte ich.

Angesichts der Worte wurde er hellhörig. »Soll ich Sie abholen, Sir?«

»Ja, ich glaube, ich sollte nicht fahren. Ich bin in ...« Ich suchte nach dem Namen. »Der Marquis Bar.«

»Ich kenne den Ort. Ich bin in dreißig Minuten da.«

Ich nickte. »Danke.« Und legte auf.

Ich brauchte fast die gleiche Zeit, um zur Toilette zu gehen, mir die Hände zu waschen und mich auf den Weg nach draußen zu machen. Kaum war ich draußen, traf mich die kalte Nachtluft und ließ mich erschaudern. Flammen tanzten durch das Glas des Kamins im Inneren. Ich hatte die Kälte bis jetzt nicht bemerkt, genauso wenig wie die Weihnachtslieder, die aus den Lautsprechern in den Geschäften dröhnten.

Denn das war nicht meine Welt, nicht wahr? Meine Welt war die Dunkelheit, der Tod ... *und sie.*

Die Scheinwerfer blendeten mich für eine Sekunde, bevor der vertraute dunkelblaue Range Rover an den Bordstein heranfuhr. Lucas ließ den Motor laufen und stieg aus, um mir die Hintertür zu öffnen.

»Danke«, murmelte ich, als ich einsteigen wollte und erstarrte. *»Warte.«*

Lucas schaute mich nur an, als ich wieder ausstieg. Die Klarheit traf mich kälter als jede Herbstbrise. Ich griff in meine Tasche, holte meine Schlüssel und drückte den Knopf, bevor ich die Beifahrertür öffnete und den Knopf am Handschuhfach betätigte.

Das konnte ich nicht vergessen. Ich starrte die schwarze Samtschachtel an, bevor ich sie in meine Jacke steckte, das Auto abschloss und mich auf den Weg zurück zu Lucas machte, der auf mich wartete. Ehe ich mich versah, waren die Autotüren geschlossen und wir fuhren los. Entgegenkommende Scheinwerfer blendeten mich und ließen mich den Blick abwenden.

»Ich habe gekühltes Wasser in das Fach neben Sie gestellt.«

Ich schaute Lucas an und nickte, bevor ich nach der Flasche griff. Mein Kopf schwirrte ein wenig, vielleicht war eine Flasche ein bisschen zu viel gewesen? Eiskalt rann es mir die Kehle hinunter, als ich trank. Ich schloss die Augen und ließ mich vom Schaukeln des Fahrzeugs einlullen, bis ich die vertrauten Drehungen spürte und die Augen öffnete.

Ich habe die Wildheit aus ihr herausgezähmt ...

Mein Griff um den Behälter wurde fester und das Wasser schwappte gegen die Seiten. Egal, wie viele Gläser Scotch ich getrunken hatte, dieser kranke Scheißkerl kroch mir irgendwie unter die Haut. Ich hob meinen Blick, als Lucas vor dem Haus anhielt und den Knopf drückte, um das Garagentor zu öffnen.

Ich wartete nicht auf ihn, sondern riss den Griff auf und stieg aus dem Auto. Die Fahrertür wurde geöffnet und Lucas hielt mich am Arm fest. »Ganz ruhig. Soll ich Ihnen hineinhelfen?«

Ich begegnete seinem Blick, schüttelte den Kopf und richtete mich auf, während ich vorsichtig die Samtschachtel in die Hand nahm. »Nein, ich mache das schon.«

Die kalte Nachtluft strich mir durch die Brust, als ich tief einatmete und mit ihr kam der Schlag, den ich brauchte. »Gute Nacht, Lucas, und danke. Geh nach Hause zu deiner Familie.«

Familie ...

Ich hob meinen Blick zu den Fenstern im dritten Stock meines Hauses. Meine Familie wartete dort oben ... *meine ... sture ... nervige, gottverdammte, perfekte Wildkatze.* Ich leckte mir über die Lippen und stolperte nach vorne.

»Ich werde den Mercedes morgen früh hierher liefern lassen«, rief Lucas mir hinterher.

Ich winkte ihm zu und ging weiter, während ich im Vorbeigehen den Knopf für das Garagentor drückte. Das Rumpeln ertönte hinter mir, als ich mir einen Weg durch das Haus und die Treppe hinauf bahnte.

Ich öffnete die Knöpfe meiner Jacke, zog sie aus und warf sie über den Treppenabsatz in mein Stockwerk, dann stieg ich hinauf, bis ich zu ihrem Zimmer stolperte.

Ich klopfte nicht, zögerte nicht, drehte nur die Klinke und stieß die Tür auf, um sie mit angezogenen Knien im Bett liegen zu sehen, wo sie etwas las. Ihre Augen weiteten sich, als ich meine Hand hob, um mich am Türrahmen abzustützen.

»London?« Sie stemmte sich hoch, als ein besorgter Blick in ihren faszinierenden braunen Augen aufflackerte.

Warum zum Teufel musste sie so verdammt schön sein? Es wäre einfacher gewesen, wenn sie nicht ... wenn sie nicht so trotzig wäre.

Ich stieß ein Knurren aus, stieß mich von der Tür ab und schritt auf sie zu ...

FÜNFUNDDREISSIG

Vivienne

»London?« Ich schob mich nach oben und starrte ihn an, als er sich gegen die Tür lehnte. »Ist alles in Ordnung?«

Es lag etwas Gefährliches in seinen Augen. Etwas ... *Unheilvolles*, als er sich vom Türrahmen abstieß und nach vorne stolperte, etwas in der Hand haltend.

Ich blickte nach unten und sah die schwarze Samtschachtel. *Ich kann verstehen, warum du deinen Schwanz in sie stecken willst ...*

Die Worte der Schlampe drangen zu mir durch, aber sie wurden von dem tiefen Knurren übertönt, das in seiner Brust grollte, als er am Fußende des Bettes stehen blieb.

»Du widersetzt dich mir«, murmelte er. »Jedes verdammte Mal.«

Ich warf einen Blick zur Tür, dann wandte ich mich wieder ihm zu. Angst machte sich breit und ich leckte mir über die Lippen. »Ist etwas ... passiert?«

Hatte er mich und Colt irgendwie gesehen? War das der Grund, warum er so ... wütend aussah? Mir wurde heiß, als er sich über mich beugte, das Bettzeug wegzog und mich ansah. Mit finsterer Miene betrachtete er das karamellfarbene Spitzenhemd und das kürze Höschen. Sein Atem stockte, bevor er meinen Blick erwiderte. In seinem Blick spiegelte sich das Bedürfnis wider. Ich hatte ihn noch nie so ... verletzlich gesehen.

»Je mehr du mich unter Druck setzt, desto mehr will ich dich.« Er fuhr sich mit den Fingern durch sein Haar und ließ es zerzaust und ungezähmt zurück.

Das Verlangen erschütterte mich bis ins Mark. Je mehr ich über ihn wusste, desto tiefer wurde dieses Verlangen, bis es zwischen meinen Beinen pochte.

Er leckte sich über die Lippen, während sein Blick an meinem Körper hinunter wanderte und bei meinen Füßen verweilte. »Vertraust du mir?«

Meine Atemzüge wurden tiefer, aber ich musste nicht nachdenken. »Ja.«

Er bewegte sich, aber seine dunklen Augen blieben auf mich gerichtet, während er meinen Knöchel umklammerte. Mein Hintern rutschte über die teuren Laken, als er mich zu sich zog. Ich konnte nichts tun, als er meinen Fuß flach gegen seine Brust drückte und die Schachtel anhob.

»London ...«, begann ich und hasste seinen Anblick.

Wenn er glaubte, dass ich diese verdammte Halskette nach dieser abscheulichen Schei–

Er öffnete das Etui und griff hinein. Etwas glitzerte in seinen Fingern und wurde von der Nachttischlampe reflektiert, als er die kleine Kette herauszog und das Etui auf das Fußende des Bettes fallen ließ. Ich begegnete seinem Blick und erstarrte. Gott, ich hatte mich so in ihm getäuscht, so sehr. Jetzt sah ich ihn ... Ich sah ... *ihn*.

So kalt. So undurchschaubar. So verdammt brutal … und doch war er es nicht. Nicht für die, die er liebte.

Denn wenn dieser Mann liebte … *liebte er heftig.*

Er leckte sich über die Lippen, während er seinen Blick senkte. Seine großen Finger arbeiteten an dem winzigen Verschluss, bevor er ihn mir um den Knöchel legte und ihn schloss. Ich betrachtete das Glitzern und mein Herz schlug wie wild, als mir bewusst wurde, was es war.

Es waren Diamanten.

Eine ganze Menge verdammter Diamanten.

Ein stechender Schmerz durchfuhr meine Brust.

Ich richtete meinen Blick auf ihn und öffnete den Mund, um ihm zu sagen, dass das viel zu teuer war. *Ich wollte das nicht. Ich fühlte mich nicht wohl dabei …*

Die Berührung seiner gelockten Finger ließ mich innehalten. Er blickte nach unten, strich über die Edelsteine und fuhr dann an meinem Knöchel entlang. »Du kämpfst gegen mich«, murmelte er. »Du … Du machst mich so …« Seine Brust hob sich mit einem schweren Atemzug, bevor sie wieder sank. »Verdammt geil.«

Ich erstarrte bei dem Gefühl seiner Finger, als er meine Wade hinauffuhr und die Rückseite meines Knies umfasste.

»Ich will dich, verdammt noch mal, und der Vertrag ist mir egal …« Er griff mein anderes Knie und zerrte mich kräftig, bis ich am Rand der Matratze lag.

Dunkelheit. So sah er aus, als er über mir thronte. *Rohe, unbarmherzige Kraft.*

Er beugte sich vor, legte ein Knie zwischen meine Beine und rieb sich an meinem Inneren. »Sie können dich nicht haben.« Er fuhr mit seinen Händen seitlich an meinem Körper hoch und strich unter meinen Armen hindurch. »Weil du mir gehörst.«

Der Druck zwischen meinen Beinen wurde stärker, als er meine Handgelenke ergriff und sie über meinen Kopf zog. »Ich habe dich heute gesehen. Ich saß im Auto und sah zu, wie du Colton in meinem Überwachungsraum gefickt hast.«

Ich starrte hinauf in diese endlosen dunklen Gruben, als er gegen meine Klitoris rieb und nachließ. »Du hast ihn gut gefickt, Wildfang.« Das Verlangen entfaltete sich, als er noch einmal gegen mich stieß. »So verdammt gut.«

Er ließ seinen Körper fallen, presste seine Brust gegen meine und knurrte mir ins Ohr. »Du denkst, ich kann nicht jede Frau haben, die ich will? Ich könnte es ganz einfach.« Seine Stimme wurde kehlig. »Ich hätte heute Nacht eine Frau haben können. Sie in der Bar gefickt. Wahrscheinlich hatte ich auch ihre Freundin dazu bekommen.«

Glühende Wut durchfuhr mich, als ich meinen Blick auf ihn richtete. Der Geruch von Scotch in seinem Atem verriet mir die Wahrheit. »Hast du das?«

Verzweiflung runzelte seine Stirn. »Nein. Ich habe sie kaum angeschaut. Sie ... sie haben mich *angewidert*.«

Ich will dich ficken. Diese abscheulichen Worte kamen ihm in den Sinn, kein Wunder, dass er sie verabscheute, sie klangen bestimmt genau wie sie, immer begierig, immer lüstern. *Ich will dich besitzen ... Ich will dich, dass du vor mir niederkniest ...*

Die brennende Wut warf weiße Flecken hinter meine Augen. »Ekelst du dich auch vor mir?«

Er suchte meinen Blick und für eine Sekunde hatte ich Angst, dass er das gleiche Verlangen in mir sehen würde. Der verwirrte Blick wurde noch mutiger, während er den Kopf schüttelte.

»Nein.« Der Moment verharrte in Schweigen, bis er sich sanft vorwärts bewegte und sein Knie an meinem Kitzler rieb. »Du ekelst mich nicht im Geringsten an. Du ... Vivienne, bewirkst genau das Gegenteil.«

Angesichts seiner Worte rauschte mein Blut in meinen Adern.

»Du, Frau«, flüsterte er gegen mein Ohr. »Du treibst mich in den Wahnsinn.«

»Gut«, knurrte ich, denn irgendwie wusste ich, dass er genau das brauchte ... dass er sich danach sehnte. Er wollte nicht, dass eine Frau ihn ausnutzte und er wollte ganz sicher nicht, dass eine Frau ihm den Hof machte.

Nein, London St. James war ein Raubtier.

Nur wählte er seine Beute ...

Und seine Gefährtin.

Eine Gänsehaut lief mir über die Haut, als der Druck zwischen meinen Beinen nachließ ... wieder anstieg ... und nachließ, bis er sich zurückzog und meine Hände losließ. »Lass sie, wo sie sind.«

Ich konnte nichts anderes tun, als ihm zu gehorchen, als er den Saum meines Slips packte und ihn nach unten zog. Spitze glitt an meinen Oberschenkeln hinunter, bis er sie beiseite warf und mit seinen großen Händen zu meiner Taille glitt, wo er den unteren Teil des Unterhemdes ergriff und ihn nach oben zog. Weiche Spitze streifte meine Brustwarzen und ließ mich nach Luft schnappen.

»Mein«, flüsterte er, als er an mir herunterblickte, während sich meine Brustwarzen zu Spitzen verhärteten. Ich schloss meine Augen bei der Hitze seines Atems. »*Unser.*«

Wärme schloss sich um meine Brustwarze, als er sie leckte. Das Gefühl raste bis zu meiner Klitoris, wo sie vibrierte und pochte.

»Unser Fickspielzeug ... was auch immer du uns erlaubst.«

Erlauben? Meine Atemzüge kamen viel zu schnell, als ich mich zu einem Stöhnen hinreißen ließ, bis er sich zurückzog. Ich öffnete meine Augen und sah in seine. »Was wirst du uns erlauben, Kätzchen?«

Seine Worte waren eine Herausforderung und ein Versprechen zugleich. »Alles«, antwortete ich. »*Alles.*«

Das langsame, verführerische Kräuseln seiner Lippen ließ mein Herz flattern. »Das ist mein gutes, kleines Haustier.«

Ich wurde feucht bei dieser Bezeichnung. »Nenn mich noch einmal so.«

»Haustier.« Er senkte seinen Kopf und murmelte das Wort gegen meine Brustwarze. »*Haustier.*«

Mein Körper spannte sich an und summte, als er sanft saugte, dann wanderte er meinen Körper hinunter und küsste die Unterseite meiner Rippen, dann die Vertiefung meines Bauches und den Rand meiner Hüfte. »Du bist mein kleines, braves Haustier, nicht wahr?« Er hob seinen Blick zu meinem, als er sich zwischen meine Beine bewegte. »Meine Kleine, die sich von mir in den Keller bringen und mit meiner Maschine ficken lässt.«

Er spreizte meine Beine mit einem Stoß gegen meinen Oberschenkel und glitt mit seinem Finger an meiner Spalte entlang. »Du bist feucht, wenn du daran denkst, nicht wahr?«

Ich konnte nur nicken.

»Festgeschnallt, hilflos und entblößt. Ich werde die Fernbedienung haben, Kätzchen. Ich werde dich ficken, wie du es brauchst.« Seine Finger kamen wieder, glitten dieses Mal tiefer und spalteten mich ein wenig, bis sie an meinem Eingang verweilten.

Er stieß hinein, bis ich stöhnte.

Meine Augen flatterten.

Mein Atem war irgendwo zwischen dem Donnern meines Herzens und der Wärme seines Mundes gefangen.

»Willst du, dass ich dich wieder da runter nehme?« Er stieß noch ein bisschen weiter vor. »Wir schnallen dich fest. Wir ficken dich abwechselnd mit der Maschine und mir. Ein Schwanz in jedem Loch. Wie findest du das, Kätzchen? Klingt das gut für dich?«

Ich biss mir auf die Lippe und nickte.

»Colt in deinem Mund, die Maschine in deinem engen Arsch und ich in dieser perfekten Muschi.« Er zog seine Finger weg und senkte seinen Kopf, um meine Feuchtigkeit zu lecken. »Verdammt, du schmeckst gut. Besser als der beste Scotch.«

Ich stöhnte auf und blickte nach unten, als er mich leckte. Er hielt diese Verbindung aufrecht, öffnete dann seinen Mund und saugte an meiner Klitoris, was meine Hüften vom Bett hochtrieb. »So eine gierige, kleine Muschi.« Die tiefe Vibration seiner Stimme trieb mich nur noch näher an den Rand.

Bis er sich zurückzog und sich dann erhob. Mein Verlangen glitzerte auf seinen Lippen, während er die Knöpfe seines Hemdes öffnete und mich mit seinen dunklen Augen anstarrte. Erinnerungen an diesen Morgen drängten sich auf ... *Du kannst hinschauen ...*

Ich wollte mehr tun als nur schauen. Ich stemmte mich nach oben. Er hielt inne und fixierte mich mit seinem Blick.

»Ich will mehr tun als nur schauen, London«, murmelte ich. »Ich will dich ... berühren.«

Schmerz. Abscheu. *Vertrauen.*

Sie alle trafen in seinen dunklen Augen aufeinander, bis er langsam nickte und mich meine Hand auf seine harte Brust legen ließ. Bumm. Bumm. Bumm. Sein Puls pochte, während in meinem Kopf ein Kaleidoskop von Stimmen zu hören war. *London hat mein Leben gerettet. London hat mich gerettet. London … London … London …* Ich schloss meine Augen und beugte mich vor, um seine Brust zu küssen.

Er fasste mir in den Nacken und fuhr mit den Fingern durch die Strähnen, bis er eine Handvoll meiner Haare packte und mich sanft wegzog. »Wildkatze …«

»Fick mich«, flüsterte ich. »So wie du es willst. Der Vertrag interessiert mich nicht mehr. Ich will dich nur in mir haben.«

Meine Worte waren eine Qual. In seinem Blick loderten Funken, bis er sich herunterbeugte und mich küsste. Nein, nicht küsste … er *verschlang* mich. Harte Lippen eroberten meinen Mund und drückten gegen meine Zähne, bis sie pochten, als er sich zurückzog. Er ließ mein Haar los, zog sein Hemd aus und öffnete dann seinen Gürtel.

»Hier oben gelten dieselben Regeln, Kätzchen. Du erinnerst dich doch an die Safewords, oder?«

Ich leckte mir über die pulsierenden Lippen und nickte, als er seine Hose herunterschob.

»Sag sie, Kätzchen. Genau wie vorher.«

Er zog die Stiefel aus, dann die Hose, die Socken und die Boxershorts, bis er nackt war. Ich zwang mich, mich zu konzentrieren. »Ja ist grün.« Ich leckte mir über die Lippen und beobachtete gebannt, wie er sein Hemd hochhob und die Arme verdrehte.

»Mach weiter«, forderte er.

»Gelb für ›Wir müssen darüber reden‹ und Rot für ›Stopp‹.«

Er nickte. »Gut. Solange du daran denkst.« Er hob sein Hemd. »Jetzt die Hände.«

Ich brauchte nicht zweimal gefragt zu werden. Dieser Moment war eine Bedrohung zwischen uns gewesen und jetzt war es ein Hunger, der wilder war als alles andere, was ich je erlebt hatte. Er benutzte sein verdrehtes Hemd als Fessel und schlang es um meine Handgelenke. Mit einer fließenden Bewegung stieß er mich nach hinten und drängte mich dann wie ein Raubtier gegen das Bett. Ich konnte nur noch ihn sehen. Seine Dunkelheit. Seine Macht ... seinen schönen, starken Körper.

Ich zerrte an den Fesseln, weil ich ihn unbedingt berühren wollte.

»Mmm, mm«, summte er, als er meine Arme mit einer Hand hochstreckte, während er mit der anderen nach seinem Schwanz griff. »Ich habe dich vorher gewarnt, Kätzchen. Ich habe dir genau gesagt, was zwischen uns passieren wird. Nun ... du wirst jetzt nicht in der Lage sein, das Safeword zu geben. Für diesen besonderen Moment reichen also zwei erhobene Finger aus. Hast du mich verstanden?«

Meine Gedanken überschlugen sich, während ich versuchte, Schritt zu halten.

»Benutze deine verdammten Worte, Vivienne.«

»Ja.« Ich begegnete seinem Blick. »Ja, ich verstehe.«

Ein langsames Nicken und er erhob sich über mich. Trotzdem hob ich meinen Kopf, küsste seine Brustwarze und strich mit meinen Lippen über die schwache silberne Narbe, die sich quer über seine Seite zog. War sie von einem Messer? Mein Puls hämmerte. Verdammt, dieser Mann war gefährlich. Er war so verdammt ... *gefährlich.*

All diese Macht. Ich küsste seinen Bauch und blickte an ihm herunter, als sein dicker Schwanz hart in seiner Faust auf mich zukam. Mein Innerstes verkrampfte sich bei diesem Anblick. Ich öffnete meinen Mund und tiefe Atemzüge strömten von seinen Hüften zu mir zurück. Ich schloss die Augen und genoss das Gefühl, wie sich meine Arme über meinen Kopf senkten und die sanfte, feste Berührung meines Mundes.

Er hatte die Kontrolle.

Immer die Kontrolle.

Ich öffnete meinen Mund, als sein Schwanz gegen meine Haut glitt und in mich eindrang.

»Fuck«, stöhnte er, als er tiefer vordrang und meinen Mund zwang, sich zu weiten, bis die Mundwinkel sich dehnten.

Meine Muschi verkrampfte sich, als er langsam eindrang und sich wieder herauszog. Ich öffnete meine Augen, blickte zu ihm auf und sah, wie sich seine Welt auf diesen Moment reduzierte.

»Bring mich nicht dazu, mich in dich zu verlieben, Kätzchen«, murmelte er, als er wieder zustieß, und sah zu, wie er eindrang.

Ich öffnete mich weiter und wirbelte meine Zunge um den Rand, bevor ich kräftig saugte.

»Heilige Scheiße«, stöhnte er.

Speichel sammelte sich in meinem Mund. Ich schluckte mit weit aufgerissenem Mund und meine Zunge fand eine dicke Ader, die beim Saugen zuckte. Er stieß ein Stöhnen aus, und ich tat es wieder und wieder und drückte meinen Kopf nach unten, bis ich nicht mehr konnte.

Eines Tages wirst du an meinem verdammten Schwanz ersticken und du wirst es lieben.

Verdammt, ich war verzweifelt nach ihm, ich sehnte mich nach ihm. Ich leckte und saugte, bis er sich mit einem Stöhnen zurückzog und meine Hände losließ. Tiefe Atemzüge beanspruchten mich, während mein Mund in den Winkeln brannte.

Er zog mir das Hemd aus und warf es quer durch den Raum, bis es auf den Boden fiel.

»Der Vertrag ist dir egal, was?« Er ließ seine Finger in mich gleiten. »Dann sollten wir es uns wohl besser verdienen.«

Ich öffnete meine Schenkel, als er zwischen meine Beine sank. Ein harter Ruck und er war drin. Er dehnte mich, bis ich nicht mehr konnte.

»So eine enge Muschi«, stöhnte er, als er sich zurückzog, bevor er wieder eindrang. Sein Körper bewegte sich in geschmeidigen, kraftvollen Stößen. »So eine schöne, enge Muschi. Sie gehört ganz mir.« Diese dunklen Augen fixierten mich. »Ganz und gar mir.«

Mein Körper spannte sich an und klammerte sich fest, bis er sich zurückzog und langsam wieder in mich eindrang. Er richtete sich auf starken Armen auf und blickte zwischen uns herab. »Mein Gott«, stöhnte er. »Sieh runter, Kätzchen. Sieh uns an.«

Ich folgte seinem Blick zu der Stelle, an der wir zusammenkamen, als sein Schwanz erneut in mich eindrang und bis zum Anschlag in mir verschwand.

»Ich werde auf meine Kosten kommen, Wildkatze«, murmelte er, als er seine dunklen, unergründlichen Augen auf meine richtete. »Ich werde mir jeden Dollar von dieser perfekten Fotze nehmen.

Angesichts seiner Worte stöhnte ich auf und ließ meinen Körper nach unten sinken. »Ja. Gott, ja.«

Er hielt meinem Blick stand, während er sich wie ein Gott über mich erhob. Seine Arme schlossen sich wie ein Käfig um mich, während er mit seinem Schwanz in mich eindrang und mich auf die einzige Art, die er kannte, in Besitz nahm. Der Druck wurde stärker und meine Muschi verkrampfte sich. Ich liebte die Art, wie er mich massierte.

»Genau so, Kätzchen«, stöhnte er, als er härter zustieß. »Genau so, verdammt noch mal.«

Ich schloss meine Augen, während jede Faser meines Seins sich auf das Gefühl konzentrierte, als er stieß und stieß und stieß.

»Oh.« Ich bäumte mich auf, als die Funken hinter meinen Augen aufeinander prallten und immer wieder zündeten.

Eine Sekunde später stieß er ein Knurren aus und drang tief in mich ein, bis zum Anschlag … und ergoss sich.

Wärme durchflutete mich, bevor er sich neben mir auf das Bett fallen ließ und schwer ausatmete. »Gott.«

Mein Geist schwebte. Mein Körper flatterte.

Eine Sekunde lang hing ich in der Schwebe, bis London sich langsam zu mir umdrehte. »Geht es dir gut?«

Ich erwiderte seinen Blick und nickte …

Augenblicklich wusste ich, dass sich jetzt alles ändern würde.

SECHSUNDDREISSIG

London

Ich tauchte auf, atmete lang und langsam ein ... und fühlte mich, als wäre ich von einem Truck überfahren worden. Flackernde Erinnerungen kamen auf.

Die Bar ... die Flasche.

Sie.

Ich riss die Augen auf und fand eine Faust gegen meine Wange gedrückt. Vivienne lag schlafend neben mir. Sie hatte die Arme über den Kopf gestreckt, ihr wildes Haar war ein Fächer auf den lavendelfarbenen ägyptischen Baumwolllaken. Ihre Augen waren geschlossen, ihre Lippen öffneten sich und sie war atemberaubend ruhig. Die schwachen Sommersprossen auf ihrer Nase schnürten mir die Kehle zu. Ich blinzelte und zwang mich, mich zu konzentrieren. Mein Gott, war sie schön.

Mein Herz machte bei ihrem Anblick einen Sprung. Mein Atem blieb irgendwo in meiner Brust gefangen und wurde von diesem schwebenden Gefühl festgehalten. Nein, nicht *schwebend ... fallend, verdammt noch mal.*

Bring mich nicht dazu, mich in dich zu verlieben, Kätzchen.
Meine eigene Prophezeiung kam zurück und biss mir in den
Arsch.

Fallen, verdammt?

Wem wollte ich eigentlich etwas vormachen?

Ich riss meinen Blick los und schlüpfte leise aus dem Bett. Die
ersten Sonnenstrahlen fielen durch ihr Fenster. Ich musterte
das Durcheinander zu meinen Füßen, schnappte mir meine
Hose, Boxershorts und Schuhe und verließ leise das Zimmer.
Als ich aus der Tür trat, stieg mir die Hitze in die Wangen und
ich warf einen Blick auf das Zimmer meiner Söhne, als ich mich
nackt auf den Flur begab.

Colt drängte sich in meine Gedanken, als ich in mein Zimmer
schlüpfte. Ich warf meine Kleidung auf das ordentlich
gemachte Bett und ließ meine Stiefel daneben fallen. Der Sohn
war dabei, sich in sie zu verlieben, wenn er nicht schon
kopfüber in denselben gottverdammten Abgrund gestürzt war,
in den ich starrte.

Ich schritt ins Bad, drehte den Wasserhahn auf und trat unter
die Brause. Aber nicht Colt, noch nicht. Ich schloss die Augen,
als das heiße Wasser auf mich einprasselte, und erinnerte mich
an die Aufnahmen aus dem Überwachungsraum, wo Carven
seine Stirn gegen ihre Schulter gedrückt hatte, während sie
seinen Bruder gefickt hatte.

Carven hatte etwas für sie empfunden, was mir Hoffnung gab.
Wenn mir etwas zustoßen würde, würde er sie beschützen. Ich
wusch mich, dann lehnte ich mich zurück und ließ die Seife
abperlen. Er würde sie beschützen. Das war das Einzige, was
mir im Moment wichtig war.

Meine Gedanken drehten sich um Hales Drohungen.

Ich habe die Wildheit aus ihr herausgezähmt ... vielleicht kann ich dir mit deiner helfen?

Hass schüttelte mich, als ich das Wasser abstellte und hinausging. Ich hatte vor, diesen Bastard zu töten, bevor ich zuließ, dass er sie in die Finger bekam, und dann würde ich sie alle töten, jeden einzelnen, der mit diesem Ort in Verbindung stand. Ich trocknete mich ab und zog mir eine marineblaue Hose, ein weißes Hemd und eine dunkelblaue Krawatte an, bevor ich die Treppe hinunterging.

Guild hob seinen Blick, als ich in die Küche kam. Ich warf einen Blick auf seine verdammte Lippe, dann schaute ich weg.

»London ...«, begann er, bevor ich eine Hand hob, um ihn zu unterbrechen.

»Lass das.« Ich schüttelte den Kopf, als ich um den Tresen herumging. »Ich habe mich daneben benommen. Es tut mir leid. Verzeih mir.«

Seine Augen weiteten sich mit einem überraschten Blick. »Wer bist du und was hast du mit meinem Freund gemacht?«

Ich lachte auf, aber das Lachen erstarb genauso schnell wieder, als ich ihm die Hand reichte. »Ich verspreche es.«

»Dann akzeptiere ich.« Er nahm meine Hand in seine. »Und ich verspreche, mich von dieser verdammten Frau nicht überrumpeln zu lassen. Sie ist eine ... *eine ...*«

»Ich weiß.« Ich nickte, als er meinen Griff losließ. »Glaub mir, ich weiß es.«

»Wie wär's mit einem Kaffee?«, fragte Guild und drehte sich zu der Maschine um, die auf meinem Küchentresen Platz gefunden hatte. »Ein dreifacher Shot, stark genug, um Tote aufzuwecken?«

»Kaffee hört sich gut an«, antwortete ich und verstummte.

Er merkte es sofort, blieb stehen und drehte sich um, um meinen Blick zu erwidern. »Was ist los?«

»Harper und das Team, sind sie noch da?«

»Harper? Ja, sie sind noch da. Warum?«

In meinem Hinterkopf hatte sich ein Plan zusammengebraut, ein gefährlicher Plan mit einem Raubtier auf der einen und dem Teufel selbst auf der anderen Seite. Ich hatte nicht vor, mich darauf einzulassen, aber jetzt war ich hier …

»London«, sagte er leise. »Sei vorsichtig, Bruder.«

Ich nickte und warf einen Blick auf die Kaffeemaschine. Das Letzte, was ich wollte, war ein Schritt zurück in die Vergangenheit. Es war schon beim letzten Mal gefährlich gewesen, zu fliehen.

»Glaub mir, das bin ich«, antwortete ich, dann drehte ich mich um und machte mich auf den Weg ins Arbeitszimmer.

Vorsichtig sein war alles, woran ich dachte. Aber das würde mich nicht aus der verdammten Ecke bringen, in der ich mich befand. Nein, jetzt war nicht die Zeit für vorsichtige Schritte. Es war die Zeit, mutig zu sein, energisch zu sein und die Art von Spiel zu spielen, die einen Krieg auslösen konnte. Solange dieser Krieg nicht gegen uns gerichtet war.

Ich schritt ins Arbeitszimmer und schloss die Tür hinter mir. Hale wusste jetzt von der Aufnahme und er wusste auch, dass Killion darauf gewartet hatte, dass sein Erpresser auftauchte. Aber was er nicht wusste, war, dass es keine Erpressung gegeben hatte, nicht wirklich. Alles, was es gegeben hatte, war Rache der brutalsten Art.

Ich hatte geholfen, Ryth und ihre Stiefbrüder dorthin zu bringen, wo ich sie haben wollte.

Und das war, dass sie mir ihr Leben verdankten.

Als ich um meinen Schreibtisch herumging, zog ich mein Handy heraus und drückte eine Nummer, von der ich nicht geglaubt hätte, dass ich sie jemals wieder anrufen würde. Der Anruf wurde nicht entgegengenommen. Stattdessen ging eine Sprachnachricht ein. »Ich rufe wegen meines mitternachtsschwarzen Chevy Impala an«, sagte ich vorsichtig. »Du kannst mich unter .... zurückrufen.«

Ich gab meine Nummer an und legte auf, dann fuhr ich meinen Computer hoch und loggte mich ein. Keine fünf Sekunden später klingelte mein Handy erneut und ein tiefer, vertrauter Tonfall ertönte. »Der Impala ist weg.«

»Am Impala muss noch etwas gemacht werden.«

Stille. Dann: »Was?«

»Ein paar Kratzer und Beulen, nichts Großes.«

»Dann gebe ich dir eine Nummer, die du anrufen kannst.«

Ich merkte mir die Nummer, die er mir gab, bevor er auflegte. Die Nummer war eine sichere Leitung. Nicht zurückverfolgbar. Unauffindbar, von den Besten der Besten eingerichtet. Ich musste es wissen, denn ich hatte über zehn Jahre lang mit ihnen zusammengearbeitet. Sie waren so vorsichtig, wie man nur sein konnte. Aber ich rief nicht sofort an. Stattdessen starrte ich durch das Arbeitszimmer und wog alle Möglichkeiten ab, die ich hatte. Wenn es einen anderen Ausweg gäbe, würde ich ihn ergreifen. Aber es gab keinen, das wusste ich und wenn ich nicht gehandelt hätte, wäre das alles umsonst gewesen.

»Zum Wohle der Allgemeinheit«, murmelte ich, nahm mein Handy und gab die Nummer ein, die mir gegeben worden war.

»London«, antwortete Harper Renolt vorsichtig. »Ich hätte nicht gedacht, dass ich jemals wieder von dir höre.«

»Ich hätte nicht gedacht, dass ich noch einmal anrufen muss.«

»Und doch sind wir hier.«

»Ja, das sind wir.«

Die Tür des Arbeitszimmers öffnete sich und zog meinen Blick auf sich, dann erstarrte er, als Vivienne mit zwei kleinen Tassen dampfenden Kaffees hereinkam. Ich erstarrte bei ihrem Anblick, als sie mein Hemd trug ... mein zerknittertes Hemd von gestern Abend, das ihr jetzt bis zur Mitte des Oberschenkels hing.

Hände ... ertönte meine Stimme.

Die Erinnerung kam zurück: Die Arme meines Hemdes waren um ihre Handgelenke hochgekrempelt. Sie hielt ihre Hände hoch ... genau so, wie sie gewesen waren, als ich aufgewacht war. Hatte sie von uns geträumt? Mein Schwanz wurde bei dem Gedanken augenblicklich lebendig, als ich meinen Blick über das gleiche Hemd schweifen ließ, das sie jetzt trug. *Oh Gott.*

»Bist du da?«, murmelte Harper.

»Ja«, antwortete ich und ließ meinen Blick über ihre langen, nackten Oberschenkel wandern, während sie um den Schreibtisch herum auf mich zuging. »Ich bin hier. Du musst ein paar Datensätze anpassen und eine IP-Adresse gegen eine andere austauschen.«

»Fachinformationen umleiten. Hast du die Details?«

»Ja«, murmelte ich, als Vivienne eine Kaffeetasse vor mir auf den Schreibtisch stellte und ihren Blick auf mich richtete. »Daten und Zeiten.«

»Das klingt einfach. Wann brauchst du es?«

Sie platzierte ihren Hintern auf dem Schreibtisch vor mir, hob lässig ihren Fuß und positionierte ihn auf meinem Stuhl zwischen meinen Schenkeln, wobei ihre Zehen meinen Schwanz streiften. »Gestern«, antwortete ich, als ich ihrem Blick begegnete.

Ihr Haar war zu einem unordentlichen Dutt zusammengebunden und Strähnen hatten sich bis zu ihren Schultern verirrt. Sie sah mich so verdammt unschuldig an, während sie an ihrem Kaffee nippte und mit ihren Zehen meinen Schwanz massierte. Mein Gott, diese Frau war der Wahnsinn in seiner erotisch schönsten Form.

»Und diese IP, zu der ich wechseln soll, ist jemand Gefährliches?«

»Sehr«, murmelte ich, während sie weiter streichelte und rieb.

»Nummer?«

Ich wandte meinen Blick von ihr ab und tippte die Daten auf der Tastatur ein, die mir die persönliche IP-Adresse von Benjamin Rossi anzeigte. Ich gab Harper die Nummer, während ich mir die Lippen leckte und mich wieder zu ihr umdrehte, weil ich genau wusste, dass die Füchsin mich anstarrte, während ich einen Krieg zwischen Haeletrom Hale und der Stidda-Mafia inszenierte.

Ich hätte genauso gut eine Einkaufsliste schreiben können, denn alles, was ich sah, war sie.

»Scheiße, du weißt, wer das ist, oder?«, knurrte Harper.

»Ja, das weiß ich.«

»Und du bist auf die Folgen vorbereitet?«

Vivienne leckte den Rand ihrer Tasse ab, jagte den Kaffeetropfen und starrte mich an, während sie meinen Schwanz knetete, bis ich es keine Sekunde länger aushielt. Ich holte aus, griff nach ihrem Knöchel und hob ihren Fuß an.

»Wie tief steckst du eigentlich drin, Bruder?«, fragte Harper und für eine Sekunde vergaß ich, dass er überhaupt da war.

Ich senkte meinen Kopf und küsste die Innenseite ihres Knies, hielt aber das Handy an mein Ohr. »So tief, dass ich das Licht nicht sehen kann.«

Ich griff nach ihrem Knöchel und streichelte die Diamanten, bevor ich mich höher bewegte und mein Hemd aus dem Weg schob.

»Ich habe keine Wahl«, murmelte ich, was mehr verriet, als ich wollte. Ich erstarrte, als ich das schwarze, schrittlose Höschen entdeckte. Ihr Mundwinkel kräuselte sich, als ich meinen Blick zu ihr hob. Sie wusste, was sie tat ...

Verdammt.

»Dann werde ich das in die Wege leiten und dich wegen der Details kontaktieren. Heißt das, du bist wieder dabei?«, fragte Harper am anderen Ende der Leitung.

Aber ich hatte schon den Kopf gesenkt und schob sie mit dem Handy in der Hand nach hinten.

»*London?*« Der schwache Klang seiner Stimme versuchte sich einzuschleichen, als ich mit meiner Hand unter ihr Knie fuhr und ihre Oberschenkel spreizte.

Sie roch wie wir ...

Sie roch wie wir.

Ich schloss meine Augen und atmete den tiefen, moschusartigen Duft ein. Der Hunger überkam mich. Ich war kein Mann mehr, der Schritte unternahm. Ich war ein Mann, der zu weit gegangen war, um sich darum zu kümmern, ein Mann, der den Punkt überschritten hatte, an dem es kein Zurück mehr gab. Eine Berührung an meiner Schläfe ließ mich die Augen öffnen, als sie ihre Finger durch mein Haar strich und meinen Nacken umfasste.

Sie sprach kein Wort.

Aber das Verlangen in ihren Augen sagte alles, was es zu sagen gab.

Es war sinnlos, sich dagegen zu wehren ...

Denn egal, wie sehr ich es versuchte, ich wusste, dass ich nie gewinnen würde.

Es würde immer um sie gehen. So würde es *immer* sein.

Mit einem Knurren senkte ich meinen Kopf und küsste die weiche Haut an der Innenseite ihres Schenkels, dann wanderte ich nach oben und leckte ihren Schlitz. Die Frau ließ mich nicht aus den Augen, sondern umfasste nur meinen Kopf und neigte sich nach hinten, die Kaffeetasse immer noch in der anderen Hand.

»*London?*« Harpers Stimme erreichte meine Ohren kaum.

Aber ihr Stöhnen drang zu mir durch, als ich an ihrer Klitoris saugte. Dieses Geräusch war alles, worauf ich mich konzentrierte, alles, was ich wollte. Ich wollte dieses Geräusch. Ich sehnte mich nach diesem Geräusch. Ich schlang meinen Arm fester um ihr Knie und zog ihren Hintern zu mir, um sie noch mehr nach hinten zu zwingen. Ein Klirren ertönte, als sie ihre Tasse auf den Tisch stellte. Ich ließ ihr Bein sinken und meinen Finger in ihren Schlitz gleiten.

»Es wird Zeit, dass du die Klamotten trägst, die ich dir gekauft habe, Frau.«

»Und es ist an der Zeit, dass du es für mich lohnenswert machst.« Sie hob ihren Kopf und begegnete meinem Blick.

»Du riechst wie wir«, stöhnte ich. »Und du schmeckst auch wie wir.«

»Wir«, flüsterte sie, und das Wort erschütterte mich. »Das hört sich gut an. Wirst du jetzt aufhören, London?«

Ich runzelte die Stirn.

»Benutze deine Worte«, tadelte sie und ein Schimmer von Belustigung glänzte in ihren Augen.

»Ich zeige dir deine verdammten Worte«, knurrte ich und senkte meinen Kopf, um sie zu lecken. »Wie wäre es mit *Heilige Scheiße?*«

»Das musst du dir verdienen«, stöhnte sie, als ich meine Finger in sie schob und sie fickte. »Oh, *verdammt ja, das musst du dir verdienen.*«

Jetzt war ich mit dem Lächeln dran.

Vivienne

LONDON STIESS EIN TIEFES, KEHLIGES GLUCKSEN AUS, ALS er seinen Kopf senkte und über meinen Schlitz leckte, was mich erzittern ließ. Ich stieß einen Seufzer aus und fuhr mit meinen Fingern durch seine Haare, als er sich weiter nach oben bewegte und meinen Kitzler in seinen Mund nahm. »Oh, *verdammt*.« Mein Körper zuckte und bebte, und meine Beine spreizten sich von selbst. »Oh, *Gott*.«

Ein Stöhnen erklang in seiner Kehle. Die Vibration summte gegen den empfindlichen Knubbel, als seine starken Arme sich unter meinen Knien zusammenzogen und er mich dicht an sich heranzog, bis ich an der Kante schwebte. »Du glaubst, du kannst hier reinkommen und mich so ablenken«, flüsterte er, als er seinen Blick zu mir hob. »Du glaubst, du kannst ...«

»Ja«, antwortete ich atemlos. »Das tue ich.«

Seine Mundwinkel zuckten. »Verdammte Göre. Das wollen wir doch mal sehen.« Er ließ seinen Finger an meinem Schlitz entlang gleiten und stieß hinein. »Sehe ich so aus, als würde ich herumalbern, Vivienne?«

Seine frechen Finger schürten die Hitze. Ich konnte mich nicht sammeln, als mein Körper sich um seine Berührung herum zusammenzog.

»Und?«, forderte er mich heraus, während er langsam in mich eindrang. »Sieh nach unten, Kätzchen. Sehe ich aus wie ein Mann, der auf die Probe gestellt werden kann?«

Ich richtete meinen Blick auf die Stelle, an der seine Finger verschwanden und schüttelte den Kopf. »Nein.«

»Nein, was?«, knurrte er.

»Nein, *Daddy*«, wimmerte ich.

»Das habe ich mir gedacht, verdammt.« Er blickte nach unten, dann schob er zwei Finger hinein. »Du wirst lernen, mir zu gehorchen, Vivienne. *Du wirst es lernen.*«

Mein Orgasmus brach über mich herein wie ein Sturm. Meine Muschi verkrampfte sich, als der Rausch über mich hereinbrach. Ich war so nah dran ... *so nah ... so* ... Ich schloss meine Augen und wimmerte, fixiert auf dieses Gefühl, bevor er seine Finger herauszog und mich zitternd zurückließ, während ich am Rande der Erlösung schwebte.

Ich riss meine Augen auf, als die Wut aufloderte. »Warum zum Teufel hörst du auf?«

Er bewegte sich schnell und trat einen Schritt zurück. Seine Finger glänzten und waren feucht. Mit einem Ruck seines Kopfes deutete er auf den Boden. »Auf die Knie, Wildkatze.«

Mein Gott, mein ganzer Körper zitterte und meine Beine funktionierten kaum, als ich vom Schreibtisch rutschte, einen Schritt machte und auf den Boden sank. Ich war so verzweifelt, dass ich alles getan hätte.

»Nur brave Mädchen dürfen kommen.« Er fasste mir in die Haare, als ich mich hinkniete. »Wirst du brav für mich sein?«

Meine Muschi verkrampfte sich, als ich aufblickte und nickte. Seine dunklen Augen bohrten sich in meine.

»Gut.« Er öffnete seinen Gürtel und zog seinen Reißverschluss herunter. »Zeig mir, wie gut du bist.«

Ich griff nach ihm, als sein Schwanz heraussprang. Verdammt, wenn das auf meinen Händen und Knien nicht noch heißer war. Mein Innerstes verkrampfte sich, als ich seinen Schwanz umklammerte und meinen Mund öffnete.

»So ist es gut, Kleines. Mach ihn weit auf.«

Glatte Haut strich über meine Lippen. Er griff in mein Haar und spreizte seine Finger weit, um meinen Kopf zu umschließen, dann stieß er tiefer zu. Mein Atem stockte und der Druck in meiner Brust wurde stärker, als er tiefer eindrang und dann wieder herausglitt.

»Du bist so ein gieriges Mädchen, nicht wahr?«

Ich öffnete noch weiter, weil ich unbedingt mehr wollte.

Er zog mich sanft an den Haaren weg, woraufhin sein glitzernder Schwanz aus meinem Mund sprang. »Zwei Finger, Kätzchen.«

»Ja, ja, zwei verdammte Finger«, knurrte ich. »Bitte, lass mich deinen Schwanz lutschen.«

Er lächelte auf mich herab. »Scheiße, ich liebe es, wenn du so bettelst. Gewöhn dich lieber daran, Wildkatze. Und jetzt mach deinen hübschen Mund auf.«

Das tat ich, keuchend und verzweifelt. Ich ließ meine Hände an seinen kräftigen Oberschenkeln entlang gleiten, während er meinen Kopf nach unten drückte. *Das ... das war es, was ich wollte.* Ich war so feucht und schwebte kurz vor dem Höhepunkt, als er ganz in mich eindrang und mir die Luft zum Atmen raubte.

»Durch die Nase, Kleines.« Er hielt meinen Kopf sanft fest, ließ mich dann los und glitt heraus. Speichel tropfte von der Spitze seines Schwanzes, während ich tiefe Atemzüge einsaugte.

»Du wirst mein Ende sein«, murmelte er und blickte zu Boden. »Schreibtisch, Wildkatze, lass dich nicht zweimal bitten.«

Ich hatte mich noch nie in meinem Leben so schnell bewegt. Meine Knie zitterten, als ich zum Schreibtisch huschte und mich umdrehte.

»Nein«, korrigierte er mich. »Dreh dich um, Vivienne.«

Er war wie eine Lokomotive, als er mich um die Taille fasste, mich mit einer Hand im Nacken herumdrehte und meine Wange auf den Schreibtisch drückte.

»So ist es brav«, knurrte er und glitt mit seinem Finger an meinem Schlitz entlang bis zu meinem Arsch. *»Das ist mein braves ... verdammtes ... Haustier.«*

Mit einem brutalen Stoß drang er bis zum Anschlag in mich ein und ließ mich vor Wucht zusammenzucken. Ich stieß ein Wimmern aus und zerrte mit den Händen am Schreibtisch, um etwas zu finden, woran ich mich festhalten konnte.

Aber London war wild und ließ mir keine Zeit, mich zu stabilisieren, sondern ließ meine Hände auf dem Schreibtisch herumfuchteln, sodass Akten und Stifte auf dem Boden verstreut wurden.

Er ließ ein wildes Knurren los. *»Scheiße!«* *Stoß.* »Die.« *Stoß.* »Akten.« *Stoß.* »Waren.« *Stoß.* »In ... alphabetischer Reihenfolge.«

Sein Schwanz fuhr mit heftigen Stößen in meine Muschi.

Und ließ mich in einem zitternden, stöhnenden Chaos zurück.

Ich krallte mich an die Kante seines Schreibtischs, als mein Orgasmus über mich hereinbrach und mich mit sich riss. Ich stemmte meine Hüften nach hinten. Ich war nur noch ein pochendes, bedürftiges Durcheinander. »Fester«, stöhnte ich, als meine Muschi sich verkrampfte ... *Fick mich härter.*«

Mit einem kehligen Knurren stieß er ganz hinein und hielt inne, als die Wärme sich ausbreitete. Er lockerte seinen Griff um meinen Hals und sein Daumen rutschte weg, während er mit zitternden Atemzügen knurrte. »Ich werde dich ruinieren, das ist dir doch klar, oder?«

Meine Atemzüge waren zu schnell, meine Kehle zu trocken. Ich schluckte einmal, dann zweimal, während ich auf seinem Schreibtisch lag, unfähig, die Kraft aufzubringen, aufzustehen. Ich keuchte: »Ich kann es verdammt noch mal nicht erwarten.«

Sein Sperma war warm und glitschig und kühlte an den Innenseiten meiner Oberschenkel ab, als er sich aus mir zurückgezogen hatte. Dann beschloss mein Magen, dass es an der Zeit war, zu knurren, während ich mich langsam mit zitternden Armen nach oben stemmte und mich umdrehte, um seinem Blick zu begegnen.

Gott, er war umwerfend. »Da ich dich ja gefickt habe«, murmelte er, »kann ich dich auch gleich füttern.«

»Ja, bitte ... *Daddy*«, flüsterte ich.

Seine Mundwinkel zuckten, als aus dem Arbeitszimmer leise Geräusche zu hören waren. London warf mir einen Blick zu. »Ich mag es, dass du mein Hemd trägst.«

»Gut«, antwortete ich. »Gewöhn dich lieber daran. Ich habe vor, alles von dir zu ruinieren.«

Diese Masche wurde immer dreister. Zwei Dinge wurden mir bewusst: Wie umwerfend schön er lächelte und wie selten er es tat. Der Mann hatte so lange in der Dunkelheit gelebt, dass er nicht wusste, wie man etwas anderes sein konnte.

Ich rutschte vom Schreibtisch, als er sich wieder in seine Hose steckte und seinen Gürtel zurechtrückte. In dem Moment, in dem ich vom Schreibtisch rutschte, um aufzustehen, spürte ich, wie seine klebrige Nässe meine Schenkel bedeckte. Ich drehte mich um, ging zur Tür des Arbeitszimmers und spürte, dass London hinter mir war. Ich brauchte eine Dusche ... dringend, und Essen.

Doch bevor ich sie öffnen konnte, legte er eine Hand auf die Tür und die andere auf den Türpfosten und drückte mich fest an sich. »Sei vorsichtig, Wildkatze«, warnte er, als ich mich umdrehte und seinem Blick begegnete. »Vergiss nie, was ich bin.«

Ich atmete tief ein und nickte langsam.

Es dauerte einen Herzschlag, bis er seine Hand wegzog und ich die Tür öffnen und gehen konnte. Doch als ich durch die Küche ging und mich wieder auf den Weg zur Treppe machte, wurde es mir klar. Hatte London mich gerade vor sich *selbst* gewarnt?

Das hatte er ...

Und wenn ich wüsste, warum ... Meine Wangen wurden heiß, als ich zu meinem Zimmer ging, es betrat und direkt in mein Badezimmer ging. Mein Bett war immer noch unordentlich, meine Unterwäsche lag auf dem Boden. Ich war nach unten gegangen, um ihn zu ärgern und hatte mich auf seinem Schreibtisch nehmen lassen.

Warme Feuchtigkeit breitete sich zwischen meinen Schenkeln aus. Ich riss ihm das Hemd vom Leib und stieg unter die Dusche. Als ich fertig war, kam ich mit gewaschenen Haaren wieder heraus und mein Körper roch nach dem verführerischen

Waschmittel, das er für mich gekauft hatte. Denn es gab nichts an mir, was London nicht unter Kontrolle hatte.

Vorsicht, Wildkatze. Seine Warnung hallte nach, als ich mir einen engen schwarzen Rock, durchsichtige Strümpfe und einen langärmeligen blutroten Kaschmirpullover anzog und wieder nach unten ging. Gedämpfte Stimmen kamen aus der Küche und der Geruch von gekochtem Essen schlug mir entgegen, als ich das Foyer erreichte. Knurren von zankenden Männern erfüllte die Küche.

»Du wirst es verbrennen«, sagte London.

»Wer zum Teufel kocht das?«, schnauzte Carven, als ich den Raum betrat und Colt auf einem Hocker auf der anderen Seite des Küchentresens saß und das Theater beobachtete.

»Du hörst mir nicht zu.« London schüttelte den Kopf. »Nein, so wendet man kein verdammtes Omelett.«

Carven warf ihm einen bösen Blick zu, dann erstarrte er, als sein Blick zu mir wanderte, meine Brüste im Pullover betrachtete und sich abwandte.

»Was ist hier los?« Ich nahm den Platz neben Colt ein, während er ein Würstchen von dem Teller vor ihm stibitzte.

»Carven ermordet dein Frühstück und London ist dabei, ihn zu ermorden«, murmelte Colt kauend.

»Ich ermorde gar nichts«, protestierte Carven und trat einen Schritt zurück, als ich mich vorbeugte und eine Wurst von dem Teller nahm.

Colt hielt mitten im Kauen inne und starrte in meine Richtung, als ich in die Wurst biss. »Mmm, die sind gut.«

»Das war mein Frühstück«, sagte Carven vorsichtig und sah zu, wie ich einen weiteren Bissen nahm.

Ich zuckte mit den Schultern und steckte mir den letzten Rest der Wurst in den Mund, während alle drei Männer mich mit gierigen Blicken beobachteten. »Ich hatte Hunger«, murmelte ich und lehnte mich wieder über den Tresen, um eine zweite Wurst vom Teller zu nehmen.

»*Carven*«, warnte London und sah zu, wie ich grinste und hineinbiss.

»Das war's!« Carven stürzte sich auf mich.

Aber ich rutschte augenblicklich vom Hocker, stieß einen Schrei aus und rannte um das Ende der Theke, als der tödliche Sohn auf mich zustürzte. Ich packte London, riss ihn zur Seite und stieß ihn dann mit allem, was ich hatte. Ich konnte sein Grinsen noch sehen, bevor er in Carven krachte.

Ich warf den Kopf zurück, lachte, stopfte mir den letzten Rest seiner Wurst in den Mund und rannte zur Treppe. Ich schaffte keine drei Stufen, bevor ich von einem Tsunami getroffen und zur Seite geschleudert wurde. Aber ich schlug nicht auf der Treppe auf. Nein, Carven fing mich gerade noch rechtzeitig auf. Trotzdem drückte er mich gegen die Treppe, packte meinen Mund mit grausamen Händen und drückte zu, bis ich ihn öffnete.

»Mein«, knurrte er brutal, während er mir in die Augen starrte und seine Finger in meinen Mund schob.

Ich biss zu und umklammerte seine Finger fest. Seine Lippen kräuselten sich, als seine blauen Augen sich in meine bohrten. Langsam öffnete ich mich und gab ihm genug Spielraum, damit er das halb zerkaute Fleisch aus meinem Mund ziehen und in seinen stecken konnte. Er richtete sich langsam auf, kaute und schluckte, während er an der Stelle herab blickte, wo mein Rock bei dem Handgemenge hochgerutscht war und die Spitzen meiner Strümpfe freigelegt hatte.

Aber der gefährliche Sohn wich nicht zurück. Stattdessen drückte er die Innenseite meines Knies und öffnete mein Bein. »Iss noch einmal, was mir gehört, Wildkatze, und ich könnte es an diesem süßen Körper auslassen.« Er leckte sich über die Lippen, während er zwischen meine Schenkel starrte. »Nur werde ich nicht so süß sein wie mein Bruder ... und anders als bei deinem Spiel mit London, wird es keine verdammten Safewords geben. Ich werde deinen Mund zuhalten und dich ficken, bis du schreist. Das wird dir nicht gefallen ...«, sagte er und machte einen Schritt rückwärts. »Nein, das wird dir überhaupt nicht gefallen.«

Er drehte sich um und ging zurück in die Küche, als ich etwas murmelte. »Woher willst du das wissen?«

Er blieb stehen und drehte seinen Kopf, um mich über seine Schulter anzusehen. »Weil es noch keiner Frau gefallen hat.«

ACHTUNDDREISSIG

Vivienne

DIE TAGE WURDEN ... SELTSAM, FAST RUHIG. WENN RUHE eine geladene Waffe wäre, die auf jeden von uns gerichtet war. Die Jungs trieben sich im Haus herum, was Guild unheimlich war. Es gab mehr als ein paar Auseinandersetzungen mit den Söhnen, wenn sie ihm in die Quere kamen, bis der Mörder/Butler anfing zu bellen: »*Raus aus der Küche ... raus!*«

Ich hing unten herum, übernahm das ungenutzte Wohnzimmer und machte es mir auf dem Plüschsofa gemütlich. Der riesige Flachbildfernseher hatte noch die Plastikfolie an der Vorderseite. Das Plastik war das erste, das verschwand. Popcorn, dicke Socken und ein übergroßer Kapuzenpulli, den ich von Colt gestohlen hatte, und ich richtete mich in einem Gefühl der Vertrautheit ein.

Ich blieb drinnen und verhielt mich ruhig.

Ich lebte mein Leben durch Filme und Fernsehsendungen.

Das war alles, was ich gehabt hatte, bevor ich zum Orden geschleppt worden war, und verdammt, ich war mehr als froh, es wieder zu haben. Alles, solange ich nicht zurück in diese Hölle musste.

Das hieß aber nicht, dass ich mich nicht nach einem normalen Leben sehnte. Eines, wie es andere lebten. Ich beobachtete mit mehr als nur ein bisschen Neid, wie London und die Söhne sich stritten, gingen und mich für kurze Zeit mit Guild allein ließen.

Carven drängte London zum Handeln und schnappte nach ihm wie ein gefesseltes Raubtier. Er mochte dieses ganze Warten nicht. Aber das Letzte, was London tun wollte, war, zu reagieren, ohne zu denken, ohne zu planen.

Während ich ... drinnen blieb. Eines Nachmittags stand ich am Wohnzimmerfenster, während hinter mir Holidate auf dem Bildschirm lief und beobachtete, wie der eisige Wind draußen heulte und in seiner Wut kahle Äste peitschte. Bis der berauschende Geruch von Popcorn aus der Küche wehte.

»Was guckst du da?«, fragte Colt, während er eine riesige Schüssel hereintrug, die so voll war, dass sie fast überquoll.

Ich riss meinen Blick von draußen los und sah den Sohn ins Wohnzimmer schreiten. Seine tiefblauen Augen trafen meine, als er sich auf die andere Seite des Sofas sinken ließ.

»Holidate«, antwortete ich.

»Ein Weihnachtsfilm?« Er warf einen Blick auf den Fernseher und hob die Augenbraue.

»Ja«, antwortete ich mit einem finsteren Blick. »Ich liebe sie irgendwie ...«

Das brachte ihn zum Lächeln. »Das ist ... süß.«

»Süß, hm?« Ich verschränkte meine Arme und begegnete seinem Blick.

Er war immer noch unbeholfen und hielt sich von mir fern, obwohl ich das Gewicht seines Blicks in jeder Sekunde spürte, in der wir uns nahe waren.

»Was ist süß?«, knurrte Carven und beugte sich über die Rückenlehne des Sofas, um sich eine Handvoll Popcorn zu schnappen.

»Viv liebt Weihnachtsfilme«, antwortete Colt und schaute mich dabei an.

»Ich hasse sie.« Carven beugte sich über die Lehne und ließ sich in der Mitte des Sofas nieder. »Ich hasse alles an dieser Zeit des Jahres. Ich hasse dieses verdammte Warten noch mehr.«

Die Bewegung brachte ihm einen Blick seines Bruders ein. »Viv hat dort gesessen.«

Sein Bruder zuckte mit den Schultern und murmelte: »Da ist mehr als genug Platz.«

Ich runzelte die Stirn. Es war nicht das erste Mal, dass er sich zwischen uns drängte. Ich wusste nicht, ob es um das Territorium seines Bruders ging oder ob er tatsächlich in unserer Nähe sein wollte.

»Das kann ich ja nicht wissen«, murmelte ich, als Londons Knurren lauter wurde und er aus dem Arbeitszimmer schritt.

Er war stinksauer wegen irgendeiner IP-Adresse. Ich setzte mich neben Carven und drehte mich um, um meinen Rücken gegen die Armlehne zu stützen. Kaum hatte ich das getan, griff Carven nach unten, packte meine Füße und zog sie auf seinen Schoß. Colt beobachtete seinen Bruder aus den Augenwinkeln und hielt sich eine Handvoll Popcorn vor den Mund.

»Was weißt du nicht?«, schnauzte London und war verdammt schlecht gelaunt.

Das machte mich nur noch wütender. Ich richtete meinen Blick auf ihn. »Ich weiß nicht, wie Weihnachten ist.« Der Mann konnte wütend sein, wenn er wollte.

Er hielt inne, schaute zu den Söhnen und dann zu dem Film, der im Fernsehen lief. Die Luft war geladen. Unausgesprochene Wahrheiten summten in der Atmosphäre. »Aber das wusstest du doch, oder?« Ich schaute ihn vorsichtig an. »Sie haben mich nicht geschlagen, aber sie hätten es genauso gut tun können. Ich hatte nie ein normales Leben, ich hatte nie irgendetwas.«

Die Söhne sahen mich an.

London trat näher, hielt sich mit einer Hand an der Rückenlehne des Sofas fest und beugte sich vor, um mich anzustarren. »Du lebst doch noch, oder?«

»So kann man es auch nennen.« Ich blickte zurück.

»Glaub mir, es ist sicherer für dich, wenn du drinnen bist.«

Ich wandte den Blick ab und ignorierte ihn. »Das sagst du immer. Dann werde ich wohl mein ganzes Leben an die verdammte Maschine in deinem Keller gefesselt verbringen, oder?«

»Behaltet sie drinnen«, knurrte Carven vor sich hin. »Lass uns alle drinnen bleiben.«

Londons Kiefer verkrampfte sich, aber er schaute Carven nicht an. Er starrte mich weiterhin mit seinem grimmigen Blick an. Ich starrte immer noch auf den Bildschirm und achtete auf gar nichts, bis er leise vor sich hin murmelte: »Gut. Du willst Weihnachten, dann bekommst du es auch.«

Hoffnung keimte in mir auf. Ich brach mir fast das Genick, als ich meinen Blick auf ihn richtete. »Wirklich?«

Seine dunklen Augen glühten vor kalter, eiskalter Wut, als er langsam und vorsichtig nickte und seinen Blick auf den Fernseher richtete, wo Sloane sich ihren Weg durch ein überfülltes Einkaufszentrum bahnte. »In der South Diamond

Mall gibt es den ersten Spätverkauf in der Vorweihnachtszeit.« Er drehte sich zu mir um. »Und du gehst hin.«

Ich riss meine Füße von Carvens Schoß und erhob mich langsam vom Sofa. »Verarsch mich nicht, London. Das ist nicht lustig.«

Er richtete sich langsam auf. Sein Blick war nicht im Geringsten humorvoll. »Ich habe nicht versucht, lustig zu sein. Ich habe vergessen, wie ... grausam dein Leben war.« Er nickte in Richtung des Fernsehers. »Wenn dich der Besuch eines verdammten Einkaufszentrums glücklich macht, dann nehmen wir dich mit.«

»Auf keinen Fall«, murmelte Carven, was ihm einen Blick von London einbrachte. »Wenn das nicht bedeutet, dass du Hale mitnimmst, dann bin ich dabei.«

London warf ihm einen wütenden Blick zu. »Wenn einer ins Einkaufszentrum geht, dann gehen wir alle.«

Während der Sohn knurrte, grinste ich, ballte die Fäuste und zwang mein Glück durch die zusammengebissenen Zähne. »Heilige Scheiße ... heilige Scheiße, ein echtes Einkaufszentrum.« Ich stolperte rückwärts, als die drei mich anstarrten. »Ich muss mich fertig machen ... Ich muss etwas zum Anziehen finden.«

»Es ist nur ein Einkaufszentrum«, schnauzte Carven.

»Du hast den ganzen Nachmittag Zeit«, fügte London hinzu.

»Das ist mir egal«, bellte ich, lachte, drehte mich und eilte zur Treppe. »*ICH GEHE INS EINKAUFSZENTRUM!*«

»Mein Gott ...«, murmelte London hinter mir. »Worauf haben wir uns da bloß eingelassen?«

»Du meinst, du«, korrigierte Carven. »Worauf hast du dich da eingelassen? Denn auf gar keinen Fall ...«

Jemand knurrte.

Ein anderer fluchte.

Ich ließ sie alle hinter mir und eilte in mein Zimmer, während mir der Kopf schwirrte. Aber als ich mein Zimmer betrat, erstarrte ich. *Ein Einkaufszentrum ... ein echtes, verdammtes Einkaufszentrum.* Die Angst packte mich. Die Art von Angst, die Krallen in meinen Kopf wachsen ließ. Vielleicht war das alles zu viel. Ja. Ich leckte mir über die Lippen ... ich glaubte, es war noch viel zu früh. Ich drehte mich um, bereit, nach unten zu gehen und London zu sagen, dass ich es mir anders überlegt hatte.

Aber ich kam nicht dazu, denn Colt stand in der Tür und hatte einen gequälten Blick im Gesicht.

»Colt«, sagte ich und trat einen Schritt näher. »Bist du okay?«

Wie ein lautloses Raubtier schritt er auf mich zu, griff mir in den Nacken und küsste mich. Ich schloss meine Augen und gab mich ihm hin. Sein Körper zitterte. Ich wusste nicht, ob es vor Angst oder vor Hunger war.

Ich drückte meine Hand gegen seine Brust, dann löste ich mich von ihm und schaute ihm in die Augen. »Hey, was ist los?« Er blickte finster drein und schüttelte dann den Kopf. Aber so leicht kam er nicht von mir los. »Rede mit mir.«

Er schwieg, dann hob er den Blick. »Ein Sturm zieht auf«, sagte er und seine blauen Augen waren wie die tiefsten Tiefen des Ozeans. »Ich kann es spüren.«

Ich schüttelte den Kopf. »Das ist nur der Winter.«

»Es ist mehr als das.« Er suchte meinen Blick. »Es ist ... Ich kann es nicht genau sagen.«

Ich leckte mir über die Lippen, als ich sah, wie sich die Muskeln seines Kiefers vor Anspannung zusammenzogen. »Ich bin froh, dass du hier bist. Ich brauche irgendwie deine Hilfe.« Ich machte einen Schritt zurück und griff nach dem Gürtel um meine Taille. »Ich habe keine Ahnung, was ich anziehen soll.«

Ich packte das weiche Wollkleid um meine Hüften und zog es mit einer geschmeidigen Bewegung aus.

Colts Blick weitete sich und blieb dann auf dem schwarzen Spitzen-BH und dem dazu passenden Höschen haften. Mir wurde bewusst, dass er mich noch nie wirklich so gesehen hatte. Selbst als wir gefickt hatten, war es eilig gewesen und wir waren meistens bekleidet gewesen. Ich ließ das Kleid auf das Fußende des Bettes fallen und trat einen Schritt näher. »Du kannst mich anfassen, wenn du willst.«

Er schüttelte schnell den Kopf.

»Nein?«

»Nein«, murmelte er, während er meine Brüste anstarrte, und die Ader, die an seinem Hals entlang verlief, zuckte und schlug schneller als ein Kaninchen, das um sein Leben rannte.

Er hob seine Hand und einen Moment lang dachte ich, er würde mich berühren. Aber dann hielt er inne, ballte die Faust und zog sich zurück. Also half ich ihm, packte seine große Hand und hob sie an meine Brust. »Du wirst mir nicht wehtun.«

Er schluckte schwer und seine Stimme war heiser. »Woher weißt du das?«

»Weil ich es weiß.« Ich drückte seine Hand gegen mich, dann hob ich die Hand, um den Träger meines BHs nach unten zu schieben. »Sag mir, dass ich aufhören soll und ich werde es tun.«

»Ich weiß nicht ... Ich weiß nicht, wie ich etwas so Perfektes anfassen soll.«

Ich erstarrte und mein Herz raste, als ich in diese wunderschönen blauen Augen sah.

»Diese Hände sind für Gewalt gemacht, nicht für ... das.«

Meine Brust wippte aus dem Körbchen, als ich seine Hand losließ, den Verschluss öffnete und das Kleidungsstück fallen ließ. »Denkst du, du hast das nicht verdient?«

»Ich denke nicht«, antwortete er, während er meinen Körper immer noch anstarrte. »Ich weiß, dass ich es nicht verdiene.«

Ich schob meine Finger unter den Gummizug meines Höschens und zog es herunter, bis ich nackt vor ihm stand. »Wenn du es nicht verdienst, mich zu berühren, dann verdiene ich es auch nicht, berührt zu werden. Ist es das, was du willst?«

Seine Kehle schnürte sich zu, als er schwer schluckte und den Kopf schüttelte.

»Dann berühre mich«, flüsterte ich. »Berühre, was immer du willst.«

Er begegnete meinem Blick. »Irgendwas?«

Ich nickte langsam. »Alles.«

Dann tat er das, was ich nicht erwartet hatte: Er hob seine Hand und strich mit dem Daumen über meine Wange. Bei dieser Berührung stockte mir der Atem. Es war so zärtlich, so vorsichtig und doch wuchs dieses Gefühl zwischen uns, bis es mich mitriss. Er trat einen Schritt näher und überragte mich. Sein Daumen strich so sanft über meine Wange, dass es kaum zu spüren war.

Langsam senkte er seinen Kopf.

Dieser Mann, der kaum Zuneigung kannte ...

War so unendlich zärtlich zu mir.

Ich schloss meine Augen, als er mich küsste. Seine Finger fuhren an meinem Kiefer entlang, als er mein Kinn anhob. Langsam und sanft vertiefte sich der Kuss, bis mein Herz raste und meine Gedanken verflogen. Es gab nur das hier … nur uns, bis er sich schließlich löste.

Es dauerte einen Moment, bis ich wieder zu mir kam. Ich genoss das Gefühl seines Mundes und öffnete langsam meine Augen. »Heilige Scheiße.«

In den Tiefen seines Blicks flackerte ein Hauch von Zufriedenheit auf. Der Kuss machte ihn nur noch mutiger, denn er senkte seinen Blick und ließ seine Hand von meinem Kiefer fallen, um über die Außenseite meiner Brust zu streichen. Ein Schaudern durchfuhr mich, als er mich berührte.

»Bist du sicher, dass du das noch nie gemacht hast?«, flüsterte ich.

Aber er antwortete nicht. Er konzentrierte sich auf seine Hand, während er sanft die Wölbung umfasste, mit dem Daumen über meine Brustwarze fuhr und dann den Kopf senkte. Ich nahm das Zittern seiner Finger wahr, eine Sekunde, bevor die Wärme seines Mundes mich aus meinen Gedanken riss. Es waren schon einige Tage seit dem Arbeitszimmer vergangen. Obwohl ich mich langsam daran gewöhnt hatte, mit diesen drei Männern zusammenzuleben, fühlte ich mich immer noch unbehaglich.

Sie kamen zu mir, wenn sie mich brauchten, aber es gab immer noch eine Kluft zwischen uns.

Eine, von der ich nicht wusste, wie ich sie überwinden sollte.

Aber das hier … das fühlte sich nicht unangenehm oder angespannt an. Ich hob meine Hand, um seinen Hinterkopf zu streicheln, als er sanft an meiner Brustwarze saugte, dann die empfindliche Haut küsste und zu meiner anderen Brust überging.

»Gott, du bist so weich«, murmelte er. »Wie Seide.«

»Und du bist so schön«, flüsterte ich.

Er hob seinen Kopf. »Ich will einfach nur in deiner Nähe sein, die ganze Zeit. Ich weiß nicht, wie ich das machen soll, ohne ...«

Etwas in meiner Brust flatterte. »Ohne dich verletzlich zu fühlen?«

Er nickte langsam.

»Dann sind wir schon zwei.«

Er hob die Augenbraue. »Wirklich?«

Ich schenkte ihm ein langsames Lächeln. »Wirklich. Das ist definitiv nicht die Art von Gefühlen, die ich erwartet habe.«

»Mit London?«

»Ja, mit London, und mit euch.« Ein dumpfer Schmerz erfüllte meine Brust, als ich zur Tür blickte.

»Carven ist nicht wie ich. Er ist ...«

»Anders«, sagte ich nickend. »Das verstehe ich.«

»Aber er verändert sich. Ich verstehe nicht, wie das möglich ist. Wenn es jemand anderes gewesen wäre, hätte er sie wahrscheinlich ...«

»Im Schlaf getötet?«, bot ich an.

Er lächelte und nickte. »Wahrscheinlich.«

»Ein Glück, dass ich noch lebe.« Ich lächelte, dann seufzte ich. »Hilfst du mir jetzt, ein Outfit für die Shopping-Tour zu finden, oder was?«

Er grinste, drehte sich um und setzte sich auf das Fußende meines Bettes. »Auf jeden Fall.«

Ich lachte, senkte meinen Kopf und küsste ihn ohne nachzudenken. Ein Adrenalinstoß schoss durch meine Adern, ich hob meinen Kopf und begegnete seinem Blick. Dieses Glück hielt an und zum ersten Mal in meinem Leben wagte ich zu hoffen.

Ich trat zurück und ging auf meinen Kleiderschrank zu. »Ich habe immer von einem dieser Momente in den Filmen geträumt, in denen sie in etwas Weißem und Rotem gekleidet durch den fallenden Schnee tanzen.« Dann erstarrte ich, als mir bewusst wurde, was ich gesagt hatte.

Weiß.

Ich wollte weiß tragen.

Meine Atemzüge wurden schneller und ein Gefühl der Panik machte sich breit.

»Ich finde Weiß wunderschön«, murmelte Colt und unterbrach meine Trance. »Aber in Schwarz gefällst du mir besser. Es lässt dich …«

Ich schloss meine Augen. *Weiß. Rot. Schwarz. Weiß. Rot. Schwarz. Weiß … rot …*

»Umwerfend«, beendete er in der Tür meines Kleiderschranks.

Ich öffnete meine Augen und sah ihn direkt vor mir. Diese verdammten blauen Augen sahen zu viel. Er wusste es. Ich weiß nicht, wie, aber er wusste es einfach.

»Vielleicht ist es also egal, welche Farbe du darunter trägst?« Er lenkte seinen Blick auf die Schubladen mit meiner Unterwäsche. »Wie das Rosa. Ich mag Rosa.«

Meine Atemzüge waren immer noch zu schnell, als ich flüsterte: »Wirklich?«

»Ja.« Er beugte sich mit seiner großen Statur um mich herum, um tiefer in den Schrank zu gelangen und zog das zarte, pastellfarbene Set heraus. »Dieses hier.«

Ich schluckte, zwang mich, mich zu bewegen und nahm das Höschen mit einer zitternden Hand, als er es mir hinhielt. Er sah es und machte weiter. »Also, es wird kalt sein. Du wirst Wärme brauchen.«

Als er den Ständer mit den teuren Klamotten anstarrte, schritt ich näher und schlang meine Arme um ihn, um ihn von hinten zu umarmen. Er ließ seine Hände über meine gleiten und drückte sie gegen die Mitte seiner Brust. Wir blieben eine Weile so, bis das Zittern nachließ und ich mich wieder mehr wie ich selbst fühlte.

Dann zog ich langsam meine rosa Unterwäsche an und griff nach einer schwarzen Designerjeans.

»Eine kluge Wahl«, sagte er.

Ich zog sie an, wählte einen Pullover mit V-Ausschnitt und zog ihn über. »Haare offen oder zusammengebunden?«

Er drehte sich um. »Offen. Immer offen, Wildkatze.«

Ich lächelte. »Dann also offen.« Ich schnappte mir hohe schwarze Stiefel und dicke Socken und setzte mich aufs Bett, als er an der Tür stehen blieb und sich mit verschränkten Armen gegen den Rahmen lehnte.

»Ist es das, was du trägst?« Ich nickte zu seiner schwarzen Cargohose und seinem T-Shirt.

Er grinste. »Ja, aber ich sollte wohl besser wenigstens mein Oberteil wechseln.«

Für mich. Genau deshalb. Nicht aus einem anderen Grund.

Er richtete sich auf und schritt durch den Raum in Richtung Tür. Ich sah ihm hinterher und schnürte meine Stiefel, bevor ich aufstand. Ich schminkte mich mit Lipgloss und etwas Bronzer, fuhr mir mit den Fingern durch die Haare und ging auf die Tür zu, blieb aber mitten im Zimmer stehen.

»Wie ist das?«, murmelte er.

Eine Sekunde lang konnte ich nicht atmen. Colt hatte nicht nur sein Hemd gewechselt, sondern auch die schwarzen Cargos gegen wunderschöne schwarze Jeans getauscht, die ihm perfekt passten. Ein schwarzer Rollkragenpullover ließ das tiefe Blau seiner Augen hypnotisierend wirken.

»Heilige Scheiße«, flüsterte ich.

Aber Colt war derjenige, der sich auf die Lippe biss und seinen Blick senkte, um das tiefe V meines Pullovers und die hohen Stiefel zu betrachten.

Sein verschmitztes Lächeln sagte mir alles, was es zu wissen gab.

So sehr wie er mich beeinflusste, schien ich ihn genauso zu beeinflussen.

»ICH LASSE DICH WISSEN, DASS DIES UNTER PROTEST GESCHIEHT«, knurrte Carven, als er die Beifahrertür des Mercedes öffnete.

»Zur Kenntnis genommen.« London hielt mir die Hintertür auf, als sein Handy einen Signalton von sich gab.

Mit verkniffenem Gesichtsausdruck griff er in seine Jacke, zog sein Handy heraus, swipte über den Bildschirm und ging ran. »Ich hoffe, das sind gute Nachrichten.« In dem Moment, als sich seine Augen verengten, wusste ich, dass es keine waren. Er wandte sich ab und schritt durch die Garage. »Du hast mir gesagt, dass es fertig ist und jetzt gibt es ein Problem?« Es herrschte eine Sekunde lang Schweigen. »Was soll das heißen, du kannst ihr System nicht hacken? Jetzt?«

Er warf einen Blick in meine Richtung und mein Herz sank. Wir würden nicht …

Ich versuchte, die Enttäuschung aus meinem Gesicht zu verbannen.

Aber London sah jedes Zucken.

»Kann das nicht warten? Ja … ja, ich muss das erledigen. Okay, ich bin gleich da. Aber ich muss das so schnell wie möglich erledigen.«

Er beendete das Gespräch und ich trat von der offenen Tür weg. »Es ist in Ordnung.«

»Was ist in *Ordnung*, Vivienne?«

Ich schüttelte den Kopf. »Wir müssen heute Abend nicht gehen.«

»Oh, du gehst, ich habe eine Zusage.« Er schaute Carven an. »Bleibt bei ihr. Ich komme, so schnell ich kann.«

Ein schwerer Seufzer ertönte, bevor der Sohn seinen Kopf in Richtung des Explorers bewegte. »Sieht so aus, als wären wir allein, Wildkatze. Aber ich schwöre bei Gott, ich werde deine verdammten Taschen nicht tragen.«

»Ich werde es machen.« Colt zwinkerte mir zu.

Sein Bruder warf ihm einen Blick zu und betrachtete den schwarzen Rollkragenpullover und die Jeans. »Ich weiß gar nicht mehr, wer du bist.«

Ich zuckte mit den Schultern, schloss die Tür und ging auf London zu, dann stellte ich mich auf die Zehenspitzen, um ihn auf die Wange zu küssen. »Ich finde es gut.«

Er fasste mich an den Schultern und starrte mir in die Augen, was plötzlich und unbeholfen geschah. Natürlich konnten wir ficken, aber diese Art von Intimität fühlte sich seltsam an.

»Bleib einfach in der Nähe deiner Brüder und was immer du tust, nimm dir Carvens Verhalten nicht zu Herzen.«

»Das hatte ich nicht vor«, murmelte ich, während ich mich langsam entfernte, bis ich die Rückseite des Mercedes umrundet hatte, dann drehte ich mich um und stürzte mich auf den Wagen. »Shotgun!«

»*Was?*«, bellte Colt. »*FUCK!*«

London

Ich sah zu, wie der Explorer wegfuhr, bevor ich allein in den Mercedes stieg. Das harte Klopfen der Autotür erfüllte meine Ohren, als ich mich nach vorne beugte und den Knopf zum Starten des Motors drückte. Drei gottverdammte Tage waren vergangen, seit ich Harper kontaktiert hatte, um Rossis Router zu hacken und die Daten des Ordens zu ändern.

Letzteres war relativ einfach ... aber die Metadaten des Stidda zu ändern, erwies sich als verdammter Albtraum. Harper und sein Team waren die Besten der Besten. Die Tatsache, dass es so verdammt lange dauerte, ihre IP-Adressen zu hacken, machte mich verdammt wütend.

Drei verdammte Tage.

Und ich spürte jede verdammte Sekunde wie eine Klinge in meinem Nacken.

Trotzdem war Hale ruhig gewesen.

Das war, gelinde gesagt, beunruhigend.

Ich legte den Gang ein, fuhr aus der Garage, ließ das Haus hinter mir und machte mich auf den Weg zu dem ruhigen, sicheren Bürogebäude vier Vororte weiter. Viviennes Lächeln hatte sich in mein Gehirn eingebrannt und brachte mich dazu, das verdammte Lenkrad zu erwürgen und den Wagen schneller zu fahren. Das war das Letzte, was ich tun wollte.

Ich wollte bei ihr sein, das Lächeln auf ihrem Gesicht sehen, wenn sie in ihrer Lieblingszeit des Jahres in ihr erstes verdammtes Einkaufszentrum ging. Ich wollte derjenige sein, der sie verwöhnte und ihr all die gottverdammten Dinge zeigte, die sie verpasst hatte. Ich wollte derjenige sein, der ihr das gab ... *ich*, nicht die Söhne.

Gott.

Hör dir doch mal selbst zu.

Ich knirschte mit den Zähnen und fuhr den Mercedes noch schneller. Vielleicht konnte ich mit dieser Sache fertig werden und zurück im Einkaufszentrum sein, bevor sie überhaupt die Chance hatten, sich auf den Weg nach drinnen zu machen. Ich drehte das Lenkrad, fuhr in die ruhige Vorstadt und hielt vor den hohen schwarzen Toren, dann ließ ich das Fenster herunter und drückte auf die Gegensprechanlage.

»Ja?«

Ich runzelte die Stirn. »Was soll das heißen, *ja?*«, knurrte ich. »Ich habe dich eines besseren belehrt, Davies. Jetzt mach das verdammte Tor auf.«

Ein Summer ertönte, bevor das Tor aufrollte und ich hindurchfuhr. »Ja? Was ist das denn für eine Begrüßung? Ich schwöre bei Gott, diese verdammten Kinder.«

Angesichts dieser Worte hielt ich inne. *Kinder.* Als wäre Vivienne ein Kind? Ich fuhr auf den Parkplatz, stellte den Motor ab und stieg aus. Neunzehn war wohl kaum ein verdammtes Kind. Eine verdammte Göre sicher, aber kein

Kind. Mein Herz raste, als ich an sie dachte ... an das, was wir im Keller und im Arbeitszimmer getan hatten.

Verdammt, wenn ich nicht mehr wollte.

Und zwar viel mehr.

Ich war dabei, mich in sie zu verlieben. Ich wusste das. Ich *hasste* es. Trotzdem konnte ich es nicht aufhalten.

Ihr Lächeln. Ihr Lachen. Ihr verdammter Körper. Mein Herz raste, als ich an die Tür trat, mein Gesicht in die Kamera hielt und einen finsteren Blick aufsetzte. Vibrieren. Die Tür öffnete sich augenblicklich und ließ mich den kaum beleuchteten Korridor entlanggehen und die Treppe hinaufsteigen.

Ich roch sie, bevor ich sie hörte. Der stechende Duft von frisch gebrühtem Kaffee vermischte sich mit dem Geruch von drei Männern, die seit Tagen nicht mehr geduscht hatten. Ich zuckte zusammen und trat ein in ein Durcheinander aus verstreuten Kaffeetassen, offenen Pizzakartons und weggeworfenen Jacken und Krawatten.

»Scheiße!« Das Bellen kam von einem der Tische, die näher am Fenster standen.

Ich drehte mich um und sah, wie Harper mit einem wütenden Gesichtsausdruck, den er mir zuwarf, als ich auf ihn zuging, vom Schreibtisch zurückwich.

»Ich will es nicht hören, London«, knurrte er, schüttelte den Kopf und stürzte sich wieder auf den Schreibtisch. »Ich meine, *wer zum Teufel ist dieser Typ?«*

»Niemand, nur der Stidda-Mafia-Boss.«

»Nein.« Harper schüttelte den Kopf. *»Ich meine, wer ist dieser verdammte Kerl?«*

Ich trat näher heran, um mir die DOS-Eingabeaufforderungen anzusehen, und sah, dass ein Name wiederholt wurde: *The Ghost. The Ghost. The Ghost. The Ghost. The Ghost.*

»Nie von ihm gehört«, murmelte ich. »Eine Art Hacker?«

»Hacker, von wegen. Der Kerl ist gut, wirklich verdammt gut.« Er griff nach der Tastatur und tippte Befehle ein, die ich kaum verstand. »Das Problem ist, dass der Typ gar nicht da ist. Es ist ein sicheres Netzwerk ... in das ich verdammt noch mal nicht reinkomme!«

Sein Gesicht war eine Maske der Entschlossenheit, die durch den Bildschirm beleuchtet wurde, während er arbeitete.

»Wir haben ihn!«, kam ein Schrei aus dem hinteren Teil des Raumes.

Harper wandte seinen Blick dem Geräusch zu.

»Wir haben IHN!«, brüllte Brett noch einmal. *»Heilige Scheiße, wir sind drin!«*

Harpers Bildschirm änderte sich augenblicklich und zeigte eine Art Großrechner an.

»Heilige Scheiße«, murmelte er und seine Finger flogen wie wild über die Tastatur.

»Änderst du es?« Ich trat näher heran.

»BRETT!«, brüllte Harper. *»BIST DU BEREIT?«*

»Wann immer du es bist, alter Mann!«

»Ich gebe dir gleich ›alter Mann‹«, murmelte Harper, während er eine Liste von Befehlen eingab und auf Enter tippte. *»Und wir haben es. Wir HABEN es, verdammt noch mal.«*

Er hatte einen Moment des Glücks oder der Erleichterung, bevor der gesamte Bildschirm schwarz wurde.

»Was zum Teufel? *WAS IST DAS FÜR EINE SCHEIßE?*«, bellte er.

»Es ist okay!«, knurrte Brett und zog meinen Blick auf sich. »Ich bin noch dabei. Heilige Scheiße, diese Verteidigung ist verdammt gut. Wirklich ... verdammt gut! Es ist vollbracht. Das von Rossi wurde geändert und jetzt ändere ich es einfach im Großrechner des Ordens.«

Der Raum wurde still.

Ich konnte fast eine Stecknadel fallen hören, dann: »Drei verdammte Tage.« Harper hob seinen Blick zu mir. Im unheimlichen Licht des Monitors, der wieder zum Leben erwachte, sah ich seine blutunterlaufenen Augen. »Drei ... *verdammte Tage haben wir alle drei gebraucht, um durch das System zu kommen.*«

»Aber ihr seid fertig«, vergewisserte ich mich.

Harper blickte durch den dunklen Raum zu Brett. »Ja, wir sind fertig.«

Dann wurde mir klar, was wir getan hatten. Nein, was ich getan hatte. Ich hatte nicht nur Hale auf eine falsche Fährte gelockt, sondern auch Benjamin Rossi vor die Hunde gehen lassen, um das zu erreichen. Aber es gab keinen anderen Weg, um Hale von meiner Familie wegzubringen.

Eine Welle der Erleichterung durchfuhr mich. Ich hatte mir zwar einen der mächtigsten Mafiabosse des Staates zum Feind gemacht, aber er war nichts im Vergleich zu der Krankheit, die Haelstrom war. Ich hätte Waffen und Gewalt jeden Tag vorgezogen. Alles, um die Söhne in Sicherheit zu bringen. Jetzt hatte Hale keine andere Wahl, als den Vertrag zu unterschreiben. Der Anflug eines Lächelns zerrte an meinen Mundwinkeln.

»Gut gemacht«, lobte ich. »Verdammt gut gemacht. Ich zahle dir das Doppelte.«

»Scheiß auf das Doppelte«, schnauzte Harper. »Wir wollen dich zurück. *Sie* wollen dich zurück.«

»Sie wollen mich nicht zurück, Harper.« Ich schüttelte den Kopf. »Außerdem habe ich genug von diesem Leben.«

Er stieß sich vom Schreibtisch ab, stand auf und kratzte sich an den Eiern. »Bist du fertig?«

Ich verengte meinen Blick. »Was soll das heißen?«

Er ruckte mit dem Kopf in Richtung des Monitors. »Du bist immer noch ein Jäger, London. Egal, wie sehr du versuchst, es zu verbergen.«

Erinnerungen tauchten in meinem Kopf auf. Die Söhne. Der Orden. Ryth und ihre Stiefbrüder, wie sie um ihr Leben rannten ... und am Ende war sie ... *Vivienne.* »Nein. Ich bin kein Jäger. Nicht mehr. Ich weiß dein Engagement wirklich zu schätzen, du und dein Team werden gut dafür entschädigt.«

Ich nickte ihm zu und wandte mich zum Gehen.

»Wenn du kein Jäger bist, was bist du dann?«, rief Harper, als ich mir einen Weg zwischen den Schreibtischen hindurch bahnte und an dem Berg von Pizzakartons und ausgedienten Kaffeebechern vorbeikam.

»Was bist du, London?«

Die Worte verfolgten mich, als ich aus dem Gebäude ging. Was war ich? Kein guter Mensch, so viel war sicher. Kaum war ich draußen, holte ich mein Handy aus der Tasche und tippte die Nummer ein, die ich gespeichert hatte.

»Rossi, wer ist da?«

»Benjamin, hier ist London St. James. Wir haben uns kurz getroffen, als ich ...«

Die Antwort war alles andere als freundlich. »Ich weiß, wer du bist, St. James. Was willst du?«

Er war kalt und vorsichtig. Er hatte auch allen Grund dazu. »Ich will dich nur vorwarnen, dass du bald unter erheblichen Druck gerätst.«

»Von wem?«

»Haelstrom Hale«, antwortete ich.

Es herrschte Schweigen, dann ein leises Glucksen. »Wenn er auch nur eine Sekunde glaubt, dass er seine Verlobte zurückbekommt, wenn er hinter mir her ist, dann wird er einen gewaltigen Schock erleben.« Dann wurde seine Stimme bedrohlich. »Ich hätte gerne, dass der Bastard versucht, mich zu kriegen ... dann habe ich eine verdammte Ausrede.«

Mein Magen verkrampfte sich und ein weiteres Mal zerrte das Lächeln an meinem Mund.

»Wir sind keine Freunde, St. James. Warum rufst du wirklich an?«

»Nenn es ein schlechtes Gewissen«, antwortete ich, während ich in die Nacht starrte.

Am anderen Ende der Leitung war ein Wechsel zu hören. »Das wird dich nur in Schwierigkeiten bringen.«

»Oder in den Tod.«

»Oder in den Tod«, stimmte er zu. »Oder du schaust dir die gleiche Aufnahme eines bestimmten Blutbades hundertmal an und versuchst herauszufinden, wie eine Tochter und ihre Stiefbrüder die Rache einfach auf dem Silbertablett serviert bekommen haben. Wenn sie es nur wüssten, oder?«

»Was wüssten?«, antwortete ich mit kalter Stimme.

Er wusste nichts. Wenn er es wüsste, würden wir dieses Gespräch nicht führen, nicht hier ... und auch nicht so.

Nein, so wie ich den Ruf des Stidda-Anführers kenne, wäre ich geknebelt, mit gefesselten Händen und einer Waffe am Kopf.

»Wenn sie nur gewusst hätten, wie nah er dran war. Vielleicht hätte sie das Haus durchsuchen sollen und nicht ihre Brüder ...«

Was zum Teufel sollte das bedeuten?

Ich wollte den Rossi-Anführer zu Antworten drängen. Aber wir waren keine Freunde und ich hatte genau das getan, was ich wollte ... den Druck von meiner Familie genommen und ihn auf jemanden gelenkt, der mit Hale in den Krieg ziehen wollte.

Und ich hatte ihn gewähren lassen.

Ich drückte auf die Fernbedienung des Mercedes und entriegelte die Tür. Wenn ich mich beeilte, konnte ich Vivienne und die Söhne vielleicht noch vor der Wonderland-Ausstellung finden. Das würde ihr gefallen ...

Piep.

Ich riss die Tür auf und überlegte, ob ich es ignorieren sollte.

Piep.

»Scheiße.« Ich hob mein Handy, sah den Namen in der Nachricht und mir wurde ganz flau im Magen.

Ophelia ...

Ich wischte mit dem Daumen über den Bildschirm und öffnete die erste Nachricht. Es war ein Bild ...

Von Carvens Wagen, der hinter dem Lagerhaus parkte, in das Hale seine Männer geschickt hatte, um Ryth zu holen.

Das gleiche Lagerhaus, das wir mit aller Härte verteidigt hatten.

Mein Herz raste, als ich die nächste Nachricht öffnete. Es war unmöglich, dass sie das Filmmaterial hatte, dass sie überhaupt wusste, was wir an diesem Tag getan hatten ... *und wenn doch ...*

Ich wollte nicht an die Konsequenzen denken.

Ophelia:

Du schuldest mir einen Besuch, London. Dieses Mal in meiner Wohnung in Westrock. Auf diese Weise wird es keine Unterbrechungen geben. Also, ich erwarte dich in zwanzig Minuten ... sonst bekommt Hale alles mit.

Hale bekommt alles mit?

Ich schluckte schwer und öffnete das Bild noch einmal. Ich sah das Datum, die Uhrzeit und das Lagerhaus mit Hales Männern im Hintergrund. Ich schloss meine Augen und stützte mich mit der Hand auf die offene Tür. Wie viel noch?

Wie viel noch, verdammt noch mal?

Vor lauter Ekel drehte sich mein Magen um.

Auf diese Weise wird es keine Unterbrechungen geben.

Sie meinte Carven.

Diesmal gab es keine Möglichkeit, mich zu retten.

Diesmal musste ich es durchziehen, mit ihr zu schlafen.

Für Vivienne ...

Und für meine Söhne.

Ich nahm mein Handy ab, drückte auf das Symbol und wartete darauf, dass er ranging. »Carven«, sagte ich vorsichtig. »Es gibt eine Planänderung.«

VIERZIG

Carven

SCHAU IHN DIR AN ...

Ich starrte meinen Bruder an, als er ihre verdammten Tooti-Frooti-Tüten trug. Er hatte sie in den Süßwarenladen zwingen müssen, nachdem sie zwanzig Minuten lang draußen gestanden und das verdammte Ding angestarrt hatte. Wenn ich noch ein einziges Mal »*Es ist wie Holidate*« hören musste, würde ich kotzen.

Nein, es war nicht wie in *Holidate*.

Es war schlimmer.

Ein durchdringender Kinderschrei schallte durch die Luft. Ich zuckte bei dem Geräusch zusammen und wurde von hinten gestoßen, sodass ich mit dem Gesicht gegen das Glasfenster eines Dessousladens stieß. *Dong.* Mein Kopf schlug gegen die Scheibe und die Wut brodelte unter der Oberfläche, sodass ich der Frau, die mit drei gottverdammten Monstern rang, einen wilden Blick zuwarf und versuchte, durch die Menge zu kommen.

Ein leises, bedrohliches Geräusch grollte in meiner Kehle und drang nach außen. Unter dem Getöse der Einkäufer hörte sie es, warf einen panischen Blick in meine Richtung, trieb ihre Kreaturen vorwärts und verschwand.

Scheiße, ich hasste Weihnachten. Ich sah mich in der Menge um und entdeckte meinen Bruder, der mich über seine Schulter anstarrte, während sie gingen.

Na schön ...

Ich stieß mich von der Wand ab und ging weiter, bis ich sah, wohin sie wollte. »Oh verdammt, nein!«

Ein Knurren hallte in meiner Kehle wider, als sie auf die riesige Winterwunderland-Ausstellung zusteuerte, die sich über die gesamte Breite des riesigen Einkaufszentrums erstreckte.

Ein hässlicher roter Schlitten war zwischen zwei riesigen Weihnachtsbäumen platziert, die mit zehn Zentimeter Kunstschnee bedeckt waren, der aus einer Maschine in der Ecke des Standes kam. Kinder kreischten und Eltern versuchten verzweifelt, überall gleichzeitig hinzuschauen. Trotzdem schwebte das weiße Zeug in der Luft. Es war ein verdammter Albtraum.

Mein Handy vibrierte in meiner Tasche, als ich mich schneller durch die Menge drängte. »Colt, *sag ihr, dass das nicht geht!*«, brüllte ich, als ich mein Handy herauszog. »*Colt! COLT!*«

Aber mein verdammter Bruder ging weiter, während Vivienne mit einem Grinsen auf dem Gesicht nach vorne stürmte.

Nein ...

Nein, verdammt.

Ich starrte auf den Bildschirm, wählte London an und er nahm ab. »Ich schwöre, ich werde sie beide umbringen.«

»Carven«, begann er und sein kalter, vorsichtiger Ton ließ mich erstarren. Jemand stieß mich im Vorbeigehen an der Schulter an, aber ich nahm ihn kaum wahr, während London weitersprach. »Es gibt eine Planänderung.«

Eine Planänderung.

Die Art, wie er es sagte, jagte mir ein Schaudern über den Rücken. Ich hob meinen Blick zu Colt und Vivienne, die sich lachend in die Herde schreiender Kinder einreihte, um sich Zutritt zu verschaffen, während ich etwas murmelte. »Was für eine Änderung?«

»Ich fahre in die Stadt.«

»Warum?«

»Da ist ... da ist ein verdammtes Bild. Ich weiß nicht, wie sie es bekommen hat. Ich weiß nicht einmal, wie viele Informationen sie hat. Aber Ophelia hat ein verdammtes Bild. Sie hat das hier.«

Piep.

Ich hielt mein Handy weg und drückte auf die Nachricht auf dem Bildschirm, um ein Bild von meinem Auto aufzurufen. *Mein verdammtes Auto vor dem Lagerhaus, in dem wir Ryth und ihre verdammten Stiefbrüder gerettet hatten.* Ich nahm das Handy in die Hand. »Wie zum Teufel ist sie da rangekommen?«

»Ich habe keine Ahnung.«

Dann fiel es mir ein. »Sie hat es an dich geschickt und nicht an Hale.«

Dann Stille. »Ja.«

Ich biss die Zähne zusammen und hob meinen Blick zu meinem Bruder, als die Schlange näher an das riesige Display heranrückte. »Sie will dich erpressen ...«

»Ja.«

Ich schüttelte den Kopf. »Das kannst du nicht ...«

»Ich habe keine Wahl, mein Sohn. Ich kann das Risiko nicht eingehen, dass sie mehr hat. Es könnte uns ... ruinieren.«

Ich schloss meine Augen und spürte, wie meine Welt ins Wanken geriet. Die schrillen Schreie der Kinder drängelten sich in mein Gehirn ...

Uns ruinieren ...

Uns ... ruinieren.

Mich ruinieren, meinte er.

»Ich komme wieder, wenn ich kann.«

Bei diesen Worten verkrampfte sich mein Magen. »*London, nein.*« Aber es war egal, wie sehr ich ihn anflehte, denn er hatte das Gespräch beendet.

Wut stieg in mir auf, als ich bemerkte, dass Colt mich mit einem besorgten Blick anstarrte. Es war, als wüsste er es, als hätte er es schon immer gewusst. Das unsichtbare Band, das mich mit ihm zusammenhielt, summte vor Spannung. Langsam weitete sich mein Blick und ein schwarzer Schleier zog ein.

Knack!

Ich richtete meinen Blick zur gleichen Zeit wie mein Bruder auf das Geräusch.

Knack!

Knack!

KNACK!

Die Schreie wurden ohrenbetäubend, als Mütter und Kinder um ihr Leben rannten. Colt war bereits in Bewegung, als die bewaffneten Männer sich ihren Weg bahnten und die Winterwunderland-Ausstellung auseinandernahmen, um zu ihr zu gelangen ...

Zu ihr ...

Ich richtete meinen Blick auf die Frau, die im Mittelpunkt des Geschehens stand.

Die Frau, die in diesem hässlichen Schlitten nichts sehen konnte.

»*VIVIENNE!*«, schrie ich und stürzte mich auf sie.

Aber die aufgebrachte Menge prallte gegen mich und warf mich zurück. Schwarz färbte meine Sicht und zwischen den Lücken der hektischen Einkäufer sah ich noch mehr von den Mistkerlen auf sie zukommen.

»*Geht mir verdammt noch mal aus dem Weg!*«, brüllte ich und schob die Leute zur Seite.

Ich griff nach meiner Waffe und wurde zur Seite geschubst. Ich riss meine Waffe los und zog sie hoch, als einer der Angreifer auf meinen Bruder losging. So ein Mist.

Ich hob die Mündung, zielte und wich einem Jungen aus, bevor ich den Abzug drückte.

Knack!

Der Schuss ging zur Seite und schlug in einen der Weihnachtsbäume ein. Ich zielte erneut, während die Käufer weiter davonliefen und drückte ab, als Vivienne schrie.

Knack!

Diesmal traf die Kugel richtig und traf den Angreifer meines Bruders, der mit dem Gewehrkolben nach Colts Kopf schlug. Aber ich hatte keine Zeit, noch einmal zu schießen, denn eines der Arschlöcher packte Vivienne von hinten und hob ihre Füße vom Boden auf.

Colt brüllte, als er seinen Angreifer zur Seite warf, nur um von mehr von ihnen umzingelt zu werden. Er steckte die Schläge ein und hob die Hände, um sein Gesicht zu schützen, als er zuschlug und einen am Kiefer traf.

Ich stürmte vor, hob meine Waffe, zielte und wurde von der Seite niedergeschlagen. Noch mehr von diesen Wichsern kamen aus dem Nichts. Einer riss ein schreiendes Kind von seiner Mutter weg und warf das verdammte Ding auf mich.

Es schlug mit Händen und Beinen um sich und hatte den Mund weit aufgerissen. Ich packte das schreiende Wesen mit einer Hand, ließ es auf den Boden fallen, umrundete das Kind und schlug ihm mit der Pistole ins Gesicht.

Ein Gefühl der Ruhe überkam mich. Ruhig. Kontrolliert. Das panische Gebrüll der Menge verstummte. Jetzt gab es nur noch Blut. Nur Gewalt. *Nur das.*

Der kantige Kiefer des Bastards vor mir schnellte zur Seite, aber ich gab ihm keine Sekunde Zeit, sich zu erholen. Ich stürzte nach vorne, trieb meine Faust und den Lauf der Waffe nach oben ... aber eine Stimme drängte sich dazwischen.

Ihre Stimme.

Ihre Schreie.

Ihr Kampf.

»Lass mich los, verdammt!«

Ich sank tiefer in diese kalte, harte Wut, in der es nichts als Rache gab und trieb den gemusterten Stahl meiner Waffe in seine Nase. Wieder und wieder und wieder. Noch während er rückwärts stolperte, stieß ich weiter vor.

Blut schoss aus der Nase des Angreifers, als sein Kumpel seine Waffe hob. Aber ich hatte damit gerechnet. *Ich hatte darauf gehofft.* Ich schwang meine Faust und drückte ab. *Knack!* Und die Seite seines Kopfes verschwand in einer roten Gischt.

Ich drehte mich um, als der erste Typ sich die Nase abwischte.

Angst blühte in seinen Augen auf.

Er sah mich jetzt.

Er sah, was ich war.

Zu was sie mich gemacht hatten.

Und das machte ihm Angst.

Ich stürzte mich auf ihn und stieß ihn rückwärts in die zerstreute Menge, so schnell, dass seine Füße nicht mithalten konnten. Er holte aus, aber sein Schlag war erbärmlich und viel zu weit. Ich wich aus, stürzte nach vorne, packte ihn an der Kehle und stieß zu.

Seine Arme wirbelten herum, er fiel rückwärts und schlug mit einem dumpfen Aufprall auf dem Boden auf. Um uns herum brach das Chaos aus. Alles, was ich sah, waren Stiefel, Beine und *Schwarz. Schwarz. Schwarz wie Söldner.* Ich riskierte einen Blick nach oben, um zu sehen, wie mein Bruder gegen zwei von ihnen kämpfte, bevor ich zu Vivienne sah ... aber sie war weg.

Es gab keine Schreie mehr, die ich hätte verfolgen können, keine um sich schlagenden Fäuste, als sie kämpfte. Ich musterte die Menge, während ich mich auf den Bastard stürzte, ihn packte, als er auf dem Boden lag und ihm die Kehle zuschnürte, als noch mehr von seinem Team eindrangen und einer die in Panik geratenen Käufer zur Seite schob, um zu meinem Bruder zu gelangen.

Ich dachte nicht mehr nach, sondern hob einfach die Waffe. *Knall.*

Der Kopf des Schützen kippte nach hinten und Blut spritzte. Aber ich musterte bereits die Menge, bis ich sie sah. Ein Bastard hielt ihre Schultern fest, seine Hand über ihrem Mund. Ein anderer trug ihre Beine, seinen Körper zwischen ihren Schenkeln, während sie strampelte, zappelte und sich über ihren Kopf hinweg in das Gesicht des anderen Wichsers krallte. Der letzte Kerl folgte ihnen. Sie kämpfte ...

Trotzdem waren es drei gegen eine.

Ich stieß gegen den Bastard am Boden, stemmte mich selbst nach oben, als Vivienne durch die Tür verschwand, und stolperte.

»Was glaubst du, wo du hingehst?«, krächzte der blutende Mistkerl unter mir.

Ich hob meine Hand und zielte. Aber er war augenblicklich auf mir und drückte mich auf den Boden, um mich wieder runterzuziehen, während ich in dem verdammten Kunstschnee ausrutschte.

Mein Gesicht schlug mit einem Knall auf. Der Schmerz stach durch meine Wange und ließ meine Augen tränen. Doch durch die Unschärfe hindurch sah ich seine Wut, als er seine Faust schwang. Das Tier in mir schlug zu. Ich stürzte mich auf sein Gesicht und rammte meine Daumen in seine Augen, bis sie hervorquollen.

»Du hast eine Ahnung, mit wem du dich anlegst.« Glibber überzog meine Nägel und floss über meine Knöchel. »Aber das wirst du.«

Ich hörte nicht auf und drehte mich mit allem, was ich hatte, bis ich ein knackendes Geräusch hörte.

Dann war es vorbei ... und er auch.

Sein Körper fiel auf den Boden.

Ich verschwendete keine Sekunde, als ich mich mit aller Kraft, die ich hatte, nach oben stemmte und die Waffe auf die Angreifer meines Bruders richtete. Aber sie waren weg. Ich musterte die Menge, dann blickte ich nach unten. Nein, nicht weg. Sie waren tot.

Drei von ihnen lagen auf dem Boden, einer mit dem Kopf in einem Winkel, der kein Leben zuließ, die beiden anderen regungslos. Ich riss meinen Blick von ihnen los und stürmte nach vorne, in Richtung der offenen Personaltür und betete, dass ich meinen Bruder nicht in einer Pfütze seines eigenen Blutes am Fuße der verdammten Treppe finden würde.

Weg da!

Ich stürmte vorwärts ... *und betete.*

EINUNDVIERZIG

Vivienne

*N*EIN!

NEIN!

Ich bäumte mich auf und krallte um mich. Meine Schreie wurden durch den Griff um meinen Mund gedämpft, als sie mich durch eine offene Seitentür in ein Treppenhaus trugen. Sie wollten mich mitnehmen ... *sie wollten mich mitnehmen ...*

Kälte schoss mir durch den Bauch. Ich krallte mich an der Hand über meinem Mund fest, öffnete ihn weit und biss zu.

»Au!« Aus Reflex riss mein Angreifer seine Hand weg. Sein Blut quoll aus der Bissstelle, als er meine Kehle packte und zudrückte. *»Wenn du mich noch einmal beißt, schmeiße ich dich die Treppe runter.«*

Das war mir egal.

Ich wusste, was auf mich wartete ...

Der Orden.

Der Orden ...

»*COLT!*«, brüllte ich, als sie die erste Treppe erreichten und das dumpfe Geräusch ihrer Stiefel sich mit dem Pochen meines Herzens vermischte.

»*Bringt sie zum verdammten Auto!*«, befahl derjenige, der meine Knie festhielt. Ich drehte mich und trat mit aller Kraft, die ich hatte. »*COLT!*«

Ich krallte und schlug um mich, schaffte es, einen Fuß loszureißen, holte aus und trat dem Bastard mitten in die Brust. Er stolperte rückwärts und ließ erst ein Bein und dann das andere fallen. Beton sauste auf mich zu, bis ich hart auf die Treppenkante aufschlug. Schmerz zerrte an meiner Wange, aber ich stieß mich nach oben und rannte.

Die Treppe verschwamm.

Mein Herz hämmerte.

Ich schaffte es eine ... zwei Stufen hinauf, bevor ich wieder gepackt und hochgehoben wurde. Arme wie Stahlbänder umklammerten meine Taille, als sie mich nach hinten zogen. »*COLLLTTTT!*«, schrie ich, während ich auf die offene Tür starrte.

»*Runter!*«, bellte einer.

Ich konnte mich nicht wehren, konnte mich nicht befreien. Die weißen Wände des Treppenhauses verschwammen, als wir ein Stockwerk nach dem anderen hinunterstiegen ...

»Castlemaine«, knurrte mir derjenige ins Ohr, der mich nach hinten gezerrt hatte. »Wir wissen, dass sie ihn haben. Wo zum Teufel ist er?«

Meine Gedanken erstarrten. Mein Kopf war ein einziges Durcheinander ... *Castlemaine?*

Jack.

Jack.

Hatten sie mich deshalb entführt?

Ich trat mit den Fersen nach hinten und erwischte meinen Angreifer am Schienbein. Er stöhnte gequält auf, sein Griff entglitt ihm und ich stürzte auf den Boden. Doch er hatte mich noch immer fest im Griff. Meine Stiefel scharrten auf dem Beton, als ich stolperte. Ich hörte auf zu kämpfen und meine Gedanken rasten. *London beschützen ...*

»Antworte mir, Schlampe. Wo zum Teufel ist er?«

Ich drehte mich um und starrte dem Bastard in die Augen. *»Fick dich!«*

Er löste einen Arm aus seinem Griff um mich, ballte die Faust und rammte sie mir in den Bauch.

Uff ...

Vor Schmerz kippte ich über seinen Arm nach vorne.

Ich versuchte zu atmen, um mich nicht zu übergeben. Aber die verwaschene, weiße Welt drehte sich und Sterne flammten hinter meinen Augen auf. Doch dann wurde die Wartungstür hinter mir aufgestoßen und knallte gegen meinen Entführer.

Der Bastard stolperte zur Seite, als ein Mann herausstürmte und einen beladenen Wagen ins Treppenhaus schob, dann sah er die Männer ... und mich. »Was zum Teufel?«

Das war alles, was ich brauchte. Die hellen Lichter des Einkaufszentrums riefen. Ich stieß mich ab und stürzte mich auf sie, wobei ich um den Wagen herumkletterte und von ihnen getrennt wurde.

»FUCK!«, schrie mein Angreifer. *»Schnappt sie ... Schnappt sie!«*

Der Ansturm der Menge fegte um mich herum. Der Knall eines Schusses ertönte auf der Treppe. Ich blieb nicht stehen, konnte nicht stehen bleiben. *Colt. Carven. Verstecken. Colt. Carven. Verstecken.* Ich drehte mich um und entdeckte eine offene Tür zu einem Bekleidungsgeschäft zu meiner Rechten, als die furchterregenden Schreie meiner Angreifer aus dem Treppenhaus hinter mir kamen.

»Komm verdammt noch mal zurück!«

Ich wurde an den Haaren nach hinten gerissen und zog damit die entsetzten Blicke der Kunden um mich herum auf mich. Die Schüsse hatten bereits für Aufregung gesorgt und als ich stolperte, sah ich den roten Schlitten im Stockwerk darüber.

»Ich bin noch nicht fertig mit dir, verdammt«, knurrte mein Angreifer.

»Wie zum Teufel kommen wir hier raus?«, brüllte der Angreifer hinter mir die Verkäuferin an.

Sie starrte uns mit einem entsetzten Gesichtsausdruck an, während ich um mich trat, strampelte und an seiner Hand riss, die sich in meinen Haaren verfangen hatte. *»Hilf mir!«*, flehte ich sie an.

Aber sie kam mir nicht zu Hilfe, sondern hob nur eine zitternde Hand und zeigte mit entsetztem Gesichtsausdruck auf den hinteren Teil des Ladens. Schwarz drang in das kahle Weiß des Ladens ein, als noch mehr meiner Angreifer hereinstürmten.

»Bewegt euch!«, brüllte einer und stürmte mit panischem Gesichtsausdruck vor.

Dann kam Colt mit langen, zielstrebigen Schritten durch das Getümmel. Seine Augen waren nicht mehr blau, sondern nur noch ein Meer aus schwarzem Zorn. Er zuckte nicht zurück, sah nicht einmal die anderen an, nur das Arschloch vor ihm, bevor er sich auf ihn stürzte.

Das ekelhafte Knacken der Knochen ließ mich erstarren. Die Kunden stolperten nach hinten und drückten sich mit dem Rücken an die Wand, als Colt loslegte und einen Schlag nach dem anderen landete, bis der Kopf des Arschlochs mit einem markerschütternden Knacken nach hinten kippte.

Ich hatte noch nie jemanden gesehen, der so … *mechanisch* war. So kalt. So … *gefährlich*.

Das Arschloch sackte auf den Boden und die großen, blinzelnden Augen starrten ins Leere.

»Ganz ruhig.« Der größte Angreifer hob seine Waffe und zielte, während er murmelte: »Wir wollen nur die Schlampe, das ist alles.«

Die Sekunden verlangsamten sich und die Zeit zog sich in die Länge. Ich konnte nur noch sehen, wie sich sein Finger um den Abzug krümmte und wie die Angst in seinen Augen aufleuchtete, als er sich zwischen Colt und mich stellte. Es war die falsche Entscheidung.

»*Sag mir, wo zum Teufel Castlemaine ist*«, knurrte mein Angreifer mir ins Ohr.

Jetzt waren sie verängstigt.

Das sollten sie auch sein.

Trotzdem drückte der Revolvermann fester zu. »Stopp«, warnte er Colt. »*Bist du taub, verdammt? Ich sagte …*«

Ich dachte nicht nach, sondern reagierte einfach. Ich stürzte nach vorne, bis meine Haare straff gezogen waren, packte eine Handvoll gefalteter Kleidung und schleuderte sie durch die Luft, als die Waffe mit einem Knall losging.

Rosa, schwarz und blau flatterten durch die Luft. Mein Herz blieb stehen, bis ich eine Bewegung sah, als Colt nach vorne stürmte.

Das Chaos brach aus.

Brutales.

Beängstigendes *Chaos*.

Colt trieb den Bewaffneten rückwärts den Gang entlang in den hinteren Teil des Ladens, bis sie durch die Tür der Umkleidekabine krachten. Ich wirbelte herum, holte aus und schlug meinem Angreifer ins Gesicht. »Lass mich *verdammt noch mal los!*«

Aber es war der kalte Aufprall, der mich erstarren ließ.

Er hörte sich an wie zerbrechendes Glas.

Mein Herz raste und mein Blut gefror. Der Griff meines Angreifers lockerte sich und ich konnte nach vorne huschen. Aber ich war nicht der Einzige. Schwarze Gestalten stürmten in die Umkleidekabine, während in dem kleinen Raum Grunzen und Brüllen zu hören war.

Spiegelsplitter knirschten unter meinen Stiefeln, als mein Angreifer mich erneut packte und nach hinten zog. Aber da war noch ein anderer, der sich hinter Colt schob, sodass es zwei gegen einen stand und die brutalen Schläge von Fäusten auf Haut ertönten. Sie wollten ihn töten ... *sie wollten ihn töten!*

Ich wirbelte herum, krallte mich fest und trat mit allem, was ich hatte, bis ein markerschütterndes Geräusch ertönte und die Umkleidekabine erschreckend still wurde.

Nein ...

Nein.

NEIN!

Ich schlug und zerrte an dem Griff meines Angreifers, bis er nachgab und ich mich mit einem Ruck befreien konnte. Alles, was ich sah, war die winzige Tür der Umkleidekabine. Meine

Stiefel rutschten auf den Glassplittern aus und ich stürzte auf den Boden. Das Einzige, was ich sah, war Colt. Colt lag auf dem Boden, bedeckt mit Glas … *Colt bewegte sich nicht.*

Wut durchfuhr mich. Mit einem Ruck richtete ich meinen Blick auf diese Bastarde. *Ich werde sie umbringen. ICH BRINGE SIE VERDAMMT NOCH MAL UM!*

Mein Körper zitterte vor Adrenalin und etwas in mir zerbrach.

»Jetzt siehst du, wie verdammt hart du bist.« Einer der Angreifer zog seinen Fuß zurück und zielte auf Colts Gesicht.

»*NEIN!*« Ich stürzte mich auf ihn, schlug ihm in den Rücken und entfesselte die Wildheit in mir, indem ich ihm das Gesicht zerkratzte, wie das Tier, das ich war.

Meine Nägel brachen durch die Kraft. Blutige Schlieren zogen sich über seine Wange. Mein Angreifer stolperte zur Seite und stieß mit einem Gebrüll gegen das andere Stück Scheiße.

Schreckensschreie drangen zu mir durch, schrill und wild. Bis mir bewusst wurde, dass sie von mir kamen. Ich schmeckte Blut, als ich schlug und schlug, bis der Bastard mich packte, mich losriss und quer durch den Raum schleuderte.

Ich knallte gegen die Wand, prallte ab und landete hart auf dem Boden neben Colt. Sie kamen trotzdem, traten vor und zogen ihre Waffen. Angst durchdrang meine Wut.

Ich kümmerte mich in diesem Moment nicht um mich selbst. Ich stürzte mich kopfüber in einen Tsunami, bereit zu töten, mit dem verzweifelten Bedürfnis zu schützen.

Ich warf meine Arme weit aus, als ich mich über seinen Körper beugte. Ein stechender Schmerz durchfuhr meine Handfläche, als ich einen langen, spiegelnden Splitter spürte und ergriff. Es war mir egal. Nicht für mich …

Nur für ihn …

NUR FÜR IHN.

»Verpiss dich!« Ich schnitt die Luft in Richtung der beiden. *»GEHT VERDAMMT NOCH MAL WEG VON IHM!«*

Und aus dem Augenwinkel heraus ... kam der Tod zu ihnen.

Der Tod mit stechend blauen Augen und einem unstillbaren Durst nach Gewalt.

Knack!

KNACK!

KNACK!

Blutroter Nebel sprühte in dem winzigen Raum, als die Köpfe der drei Bewaffneten explodierten. Wärme spritzte auf mein Gesicht. Ich konnte mich nicht bewegen, konnte nicht denken. Alles, was ich sah, waren die stechend blauen Augen von Carven, der erst zu mir und dann zu seinem Bruder blickte.

»Verschwinde!« Ich schnitt immer noch durch die Luft. Ich wusste nicht, wie ich aufhören sollte. *»Verschwinde. Verschwinde. Verschwinde!«*

Doch Carven tat mir nicht weh.

Er trat nicht näher heran.

Er saugte nur tiefe Atemzüge ein und murmelte: »Ich bin's, Wildkatze ... ich bin's.«

Ein Stöhnen ertönte unter mir. Es war tief und kehlig und zog meinen Blick auf sich. Mein Arm hörte auf, zuzuschlagen. Ich blickte in die obsidianen Tiefen und sie sahen mich an.

»Ich werde dich retten«, flüsterte Colt. »Ich werde dich immer retten.«

Schmerz durchzuckte meine Brust. Der Schmerz war brutaler als jede Glasscherbe. Er schaute erst zu seinem Bruder, dann zu den Bewaffneten zu seinen Füßen. »Wer zum Teufel waren die?«

»Ich habe keine Ahnung«, antwortete Carven und musterte die Art und Weise, wie ich mich über Colt beugte. »Aber wir müssen gehen ... *jetzt*.«

»Ich glaube, ich kann mich nicht bewegen«, flüsterte ich.

Colt umklammerte mich an der Taille und stemmte sich nach oben. Glasscherben fielen, als er sich aufrichtete, dann betrachtete er die gezackte Waffe in meiner Hand, die mit Blut beschmiert war. Vorsichtig entfaltete er meine Finger, bevor er die Scherbe beiseite warf.

»Hier.« Carven entfernte sich und verschwand für einen Moment, bevor er mit einem roten Schal zurückkehrte.

Einen, den sein Bruder um meine Hand wickelte.

»Komm, wir bringen dich nach Hause«, murmelte Colt.

Aber Carven bewegte sich nicht.

Ich spürte die Kälte.

Die Angst.

Die Qualen.

Colt richtete seinen Blick auf seinen Bruder. »Was ist los?«

»London hat eine Sekunde vor dem Angriff angerufen.« Er schaute mich an und mein Herz sank. »Ophelia erpresst ihn, indem sie ihm mit einem Foto von meinem Auto in dem Lagerhaus droht, in dem wir Ryth Castlemaine und ihre Brüder gerettet haben. Er hat keine andere Wahl, Wildkatze. Er ist schon auf dem Weg zu ihr.«

ZWEIUNDVIERZIG

Vivienne

»Er geht zu Ophelia?« Meine Worte waren ein Flüstern.

Ich schloss meine Augen, als die Umkleidekabine schwankte.

Es tat weh …

Mein Gott, tat das weh.

Ich ballte meine Hand und drückte das scharfe Stechen in meiner Handfläche tiefer. Doch das war nichts im Vergleich zu der Eifersucht, die in meiner Brust wütete. Die Erinnerung an diese Schlampe kam an die Oberfläche geschossen. Ich sah nur noch ihr hässliches Grinsen und die Art, wie sie ihn mit ihrem raubtierhaften Blick ansah und mit dem Finger auf die verdammte Halskette zeigte, die London ihr gekauft hatte.

Er hatte sie für sie gekauft.

Weil sie gefickt hatten.

So wie sie jetzt gerade fickten.

Nicht ficken … eher vergewaltigen.

Der Gedanke daran ließ mein Blut gefrieren. Eine eiskalte Wut brannte in mir. Sie hatte London gezwungen, ihn in eine Ecke gedrängt, wo der einzige Ausweg darin bestand, ihr zu gefallen. Er würde es tun ... *Ich wusste, dass er es tun würde.* Er würde es tun, weil er keine andere Wahl hatte. Mein Magen krampfte sich zusammen. *Mir wurde schlecht.*

»Wildkatze.«

Ich zuckte bei dem Namen zusammen und öffnete meine Augen, um in das tiefe, dunkle Blau zu blicken.

»Vertraust du mir?« Colt starrte mich an.

Ich hörte die Schreie von draußen, als ich langsam nickte. »Ja.«

Eine Bewegung lenkte meinen Blick ab. Carven trat zurück in den Umkleideraum, schaute seinen Bruder an und nickte. »Wir müssen los.«

»Da draußen wird es gefährlich werden. Deshalb musst du in meiner Nähe bleiben«, drängte Colt, während er mir den Schal fest um die Hand band. »Kannst du das tun?«

Ich nickte vorsichtig, als er meine andere Hand ergriff und mich aus der Umkleidekabine zog.

Ich versuchte, nicht auf die Leichen oder die verängstigten Kunden zu achten, die aus dem Laden flohen. Das Blut war neonrot und flackerte durch das Pochen in meinem Kopf. Ich riss meinen Blick von dem Anblick der toten Männer los. Es kam mir wie eine Ewigkeit vor, seit ich in den Laden geschleppt worden war. All das Chaos, all der Schmerz.

Meine Wange pochte und ich zuckte zusammen. Aber ich schob den Schmerz beiseite und konzentrierte mich auf das Laufen, während wir den Gang entlang rannten, der die Rückseite der Läden miteinander verband.

»Was zum Teufel ist hier los?«, bellte ein Typ, als wir an ihm vorbeihasteten.

Wir antworteten nicht, sondern drängten uns durch eine weitere Servicetür und in eine panische Menschenmenge. Carven wurde langsamer und wir folgten ihm, wobei wir darauf achteten, unsere Blicke gesenkt zu halten und uns mit dem hektischen Gedränge der Kunden zu bewegen.

Ich wurde geschubst und stolperte. Aber Colt war da, hielt mich fest und zog mich an sich, als Carven näher kam. Ich war eingekeilt zwischen den Söhnen, zwei Männern, die nach Schießpulver und Blut rochen.

»Geht verdammt noch mal aus dem Weg«, knurrte er, während wir uns durchdrängten, bis wir endlich draußen waren.

Mein Gehör war nur noch ein dumpfes, gedämpftes Brüllen, als wir nach draußen traten. Carven riss sich los, verlängerte seine Schritte und rannte los, um zwischen geparkten Autos zu verschwinden.

»Es ist okay.« Colt zog meinen Blick auf sich, als ich nach ihm suchte. »Er holt nur das Auto.«

Scheinwerfer flackerten auf und blendeten mich, als andere Autos vorbeifuhren. Ich musterte jedes einzelne und suchte nach dem Auto. Aber das brauchte ich nicht. Colt zog mich nach vorne, als der Explorer direkt vor uns anhielt.

Hupend öffnete Colt die Hintertür und wartete in aller Ruhe, bis ich eingestiegen war, bevor er sie schloss und selbst auf den Beifahrersitz stieg. Dann fuhren wir vor der Horde aufheulender Motoren und hupender Autos davon. Carven legte die Gänge ein und lenkte den Wagen um enge Kurven, bis wir in eine ruhige Seitenstraße einbogen.

Eine, die leer zu sein schien.

Das Gedränge, Stoßstange an Stoßstange, das wir hinter uns gelassen hatten, breitete sich weiter vor uns aus. Aber wir waren frei. *Mein Gott ... wir waren frei.* Ich schloss die Augen, als der Motor des Wagens aufheulte und uns vom Einkaufszentrum wegbrachte.

Das Einkaufszentrum, das ich unbedingt hatte besuchen wollen.

Ich stieß ein leises Stöhnen aus und wippte nach vorne.

»Wildkatze?«, rief Colt und seine Stimme war voller Sorge.

»Es ist alles meine Schuld«, sagte ich und schüttelte den Kopf. »Das ist alles wegen mir passiert ...«

Ich hätte das Haus nie verlassen dürfen. Ich hätte nie darum bitten sollen, gehen zu dürfen ... niemals ... niemals.

Carven knurrte, drehte das Lenkrad und hielt an. Ich packte den Türgriff und hielt mich fest, als das Auto ruckartig zum Stehen kam.

»Ich will dir mal was sagen, Wildkatze.« Carven drehte seinen Kopf und starrte mich mit eisigem Blick an. »Hör gut zu, denn ich sage das nur einmal. Es sind Gedanken wie diese, die dich brechen werden. Du willst ein Opfer sein? Dann verhalte dich weiter wie eines. Aber wenn du eine von uns sein willst, dann *handeln* wir. *Du* bist ein Nebenprodukt dessen, was sie geschaffen haben: *eine Tochter.*« Er drehte sich um und legte den Gang ein. »So wie wir verdammte Söhne sind.«

Ich holte tief Luft, als er das Auto zurück auf die Straße lenkte. Seine Worte waren nicht sanft. Wenn ich Besänftigung wollte, würde ich sie nicht von Carven bekommen. Aber er sagte mir die Wahrheit.

»Dass du in ein verdammtes Einkaufszentrum gehen wolltest, hatte nichts damit zu tun, dass du angegriffen wurdest,

Wildkatze«, knurrte er, während er die Gegend musterte. »Und alles hat mit diesen Wichsern zu tun, die dich kontrollieren wollen.«

»Sie haben nach Jack gefragt ... Jack Castlemaine«, flüsterte ich.

Carven trat auf die Bremse, wodurch ich nach vorne geschleudert wurde, bis der Sicherheitsgurt straff gespannt war. Ein tiefes, wildes Knurren kam von Colt, aber sein Zwilling würdigte ihn kaum eines Blickes. »Sie wollten was?«

»Sie wollten Jack und auch Ryth.«

Carven warf Colt einen finsteren Blick zu, der mit einem vorsichtigen Kopfnicken noch intensiver wurde. »Scheiße.« Carven drückte auf das Gaspedal und fuhr noch schneller, als wir uns durch die Straßen schlängelten und erst da wurde mir bewusst, dass mir nichts bekannt vorkam. »Wohin fahren wir?«

»Nun, es scheint, als wäre jetzt ein guter Zeitpunkt, um das herauszufinden, Wildkatze. Bist du Beute oder ein Raubtier?«, murmelte er, als er in eine dunkle Straße einbog und vor einem riesigen schwarzen Tor hielt, das wie ein zweistöckiges Lagerhaus aussah.

Er drückte den Knopf, um das Fenster herunterzukurbeln und drückte seinen Daumen auf ein Tastenfeld. Das Tor öffnete sich augenblicklich und er fuhr schnell hinein. Ich hatte kaum Zeit zum Luftholen, geschweige denn zum Nachdenken, als er mit dem Auto gegen eine große Tür fuhr, ausstieg und den Motor laufen ließ.

Colt folgte ihm, drehte sich aber um, um meine Tür zu öffnen. Ich zuckte zusammen, als wir Carven zu einer schweren Stahltür folgten, zusahen, wie er einen sechsstelligen Code eingab und die Tür entriegelte. Er warf mir einen Blick über die Schulter zu, bevor er hindurch trat und in der Dunkelheit verschwand.

Eine Gänsehaut überzog meine Haut, als Colt mir einen Blick zuwarf, dann verschwand er hinter Carven. Dieser vorsichtige Blick sagte alles. Sie vertrauten mir und ließen mich an einen Ort, an den sonst niemand kam, außer in London natürlich.

Die Lichter flackerten und tanzten über mir, bevor der Raum ein wenig heller wurde. Ich blieb stehen und starrte. Das ... das war kein Lagerhaus. Dunkle, stimmungsvolle Lichter flackerten auf und beleuchteten einen eleganten schwarzen Camaro, der in einer Halle geparkt war, und im hinteren Teil war ein offener Waffenraum.

Schwarzes Metall und Glas glitzerten. Ich starrte die Waffen an. »Heilige Scheiße.«

Carven ging nach vorne, schnappte sich einen Benzinkanister und trug ihn zur Tür. »Ich habe einen Plan«, murmelte er und drehte sich um.

Ich versuchte zuzuhören, aber eigentlich starrte ich etwas an, das wie ein Raketenwerfer aussah.

»Diesmal kann ich nicht einfach reinkommen und sie unterbrechen«, fuhr er fort. »Dieses abscheuliche Ding hat dafür gesorgt, dass sie allein sind. Wenn wir sie also nicht stören können, brauchen wir jemanden, der es tut ... und einen verdammt guten Grund.« Er warf einen Blick auf seinen Bruder. »Das heißt, wenn du bei uns bist, Wildkatze.«

»Um was zu tun?«, murmelte ich, während ich eine Wand voller Namen anstarrte, eine Wand, die mich anlockte.

Namen. Bilder. Informationen. Es war alles da. Alles aufgelistet in einem Kreis aus Dreck ... und in der Mitte stand ein Name. *Weylyn King.*

King ...

»Um das Haus der Schlampe niederzubrennen«, antwortete Carven und warf etwas durch die Luft zu mir.

Ich fing es instinktiv auf und starrte auf eine Sturmhaube hinunter.

Mein Kopf pochte.

Meine Kopfhaut brannte.

Mein Magen krampfte sich mit dem üblen Geschmack von Blut in meiner Kehle zusammen …

Dennoch starrte ich die Wollmaske in meiner Hand an, als mir bewusst wurde, dass dies alles Realität war.

Der Orden.

King.

Und *sie*.

»Ja.« Ich hob meinen Blick. »Ich bin dabei.«

Ein vorsichtiges Nicken und Carven schnappte sich eine kleine Taschenlampe von der Bank. »Dann musst du dranbleiben, verstanden?«

Ich nahm die Taschenlampe und steckte sie in meine Tasche. »Verstanden.«

Er senkte seinen Blick auf mein tief ausgeschnittenes Oberteil. »Du wirst etwas Warmes brauchen. Bruder«, murmelte er. »Willst du ihr dabei helfen?«

Colt ging auf ein Hängeregal in der Mitte des Raumes zu, direkt neben etwas, das aussah wie … ein riesiger Kühlraum oder eine Gefriertruhe. Wozu in aller Welt brauchten sie so etwas? Ich zitterte und starrte, als Colt ein schwarzes Shirt und eine Jacke aus dem Regal nahm und sich zu mir umdrehte. Ich zog mir meine Bluse über den Kopf und fröstelte vor Kälte, als ich das Shirt anzog, das Colt mir reichte.

Die Hitze ihrer Blicke tanzte über meine Brüste. An Colt war ich gewöhnt, aber die Art, wie Carven mich jetzt ansah, war gierig. Die Aussicht auf sein Verlangen erregte und erschreckte mich zugleich. Ich warf einen Blick in seine Richtung, dann zog ich das Shirt herunter, zog die Jacke an und machte den Reißverschluss fest zu, während ich fröstelte.

Es war ihm nicht egal.

Das wurde mir klar, als Carven einen Blick auf Colt warf, dann den Kopf in Richtung Benzinkanister ruckte und murmelte: »Lasst uns gehen.«

Er konnte so mürrisch und launisch sein, wie er wollte, aber irgendetwas veränderte sich zwischen uns und er spürte es. Ich beeilte mich und ging auf den Wagen zu, während Carven hinter das Lenkrad stieg und Colt das Benzin im Kofferraum verstaute.

Ich ballte meine schmerzende Faust, bevor ich die Tür hinter mir zuzog. Trotzdem konnte ich meinen Sohn nicht aus den Augen lassen, als ich den Sicherheitsgurt anlegte.

»Wenn du mich weiter so anschaust, Wildkatze, kann es sein, dass ich etwas dagegen unternehme«, warnte Carven, als er rückwärts ausstieg und auf das Tor zusteuerte.

Colt warf einen Blick auf seinen Bruder und schaute dann über seine Schulter zu mir.

Seine Mundwinkel zuckten, als wüsste er Bescheid.

Ein kleines Zwinkern und er drehte sich um.

Unsere Scheinwerfer bohrten sich durch die Dunkelheit und die Dunkelheit wurde nur noch tiefer, als wir die schwachen Lichter der Stadt hinter uns ließen. Die Straße wurde still. Ich erhaschte Blicke auf große, imposante Häuser, die weit von der Straße entfernt standen.

Aber es war unheimlich hier draußen, die Art von Ort, an dem man nicht gestrandet sein wollte, falls man auf blaue Augen traf, die mir im Rückspiegel entgegenblickten. Carvens Blick war kalt, hungrig und gefährlich – er. Für den Fall, dass du jemanden wie ihn triffst.

Er warf einen Blick zurück in den Rückspiegel. Mit den durchdringenden Augen eines Mörders, denn genau das war er auch. Dann griff er nach dem Licht und schaltete es aus.

Ich starrte durch die getönten Scheiben hinaus und sah eine Einfahrt hinter einem schmiedeeisernen Zaun, bevor wir vorbeifuhren. Eine Sekunde später fuhren wir auf den Seitenstreifen, bogen zwischen zwei hohen Eschen ein und parkten.

Der pochende Puls in meinem Kopf beruhigte sich, als ich ausstieg und vor Kälte zitterte. Die Hecktür des Wagens öffnete sich leise und die Innenbeleuchtung blieb dunkel. Wir waren lautlos, als Colt den Benzinkanister herauszog und den Kofferraum schloss.

Silber glitzerte im Mondlicht und zog meinen Blick auf sich, als Carven mir eine Waffe reichte. »Wenn du zu uns gehörst, musst du dich schützen.«

Ich starrte die Waffe an, dann hob ich meinen Blick zu ihm. Er ergriff meine Hand und drückte den Griff gegen meine gute Handfläche. Mein Gott, mein Herz hämmerte. Trotzdem schloss ich meine Finger um die Waffe.

»Zielen und schießen, Wildkatze. Nur wenn du musst.«

»Das wirst du aber nicht müssen«, murmelte Colt, während er nach vorne schritt. »Niemand wird dich je wieder anfassen, dafür werde ich sorgen.«

Sie zerrten an ihren Sturmhauben, sodass nichts zu sehen war außer diesen stechend blauen Augen. Ich folgte ihnen schnell und die Wolle wärmte mein Gesicht sofort, während ich mein Haar aus dem Blickfeld schob.

»Bleib unten und beweg dich schnell«, sagte Carven gedämpft, als er auf den Zaun in der Ferne zuging.

Augenblicklich erinnerte ich mich an die panische Nacht, in der ich vor dem Orden geflohen war. Es war eine Nacht wie diese gewesen, voller Schrecken. Aber die Erinnerung wurde bald von der Wand aus Gesichtern im Haus der Söhne verschluckt.

Die Gesichter der Ordensmitglieder.

Ich warf einen Blick auf Colt an meiner Seite. Ich hatte lange genug mit diesen Männern zusammengelebt, um zu wissen, dass sie es auf jeden Namen abgesehen hatten und Wege suchten, den Orden von innen heraus zu infiltrieren und zu zerstören. Früher hätte mich die Vorstellung schockiert. Jetzt kannte ich die Wahrheit ... besser, als sie zugeben wollten.

Die Menschen, mit denen ich zusammenlebte, waren schlechte, gefährliche, ehrliche Männer.

Solche, die ihr Leben für die riskierten, die sie liebten.

Jetzt schien das auch für mich zu gelten ...

Dieser Gedanke erfüllte mich, als Carven sich kurz bückte und dann den Zaun nach oben riss, um die Lücke für uns zu vergrößern. Colt ließ sich auf den Boden fallen und huschte hindurch, dann drehte er sich um, um mir zu helfen, während er den Benzinkanister hindurchzog.

Dann rannten wir zusammengekauert los. Carven ging voraus, die Waffe in der einen Hand, die andere mit zwei Fingern in die

Höhe gestreckt und deutete auf die Fassade des Hauses, auf das wir zuliefen.

Kein Herrenhaus ...

Ihr Herrenhaus.

Eines, das mit dem Blut und dem Schrecken all dieser misshandelten Kinder, wie Colt, bezahlt worden war. Er rannte neben mir her, seinen steinernen Blick auf die dunklen Fenster vor uns gerichtet. Carven stürmte vorwärts. Das Hämmern in meinem Kopf schlug mit jedem brutalen Schritt an. Ich versuchte mein Bestes, um Schritt zu halten.

Aber verdammt, sie waren schnell.

Mit jedem tiefen Atemzug saugte ich die Wolle gegen mein Gesicht, als wir auf die Rückseite des Hauses zusteuerten. Das Krachen von zerbrechendem Glas hallte viel zu laut durch die Nacht. Ich suchte nach den beiden Wachen, die ich zuvor gesehen hatte, aber sie waren nirgends zu finden. Eine dünne hölzerne Seitentür wurde vom Innenhof aus geöffnet. Mein Herz machte einen Sprung, als Carven heraustrat und uns nach vorne winkte.

Dann waren wir drinnen.

Allein diese Böden zu betreten, fühlte sich wie ein Verrat an.

Ein Teil von mir wollte den verschwenderischen Lebensstil nicht sehen, den sie sich auf ihre abscheuliche Art geleistet hatte.

Aber es war der schwache Geruch von Benzin, der mich davor bewahrte, zusammenzubrechen. Ich musste mich daran erinnern, was wir hier taten ... und warum.

London.

Carven warf einen Blick in unsere Richtung und deutete dann nach vorne. Ich weiß nicht, woher er wusste, wohin er gehen musste, aber wir befanden uns in einem großen, düsteren Raum. Ich musterte die Wände und entdeckte dunkle Umrisse, die an den Wänden hingen.

Klick.

Das Geräusch kam von hinter mir. Ich drehte mich um und sah einen schmalen Strahl, der auf die Wand gerichtet war.

»Was zum Teufel machst du da?«, zischte Carven.

Aber Colt antwortete nicht und dieses Mal lag es nicht daran, dass er nicht sprechen wollte. Er konnte es nicht. Denn er starrte auf ein Gemälde an der Wand und seine blauen Augen waren unendlich groß. Ich ging näher heran und lenkte meinen Blick auf das geschwärzte Durcheinander auf der Leinwand.

Es war ein Junge, der in der Hocke saß und die Hände zur Kapitulation erhoben hatte. Aber es waren die tiefblauen Augen, die mich fesselten. Die einzige Farbe auf dem verschmierten, geschwärzten Laken, ein tiefes Blau, das fast so aussah wie …

Ich hob meinen Blick zu Colt, dann wanderte er langsam zu den anderen Stücken, die die Wand säumten.

Verlorene Jungen.

Die Messingplakette in der Mitte der Wand ließ mich würgen. *Verlorene Jungen … Verlorene Jungen … Verlorene … Jungen …*

Das verängstigte Wimmern kam aus den Tiefen meines Schmerzes zurück. Die gequälten Laute von der Aufnahme. Ich wusste jetzt, was das war. Was das *alles* war. *Sie* waren es.

Carven.

Colt.

Sie würde nie aufhören. *Sie würde niemals aufhören.*

Nicht bevor sie sie besaß. Nicht bevor sie hatte, was ...

Mir gehörte.

Ich saugte die kalte Nachtluft ein. Doch sie brannte gegen die brodelnde, eisige Wut, die ich in mir trug. Ich brüllte los und stürzte mich nach vorne, um das hässliche, verdammte Ding von der Wand zu reißen.

Unkontrolliert knallte ich es gegen die Wand und schleuderte es dann auf den Boden, wo der Rahmen zerbrach.

»Vivienne«, rief Colt.

Aber ich war schon zu weit gegangen. Ich hätte nicht mehr aufhören können, selbst wenn ich es gewollt hätte ... *und ich wollte es nicht.* Meine Finger brüllten vor Schmerz, nachdem ich das Gesicht des Schützen zerfetzt hatte, als ich versuchte, Colt zu retten. Aber es war mir egal, als ich die Zeichnung aus dem zerbrochenen Rahmen riss.

Der Schmerz war mir egal.

Oder das Blut.

Der stechende Gestank von Benzin blühte auf. Carven war ein düsteres Gespenst, als er um die Ecken des Raumes schritt und so viele dieser verdammten Bilder bespritzte, wie er konnte.

Als ihm das Benzin ausging ... war ich da. Ich riss sie von der Wand und schleuderte sie in die Mitte des Raumes, während Carven ein Feuerzeug anknipste und die Flamme an die Benzinpfütze auf dem Boden hielt. Colt starrte immer noch. Der Anblick erfüllte mich mit Schmerz.

Es folgte das Bedürfnis, ihn zu beschützen. Ich warf das hässliche Scheißding in meiner Hand in Richtung der wachsenden Flammen und ergriff Colts Hand. »Hey ... ich bin doch hier.«

Er bewegte sich nicht.

Carven warf einen Blick in unsere Richtung, als er den leeren Benzinkanister abstellte.

»Colt, meine Hand ...«, flüsterte ich. »Sie tut weh.«

Ich wusste, wenn es etwas gab, das ihn zurückbrachte, dann war es mein Schmerz. Er blinzelte, schob den leeren Blick beiseite und blickte auf den roten Schal, der um meine Handfläche gewickelt war.

»Wir müssen hier raus«, drängte Carven, während er sich umschaute.

In diesem Moment ertönte der schrille Ton des Feueralarms, während die Flammen höher züngelten.

»Jetzt, Colt!«, brüllte Carven und stürmte auf den Flur zu.

Colt packte mich an der Hand und zog mich mit sich. Ich riskierte einen letzten Blick über die Schulter auf die hungrigen orangefarbenen Flammen, die nach der Decke griffen. *Brenn, verdammt noch mal, brenn ...*

Wir rannten den dunklen Gang entlang und durch das Hoftor hinaus, als die Schreie der Wachen erklangen. Jetzt gab es kein Halten mehr, nicht bevor die Sache erledigt war.

Das Krachen von zersplitterndem Glas war hinter uns zu hören, als wir durch den zerschnittenen Zaun huschten.

Als die Wachen durch das Haus stürmten, war es schon zu spät.

Die hungrigen Flammen hatten den Raum verzehrt und die Nacht mit einem glühenden Licht erfüllt. Ich stolperte rückwärts, gezogen von Colt. Wir rannten zum Auto, warfen den leeren Benzinkanister hinein und stiegen ein.

Der Motor sprang mit einem Heulen an. Die Räder drehten sich und wirbelten Kieselsteine auf, als wir zurück auf die Straße fuhren und davonbrausten. Ich bekam kaum noch Luft, als ich mich vorbeugte und meine Knie umklammerte. Colt griff nach mir und ließ seine Hand über meinen Arm gleiten.

Ich klammerte mich an ihn, als Carven die Scheinwerfer einschaltete und wir durch die Nacht rasten.

Aber die panische Angst war immer noch da.

Die Art von Angst, die mich erstickte, als die Gedanken an London auftauchten.

Ich betete, dass es nicht umsonst war.

Und dass wir nicht zu spät dran waren ...

Bitte, London, halte durch.

DREIUNDVIERZIG

London

DER BERNSTEIN WIRBELTE, DIE RÄNDER SCHIMMERTEN AN den Seiten des Glases. Es war kein Eis in meinem Drink. Nicht, weil ich die Kälte nicht mochte, sondern weil ich die Verdünnung nicht wollte ... nicht heute Abend. Nein, jetzt brauchte ich den Alkohol so stark, wie ich ihn bekommen konnte.

Ich leckte mir über die Lippen, kippte das Glas die Kehle hinunter, um den letzten Tropfen mit meiner Zunge zu verschlingen und starrte auf die funkelnden Lichter der Stadt unter mir. Hinter mir ertönte ein leises Seufzen, gefolgt von einer Bewegung, als Ophelia sich vom Sofa in ihrer teuren Penthouse-Wohnung mitten in der Stadt erhob. Ich kämpfte gegen ein Zucken an und griff nach der halbleeren Flasche.

Ich hatte vor, mich heute Abend zu betrinken.

So sehr, dass ich nichts mehr spüren würde.

Und hoffentlich werde ich mich morgen nicht mehr an diese Nacht erinnern.

»Du hast das Essen nicht gegessen, das ich vorbereitet habe.« Sie kam näher und ich versuchte, sie im Spiegelbild der Fenster nicht zu bemerken. Aber das war so, als würde ich versuchen, eine Viper nicht zu sehen, die näher kam. »Aber du scheinst Durst zu haben«, ergänzte sie.

Sie blieb an meiner Seite stehen und griff mir an den Kiefer. Ihre Nägel gruben sich grausam tief ein, als sie meinen Blick zu ihr zwang. »Glaubst du, ich sehe nicht, dass du anders bist?« Sie suchte meinen Blick. »Dass du so … *kalt* bist.«

Ich riss mich aus ihrem Griff los und drückte meine Wut so weit wie möglich herunter. »Du hast mich erpresst, mich hierher gezwungen. Was zum Teufel hast du erwartet, *Blumen*?«

Ihre Nasenlöcher blähten sich auf.

Ihre blutroten Lippen waren fest zusammengepresst.

Ihr langes schwarzes Seidenkleid verrutschte, als sie langsam ihre Hände auf die Hüften stemmte. Ich brauchte nicht hinzusehen, um zu wissen, dass sie darunter nackt war. Ophelia hatte diesen Moment bis auf die Sekunde genau geplant. Es gab nichts, was sie nicht geplant hatte, auch nicht das wartende Bett in der Mitte der offenen Wohnung.

»*Das* ist es, was wir sind, London«, drängte sie. »Das ist, was wir *immer* waren. So waren wir schon immer: Ich tue etwas für dich und du für mich.«

Mein Magen krampfte sich zusammen. Ich wandte den Blick ab, zu den funkelnden Lichtern weit unten.

»Yin und Yang.« Sie fuhr mit ihren rot lackierten Fingernägeln über meinen Arm. »Einer hilft dem anderen, oder hast du deine Bündnisse vergessen, jetzt, wo du diese frische, junge Muschi unter deinem Dach hast?«

Wut flammte auf und ich drehte mich zu ihr um. »Sprich nicht so über sie.«

Ophelia wurde ganz still und ihre hasserfüllten Augen funkelten. Aber darunter war sie kalt und sie wurde von Sekunde zu Sekunde kälter. »Trotzdem bist du hier«, murmelte sie. »Und wir haben eine Abmachung, nicht wahr, London?«

Der verdammte Scotch war nicht stark genug, nicht einmal annähernd. Nicht für das hier.

Ich hob die Hand und löste meine Krawatte mit einer Hand.

Bringen wir es hinter uns. Bringen wir es hinter uns ... und ich kann hier raus. Ich kann zurück zu ...

Vivienne ...

Ich schluckte schwer, um den bitteren Geschmack wieder in meine Kehle zu bekommen und stellte das Glas auf die Kante des Esstisches. Ophelia sah mich gierig an, dann griff sie über ihre Schulter und zerrte an der Krawatte ihres Kleides, um sie mit einer Bewegung um ihre Füße fallen zu lassen.

»Du wirst mich ficken, nicht wahr, London?« Ihr raubtierhafter Blick wanderte an meinem Körper hinunter. »Du wirst deine ganze Wut an meinem Körper auslassen und ich werde jede Sekunde davon genießen.

Ich trat näher an den Tisch heran, griff nach der Flasche und schenkte ein, bevor ich das Glas an meine Lippen hob. Sie zuckte bei diesem Akt zusammen. Aber ich war nicht hier, um ihr abscheuliches Ego zu befriedigen. Ich war hier, um meine Pflicht zu erfüllen. Auf diese Pflicht konzentrierte ich mich, als ich den Scotch herunterschluckte und das Glas wieder auf den Tisch stellte.

»Du willst, dass ich dich ficke.« Ich packte sie, wirbelte sie herum und drückte sie nach vorne, bis sie keine andere Wahl hatte, als sich mit den Händen auf dem Tisch abzustützen. »Ich werde dich ficken ... *auf meine Art.*«

Sie stieß sich nach hinten und versuchte, sich wieder umzudrehen. »*Nein.* Ich will ...«

Ich packte ihren Arm und riss sie fest an mich. Schmerz flackerte in ihren Augen auf. Aber jetzt war es mir egal, ich konnte die wilde Seite meiner Natur nicht mehr kontrollieren. »Wenn es um mich geht, darfst du verdammt noch mal gar nichts wollen, *verstanden?*«

Ich stieß sie weg, während der Hass in mir wie ein rachsüchtiger Sturm aufstieg.

Ich könnte sie umbringen.

Das wäre besser als ... *das hier.*

Aber ihr Tod würde mir nur noch mehr Probleme bringen und im Moment hatte ich schon genug um die Ohren. Ich war immer noch mit dem letzten Blutbad beschäftigt. Ich brauchte einen Ausweg aus dieser Situation. Einen Weg, den ich kontrollieren konnte. Ich holte tief Luft und ließ meiner Wut freien Lauf ... bis sie ausholte.

Klatsch!

Mein Kopf kippte zur Seite.

Sie war augenblicklich auf mir und krallte sich in meinen Nacken, um mich zu Boden zu ziehen. Diese kalten, flachen Lippen pressten sich auf meine, bevor sie ihre Zunge in meinen Mund drückte. Ich stieß ein Zischen aus und schubste sie *kräftig.*

Sie stolperte rückwärts, knickte mit dem Knöchel um und fiel mit einem dumpfen Aufschlag auf den Boden.

Oh Scheiße ...

Sie stieß mit der Hand gegen den Boden, drückte ihren Oberkörper nach oben, blieb dann aber auf dem Boden liegen. Als sie zu mir aufschaute, betrachtete sie mich mit einem wilden, zornigen Blick. Ich hatte sie zu sehr bedrängt und einen Keil zwischen ihr Verlangen und mein Bedürfnis, sie zu kontrollieren, getrieben.

»Ist es das, was du mit deiner *Hure* machst?«, knurrte sie, als sie sich vom Boden erhob und einen Moment lang stolperte, bis sie näher trat. »Magst du es, sie zu misshandeln? Nimmst du sie mit in den Keller, London?«

Ich erstarrte, als mir das Blut gefror. »Woher weißt du das?«

Sie schenkte mir ein blutiges Lächeln. »Ich weiß über alles Bescheid, London.« Irgendwo in der Wohnung begann ihr Handy zu klingeln. »Ich weiß auch von dem Vertrag. Der Vertrag, bei dem die Tinte schon sehr ... *sehr lange* getrocknet ist. Aber er wird dir nicht gefallen ... nein, er wird dir überhaupt nicht gefallen.«

Was zum Teufel? Ich blickte in Richtung des eindringlichen Klingelns, aber innerlich war ich völlig verwirrt. Ich krampfte mich zusammen und wollte sie zwingen, mir zu sagen, was sie wusste. Ich brauchte diesen verdammten Vertrag. Viviennes Leben hing davon ab. Hale hatte gesagt, er sei unterschrieben. Er würde es nicht wagen, mich zu verraten.

»Also, so wird es ablaufen. Du wirst mich ficken. Du fickst mich so lange, wie ich es dir sage und du fickst mich weiter, wann immer ich es verlange, hast du verstanden?« Sie wandte ihren Blick ab, als ihr Handy klingelte und klingelte und klingelte.

Mit einem frustrierten Knurren ging sie auf ihr Handy zu und riss es vom Tresen. »Ich dachte, ich hätte gesagt, dass ich nicht gestört werden will?«, zischte sie und erstarrte dann. Ihre Stirn runzelte sich, bevor sich ihre Augen weiteten. »Was zum Teufel hast du gesagt?«

Ich leckte mir über die Lippen, als ich sah, wie die Angst in Wut umschlug. »Und meine Kunst? *Was zum Teufel meinst du damit, du kennst das Ausmaß nicht? WOFÜR ZUM TEUFEL BEZAHLE ICH DICH?*«

Ihr Schrei hallte durch die Wohnung. Vor meinen Augen verwandelte sie sich.

Nicht mehr verzweifelt nach mir ...

Tatsächlich sah sie mich überhaupt nicht mehr an.

Stattdessen eilte sie zum Bett und schob ihr Handy an ihr anderes Ohr, während sie sich einen Slip und einen BH anzog. »Tu nichts, bis ich da bin. Ich werde Howie jetzt anrufen. Du tust nichts, hast du mich verstanden?«

Er musste sie gehört haben.

Denn sie legte auf und warf das Handy aufs Bett, während sie sich eilig fertig anzog.

»Ich nehme an, unser Abendessen ist abgesagt?« Ich grinste.

»Ich sehe doch, dass du Liebeskummer hast«, zischte sie und warf mir einen scharfen Blick zu. »Mach nicht den Fehler zu denken, dass es vorbei ist, London, denn ich kann dir versichern, dass es das nicht ist.«

Sie zog den Reißverschluss ihres Kleides hoch und schnappte sich ihr Handy vom Bett, bevor sie sich beeilte, ihren langen Mantel und ihre Tasche in der Nähe der Tür zu holen. »Ich melde mich wieder, und du hast eine Menge wiedergutzumachen.«

Ich runzelte die Stirn, als mir ein unheimliches Gefühl über den Rücken kroch. Der Anruf und meine Anwesenheit hier waren kein Zufall, das konnte nicht sein. »Ich bin mir sicher«, antwortete ich.

Im Handumdrehen war sie weg und ließ das Zuschlagen der Tür hinter sich.

Ich stand eine Sekunde lang schweigend da, bis es mir klar wurde.

Sie war weg ...

Sie war weg.

Ich schloss die Augen und wippte nach hinten, bevor ich erstarrte.

Was zum Teufel hatten sie getan?

Ich riss meine Augen auf. Ich wusste, es war schlimm. Es musste so sein.

Das bedeutete, dass sie in Schwierigkeiten steckten.

Ich leerte mein Glas, stellte es auf den Tisch und ging zur Tür, ohne mir die Mühe zu machen, meine Jacke anzuziehen. Ich spürte sowieso nichts, nur die Panik in mir. Die Kälte schnitt durch mein Baumwollhemd und machte mich schnell wieder nüchtern. Ich steuerte auf den Aufzug zu und machte mich auf den Weg nach unten, zum Parkplatz.

Ehe ich mich versah, fuhr ich mit dem Mercedes los, meine Gedanken waren auf den Anruf und die wachsende Angst um die, die ich liebte, fixiert. Ich musste nach Hause kommen ... *ich musste nach Hause kommen.* »Was zum Teufel habt ihr getan?«

VIERUNDVIERZIG

Vivienne

MEINE ZÄHNE KLAPPERTEN UND SANDTEN SCHOCKWELLEN DURCH MEINEN SCHÄDEL. Carven riss seinen Blick vom Verkehr los und seine großen blauen Augen fanden meine. »Wir sind fast da, Wildkatze«, beruhigte er mich. »Halte durch.«

Aus dem Lüftungsschacht auf dem Rücksitz strömte Wärme und trocknete meine Augen. Aber das Klacken meiner Zähne war alles, was ich hören konnte. *Klack ... klack ... klack.*

Es klang wie Schüsse.

Im Einkaufszentrum.

Und im Laden ...

Und das zerbrechende Glas in der Umkleidekabine.

Ich schlang meine Arme fester um meine Mitte und starrte Carvens weißes Haar an, das noch nass von der überstürzten Dusche auf dem Gelände war. Wir hatten dort den Benzinkanister und die rauchverschmierten Klamotten entsorgt, also musste ich wieder das V-Ausschnitt-Top anziehen, das ich zu Beginn der Nacht getragen hatte.

439

Bevor alles zur Hölle gegangen war.

In meinem Kopf blitzten immer noch rote und blaue Lichter auf. Ich konnte das Bild nicht abschütteln, so sehr ich mich auch bemühte.

Die roten und blauen Lichter der Feuerwehr Trucks, an denen wir vorbeigefahren waren, als wir aus dem Haus gerast waren. Aber sie waren *viel zu spät.* Ich schloss meine Augen. Sie kamen viel zu spät. Ich verkrampfte meinen Kiefer und versuchte, das heftige Klackern zu unterdrücken.

Carven sagte, ich würde von meinem Hochgefühl herunterkommen.

Von der Wut.

Und vom Adrenalin.

Aber in den dunklen Tiefen meines Geistes sah ich nur noch diese Zeichnung.

Der Sohn mit den großen blauen Augen, die Hände über den Kopf erhoben, als wolle er sich unterwerfen.

Unterwerfung, die diese Schlampe verursacht hatte.

Ich öffnete die Augen und sah Colt an, der schweigend auf dem Beifahrersitz saß. Nicht irgendein Sohn ... sondern *meiner.*

Das Auto wendete hart und die Scheinwerfer prallten auf bekannte Häuser. Wir wurden kaum langsamer, als wir in die Einfahrt fuhren, das Tor war noch offen. Ich zuckte zusammen, als sich der Sicherheitsgurt straffte, weil Carven eine Vollbremsung machte und wurde langsamer, als sich das Garagentor hob. Ich suchte das Gelände ab, fand aber sonst niemanden. Es gab keine Wachen, die das Haus heute Nacht bewachten und keine Zeugen.

Ich ruckte nach vorne, als der Wagen zum Stehen kam und die Türen aufgerissen wurden. Colt stieg langsam aus, seine Bewegungen waren seltsam und mechanisch. Er hatte kein Wort gesagt, seit wir aus dem Haus geflüchtet waren und das war mehr als nur jemand, der in seinen eigenen Gedanken versunken war. Es war jemand, der litt.

Meine Finger zitterten, als ich an der Türklinke riss und ausstieg.

»Colt«, rief ich. Aber er hatte bereits den Eingang zum Haus erreicht.

Das Garagentor schloss sich mit einem Rumpeln. Ich lief ihm hinterher und hoffte, dass Carven mir schnell folgen würde. Guild war nirgends zu sehen und dafür war ich dankbar. Ich erblickte mein Spiegelbild im Küchenfenster. Ich erkannte mich selbst nicht wieder, mit diesem blassen, verwaschenen Teint und den großen, starren Augen.

Ich folgte Colt die Treppe hinauf, Carven direkt hinter mir.

»Du musst duschen«, murmelte Carven. »Schrubbe alles gut ab, vor allem deine Haare.«

Ich nickte, während meine Zähne weiter klapperten. Aber ich konnte meinen Blick nicht von den Schultern des Sohnes vor mir abwenden. »Colt«, rief ich erneut, als er auf den Treppenabsatz im dritten Stock trat. »B–Bitte bleib stehen ...«

Er blieb direkt vor meiner Tür stehen. Aber Carven tat es nicht, er ging einfach vorbei und öffnete meine Schlafzimmertür, bevor er seinen Bruder ansah. In seinem Blick lag Panik, echte Panik. Er leckte sich über die Lippen, schaute in meine Richtung und drehte sich wieder um. »Bruder, du musst ihr vielleicht helfen.«

Ich wusste, was er vorhatte.

Er benutzte mich.

Und ich wollte benutzt werden.

»Ich fühle mich, als würde ich auseinanderfallen«, flüsterte ich. »Ich kann nicht aufhören zu zittern.«

Colt drehte langsam seinen Kopf zu mir. Selbst in dem tiefen Blau des Ozeans konnte ich sehen, dass er mich wahrnahm. Er kämpfte darum, durch seine Erinnerungen und seinen Schmerz an die Oberfläche zu kommen.

»Colt«, flüsterte ich. »Ich brauche dich.«

Sein Blick war verzweifelt.

Ich trat näher heran, bis ich seine Hand ergriff und sie an meine Brust drückte. »Ich brauche dich so sehr.«

Es gab ein Flackern, ein tieferes Einatmen. »Ich muss mehr fühlen als diese ... *Panik*.«

Carven stieß ein leises Stöhnen aus und wandte den Blick ab. »Ich habe dir schon einmal gesagt, dass ein guter Mann so etwas tut. Er kümmert sich um seine Frau. Du gibst ihr, was sie braucht.«

Ich hielt Colts Blick stand. »Also kümmere dich um mich.«

Das Quietschen von Reifen durchbrach die Nacht und lenkte unsere Aufmerksamkeit auf sich. Ich drehte meinen Kopf zu den Söhnen, als das schrille Geräusch endete und das leise Poltern einer Autotür folgte.

Sekunden.

So lange dauerte es, bis die Haustür aufgerissen und mit einem Knall zugeschlagen wurde.

Ich konnte mich nicht bewegen und war wie erstarrt, als die Geräusche auf der Treppe immer näher kamen. Dann war er da, ganz in der unbarmherzigen Dunkelheit, als er auf mich zuging. Sein Gesicht war eine Maske aus kaum kontrollierter Wut. Er warf den Söhnen diesen unbarmherzigen Blick zu, erst Carven, dann Colt, bevor er sich wieder mir zuwandte.

Er war wütend ...

Nein, er war grausam.

Alles wegen dem, was wir getan hatten.

»Niemand wird es erfahren«, versuchte ich ihn zu beruhigen, während ich Colts Hand losließ und mich schützend vor sie stellte, während ich den Kopf schüttelte. »London ... *Niemand wird je erfahren, dass wir es waren.*«

Er ließ ein Knurren los und schloss den Abstand, um mich um die Taille zu fassen und hochzuheben.

»Du riechst nach Rauch.« Er musterte mich, als ich meine Beine um seine Taille schlang und trug mich dann ins Schlafzimmer.

Carven und Colt folgten ihm, hielten sich aber zurück, als er meine Füße vor dem Bett auf den Boden senkte und fortfuhr. »Und Angst und Schmerz.«

Ich blickte zu ihm auf, als er sich über mich beugte. Diese gefährlichen Augen raubten mir meine Gedanken. Trotzdem flüsterte ich: »Wir mussten es tun.«

Er hob die Hand, umfasste meinen Kiefer, musterte mein Gesicht und sah mich finster an. »Glaubst du, ich bin deswegen wütend?« Er verlagerte seinen Blick auf mein Gesicht. »Du hättest verletzt werden können. Sie haben dich in dem verdammten Einkaufszentrum angegriffen. Sie haben versucht, dich zu entführen. Scheiße, als Guild anrief, dachte ich, meine ganze Welt wäre weg. Ich dachte, du wärst weg.«

»Bin ich aber nicht«, beruhigte ich ihn.

Er zerrte am unteren Rand meines Oberteils. »Die Arme, Vivienne. Lass mich dich ansehen. Lass mich sehen, was sie mit dir gemacht haben.«

Ich tat, was er mir befahl und hob meine Arme über den Kopf, so wie ich es immer tat, wenn er es mir befahl.

Leg dich auf den Tisch.

Spreize deine Beine ... So ist es brav.

Mein Atem ging stoßweise, als der Stoff über mein Gesicht strich. Der Gestank von Rauch stieg mir in die Nase, dann war er wieder weg.

»Meine kleine Brandstifterin.« Er ließ mein Oberteil fallen und griff herum, um meinen BH zu öffnen. »Ihr habt mich heute Nacht gerettet, ihr *alle* habt mich heute Nacht gerettet.« Er begegnete meinem Blick. »Ich will nicht, dass ihr das jemals wieder tut.« Er fasste mir sanft an den Kiefer, während seine Augen sich in meine bohrten. »Verstehst du mich?«

Ich sog tiefe Atemzüge ein, als der Schmerz in mir aufflammte.

»Du hättest in die Enge getrieben werden können«, murmelte er. »Du hättest getötet werden können.«

»Das würden wir nie zulassen«, protestierte Carven.

London sah ihn an. »Glaubst du, ich würde das riskieren? Glaubst du, ich würde einen von euch in Gefahr bringen?« Er ging seitlich an mir vorbei und blieb hinter mir stehen. »Ihr seid meine verdammte Familie. Ihr seid ... ihr seid alles, was ich habe.«

Angesichts der Worte stieg die Verzweiflung in mir auf.

Alles, was ich habe.

Ich hatte diese Verbindung, dieses wilde Bedürfnis, dazuzugehören, noch nie gehabt. Aber jetzt tobte es in mir, wühlte und heulte wie eine Bestie. Mein Blick war auf Colt fixiert, als London den Knopf meiner Hose öffnete und dann den Reißverschluss herunterzog.

Ich brauchte ihn. Ich brauchte ihn so sehr. Mir stockte der Atem, als er nach oben griff, meinen Kiefer umfasste und meinen Mund auf den seinen presste. Der Kuss war fordernd und stark. Ich gab der Kraft nach und verschmolz mit seinem Verlangen.

Meine Hose fiel mir zu Füßen.

London brach den Kuss ab und ließ meine Lippen pulsieren, während er sich zu Colt umdrehte.

Der Blick des Sohnes war von Londons Berührungen gefesselt und er wurde knallrot, als London über meinen Bauch strich und meine Brüste umfasste. Meine Brustwarzen reagierten augenblicklich und zogen sich zusammen, als er über die empfindliche Haut strich.

»Der Gedanke, dass ich das heute Abend mit ihr machen hätte müssen, macht mich krank«, murmelte London an meinem Ohr. »Ich will das nie wieder tun.« Er ließ seine Hand sinken und seine Finger fuhren unter den Gummizug meines Höschens. »Ich will das ... *nur das*.«

Ich erschauderte, als er meinen Kitzler fand.

»Keine Befehle mehr.« Er griff tiefer und schob seinen Finger hinein. »Von diesem Moment an gibt es nur noch uns. Hast du mich verstanden?«

Ich erschauderte, als seine geschickten Finger mich streichelten, während ich Colt in die Augen starrte. »Ja.«

Aber mein stiller Beschützer blickte seinen Bruder an und murmelte dann. »Ich habe sie ... bluten lassen.«

London stieß ein gequältes Stöhnen aus. »Du hast dich uns hingegeben«, knurrte er. Sein Atem war heiß an meinem Ohr, als er sich vorbeugte und meine Beine auseinander drückte, bevor er wieder nach unten griff und zwei Finger in mich schob. »Ist es das, was du getan hast, Vivienne?

»J–Ja.«

»Ja, was?«

»Ja, Daddy«, gehorchte ich.

London hob den Blick und begegnete dem von Colt, der die Bewegung seiner Finger beobachtete. »So ist es brav, Liebling.« Glitschige Geräusche kamen von meinem Körper, als er seine Finger tief in mich stieß und den Druck schürte. »Scheiße, ich liebe es, deine Fotze zu fingern, sieh nur, wie feucht du für mich bist. Du bist immer so verdammt bedürftig, nicht wahr, Kleines? *Du bist immer ein verdammt bedürftiges Mädchen.*«

Seine Atemzüge waren schwer und langsame Stöße von hinten trieben seinen harten Schwanz gegen meinen Arsch. Eine Hand umklammerte meine Kehle, während er zwei Finger tief in mich einführte. Ich stieß ein Stöhnen aus, als ich mich gegen seine Finger stemmte. »Brauchst du das, Liebling?«

Ich zitterte, als London mit seinen Fingern über meine Klitoris fuhr, um meinen Orgasmus zu massieren. Ich hob die Hand und griff in Londons Nacken. »Mhm.«

»Worte, Vivienne.«

»Ja«, stöhnte ich und keuchte. Meine Sinne waren überwältigt, dann stürzten sie von dem Rausch ab, nur um wieder weggefegt zu werden. »Ja, ich bin verdammt bedürftig. Ist es das, was du hören willst? Ja, ich bin verdammt *bedürftig*. Ich will ficken ... ich will gefickt werden. Ich will ...«

»Sag es.« London senkte seinen Kopf und knurrte gegen mein Ohr. »Sag, was du willst.«

»Ich will, dass du mich besitzt.«

Sein tiefes Glucksen jagte mir ein Schaudern über den Rücken. »Das ist mein braves Mädchen. Es fühlt sich gut an, es zu sagen, nicht wahr? *Sag es noch einmal.«*

»Ich. Will. Dass. Du. Mich. Besitzt.«

»Braves Mädchen«, knurrte er, seine Bewegungen wurden schneller und verzweifelter und ich stieß ein Keuchen aus.

»Ich gehe«, murmelte Colt mit rauer Stimme, als er seinen Blick von dem Anblick losriss und sich umdrehte.

»Nein«, hauchte London an meinem Hals. »Nicht.«

Er zog seine Hand aus meinem Höschen, zog es langsam herunter und kniete sich hin, als es auf den Boden fiel. »Sie will euch und ihr wollt sie. Ich will, dass du sie begehrst.« Er schnallte im Stehen seinen Gürtel auf und zog seine Schuhe aus. »Ich will, dass ihr beide sie wollt. Das kann nur für uns sein. *Sie kann nur für uns sein.* Wir können uns abwechseln, wir teilen sie.«

Colt drehte sich wieder zu uns um und seine dunkelblauen Augen waren voller Hoffnung. London knöpfte sein Hemd auf und starrte seinen Sohn an. »Lass sie dich berühren ... lass sie dich lieben.« Sein Hemd fiel neben mir auf den Boden.

Er hob die Hand, fasste mir sanft an den Kiefer und drehte meinen Blick zu ihm. »Ist es das, was du willst, Kleines? Willst du von uns besessen werden?«

Sein verzehrender Blick wütete vor Hunger. Er suchte meinen Blick und sein Atem ging schwer. Ich hatte ihn noch nie so roh, so ... *animalisch* erlebt. So echt. »Ja«, antwortete ich. »Ja, ich will das.«

London lenkte seinen Blick auf Colt. »Du hast deinen Wunsch, Colt. Bleib oder geh, aber du sollst wissen, dass sie in unserer Familie bleibt. Wir werden sie mit niemandem teilen, auch nicht mit anderen. Hast du das verstanden?«

Colt runzelte die Stirn, als wäre ihm der Gedanke ans Teilen nie in den Sinn gekommen … bis jetzt.

Dann schaute er von London zu mir und leckte sich langsam über die Lippen.

Mein Puls beschleunigte sich, als Colt einen Schritt machte, dann noch einen und schließlich vor mir stehen blieb. London ließ meinen Kiefer los, damit ich zu meinem Sohn aufblicken konnte. Doch London hörte nicht auf, als er seine Hand nach unten gleiten ließ, um meine Brust zu berühren.

Ich war wie gelähmt und sehnte mich nach Colts Berührung, auch als Londons Finger meine Brustwarze streiften. Der Sohn senkte seinen Blick, um zu sehen, wie London meinen Nacken berührte und küsste ihn dann.

»Entscheide dich«, drängte er hinter mir. »Ich werde sie so oder so ficken.«

Angesichts seiner Worte stieg das Verlangen in mir auf.

Colt sprach nicht … das brauchte er auch nicht. Mein stiller Beschützer ließ nichts unversucht, als er sein Hemd packte und es sich in einer einzigen Bewegung über den Kopf zog. Diese schwieligen Finger waren so sanft, als er über meine Wange strich. So zärtlich, so kontrolliert. Ich drehte mich um und küsste seinen Daumen, als London wieder nach unten griff und seine Finger durch meine feuchte Haut und in mich hinein schob.

Ich erschauderte und stöhnte auf, als er meinen Schutz durchbrach.

Langsam beugte Colt sich herunter und küsste mich.

Ich schloss meine Augen, als seine Lippen mich berührten.

Die Wärme an meinem Hals.

Seine Finger glitten tief in mich hinein.

Ich ließ meine Hände über Colts harte Brust gleiten und spürte seinen rasenden Puls. »Ich will das«, flüsterte ich gegen seinen Mund. »Ich will dich, *alles von dir*.«

Carven hatte sich nicht bewegt. Ich wusste, dass er es nicht tun würde, aber er ging trotzdem nicht weg. Nein, er stand an der Wand und sah zu.

Oh Gott!

Ein Schaudern durchfuhr mich, als ich meinen Kitzler streichelte. Ich ließ meine Hände auf den Knopf von Colts Hose sinken. »Ich brauche dich.« Ich starrte Colt in die Augen. »Bitte, Colt, ich brauche dich.«

»Hörst du, wie sie bettelt?« London griff an die Innenseite meines Oberschenkels und spreizte meine Beine. »Ich liebe es, wenn sie das macht. Bettle, Kleines. Flehe ihn an, dich zu ficken«, knurrte er und griff erneut nach meinem Kiefer. »Flehe ihn an, seinen Schwanz in deinen Mund zu stecken.«

»Ich ... ich brauche ...«, begann ich und suchte seinen unergründlichen Blick.

»Bitte, Liebling«, tadelte London, während er meine Augen musterte. »Fang immer mit ›Bitte‹ an.«

Meine Wangen liefen rot an, aber ich konnte nichts anderes tun, als ihm zu gehorchen. »*Bitte*«, wimmerte ich. »*Bitte.*«

»So ist es brav, Mädchen.« London drehte mein Gesicht zu Colt. »Jetzt bettle.«

»*Bitte*«, keuchte ich zu Colt, als London seine Finger herauszog. Ein plötzlicher Stoß und er trieb seinen Schwanz in mich hinein. Mein Atem stockte vor Schreck. Meine Muschi dehnte sich und ich wimmerte. »*Oh verdammt ... oh, verdammt. Bitte, Colt! Bitte.*«

»So ist es richtig«, stöhnte London. »Was Daddy will, bekommt Daddy auch.«

Meine Muschi dehnte sich durch das Eindringen noch ein bisschen mehr. Er war groß ... so verdammt groß. Ich öffnete meine Beine weiter, weil ich unbedingt mehr wollte.

»Sieh nach unten«, grunzte er, als er sich zurückzog, nur um gleich wieder hineinzustoßen. »So verdammt eng. *Heilige Scheiße, du bist so eng.*«

Mein Körper zitterte, meine Knie bebten. London legte seine Hand auf die Mitte meines Rückens und forderte mich auf, mich nach vorne zu beugen. Colt hatte bereits den Knopf seiner Hose geöffnet und den Reißverschluss heruntergeschoben. Jetzt gab es nur noch das hier, nur uns. Ich griff nach Colts Oberschenkel, als London von hinten in mich eindrang und mich mit einem kehligen Knurren nach vorne stieß.

Ich öffnete meinen Mund und sehnte mich nach Colts Schwanz. Wärme glitt über meine Zunge, während ich meine Augen schloss. Er war so sanft, so verdammt sanft, mit federleichten Streicheleinheiten fuhr er mit seinen Fingern durch mein Haar, während London all seine verzweifelten Bedürfnisse in meiner Muschi entlud.

Brutal.

Weich.

Mein Innerstes krampfte sich zusammen, als ich die Eichel mit meiner Zunge bearbeitete. Colt erschauderte und umfasste sanft meinen Kiefer, als er tiefer in meinen Mund eindrang.

»So ist es richtig, Sohn«, drängte London. »Fick ihren hübschen Mund.«

Ich konnte die Stöße nicht aufhalten ... oder die Welle, die sich in mir aufbaute.

Colt stöhnte auf und schnitt mir die Luft ab, als er seinen Schwanz bis zum Anschlag in meinen Mund stieß. Mein Körper verkrampfte sich und pulsierte um London herum, als Colt härter und schneller wurde und diesen großen, süßen Mann in einen fordernden und wilden Mann verwandelte. Ein Stöhnen entwich mir. *Oh Gott ... Oh Gott ...* Ich krampfte mich fester zusammen, als mein Körper übersprudelte und Funken sprühten.

»Sieh. Zu. Ihm. Auf«, knurrte London.

Ich öffnete meine Augen, als mein Höhepunkt erreicht war. Colts tiefblaue Augen waren auf meine geheftet. Ich öffnete meinen Mund weiter, als London ein letztes hartes Grunzen von sich gab. Mein Körper zitterte, als er meine Hüften packte und sich tief in mir vergrub, als er in mir kam.

Harte Atemzüge. Ein Wimmern. Das war alles, was ich in mir hatte.

Colts Stirn runzelte sich und seine Augenlider flatterten zu, als er meinen Kiefer packte, ohne mich zu verletzen, und seinen Schwanz tief in meinen Rachen schob, um ihn mit Wärme zu überfluten. Ich schluckte, noch einmal ... und noch einmal, dann griff ich nach seinem Schaft und leckte ihn sauber.

»So ist es richtig, Schatz«, lobte London, als er aus meiner Muschi glitt. »Nimm alles ... verschwende keinen einzigen Tropfen.«

Ich schluckte und fing den letzten Tropfen mit meiner Zunge auf, als Colt meinen Kiefer losließ. Er holte tief Luft und sein Blick war auf meinen gerichtet, als ich mich aufrichtete.

»Wenn du sie willst, dann fick sie«, drängte London, während er von Colt zu Carven blickte. »Aber alles, was gröber ist, muss mit uns allen besprochen werden, verstanden?«

Ich war überrascht, als Carven langsam nickte.

Bedeutete das, dass er darüber nachdachte?

Er beobachtete mich, dann wanderte sein Blick zu meinen Oberschenkeln.

»Jetzt habe ich ... noch etwas zu tun.« London beugte sich hinunter und griff nach seinen Sachen. »Ich nehme an, ihr könnt euch diesmal ohne Feuer amüsieren?«

Carven warf ihm einen Blick zu, aber dann zuckten seine Lippen, als London um mich herum trat, mich im Nacken packte und mich sanft küsste. »Vivienne«, murmelte er, während er meine Augen musterte. »Du weißt, wo du mich findest.«

Dann ließ er seine Hand sinken ... und verließ den Raum.

Zurück blieb ich mit zitternden Knien und dem Geruch von Rauch und Sperma im Mund.

»Ich glaube, es ist Zeit für die Dusche«, murmelte Carven und nickte langsam. »Wildkatze.« Dann folgte er London nach draußen.

»Soll ich bleiben?«, fragte Colt.

Ich nickte. »Ich ... möchte nicht allein sein.«

Mit dem Anflug eines Lächelns machte er sich auf den Weg ins Bad, blieb dann stehen und hielt mir seine Hand hin. Das schmerzende Bedürfnis, dazuzugehören, loderte erneut in mir auf. Ich wusste, dass das nicht normal war ... aber welche Liebe war das schon?

Das Zischen des Wassers war zu hören, als Colt den Wasserhahn aufdrehte und die Temperatur einstellte, dann drehte er sich zu mir um, während er den Rest seiner Kleidung ablegte. Ich schmolz in seine Arme und senkte meine Stirn auf seine Brust.

»Verdammte Scheiße«, flüsterte ich, als er mit seinen großen Händen über meinen Rücken fuhr und alles an die Oberfläche kam.

Sie verlieren.

Mich verlieren.

Uns finden ...

Das wahre Uns.

Das, nach dem ich mich mein ganzes Leben lang gesehnt hatte und das ich nun *endlich* gefunden hatte ...

Und als das heiße Wasser auf meine Schultern prasselte und seine Arme sich um mich schlossen, ließ ich meine Mauern fallen und weinte.

FÜNFUNDVIERZIG

London

VOR IHREM SCHLAFZIMMER HIELT ICH AN, UM KURZ ZU lauschen, bevor ich mich auf den Weg zur Treppe machte. Ich würde alles geben, um bei ihr bleiben zu können, um jede verdammte Schramme und jeden verdammten Bluterguss zu finden, den diese Bastarde ihr zugefügt hatten. Ich wollte der Mann sein, der diese Wunden küsste und ihr Versprechen einflüsterte, sie zu beschützen.

Aber ich war nicht so ein Mann. Ich war nicht einmal annähernd so ein Mann.

Ich war ein Mann der Rache.

Ein Mann des Zorns.

Ich sprach nicht viel, denn die Gewalt sprach für mich ... und die flüsterte nie ... sie schrie nur und bettelte und flehte. Kein noch so großes Flehen würde ihnen jetzt helfen, *wer auch immer sie sein mochten.*

Ich kramte in meinen Taschen, holte mein Handy heraus und tippte eine Nachricht ein. Wo bist du mit dem Filmmaterial? Ich drückte auf Senden.

Von dem Moment an, als Guild mich angerufen hatte, war ich in heller Aufregung gewesen. Ich wollte, dass diese Bastarde identifiziert werden ... und zu dem toten Mann zurückverfolgt werden, der hinter ihr her war. Denn wenn er nicht schon tot war, würde er es bald sein.

Die Schlafzimmertür öffnete sich hinter mir.

»Triff mich unten«, murmelte ich, ohne mich umzudrehen.

»London, hör zu«, begann Carven.

Ich warf ihm einen bösen Blick zu. *Er wusste es verdammt noch mal besser.* Carvens blaue Augen verengten sich, bevor er langsam nickte. Ich verließ ihn und machte mich nackt auf den Weg in mein Zimmer. Ich wollte einen detaillierten Bericht über alles, was heute Abend passiert war. Allein die Tatsache, dass sie am Leben und bei mir in Sicherheit waren, tröstete mich wenig. Ich wollte verdammtes Blut ...

Meine nackten Füße polterten leise auf der Treppe. In meinem Kopf herrschte ein verdammtes Chaos, weil ich zwischen Gesprächen und Gewalt hin und her schwankte. *Wenn sie nur gewusst hätten, wie nah er war.* Die Worte von Benjamin Rossi erklangen, als ich in mein Schlafzimmer trat.

Piep.

Wenn sie nur gewusst hätten ...

Ich griff nach meinem Handy, als ich meine Klamotten auf das Fußende des Bettes warf, und öffnete die Nachrichten.

Guild: Das Filmmaterial ist problematisch, aber ich arbeite daran und die Männer sind jetzt im Haus. Ich bin jetzt auf dem Weg dorthin.

Ich schluckte das Aufflackern der Wut hinunter. Carven wusste es besser, als dass er das verdammte Detail wegzog. Aber der

Sohn vertraute nicht leichtfertig, besonders wenn es um mich ging.

Ich antwortete ihm: *Schick es so schnell du kannst.* Ich werde wach sein, dann warf ich mein Handy auf das Bett und ging unter die Dusche.

Das Zischen des Wassers erfüllte das Badezimmer, während meine Gedanken abschweiften. Das alles war kein verdammter Zufall. Die Tatsache, dass es so kurz nach meinem Anruf bei Benjamin Rossi passiert war, war kein Zufall. Das konnte nicht sein. Aber würde der Stidda-Anführer Vivienne verfolgen? Das bezweifelte ich.

Mein Gefühl sagte mir, dass das nicht sein *Stil* war.

Wenn nicht die Mafia, wer sollte es dann sein?

Ich trat in die Hitze und zuckte zusammen, bis die feinen Nadeln des Wassers meine Haut betäubten. *Wenn sie es nur gewusst hätten ... wenn ...* Ich schnappte mir die Seife und schäumte mich ein. Doch ich konnte seine verdammten Worte nicht abschütteln und auch nicht die verdammten Lügen, die Ophelia aufgetischt hatte.

Ich stützte mich mit der Hand an der Wand ab. *Denk nach, finde es verdammt noch mal heraus.* Ich musste ihnen allen einen Schritt voraus sein. Die Lügen. Die verdammten Ablenkungen.

Ich weiß auch von dem Vertrag. Die Stimme der Schlampe hallte wider. *Der Vertrag, dessen Tinte schon sehr lange getrocknet ist. Aber es wird dir nicht gefallen ... nein, es wird dir überhaupt nicht gefallen.*

Aber Hale sagte, er hätte den Vertrag gerade erst unterschrieben, warum also die Lügen? Welchen Vorteil könnten sie dadurch haben?

Gar keinen.

Ob sie jetzt oder früher unterschrieben hatten, spielte keine Rolle. Es war mir so oder so egal. Ich öffnete meine Augen und ließ meine Hand von der Wand fallen. Hauptsache, Vivienne gehörte mir. Ich stellte das Wasser ab, stieg aus und schnappte mir ein Handtuch.

Meine Gedanken drehten sich bei Rossis Worten um Ryth. *Wenn sie vielleicht das Haus durchsucht hätte, anstatt ihre Brüder ...*

Ich fand mein eigenes Spiegelbild. *Das Haus durchsucht ... hatte er Killlions Haus gemeint?*

Die Stimme von Rossi kam immer wieder. *Wenn sie nur gewusst hätten, wie nah er war ...*

Das Haus ...

Ich schlang mir das Handtuch um die Schultern, als ich ins Schlafzimmer ging und mir Boxershorts und eine graue Jogginghose anzog, bevor ich barfuß in den Überwachungsraum stapfte. Der Monitor schaltete sich ein. Ich schnappte mir den Stuhl in der Mitte des Raumes und setzte mich, während ich mir die Details ansah.

Ich hatte mir die Aufnahmen tausendmal angesehen und die Momente noch einmal durchlebt, als Ryth und ihre Brüder in Killions Haus eingedrungen waren. Es gab nichts, was ich verpasst hatte ... aber trotzdem.

Meine Sinne schärften sich und ich nahm eine Bewegung wahr, als sich die Tür leise öffnete und Carven eintrat. Der Sohn bewegte sich wie ein verdammter Geist, der ebenso tödlich wie still war.

»Ich habe es versaut«, begann er. Es war das, was einer Entschuldigung am nächsten kam.

Aber ich war nicht da, um ihn zu trösten oder seine verdammten Nerven zu beruhigen.

Ich war da, um ihn am Leben zu erhalten, um ihn zu beschützen. *Um sie alle in Sicherheit zu bringen.*

Er blieb hinter mir stehen, als ich die Aufnahmen von Killions grausamem Tod zurückspulte. Tobias bewegte sich in Zeitlupe rückwärts. Die Blutspritzer verschwanden, als der Stiefbruder seine Waffe senkte und dann auf Ryth herab blickte. Sie setzte sich auf das Stück Scheiße und zog das Messer wieder aus Killions Oberschenkel.

Der Mann war tot, auch ohne die Kugel im Gehirn, und würde in wenigen Minuten an einer durchtrennten Oberschenkelarterie verbluten. Aber Tobias hatte ihn stattdessen getötet, um sie zu schützen. Eher beraubt. Trotzdem hatte das Arschloch es verdient, nach allem, was er getan hatte.

Ich konnte ihre Schreie auf der Aufnahme immer noch hören, ich hörte, wie sie ihre verdammten Stiefbrüder anflehte, sie zu retten. Ich hatte solche Schreie schon viel zu oft gehört.

»Wonach suchst du?«

»Ich weiß es nicht«, murmelte ich, als ich vorspulte, bis zu dem Zeitpunkt, als sie das Haus durchsucht hatten. »Aber irgendetwas.«

Vielleicht hätte sie das Haus durchsuchen sollen und nicht ihre Brüder.

Ich folgte ihren Brüdern, als sie sich ihren Weg durch die dunklen Räume bahnten. Caleb ging weiter durch das Haus und blieb im Arbeitszimmer stehen, wo er den Stapel Geld gefunden hatte, der für mich bestimmt gewesen war, zumindest hatte Killion das gedacht. Ich hatte den Bastard erpresst, aber es war nicht sein Geld gewesen, das ich gewollt hatte, sondern sein verdammtes Leben.

Ich hatte Ryth und ihren Brüdern Rache geschenkt und sie hatten mir ihre Loyalität zugesichert und mich einen Schritt näher an King herangebracht. Denn darauf lief es hinaus.

»Was ist das?«, murmelte Carven. Ruckartig hob ich den Blick, als er sich näher an den Bildschirm lehnte und finster dreinblickte. »Spul es zurück.«

Ich spulte es zurück.

»Da«, deutete er. »Da ist ein Licht.«

»Unmöglich.« Ich lehnte mich näher heran. Ich hatte mir diese Aufnahmen schon unzählige Male angesehen. Ich kannte den Moment, als Caleb das Geld in die Tasche steckte und ging. Es gab also keine Möglichkeit …

Ein Glitzern leuchtete in der Dunkelheit des Arbeitszimmers auf und zog meine Aufmerksamkeit auf sich. Es war so verdammt schnell, dass man es mit einem Blinzeln übersehen hätte.

»Was denkst du, was das ist?«, fragte Carven.

Ich spulte zurück und sah es mir noch einmal an, während Rossis verdammte Worte sich in meinem Kopf wiederholten. *Wenn sie nur gewusst hätten, wie nah er dran war.*

Wie nah er dran war …

Wie nah er …

»King«, flüsterte ich, als mir ein Schaudern den Rücken hinunterlief. »Das muss er sein.«

Ich spulte die Aufnahmen zurück, sah das Glitzern und verlangsamte die Wiedergabe.

»Das ist ein Handy«, fügte Carven hinzu. »Wenn es King war, dann war er *genau dort.*«

»Und wenn er sein Handy benutzt hat, dann vielleicht ...« Ich schnappte mir mein Handy, blätterte durch meine Kontakte und drückte eine Nummer.

Harpers Stimme war ein Lallen. »Du machst mich damit wirklich fertig, nicht wahr?«

»Ich brauche etwas anderes. Hast du noch Zugriff auf die IP-Adressen von damals?«

»Ja«, seine Stimme wurde schärfer.

»Und du hast alle gefundenen Adressen identifiziert?«

»Alle bis auf eine. Sie ist nicht mehr aktiv.«

Mein Puls beschleunigte sich. »Aber vor dieser Nacht war sie aktiv?«

»Etwa eine Woche lang. Zweifellos eine Wegwerf-SIM.«

»Kannst du die IP verfolgen und mir die Standorte der Anrufe schicken?«

»Ja, jetzt?«

»Jetzt.«

Das Bettzeug raschelte und ein Stöhnen erklang. »Okay, gib mir fünf.«

»Ich schulde dir was«, murmelte ich, während meine Gedanken rasten.

»London. Du schuldest mir gar nichts. Aber danke für die nette Geste. Behalte deinen Posteingang im Auge«, antwortete er und legte auf.

Fünf Minuten. Ich konnte die Zeit fast messen. *Wie besprochen* ... landete die Nachricht in meinem Posteingang. Carven drängte mich, als ich das Textdokument öffnete. Da war sie ...

die IP-Adresse. Mein Puls beschleunigte sich. *Kings IP*. Näher hatten wir es nicht an ihn heran geschafft.

Jetzt hatten wir ...

»Gib die Standorte ein.«

Ich gab die GPS-Koordinaten eine nach der anderen ein. Es waren gar nicht so viele, die wir durchgehen mussten.

»Sieh mal, der hier wiederholt sich. Da und da und da«, zeigte Carven.

Ich grenzte den Ort auf der Karte ein und wechselte dann zur Satellitenansicht.

»Wir haben ihn«, flüsterte der Sohn. »Wir *haben* ihn, verdammt.«

»Übertreibe es nicht«, mahnte ich, aber verdammt, es war schwer, sich nicht von der Aufregung mitreißen zu lassen.

Die Koordinaten führten zu einem Ort in der Innenstadt. Bäume verdeckten die Sicht, aber ich konnte noch den Rand eines versteckten Gebäudes erkennen, bevor ich aufstand. »Ich ziehe mich an.«

Er begegnete meinem Blick und die Aufregung stand ihm ins Gesicht geschrieben. »Ich komme mit dir.«

Ich eilte zurück ins Schlafzimmer, zog eine schwarze Cargohose und ein schwarzes, langärmeliges Hemd an und schloss den Reißverschluss meiner Springerstiefel. Ein Déjà-vu durchfuhr mich, als ich die Koordinaten eingab. Augenblicklich war ich wieder in dem anderen Leben, in dem ich Menschen für Geld umgebracht hatte. Nur wollte ich ihn dieses Mal nicht töten.

Ich wollte ihn benutzen.

Ich wollte ihn dazu zwingen, den Orden und alle seine Mitglieder zu vernichten.

Jetzt, da ich seine Töchter hatte, würde er keine andere Wahl haben, als zu tun, was ich wollte. Ich kontrollierte King und ich kontrollierte das Spiel. Der Gedanke erheiterte mich und erfüllte mich gleichzeitig mit Angst. Ich warf einen Blick auf die Bewegung vor meiner Zimmertür.

Aber da war nicht nur ein Paar Stiefel … es waren zwei.

Ich schnappte meine Tasche und machte mich auf den Weg nach draußen, wo meine beiden Söhne auf dem Treppenabsatz auf mich warteten. Ich runzelte die Stirn und sah Colt an. »Ich dachte, du würdest bei ihr bleiben.«

»Sie schläft«, antwortete Carven für ihn, als wäre es das Natürlichste der Welt. Und das war es auch, denn er war fast sein ganzes Leben lang für seinen Bruder da gewesen.

Ich wollte sie nicht verlassen … aber jede Sekunde, die wir verschwendeten, war eine Sekunde zu lang und wir hatten ohnehin schon viel zu lange gewartet. Ich griff nach meinem Handy und tippte eine kurze Nachricht an Guild: *Wir sind unterwegs. Vivienne ist eingeschlafen. Wir kommen zurück, sobald wir können.*

Dann nickte ich ihnen zu, bevor wir uns auf den Weg nach unten machten und in den Explorer stiegen, mit Carven am Steuer. *Wenn sie nur gewusst hätten, wie nah er war.* Wenn es King war, dann hatte er sie die ganze Zeit beobachtet. Woher zum Teufel hatte er das gewusst?

Ich warf einen Blick auf die Uhr im Armaturenbrett … es war später, als ich gedacht hatte, fast schon früh am Morgen. Was, wenn King da war, als wir ankamen? Würde er sich zur Wehr setzen? »Muss ich dich daran erinnern, wie wichtig es ist, ihn lebend zu fassen?«

Carven warf mir einen bösen Blick zu. »Nein, musst du nicht.«

Ich nickte und wandte meine Gedanken wieder der Gefangennahme zu. Er würde kämpfen. Ich weiß, dass er kämpfen würde. Er könnte uns sogar verletzen. »Ich will, dass du dich zurückhältst, wenn wir ankommen. Ich gehe zuerst rein, verstanden?«

Ich wartete nicht auf eine Antwort von ihnen. Sie hätten es sowieso erwartet, weil sie dachten, ich wolle die erste Sichtung für mich, der Jäger, der sein Ziel erspähte. Aber es hatte mehr damit zu tun, dass der Mann unberechenbar war ... und verdammt gerissen.

Wir drehten uns noch einmal um. Ich blickte zu den Koordinaten und dem kleinen Punkt, der darauf zusteuerte.

Das war es ...

Das ... war ... es.

Ich zog meine Waffe und hielt sie dicht an meine Brust, während meine andere Hand zum Türgriff wanderte. Hohe Bäume ragten vor mir auf und umhüllten den Wohnkomplex. Es schien, als sei er eine Baustelle, nur dass ich keinen Zaun oder eine Barriere sehen konnte. Carven bremste und hiel leise an.

Ehe ich mich versah, war ich aus dem Wagen ausgestiegen und fiel in den kalten, vorsichtigen Hunger zurück, während meine Stiefel lautlos auf dem Boden aufsetzten. Die Söhne waren dicht hinter mir, zwei, drei Schritte. Mehr brauchte ich nicht, um die Gegend zu mustern, eine Außentreppe zu finden und mich vorwärts zu bewegen.

Der Kies knirschte unter meinen Schritten, als ich nach oben eilte.

Wenn sie nur gewusst hätten, wie nah er war.

Mein Atem ging schwer, während ich nach oben stieg und mich auf die Trümmer zu meinen Füßen konzentrierte.

Ich knipste eine Taschenlampe an und schaltete sie dann wieder aus. Es gab eine leichte Spur, die nach oben führte.

Ich stieg hinauf und ging in die nächste Etage ... die Spur war immer noch da. Ich stieg noch weiter hinauf, bis in den dritten Stock, wo sie endete. Ich blickte hinter mir zu meinen Söhnen und bedeutete ihnen, leise weiterzugehen. Carven nickte, die schwarze Glock an seine Brust gepresst.

Auf der Suche nach einem Eingang bewegte ich mich auf dem Treppenabsatz des dritten Stocks und sah ein blinkendes rotes Licht.

Dort.

Mein Herz raste, als ich nach meiner Tasche griff und den Sprengstoff herausholte. Die Söhne hielten sich zurück, während ich die Ladung anbrachte, mich rückwärts bewegte, mich umdrehte und dann das Symbol auf meinem Handy antippte.

Bumm!

Die Ladung explodierte und wir stürmten hinein. Laserstrahlen schnitten diagonal über den Boden. Ich schwenkte meinen Blick. Ich hatte nichts anderes erwartet. Ich zog die zweite Ladung heraus, während ich den Gang musterte und vor der schwarzen Stahltür stehen blieb.

Mist.

Ich glaubte nicht, dass die Ladung stark genug sein würde, aber ich konnte es nicht riskieren, noch lauter zu werden. Panik stieg auf, als ich die Ladung gegen das Schloss drückte und die Söhne zurückwichen, die Waffen erhoben und die Tür ins Visier nahmen. Hungrig, so verdammt hungrig. Ich wich zurück, dann drückte ich auf das Symbol.

KNALL!

Das Geräusch war ohrenbetäubend in dem engen Raum, aber er wusste bereits, dass wir kommen würden. Für King war es viel zu spät. Ich stürzte nach vorne, drückte den Griff nach unten und stieß mit der Schulter gegen die Tür. Ich stolperte nach drinnen, als sie nachgab.

In die Finsternis ...

In das dumpfe Licht, das von einer Reihe von Monitoren an der Wand ausging. Nur einer war eingeschaltet ... mein Gesicht füllte den Bildschirm. Ich musterte die Wohnung, suchte nach Bewegungen und versuchte, alles in mich aufzunehmen. Die Dunkelheit, die Überwachungsinformationen. Wände voller Informationen. Sie nahmen den Großteil der Wohnung ein, sodass ein Bett und eine schicke, teure Küche den Rest des Raums ausfüllten, mit einer Art Badezimmer an der Seite.

Das war keine Wohnung. Das war ein Versteck, voll mit ausgeklügelten Geräten, an die nicht einmal ich herankommen würde.

»Mein Gott«, murmelte Carven. »Was soll der Scheiß?«

»In der Tat, was soll der Scheiß«, murmelte ich, als ich näher an die Wand mit den Monitoren herantrat.

Die Wohnung war leer. Die Atmosphäre war muffig. Aber ich fühlte mich von der Monitorwand angezogen.

Klick.

Das Geräusch kam von hinter mir. Ich warf einen Blick über meine Schulter und schaute finster drein, als Carven einen weiteren Schalter betätigte. Augenblicklich verwandelte sich die Wand in ein digitales Instrument, das mit Namen, Details und Orten gefüllt war. Fünf Gesichter verliefen an der Seite, Details drehten sich digital.

»Heilige Scheiße«, flüsterte Carven und starrte mich an.

Haelstrom Hale.

Killion.

Ophelia.

Macoy Daniels.

Ich ... ich?

Ich starrte meinen Namen, mein Geburtsdatum, meine Sozialversicherungsdaten und meine Adressenliste an. Ich zuckte zusammen und erstarrte, denn sogar meine verdammte Ausbildung stand da. *Gott* ... und dann, darunter, Bedrohungsstufe hoch.

Bedrohungsstufe hoch? Angesichts der Worte raste mein Puls, als Carven den Bildschirm berührte. *Er hatte keine Ahnung.* Augenblicklich änderte sich das Bild und Ophelias Gesicht erschien auf dem Bildschirm. Weitere Informationen wurden geladen und all ihre schmutzigen Geheimnisse, von der langen Liste der Adressen bis hin zu den Leuten, mit denen sie verkehrte. *Daniels* ... sein Name in rot.

In Rot.

Ich rückte näher an den Bildschirm heran. »Zeig Daniels an.«

»London, das ist doch Wahnsinn«, murmelte Carven.

»Daniels«, drängte ich und trat näher heran.

Ein Schaudern lief mir über den Rücken, als Carven auf Daniels' Namen tippte und sein hässliches, selbstgefälliges Gesicht auf dem Bildschirm erschien. Eine Warnung blinkte auf ... und zog meinen Blick auf sich. Vertrag eingeleitet.

Vertrag eingeleitet? Daneben war eine Büroklammer zu sehen.

Ich weiß auch über den Vertrag Bescheid. Ophelias Stimme schlich sich ein. *Der Vertrag, dessen Tinte schon sehr lange getrocknet ist. Aber er wird dir nicht gefallen ... nein, er wird dir überhaupt nicht gefallen.*

Ich schluckte schwer und vergaß, wo ich stand, vergaß alles andere. »Rufe den Link auf.«

Carven tippte auf die Wand, um den Anhang aufzurufen und innerhalb eines Herzschlags öffnete sich eine Seite.

Unbefristetes Recht auf Besitz/Nutzung:

Ich musterte das Dokument und fiel auf die aufgelisteten Namen ...

Das Eigentum: Vivienne Evans.

Im Besitz von Macoy Daniels.

Im Besitz von Macoy Daniels? Im Besitz ... von Macoy Daniels. Die Wohnung drehte sich, die Neon-Nachrichten auf dem Bildschirm verschwammen.

»London ...«, stöhnte Colt und sein Blick war auf die Details gerichtet, bevor er mich erschrocken anstarrte.

Der Vertrag, dessen Tinte schon sehr lange getrocknet ist. Aber er wird dir nicht gefallen ... nein, er wird dir überhaupt nicht gefallen.

Ich warf einen Blick auf das Datum ... das Datum, das schon Wochen alt war, als ich sie aus dem Orden geholt hatte. Hales Unterschrift stand neben der von Macoy.

Er hatte sie verkauft ...

Selbst nachdem er mein verdammtes Geld genommen und mir in die Augen geschaut hatte, um mir zu versprechen, dass sie mir gehörte.

Die verdammte Schlampe hatte sie verkauft.

»Nein ... nein ... nein ... nein ... nein ...« Colt presste die Worte durch zusammengebissene Zähne hervor. Sein Kiefer war genauso fest wie seine Fäuste, bis der Sohn flüsterte: *»Ich werde ihn umbringen.«* Er wandte sich von dem Display ab und ging zur Tür. *»Ich werde ihn verdammt noch mal umbringen.«*

Lichter blitzten auf dem Bildschirm auf ...

Ich starrte, während mich kalte Wut durchfuhr und sich bis in meine Magengrube bohrte. Das alles war er gewesen, die Autos, die mich verfolgt hatten, der Angriff auf das Einkaufszentrum heute Nacht. In dem Moment, als Carven Guild angerufen und ihm erzählt hatte, was sie getan hatten, änderte sich alles.

»London«, rief Carven, als er seinen Blick zu mir wendete. Beide waren entsetzt ... richtig entsetzt ...

Auf dem Display blinkte ein rotes Licht, das sich durch die GPS-verfolgten Straßen bewegte. ›Daniels‹ zeigte der Tracker an.

Er wurde nicht nur überwacht, er bewegte sich auch.

»Das ist unsere Straße«, flüsterte Carven, als er rückwärts stolperte und sich umdrehte. *»London, das ist unsere verdammte Straße!«*

Ihre großen, panischen Augen waren alles, was ich sah, als es mir klar wurde.

Er war hinter ihr her ...

ER WAR HINTER IHR HER ...

Ich wirbelte herum und stürzte auf die Tür zu, während mir die Panik wie Nadeln durch die Adern schoss und ich brüllte: *»NEIN!«*

SECHSUNDVIERZIG

Vivienne

*K*NACK.

Ich stöhnte und wälzte mich im Bett um.

Knack!

Das schwache, nervige Geräusch drang in mich ein.

KNACK!

Mein Puls raste, als ich meine Augen öffnete. Das hektische Hämmern in meinen Ohren ließ meinen Atem flach werden. Ich blickte mich in meinem dunklen Schlafzimmer um und hasste es, wie die Erinnerungen in mich eindrangen. Lebhafte, brutale Erinnerungen. Das Einkaufszentrum ... der Angriff ... Colt. Ich zuckte zusammen, als mein Kopf pochte. Ich spürte noch immer den Griff in meinen Haaren, den Schrecken, als sie mich die Treppe hinuntergezerrt hatten. Aber ich war hier... ich war in Sicherheit. Ich war bei...

Ihnen.

Ich war bei ihnen.

Meine Muschi verkrampfte sich und ich spürte diesen köstlichen Schmerz. Ich schloss meine Augen und verdrängte die Angst. Ich war jetzt nicht dort. Ich war hier, sicher in meinem Bett und in meinem Zuhause.

Gott, ich konnte nicht glauben, dass das zwischen uns passiert war.

London.

Colt.

Carven sah zu.

Ich leckte mir über die Lippen. Mein Körper erwärmte sich bei der Erinnerung, stahl mich von der Angst weg und verwandelte sie stattdessen in Verlangen. *»Oh fuck«*, flüsterte ich und griff unter die Bettdecke, um meine Brust zu umfassen.

Knack!

Das Geräusch drang wieder in mich ein. Ich riss meine Augen auf und stemmte mich nach oben. Das war kein Traum. Nein, das war echt.

»WAS ZUM TEUFEL!«, brüllte jemand von unten.

Ich bewegte mich schnell, stieg aus dem Bett und rannte zur Tür. Ein stechender Schmerz durchfuhr meine Brust und schnürte mir die Kehle zu, als sich die Angst einschlich, aber ich schob sie beiseite. London, Colt und Carven waren da draußen …

Als ich die Schlafzimmertür aufriss, hörte ich laute Stimmen. Ein kurzer Blick in den dunklen Flur und ich trat auf die Treppe.

»Colt?«, rief ich.

Bumm! Der Aufprall erschütterte das ganze Haus. Ich hielt mich am Geländer fest und erstarrte, als die Haustür erzitterte und bebte.

»London?« Guilds Stimme ertönte. *»Du musst herkommen!«*

Er ist nicht hier?

ER IST NICHT HIER?

Bumm!

Bei dem Geräusch schrie ich auf und die Panik überkam mich erneut. Aber ich zwang mich, mich zu bewegen und eilte die Treppe hinunter, als die Haustür bebte. Guild hatte sein Gewehr auf die Tür gerichtet, als von draußen der schrille, schmerzerfüllte Schrei eines Mannes ertönte. Ich wusste augenblicklich, wer sie waren. Es waren die Männer, die uns beschützen sollten, die Männer, die London auf dem Gelände patrouillieren hatte lassen. Die Männer, die jetzt einer nach dem anderen abgeschlachtet wurden.

»Ich kann sie nicht zurückhalten!«, brüllte Guild, als er sich umdrehte, bis sein panischer Blick den meinen traf.

Ich wusste es sofort …

Die Männer aus dem Einkaufszentrum waren hinter mir her.

Alles, was ich sah, war die Waffe in Guilds Hand und die Vordertür des Hauses, die erneut erzitterte.

BUMM!

Das Holz splitterte und hielt kaum noch stand, als ich durch den Eingangsbereich huschte und Guild seinen Blick auf mich richtete, seine großen Augen voller Panik. »In den Keller, Vivienne«, befahl er. »Geh sofort in den Keller!«

Ich blieb nicht stehen, dachte nicht nach und rannte einfach los. Meine nackten Füße rutschten auf dem glatten Boden, als ein weiterer Knall ertönte und die Tür zerbrach.

»Bitte ... bitte ... bitte ...«, wimmerte ich, während ich mit zitternden Fingern den Code eintippte.

»Du wirst sie NICHT mitnehmen!«, brüllte Guild.

Knall!

Der kranke Klang eines Schusses ertönte. Der Schrecken durchfuhr mich, als das winzige rote Lämpchen am Schloss von rot auf grün wechselte. Doch dann ertönte das dumpfe Geräusch von Stiefeln, und als ich die Kellertür mit einem Ruck öffnete, fiel das furchterregende Gesicht eines bekannten Mannes in meine Welt ein ...

Ashwood.

Seine dunklen Augen funkelten und seine Lippen verzogen sich zu einem wahnsinnigen Lächeln. »Wo zum Teufel willst du hin?«, rief er, als er auf mich zustürmte.

Ich riss den Griff der Tür auf und stürzte mich in die Dunkelheit, bis mich ein unbarmherziger Griff an den Haaren packte und nach hinten zerrte.

»Lass mich los!«, schrie ich, trat und kämpfte, während er mich in die Höhe zerrte.

Der Orden ... sie brachten mich zurück zum Orden!

Ich krallte und schlug um mich. Meine Sicht verschwamm unter den Tränen, als ich rückwärts geschleift wurde. Alles, was ich sah, war die offene Kellertür, die mir entglitt, als Ashwood mich über seine Schulter warf und mich zur Vordertür trug. *»ICH GEHE NICHT DORTHIN ZURÜCK! ICH GEHE NICHT DORTHIN ZURÜCK, VERDAMMT!«*

Die kalte Nachtluft fegte über mich hinweg. Alles, was ich sah, waren tote Körper, die um das Haus herumlagen. Ihre Gesichter verschwammen, als das dumpfe Geräusch von Schritten und der kehlige Klang eines im Leerlauf laufenden Automotors näher rückte. Ich wurde mitgerissen und fiel an Ashwoods Körper hinunter, bis meine Füße auf dem Boden aufschlugen.

Meine Knie knickten bei dem Aufprall ein und ließen mich auf den Asphalt fallen. Aber ich blieb nicht stehen. Ich schlug mit der Hand auf die harte Oberfläche und stemmte mich nach oben. Alles, was ich sah, waren die Straßenlaternen und die Nacht, als ich mich stürzte.

»Bring sie hierher zurück«, sagte eine Männerstimme.

Das dumpfe Geräusch von Schritten ertönte augenblicklich, als ich erneut gepackt wurde. Ich schrie, trat und heulte, als er mich zurück zu dem wartenden Auto zerrte. *»LONDON! LOOONNNDDDDOOOONNNNN!«*

BUMM!

Mein Kopf kippte zur Seite und mein Körper folgte ihm.

Sterne flammten hinter meinen Augen auf, als Ashwood mich zu dem wartenden Auto zerrte, dessen Tür jetzt offen stand. Das verschwommene Gesicht des Mannes, der auf mich wartete, wurde schärfer. Durch den Dunst der Qualen drängten sich Erinnerungen. Die Korridore des Ordens, das Grinsen, das er London geschenkt hatte. Sie waren Feinde. Ich hatte das damals gewusst ... genauso wie ich es jetzt wusste.

Daniels. So hatte London ihn genannt.

»Ich gehe nicht dorthin zurück«, stöhnte ich und zwang mich, die Worte auszusprechen. *»Ich hätte lieber den Tod!«*

»Nein«, antwortete er kalt. »Das wird nicht passieren.«

Angesichts seiner Worte stockte mir der Atem. Durch die verschwommenen Tränen hindurch sah ich das Papier in seiner Hand, das er mir ins Gesicht hielt.

»Stattdessen kommst du mit mir nach Hause.« Er holte aus, packte mich an der Kehle und drückte fest zu. »Jetzt sei eine gute Hure und steig in das verdammte Auto.«

Nein ...

Nein!

NEIN!

Ashwood packte mich und drückte mich durch die offene Tür in den Wagen. Jetzt gab es keinen Kampf mehr. Kein Strampeln, kein Schreien, als Daniels hinter mir einstieg und die Tür mit einem Knall schloss.

»Ich werde dich so richtig genießen.« Daniels trieb mich vorwärts, bis mein Gesicht gegen den Sitz prallte. Seine Hände streichelten meine Brüste durch den Satinpyjama, den London mir gekauft hatte, während er in mein Ohr stöhnte. *»Wenn ich fertig bin, wird London dich gar nicht mehr wollen ...«*

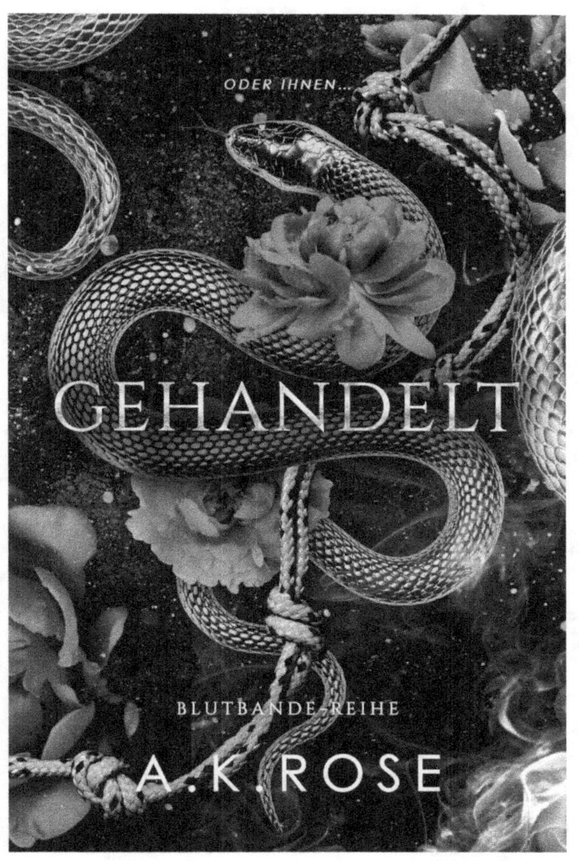

Preorder Gehandelt here

Ich wurde belogen, benutzt … und ausgetrickst.

Der Orden hat mir etwas weggenommen …

Mein Eigentum.

Vivienne.

Und jetzt gehört sie einem anderen Mann …

Macoy Daniels.

In dem Moment, als er den Vertrag unterzeichnete, unterschrieb er sein eigenes Todesurteil.

Mit den Söhnen machen wir sie ausfindig.

Doch als wir dort ankommen, finden wir etwas Unerwartetes.

Sie ... wild und wütend.

Wir nennen sie nicht umsonst Wildkatze.

Ich weiß nicht, ob ich sie vor ihrem Entführer rette ... oder andersherum.

Ich weiß nur, dass ich Antworten will ...

Und Rache.

Ich werde zu dem Mann, den ich unbedingt hinter mir lassen wollte.

Zu dem kalten, herzlosen Söldner.

Ich benutze ... ich verrate ... und ich lüge.

Alles, um sie in Sicherheit zu bringen.

Für sie jagen wir.

Für sie töten wir.

Und wenn wir von Haelstom Hale zu einem Handel gezwungen werden, einem Vertrag für ein Leben ...

tue ich das Einzige, was das wilde Bedürfnis, sie zu schützen, zulässt ...

Ich schicke Macoy Daniels zurück zu Haelstom Hale ...

In Stücken.